다산에게 배운다

다산에게 배운다

초판 1쇄 발행/2019년 6월 3일
초판 2쇄 발행/2019년 7월 24일
개정판 1쇄 발행/2021년 6월 15일

지은이/박석무
펴낸이/강일우
책임편집/정편집실
조판/P.E.N.
펴낸곳/(주)창비
등록/1986년 8월 5일 제85호
주소/10881 경기도 파주시 회동길 184
전화/031-955-3333
팩시밀리/영업 031-955-3399 편집 031-955-3400
홈페이지/www.changbi.com
전자우편/human@changbi.com

ⓒ 박석무 2021
ISBN 978-89-364-7872-8 03810

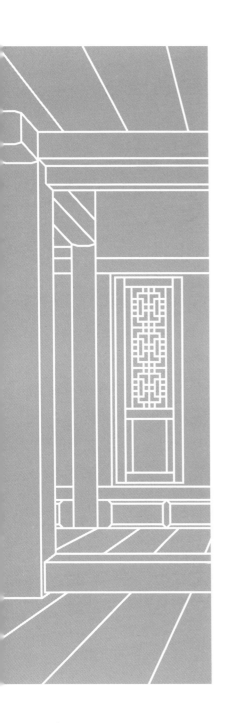
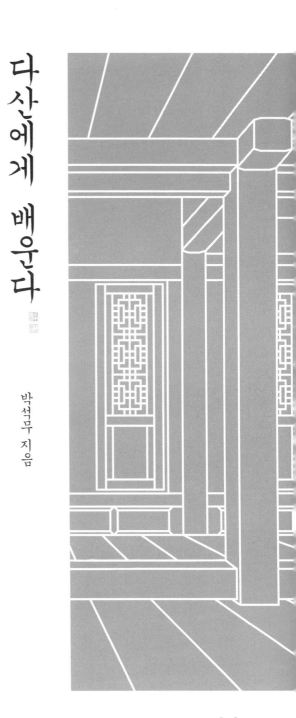

다산에게 배운다

박석무 지음

창비

책머리에

　험난한 시절에 대학을 다니며 무기정학도 당하고 퇴학도 당하고 감옥에도 들어가고 군생활까지 하느라 1970년에야 대학원에 들어가 다산에 대한 공부를 본격적으로 시작했다. 그다음 해인 1971년 가을에 「다산 정약용의 법사상」이라는 석사학위 논문을 썼던 때로부터 50여년의 세월이 흘렀다. 공부를 조금 하다가 중고등학교 교사로 가게 되어 교직생활로 밥벌이를 하다보니 제대로 된 공부를 할 수 없었지만 당시에는 그런 분야를 공부하는 사람이 많지 않았기 때문에 석사학위 논문이 매우 부족한 수준이었음에도 불구하고 논문 심사위원들로부터 과분한 평가를 받았다. 이로 인해 모교 교수회의에서는 나를 대학교수 요원으로 받아들이겠다고 의견을 모았다. 그러나 시국사범으로 투옥된 전력이 있다는 이유로 끝내 대학에서 연구할 기회를 얻지 못해 공부는 진척되지 못하고 말았다.

　1975년 이을호 박사 정년기념논문집으로 『실학논총』이 간행되면서 처음으로 학술지에 다산에 관한 논문을 써서 싣게 되었다. 하지만 혹독한 유신독재 시대는 나에게 차분히 공부할 기회를 주지 않았고, 고등학교 교사로 지내느라 바쁘기도 해서 공부할 엄두를 내지 못하기도 했다. 한참의 세월이 지난 1979년 가을, 다산의 서간을 번역해서『유배지에서 보낸 편지』(시인사)라는 서간집을 출간하자 '다산연구가'라는 어쭙잖은 호칭이 붙었다. 다산에 관해 더 깊이 공부하고 싶은 마음이 간절했지만 우리 학계의 풍토에서는 대학교수가 아닌 고등학교 교사로서 연구를 계속하는 일은 거의 불가능하다고 해도 과언이 아니었다.

그렇지만 그 마음을 접을 수가 없었는데 기회는 뜻밖에도 고난의 시기에 찾아왔다. 1980년 5·18민주화운동으로 쫓기며 은신생활을 하는 와중에 엄습해오는 죽음의 공포를 이겨내기 위해『여유당전서』에 몰두하게 되었다. 그해 한여름과 가을까지 6~7개월의 암흑의 터널에서 다산의 시선집과 산문선집을 준비하고 있었다. 하지만 끝내 검거되어 1980년 겨울에서 82년 3월까지 15개월간 감옥살이를 했는데, 교도소의 독방에서『여유당전서』와 씨름하며 옥고를 견뎌낼 수 있었다. 출소 직후에 은신할 때 번역했던 초고들을 손보아 1983년 시선집『애절양』(시인사)을 출판하고, 1985년『다산산문선』(창비)을 간행했다. 감옥에서 나왔지만 사면복권이 되지 않아 아무런 일을 할 수 없었던 3년이 넘는 기간은 내가 평생 동안 가장 열심히 책을 읽고 논문을 쓰고 한문을 번역해낸 시절이었다. 그리고 한중고문연구소를 열고 고문을 연구했다.

1984년 말 다시 학교에 복직되면서 비록 공부는 많이 하지 못했지만 글을 쓰고 책을 읽는 일은 계속할 수 있었다. 이번 책에 묶은 몇편의 공을 들인 논문도 그 시절의 글이고, 또『다산 기행』(한길사 1988)이라는 단행본이 세상에 빛을 보게 된 것도 그때의 결실이었다. 간헐적인 공부였지만 마음과 손을 놓지 않고 다산에 대한 공부는 그런대로 계속했다는 것을 이번 책에 실린 글을 보면 짐작할 수 있으리라고 믿는다. 1987년의 직선제개헌을 이끌어내기 위한 강고한 반독재투쟁의 대열에 뒤처지지 않고 여러 민주단체나 시민운동단체에 가담하여 싸우면서도 다산에 대한 공부는 한차례도 포기한 적이 없었다.

대학으로 옮길 가망성도, 옮겨갈 때도 넘어버렸는데 세상은 계속 소용돌이치고 있었다. 1987년 직선제개헌을 이끌어내며 민주주의에 대한 열망으로 정치에 관심이 고조되던 시절, 나도 그런 분위기에서 1988년 봄에 국회로 들어가고 말았다. 또 다산 공부는 그쳤다. '다산사상연구회'를 조직하여 동료 국회의원들과 함께 다산연구를 계속하려 했으나 그것은 결코 쉽지 않은 일이었다. 13대 국회 때는 정신을 차릴 수 없이 바쁘게 지나갔으나 14대 때에는 그래도 다산 책도 좀 읽고 그에 대한 글도 몇 편 썼다. 마음속에 타고 있던 다산을 향한 열정만은 사그라지지 않았다.

이런 세월이 50여년, 이제는 더이상 미루지 말고 그동안 이곳저곳에 발표한 논문이나 강의 내용을 모아서 책으로 꾸며야 한다는 생각이 들었다. 그런데 글을 모아놓고 보니 중복되는 내용이 많았다. 1970년대나 80년대는 지금처럼 다산에 대한 연구가 왕성하지 않던 때여서 다산이 어떤 사람인지, 그 시대가 어떤 때인지를 알려야 하는 문제가 시급하였다. 글마다 다산의 생애, 다산이 살던 시대에 대한 이야기가 중복될 수밖에 없는 이유이기도 하다. 그런 글을 써야만 했던 당시의 사정을 알리고 싶다는 의미에서 내용이 일부 중복되더라도 빼지 않고 그냥 두었다는 점을 독자들이 널리 이해해주었으면 하는 마음이다.

교수직을 얻지 못한 사람이 글이나 논문을 쓰는 경우 필자의 신분을 밝히는 일은 언제나 궁하다. 그래서 '다산연구가'라는 호칭이 나왔는데 그 호칭에 만에 하나라도 부합하려면 연구논문집이라도 한권쯤은 있어야 한다고 생각되었다. 내가 다산학 연구를 통해 밝혀내고 싶은 것이 몇가지 있다.

첫째로 다산이 한때 천주교에 관계했던 것은 사실이지만 30세이던 1791년 신해옥사 이후에는 '끝내 마음을 끊고(遂絶意)' 천주교에는 관여하지 않았다는 것을 밝히는 일이었다. 1부에 실린 「정약용, 그의 시대와 사상」(1984)에서 다산은 일찍이 천주교는 기교(棄敎)하고 이후 온 생애를 바쳐 본질적인 유학사상을 연구한 학자라는 주장을 폈다. 이같은 내용을 『다산산문선』(1985)의 해제에서도 심도 있게 짚으며 천주교와는 진즉 결별한 다산에 대해 이야기했다. 1부의 「다산 정약용의 생애와 사상」(1986)에서 집중적으로 다시 그 문제를 부연했다. 『다산 정약용 평전』(민음사 2014)에서도 다산이 천주교에 반대하는 입장을 고수한 내용과 근거를 소상히 밝히기도 했다. 아직도 일부 천주교 관계자나 연구자 중 다산이 천주교 신자였다고 믿는 사람들은 한번쯤 읽어보기를 권한다.

둘째로 주자학 체계에서 벗어난 '다산학'의 독자적인 학문체계를 밝히는 일이다. 관념적이고 결정론적이던 중세의 주자학에서 벗어나는 논리와 실천이 앞서는 다산학은 중세 탈피의 징조였음을 밝히고 싶었다. 셋째는 기왕의 화이론(華夷論)을 비판하며 새로운 화이론을 세워서 중화주의로 인한 몰민족적인 조선의 사상계에서 탈피하려던 다산의 민족자아론과 민족주의에 대한 관심사를 밝히는 일이다. 넷째는 다산의 민(民)에 대한 새로운 개념을 밝혀 민본사상에 뿌리를 둔 민중지향적인 다산의 선구적인 정치의식을 분석해내는 일이다. 다산의 경학은 '민중적 경학'이었다는 위당 정인보의 평가처럼 다산의 탁월한 논문인 「원목」 「탕론」 등에 나타난 사상이 어떻게 실제의 일에서 실현되는지를 밝혀내고 싶었다. 그가 목민관이었던 황해도 곡산 도호부사 시절에 행정에서 실행했던 내용을 증거로 하여 그의 민주적 사고를 증명하고자 노력했다.

다섯째는 『경세유표』 『목민심서』 등 그의 저서에 담긴 개혁사상을 밝히는 일이다. 썩어 문드러진 세상에 대한 참을 수 없는 우국애민의 심정으로 모든 것을 바꾸자던 그의 개혁의지를 소상하게 설명하는 데 집중했다. 단편 논문들인 의(議)·설(說)·논(論)·원(原) 등 허다한 글은 대부분 그의 개혁론이기 때문에 그 점을 드러내는 데 마음을 기울이지 않을 수 없었다. 여섯째 다산의 일생의 목표이던 요순시대를 이루는 일은 그 방법이 '공렴(公廉)'이라는 두 글자에 있다고 보고, 어떻게 하는 일이 '공'이고 '염'인지 구체적인 사례를 들어 밝히는 일이었다.

요컨대 이 논문집은 '다산학'과 '주자학'의 차이를 드러내서 다산학이 주자학을 뛰어넘는 조선의 유학사상이자 실학사상으로서, 중세의 학문에서 근대의 학문으로 이행되는 과정에서 그 다리를 놓아주고 있다는 사실을 알리는 데 목적이 있다. 다산이 살았던 시대가 어떤 시대였고 그 삶이 어떻게 전개되었는지 살피면서 그의 사상이나 철학이 어떻게 이뤄졌는지 일반 교양인들에게 알리고 싶었다. 다산의 생존기간이 18세기 후반에서 19세기 초반이어서 그의 사상이 시대적 한계에 얽매이고 또 그의 인간적 한계에서 자유롭지 못한 점이 있지만 그런 가운데서도 시대를 초월하고 인간적 한계를 극복하려던 그의 긍정적인 사상이나 주장에 초점을 맞췄음을 밝힌다.

애초부터 한권의 책으로 묶을 계획을 갖고 체계적으로 쓴 글들이 아니고, 그때그때 다산을 일반인에게 널리 소개한다는 소박한 뜻으로 쓴 글이 대부분이어서 지금 보면 아쉬운 점이 많다. 50년 가까운 세월, 교수직도 얻지 못하고 중등교사의 신분으로 어렵사리 논문을 썼던 기억들을 잊지 않으려는 뜻에서라도 꼭 그때의 글을 모두 묶고 싶었지만 석사학위 논문인 「다산 정약용의 법사상」(1971)과 「다산학의 시대적 배경 소고」(1975)라는 논문은 정리할 겨를이 없어 이번에는 싣지 않기로 했다.

행동하고 실천하는 것만이 학문의 본령이라던 다산의 뜻에 가까이 가려는 노력을 멈추지 않겠다는 다짐을 책 출간의 변으로 삼겠다. 책 제목을 '다산에게 배운다'라고 정했다. 다산을 통해서 조선후기의 실학사상을 배워야 하고, 썩고 부패한 세상을 어떻게 개혁해야 하는가를 배워야 하기 때문이다. '다산학'이라는 용어는 본디 홍이섭 교수가 『정약용의 정치경제사상연구』(1959) 서론에서 "정약용의 학(學)의 전체가 이루어졌던 다산서옥 시대에 인(因)하여 다산학이라 한다"라고 했던 데서 시작하여 현재 다산연구에서 일반적으로 사용하고 있기 때문에 나는 석사학위 논문부터 모든 글에서 '다산학'으로 호칭하고 있음을 밝혀둔다.

그동안 『다산산문선』 『유배지에서 보낸 편지』 등을 출간하여 나의 학문 여정에 큰 용기를 심어준 창비에서 또 논문집을 새롭게 출판해주는 고마움에 감사의 뜻을 전하고 싶다. 책을 만드느라 온갖 수고를 아끼지 않은 편집부 여러분에게 머리 숙여 감사의 뜻을 전해드린다.

2019년 5월 다산연구소에서
박석무 씀

* 3부에 「『흠흠신서』 저술 200주년과 우리 사회의 정의」 1편을 추가하여 개정판을 펴낸다. 아울러 초판 출간 후 이 책을 꼼꼼히 읽고 여러 사항을 지적해주신 정해렴(丁海廉) 선생께 감사드리며 그중 한자의 오탈자와 사실관계상 오류는 개정판에서 수정했음을 밝혀둔다. (2021.6)

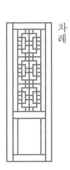

차
례

1부

개혁가, 다산 정약용

1. 다산이 살았던 시대

다산(茶山) 정약용(丁若鏞)은 1762년에 태어나 75세인 1836년에 세상을 떠났으니, 18세기 후반에서 19세기 초반에 걸쳐 살았다. 18세기 조선은 영조·정조의 시대로 정치적으로 탕평의 시대였고 문화적으로 문예부흥의 시기였다. 19세기 조선은 세도정치의 시대였고 민란의 시대였다.

탕평책은 환국정치(換局政治)의 극단에서 나온 성책이다. 환국정치 시기에는 한 당이 상대 당을 완전히 축출하고 자기 당 세력으로 일당정권을 수립했다. 노론(老論)과 남인(南人)이 정권을 주고받다가 나중에는 남인이 모두 내몰리고 노론과 소론(少論)이 경쟁했다. 몇번의 환국을 통해서 충신과 역적이 뒤바뀌며 각 당은 죽기 아니면 살기로 치열한 투쟁을 계속했다. 환국정치의 살육전에서는 상대방을 결코 인정할 수 없었다. 영조는 이러한 정치를 종식하는 탕평정치를 선언했다. 노론, 소론, 남인 각 당파의 인재를 고루 쓰겠다는 것이다. 남인계에 속했던 정약용의 아버지 정재원(丁載遠)은 이런 분위기 속에서 벼슬을 할 수 있었다.

영조를 이어 호학군주 정조는 피폐해진 문물을 정비하여 다시 한번 조선을 부흥시키고자 했다. 바로 이 정조의 시대에 다산 정약용은 촉망받는 신진 정치엘리트로 등장했다.

다산은 경기도 광주군, 지금의 남양주시(南楊州市) 조안면(鳥安面) 능내리(陵內里) 마재[馬峴]에서 정재원의 4남으로 태어났다. 15세에 홍화보(洪和輔)의 딸과 결혼하여 서울로 이사했다. 서울의 문물을 접하며 친구들을 사귀었고 성호(星湖) 이익(李瀷)의 유저(遺著)를 통해 깊은 감명을 받은 후 학문의 방향을 잡게 되었다.

22세에 진사과(進士科)에 합격하여 성균관에 들어가고 28세에는 문과에 합격하여 벼슬에 오른다. 정조 임금의 총애로 다산의 장래는 매우 밝았다. 한림(翰林), 옥당(玉堂)을 거쳐 암행어사(暗行御史)와 승지(承旨), 참의(參議)를 역임했고 황해도 곡산 도호부사(谷山都護府使)를 지내며 마음껏 목민지도(牧民之道)를 펴기도 했다. 그간에 한강을 건너는 배다리와 세계문화유산으로 남은 수원 화성(華城)을 설계하여 실학자 관료로서의 면모를 보여주었다.

정조의 시대는 서민계층이 성장하고 상품경제가 발달하고 있었지만 구시대의 제도와 사상이 사회발전을 가로막고 있었다. 정조의 시대는 역사의 갈림길이었다고 할 수 있다. 그러나 1800년 정조가 급서한 후 시대의 전망은 급격히 달라졌다. 19세기는 탕평책으로 사라졌던 살육전의 부활로 시작되었다. 바로 다산을 옭아맨 신유옥사(辛酉獄事, 1801)였다. 이후 살육전은 그쳤지만 세도정치기로 접어들면서 원칙에 입각한 시비 분별도, 고른 인재등용도 없이 권력 야합에 의해 정치가 이루어졌다. 중앙정치의 타락으로 봉건적 국가기강은 무너지고 민생도 더욱 피폐해졌다.

영조·정조 시대에 크게 진작된 문예와 실학의 분위기도 경색되었다. 민심을 끄는 새로운 사상은 불온시되었다. 정적들은 불온한 사상에 물든 자로 낙인찍혔다. 젊은 시절 천주교에 감화되었던 다산은 천주교도로 지목되어 줄곧 공격받다가 결국 정조가 세상을 뜨자마자 탄압을 받게 된다.

다산 정약용은 정조의 사후에는 벼슬길이 끊기고 겨우 목숨을 건진 채 18년이라는 기나긴 세월을 남쪽 끝 전라도 강진 땅에서 유배살이를 해야만 했다. 다산은 이런 시련을 오히려 학문연구의 기회로 삼아 실학을 집대성하여 방대한 저작을 후대에 남겼다. 그것은 낡은 나라를 새롭게 하기 위한 것이고 피폐하고 힘없는 백성들을 위한 것이었다. 18년의 유배가 끝날 무렵 경세가(經世家)로서의 그의 이상은 『경세유표(經世遺表)』『목민심서(牧民心書)』『흠흠신서(欽欽新書)』, 즉 '일표이서(一表二書)'로 정리되었다.

57세에 고향으로 돌아온 다산은 유배시절의 학문에 대해 토론과 보완 작업을 계속했다. 자서전격인 「자찬묘지명(自撰墓誌銘)」을 지어 자신의 일생을 정리했고, 75세로 세상을 떠났다. 다산이 가고 난 후 그의 개혁론을 받아들이지 못한 조선은 더욱 기울어만 갔다. 그의 저작은 아쉬움과 함께 더욱 빛을 발했다. 순종 4년(1910)에 이르러 나라에서 뒤늦게 그의 개혁론에 주목하고 문도공(文度公)이란 시호를 내렸다. 일제하인 1930년대 조선학운동 때 그 연구의 중심인물은 바로 다산이었다.

2. 다산의 문제의식

1) 다산의 민(民)에 대한 의식

다산의 정치, 경제, 사회에 대한 의식은 그가 살았던 시대에 비추어볼 때 매우 진보적이고 개혁적이었다. 특히 그의 민권의식(民權意識)은 상당히 진취적이어서 오늘의 민권사상과 견주어볼 만하다.

권력의 소종래(所從來)를 밝힌 그의 유명한 논문 「원목(原牧)」을 살펴보자. "목민관(牧民官)이 백성을 위해서 있는 것인가, 백성이 목민관을 위해서 있는 것인가. 백성이 곡식과 옷감을 생산하여 목민관을 섬기고, 말과 수레와 마부와 종을 내어 목민관을 환영하고 전송하며, 자신들의 고혈(膏血)과 진수(津髓, 땀과 골수)를 뽑아내어 목민관을 살찌우고 있으니, 백성이 정말로 목민관을 위해서 있는 것인가. 아니다. 절대로 아니다. 목민관이 백성을 위해서 있는 것이다"라고 하여 철저한 위민사상(爲民思想)을 설파했다. 그는 "마을 사람이 추대하여 이정(里正)을 세우고, 이(里)의 상위개념인 당(黨)에서 추대하여 당정(黨正)을 만들고, 고을 사람들이 추대하여 주장(州長)을 만들고 여러 주장들이 한 사람을 추대하여 국군(國君)이라 했으며, 여러 군(君)들이 모여서 방백(方伯)을 추대하고, 사방의 백(伯)들이 한 사람을 추대하여 황왕(皇王)이라 했으니, 따지자면 황왕(天子)의 근본은 이정에서부터 시작된 것으로 백성을 위하여 목민관이 있었던 것을 알 수 있다"라고 하였다.

또한 「탕론(湯論)」에서 백성을 괴롭히거나 목민관의 임무를 제대로 수행하지 못하는 군주는 백성의 힘으로 추방할 수 있다는 혁명적인 주장을 펼쳤다. "대저 천자(天子)의 지위는 어떻게 해서 소유한 것인가?

하늘에서 떨어져 천자가 된 것인가. 그 근원은 이러하다. 다섯 집이 1린(隣)이고 5가(家)에서 장으로 추대된 사람이 이장(里長)이 된다. 5비(鄙)가 1현(縣)이고 5비(鄙)에서 추대된 사람이 현장(縣長)이 된다. 또 여러 현장들이 다 같이 추대한 사람이 제후(諸侯)가 되는 것이요, 제후들이 다 같이 추대한 사람이 천자가 되는 것이고 보면 천자는 여러 사람이 추대해서 만들어진 것이다"라고 했고, 결론으로는 "탕(湯)왕이 걸(桀)을 추방한 것이 옳은 일인가? 신하가 임금을 친 것이 옳은 일인가? 이것은 옛날의 도(道)를 답습한 것이요, 탕임금이 처음으로 열어놓은 일은 아니다"라고 주장했다. 폭군을 추방하는 것은 바로 동양정치의 시작부터 행해진 일이라고 그 증거를 들어 보이며 혁명적인 주장을 펼친 것이다.

「원목」에서는 통치자가 선거를 통해 등장해야 한다는, 즉 현능(賢能)한 인재를 선거를 통해 뽑아야 한다는 요순(堯舜)시대의 논리를 주장하며, 통치자는 백성들을 위해서만 그 존재 의의가 있다는 인민주체의 정치론을 폈다. 역성혁명이 아닌, 민중혁명의 논리를 정당화한 「탕론」에서는 '상이하(上而下)' '하이상(下而上)'의 기발한 논리를 개발하여 진(秦)·한(漢) 이래의 '상이하', 즉 위에서 아래를 압박하여 이룩되는 정치체제를 부인하고 '하이상', 즉 아래에서 위로 올라가는 이른바 상향식 민주정치의 논리를 폈다. 정치는 본래부터 상향식이었기 때문에 세습제의 임금 뜻을 거역하는 것은 역(逆)이 아니고 하향식 정치인 '상이하'가 오히려 역임을 설파하여 잘못하는 임금을 백성의 힘으로 몰아내는 일이야말로 지극히 순리(順理)라는 멋진 논리를 전개하였다. 세습제의 군왕정치가 따지고 보면 역적질이었다는 것을 은연중에 표현한 것이다.

실제로 다산이 목민관이 되어 「원목」과 「탕론」의 사상을 어떻게 실천했는가를 살펴보자. 다산의 연보인 『사암선생연보(俟菴先生年譜)』(丁奎英 편, 1921)에 곡산 도호부사로 부임하던 36세(1797) 때의 일이 다음과 같이 기록되어 있다.

이계심(李啓心)이라는 사람은 곡산의 백성이었다. 지난번 원님 때에 아전들이 속임수를 써서 포보포(砲保布) 40자(尺) 대금으로 900전 (본래는 200전─지은이)을 받아들였다. 백성들이 원망하여 소란스럽게 떠들자, 이계심이 우두머리가 되어 천여명을 이끌고 관아로 쳐들어와 항의하였으니, 외쳐대는 소리에 과격한 내용이 많았다. 원님이 처벌하려고 하자 천여명이 일시에 무릎까지 걷어올리고 계심을 둘러싸며 대신해서 벌을 받겠다고 청하니 끝내 계심에게 벌을 내릴 수가 없었다. 아전이나 관노들이 몽둥이와 장대를 들고 관아에 모인 백성들을 난타하자 백성들의 대부분이 흩어져 나가고 계심도 빠져나와 도망해서 숨어버렸다. 원님이 황해도 감사에게 보고하자 오영(五營)에 영(令)을 내려 체포하도록 하였으나 끝내 붙잡지 못하였다.
한양에는 와전되어 전해지기를, 곡산의 백성들이 초거(軺車)에다가 원님을 떠메고 가서 객사 앞에다 던져버렸다는 소문이다. 마침 곡산부사로 떠나려고 두루 인사를 다니던 참이어서, 정승 김이소(金履素) 등 여러분들이 모두 전하기를 주동자 몇 사람은 죽여야 한다고 하였다. 채제공(蔡濟恭)도 기강을 위해서라도 엄하게 다스려야 한다고 하였다.
곡산지방으로 들어가자 어떤 백성 하나가 탄원서를 손에 들고 길을 가로막기에 누구냐고 물었더니, 바로 이계심이었다. 그의 탄원서를 받아서 펴보았는데 백성들이 고통을 당하고 있는 12조목이 수록되어 있었다. 그래서 이계심에게 뒤를 따르도록 하였다. 아전이 말하기를 "계심은 오영에서 체포하도록 수배령을 내린 죄인입니다. 법대로 하자면 의당 붉은 노끈으로 묶고 목에 칼을 씌워 따르게 해야 합니다"라고 하였다. 다산은 그냥 두게 하였다. 관아에 당도하자 다산이 이계심을 불러 앞으로 오도록 하여 말하기를, "한 고을에 반드시너 같은 사람 하나가 있어 형벌에도 겁내지 않고 죽음에도 두려워하지 않아야만 백성들이 그들의 억울함을 풀게 된다. 천금(千金)은 얻을 수 있으나 너 같은 사람은 구하기 어려운 일이다. 오늘 너를 무죄로 석방한다"라고 하고는 불문에 부치게 되었다. 이러하자 백성들의억울함이 풀려서 여론이 잠잠해졌다.

「자찬묘지명」에는 "수령이 밝지 못하게 되는 이유는 백성들이 자기몸을 위해서만 교활해져서 폐막(弊瘼)을 보고도 원님에게 항의하지 않기 때문이다"라고 기록하고 있다. 목민관은 백성을 위해서 존재한다는「원목」의 주장을 그대로 반영한 내용이다.

2) 다산의 시대인식

다산은 시를 통해 시대의 문제를 고발하고 백성의 아픔을 함께하고자 했다. 그의 시를 보면 시대에 대한 인식이 그대로 드러난다.

요샛말로 하면 '참여시'이기도 하고 '사회시'이기도 한 사실주의적문학작품, 그중에서도 2500수가 훨씬 넘는 시작품을 통해 아프고 쓰리고 처절한 당시의 세상과 인간의 삶을 고발하였다. 아들의 숫자에 따라세금을 물리는 인두세(人頭稅)로 당하는 고통 때문에 사내가 자신의 생식기를 칼로 자를 수밖에 없었던 사회적 비극을 「애절양(哀絶陽)」이라는 시로 폭로했다. 농민이나 서민들의 비참한 삶을 사실적으로 보여주는 다산의 많은 시들에는 그의 눈물이 배어 있고 아픔이 담겨 있다.

가난과 배고픔을 견디지 못하고 양민의 신분에서 일탈한 백성들이 떼도적이 되어 이곳저곳에서 출몰하던 일은 오래전부터 있었지만, 다산이 살던 시대에 이르러서는 탐관오리들의 횡포나 조정의 수탈정책에 반발한 농민들이 민란을 일으키는 일이 잦아졌다. "만민(萬民)들이 아우성치면서 서로를 이끌며 반란을 일으키려 했다(萬口嗷嗷 相率而爲亂也)"(「擬嚴禁湖南諸邑佃夫輸租之俗箚子」)라는 표현이 바로 그런 대목이다.

18세기 말에서 19세기 초엽은 세도정치가 판을 치고 관리들은 온갖 부정부패를 저지르며 수단과 방법을 가리지 않고 백성들로부터 많은 세금을 거둬들이고 있었으니, 살기 힘들어진 백성들은 민란을 일으키기 시작한 것이다. 귀양살이하던 다산의 눈에 보이고 귀에 들리는 것은 모두 백성들의 참상에 관한 것이었다. "백성들은 흙으로 밭을 삼았고, 관리들은 백성을 밭으로 여겼다(民以土爲田 吏以民爲田)"(『목민심서』 吏典 제1조 「束吏」)라는 표현대로 백성들은 흙을 파서 농사짓고 살아가는데 관리들은 백성들을 착취하여 먹고살아간다는 것이다. 얼마나 기막힌 내용인가.

그렇다면 다산은 민중의 주체성에 관해서는 어느 정도로 인식하고 있었을까? 다산은 "세상에서 지극히 천하고 억울함을 호소할 곳도 없는 사람들이 일반 백성이다. 그러나 온 세상에서 높고 무거운 산과 같은 사람도 일반 백성이다. (⋯) 윗사람이 아무리 높은 지위이지만 백성들을 떠받들고 투쟁하면 굴복하지 않을 상관이 없다(天下之至賤無告者 小民也 天下之隆重如山者 亦小民也 (⋯) 上司雖尊 戴民以爭 鮮不屈焉)"(『목

민심서』奉公 제4조「文報」)라고 했다. 연약한 백성들이 힘을 합해서 싸우면
아무리 높은 지위의 상관이나 통치자도 굴복할 수밖에 없다는 주장에
서 그가 어느정도 민중의 힘을 감지하고 있음을 알 수 있다. 그래서 북
한의 어떤 학자는「다산 정약용의 사회경제사상」에서 "정다산은 바로
인민대중의 무궁무진한 힘을 확실하게 믿고 있었으며, 근로대중이야말
로 사회발전의 중요한 역량이라는 것을 이해하고 있었다"라는 결론을
내렸다. 그러면서 '낡은 우리나라를 혁신하자'라는 다산의 유명한 구호
는 농민의 혁명적 지향을 반영한 것이며 그의 혁신적 염원을 담은 것이
라고 주장했다.

다산이 가장 통탄스럽게 생각하는 조선시대 정치의 문제점 중 하나
는 붕당싸움이었다. 정책 대결이나 논리의 경쟁도 없이 그저 밥그릇 싸
움에 치중하고 있던 당시의 정치현실을 다산은「인재책(人才策)」에서
정확하게 지적했다. "붕당의 화란(禍亂)은 음식의 다툼으로 비교할 수
있다. (…) 예의나 사양하는 마음은 일절 없고 오직 밥그릇 싸움으로 치
달으니 반드시 다툼이 있기 마련이었다(朋黨之禍 比之飮食之訟 (…) 不
以禮讓 惟以貪爭 則必有訟焉)"라고 말하며 붕당의 논리나 출신성분, 출
신지방과 관계없이 탕평의 정신으로 인재를 고르게, 즉 능력이 있고 어
진 사람이라면 아무런 가림이 없이 과감하게 등용해야 한다는 주장을
폈다.

당시 학문에 대해서도 다산은 매우 비판적인 생각을 갖고 있었다. 다
산은「오학론(五學論)」에서 당대의 성리학(性理學), 훈고학(訓詁學), 문
장학(文章學), 과거학(科擧學)의 폐해를 통렬히 비판하고, 술수학(術數
學)은 학문도 아니라고 했다. 그런 학문을 하는 사람들과는 손을 잡고
요순, 주공(周公), 공자(孔子)의 문으로 들어갈 수 없다고 주장했다. 이

는 당대의 학문적 태도 전반에 대한 통렬한 비판으로 다산이 추구하는 실학의 성격을 보여주는 것이다.

3. 다산의 개혁사상과 개혁안

다산은 정치, 경제, 사회, 문화 등은 물론이고 사고와 의식까지도 개혁할 것을 강력히 주장했다. 특히 그의 주저의 하나인 『경세유표』에서는 "오래된 나라를 통째로 개혁하자(新我之舊邦)"라고 했고, "털끝 하나도 병들지 않은 게 없다. 지금 고치지 않으면 반드시 나라가 망하고 말 것이다(蓋一毛一髮 無非病耳 及今不改 必亡國而後已)"라고 경고하며 철저한 개혁을 강조했다.

다산은 국가 전반적인 개혁안인 『경세유표』와 별도로 '논(論)' '의(議)' '설(說)' '원(原)' '책(策)' 등의 형식의 글을 통해 정치개혁과 사회변혁의 논리 등을 줄곧 주장했다.

다산은 현실 개혁의 이상적 모델을 요순시대에서 찾았다. 요순시대의 정치를 가장 대표적인 선치(善治), 즉 잘 다스렸던 정치로 인식하고 진(秦)이나 한(漢) 이후에는 백세토록 선치를 구경할 수 없었다고 했다. 현능한 인물을 왕으로 선출하는 제도는 사라지고 중국이나 조선은 대대로 아버지에서 아들로 왕위가 세습되면서 훌륭한 정치는 영원히 사라지고 말았다고 평가했다. '선치'가 회복되기를 바란 것은 두말할 것도 없이 백성들의 삶이 나아지기를 바라는 소망에서 비롯된 것이다.

다산이 살던 시대는 서민계층이 성장하는 한편 봉건기강이 문란해지면서 백성에 대한 착취가 더욱 심해지던 때였다. '다산학(茶山學)'이라

일컬어지며 높은 평가를 받는 다산의 학문은 저서가 500권이 넘고 학문의 범위나 영역도 헤아리기 어려운 정도이지만, 요컨대 그 학문의 주제는 바로 진한(秦漢) 이래의 세상이 얼마나 타락하고 부패했으며 그 결과 백성들의 삶이 얼마나 어렵고 힘들었는가를 밝히는 것이었다. 궁극적으로는 그런 선하지 못한 정치에서 탈피하려면 어떻게 해야 하는지에 대해 궁구하는 것이었다. 특히 자신이 살아가던 18세기말 19세기초는 어떤 시대이고 그 시대는 얼마나 타락하고 부패했으며 그 문제의 해결을 위해서는 어떻게 해야 하느냐가 '다산학'의 주제였다.

다산은 유배생활을 하는 동안 먼저 경학(經學)연구에 들어갔다. 공맹(孔孟)은 요순정치의 실현을 위해서 사서오경(四書五經)을 창안했다. 요순정치를 구현할 마음이 있다면 우선 공맹이 창안한 경(經)의 근본 뜻이 어디에 있는가를 알아야 한다고 했다. 경을 제대로 해석하는 학문이 '경학'이다. 경지(經旨, 경의 의미)를 잘못 해석하면 요순시대는 영원히 도래할 수 없고, 천하를 어지럽히는 해독(害毒)이 되어 천하를 망하게 만든다는 것이다. 당나라·송나라 이후 불교적 논리나 성리학적 논리로 경을 해석한 정주(程朱)의 경학이 학문의 교과서로 자리잡으면서 요순시대는 바라볼 수 없게 되었다는 것이 다산의 주장이었다. 요컨대 요순시대로 가려면 성리학적 관념의 세계에서 벗어나 실용성과 실사구시의 논리를 다시 찾아내야 한다는 것으로, 이는 바로 다산의 철학이 자리하는 근거이며 232권이 넘는 경학연구의 이유였다. 경학연구에서 주자학(朱子學)의 비현실성을 통박하며 사서오경의 새로운 주석을 시도한 점은 개혁가로서의 놀라운 면모를 보여준다.

실학자 다산은 경학을 기본으로 삼아 치인(治人), 즉 경세(經世)의 문제로 나아갔다. 선치의 회복을 위해서는 실용적인 경세학, 즉 세상을 제대로 경륜할 수 있는 방책이 세워져야 한다고 했다. 세상을 통째로 개혁하고 바꾸자는 『경세유표』, 직무에 임하는 공직자들의 올바른 마음과 자세를 밝힌 『목민심서』, 억울한 죄인이 생기지 않기를 바라며 저술한 『흠흠신서』 등은 국가를 통치하는 자료로 삼기 위해 저술한 책이었다. 다산학은 이러한 경세학으로 완성되는 것이었다.

인성에 관한 다산의 철학사상은 성선설·인간평등론에 바탕을 두었는데 우선 사회경제적 평등원리가 정착하는 것이 중요하다고 보았다. 요순시대와 대동(大同)세상은 신분의 평등과 함께 경제적 평등이 보장되지 않고는 실현될 수 없다고 여겼다. 그래서 다산은 경학을 통해 인간평등의 논리를 명확하게 밝혔으며, 「인재책」「통색의(通塞議)」 등의 논문을 통해 신분제 폐지와 인재등용의 실천논리를 정리했다.

다산이 생존하던 시대의 주된 산업은 농업이었다. 토지제도야말로 경제제도의 근간이 아닐 수 없다. 다산은 「전론(田論)」(1~7)을 저작하여 새로운 토지제도를 제안하였다. 즉 여전제(閭田制)를 통해 30가(家)를 하나의 여(閭)로 삼아 여장(閭長)이 관리자가 되어 공동경작·공동분배를 하는 협동농장을 기반으로 하는 제도를 주장하였다. 여 안에 농사를 짓는 사람은 전지(田地)를 얻게 되고 농사를 짓지 않는 사람은 전지를 얻지 못하게 되며, 농사를 짓는 사람은 곡식을 얻게 되고 농사를 짓지 않는 사람은 곡식을 얻지 못하게 된다. 그러나 상업을 하는 사람은 그의 화물로 곡식을 바꾸게 되어 걱정이 없다. 놀고먹는 선비는 직업을 바꾸어 농사를 짓게 하고 농사를 짓지 않으면 곡식을 배분해주지 않음으로써 놀고먹는 사람을 근절시키고 참선비는 사람을 가르치거나 기술을 연마하여 생계를 유지해야 한다고 주장하였다.

다산은 당시의 풍수설, 관상론 등 술수학의 비합리적이고 비현실적인 면을 통박하면서 과학적으로 사고할 것을 촉구했다. 기예론(技藝論)에서는 시대가 새로울수록 지역이 넓을수록 기술선진의 가능성이 커진다며 기술개발과 기술도입을 주장했다. 기술개발을 통해 부국강병과 백성의 생활을 윤택하게 만들 것을 강조한 점은 분명히 진보적이고 선구적인 개혁사상이었다.

다산은 문학에서도 개혁성을 보여주고 있다. 애군(愛君)·우국(憂國)이 아닌 시(詩)는 시가 아니라고 하였고, 음풍영월(吟風詠月)이나 하는 시도 시가 아니라고 하여 사회적 내용과 정치적 의미가 큰 참여시를 주장했다. 더구나 중국시(中國詩)만 본받아서 짓는 시는 시가 아니라고 하면서 "나는 조선사람, 즐거이 조선시를 짓겠노라(我是朝鮮人 甘作朝鮮詩)"(「老人一快事」)라고 하여 민족적 의지가 강한 조선시론을 전개하기까지 했다. 당시 세상에서 쓰이던 향음(鄕音)인 순수 우리말을 한자화하여 많은 시를 지으면서 민족혼을 일깨우는 파격적인 작시(作詩)에 몰두하기도 하였다.

4. 맺음말

다산은 1836년에 75세를 일기로 세상을 떠났다. 다산은 언제나 변화와 개혁을 부르짖으며 18세기와 19세기에 요순시대를 재현하려는 꿈을 버리지 않았다. 모두가 함께 살아갈 대동세상을 염원했으니, 부를 고르게 소유하는 경제적 평등이 이루어지는 세상, 어질고 능력 있는 사람은 누구나 발탁되어 통치에 직접 참여하는 세상이 와야 한다고 주장했다.

그러한 다산의 바람과는 달리 그가 살던 시대는 너무나 부패하고 붕당싸움이 격화되어 밥그릇 싸움에만 골몰했다. 탐관오리들이 세상을 주도하면서 매관매직이 판을 치던 시대, 요순시대와 역행하던 시대에 분노를 금치 못하던 다산은 미래를 위한 학문활동에 전념하여 '다산학'이라는 대업을 수립하기에 이르렀다. 다산연구의 대가인 위당(爲堂) 정인보(鄭寅普)는 '다산 한 사람에 대한 연구는 조선의 흥망성쇠에 대한 연구이고, 정치가 잘되었고 못되었음을 다산의 저서를 통해 알 수 있다'라는 명언을 남겼다. 또한 다산의 방대한 경학연구는 독특하고 최고의 수준인데 그 내용은 '민중적 경학'이었다는 평가를 내렸다.

다산이 세상을 떠난 때로부터 금년(2008)은 172년째다. 다산의 꿈과 이상, 정치적 바람은 현실에서 얼마나 이룩되었는가. 선거를 통해 목민관을 선출하지만, 그러한 선거의 의의에 합당한 만큼 내용은 충실한가. 『경세유표』에서 주장한 개혁은 얼마나 이루어졌고, 『목민심서』에서 설파한 공직자의 청렴성이나 도덕성은 얼마나 확보되었으며, 『흠흠신서』에서 그리도 바랐던 억울한 수사와 재판은 사라졌다고 볼 수 있는가.

역사를 통해 반성할 줄 모르는 국민은 절대로 흥성할 수 없다. 역사적 원리에 배반하는, 역(逆)의 논리로 가는 나라는 절대로 발전하지 못한다. 필요한 개혁을 주저하고 미루다가는 후퇴와 퇴보를 자초하게 된다. 다산은 「원정(原政)」에서 "정치란 정의롭고 고르게 살도록 해주는 것(政也者 正也 均吾民也)"이라고 했다. 오늘의 정치가 얼마나 정의로우며 균등의 원리에 부합하고 있는가를 반성해보자.

나라를 통째로 개혁하자던 실학자 정약용

1. 개혁하지 않으면 나라는 망한다

영조 38년, 1762년은 오래된 조선이라는 나라에 한줄기 서광이 비친 해였다. 조선 최고의 학자, 희대의 실학자, 높은 수준의 개혁가인 다산 정약용이 태어난 해였다. 그 한달 전에는 조선왕실 최대의 비극으로 꼽히는 '임오(壬午) 사건', 즉 사도세자가 뒤주에 갇혀 죽는 참극이 일어났다.

사도세자의 죽음과 다산의 탄생, 참으로 무관한 일이었지만 역사의 전개는 그렇게 간단하지만은 않았다. 사도세자의 죽음을 계기로 시파(時派)와 벽파(僻派) 간의 당쟁이 격화되었고, 시파 계열이었던 가계로 인해 다산은 자연스럽게 시파에 속하게 되었다. 다산의 벼슬하던 동안의 어려움, 감옥에서 당한 국문, 귀양살이의 고난 등은 이런 정치적 관계에서 연유되었으니 사도세자의 죽음과 다산의 탄생은 서로 관련이 없다고 하기 어렵다.

세자의 죽음에 한없이 분노한 다산의 아버지 정재원이 벼슬을 버리고 낙향하여 세월을 보내던 때에 다산이 태어난 것이다. 패악한 정치의 계절에 가슴 아파하던 아버지는 태어난 아들이 벼슬하는 것보다는 농사나 지으며 행복하게 살라는 뜻으로 다산에게 '귀농(歸農)'이라는 아명을 지어주기도 했다. 그러나 역사와 세월은 변하며 흘러가는 법이다. 관료생활에 길이 들었던 아버지는 얼마 뒤에 다시 벼슬길에 올랐고, 그런 아버지 덕택에 다산은 유복한 어린 시절을 보냈다. 비록 아홉살 때 어머니 해남윤씨(海南尹氏)가 세상을 떠나 비애에 젖기도 했으나, 영특한 다산은 주로 아버지의 가르침을 받으면서 소년시절을 보냈다.

다산이 조선 최고의 학자요 사상가라면, 그가 태어나고 자랐으며 학문의 기초를 닦은 곳, 그리고 벼슬살이와 귀양살이를 마치고 다시 돌아와 학문과 사상을 완성하며 18년을 보냈던 경기도 남양주시 조안면 능내리 마현마을은 그야말로 역사의 땅이자 사상의 고향이다. 그곳에 그의 꿈과 희망을 영글게 해준 생가가 복원되어 덩실하게 자리잡고 있다. 그가 생가의 뒷동산에 묻혀 지금까지 170년이 넘도록 고이 잠들어 있으니, 그곳을 어찌 역사의 땅이라고 말하지 않겠는가. 다산이 살았던 '여유당(與猶堂, 다산 서재)'은 바로 사상의 고향이다. 그의 사상과 철학이 배태되었던 서재이기 때문이다.

뒷날 강진의 다산초당(茶山草堂)에서는 그의 주저(主著)들이 완성되었다. 귀양지에서 1817년 완성한 『경세유표』는 누가 보아도 그의 경세학의 대표적 저술이다. 나라를 경륜할 계책이 있지만 죄인의 신분으로 어찌할 방도가 없었기 때문에 죽은 뒤에 유언으로 올리는 정책이라는 뜻으로 '유표(遺表)'라 이름 지었으니, 국가경영의 방책과 나라를 개혁하자던 그의 계책은 대체로 『경세유표』에 정리되어 있다.

왜 이 책을 지을 수밖에 없었는가, 어떻게 나라를 개혁할 것인가, 큰 계책은 무엇이며 세부적인 방안은 무엇인가에 대한 대략적인 설명을 해놓은 것이『경세유표』'서문'이다. "털끝 하나인들 병들지 않은 부분이 없습니다. 지금 당장 개혁하지 않으면 나라는 반드시 망하고야 말 것입니다." 신하의 입장에서 임금에게 국가경영의 정책을 조목조목 아뢰어 바친 내용이 바로『경세유표』다. 다산은 그의 자서전격인「자찬묘지명」에서『경세유표』의 저작 목적을 다섯 글자로 밝혔다. 그것은 "신아지구방(新我之舊邦)"이었으니, 우리의 오래된 나라를 새롭게 개혁하기 위한 것이었다. 전제조건이 '개혁'이라는 두 글자다. 개혁하지 않으면 나라가 망한다고 경고하면서 법과 제도를 개혁하기 위한 대안으로『경세유표』를 저작한 것이다.

법과 제도가 제대로 집행되려면 공무원들의 청렴한 도덕성이 회복되어야 한다. 이를 위해『목민심서』를 저작하였다. 수사와 재판의 공정성이 확보되어야만 억울한 누명으로 감옥살이하는 사람이 없어진다. 이를 위해『흠흠신서』를 저작하였다. 국민 모두의 실천이 없이는 나라가 개혁될 수 없기 때문에 모든 사람의 정신과 철학을 뿌리부터 바꿔주기 위해 교과서였던 주자학의 육경사서(六經四書)를 재해석하여, 성리학적 경서를 민중적이고 실학적인 것으로 전환시킨 232권의 방대한 경학 연구서를 완성하기에 이르렀다.

2. 서양서적을 읽으며 마음이 열리다

1792년은 정조 16년이었다. 그해 31세이던 다산은 벼슬아치라면 최고의 명예로 여기던 옥당 벼슬에 임명된다. 옥당인 홍문관의 수찬(修撰)에 제수되었다. 이런 낭보에 기쁨을 감추지 못하던 무렵 세상이 무너지는 비보를 받았다. 진주목사(晉州牧使)로 재임하던 아버지가 임지에서 돌아가셨다는 부음을 받은 것이다. 진주까지 달려가 형제들과 함께 아버지의 시신을 고향으로 반장(返葬)하여 장례를 치른 뒤, 집상(執喪) 중이던 다산에게 정조대왕의 명령이 내려졌다. 집상하는 때야말로 책을 보고 글을 짓기 좋은 시간이라며 수원 화성을 축조키로 하였으니 성을 쌓을 설계도와 방법을 올리라는 분부였다. 다산 아니면 그런 큰 역사(役事)를 처리할 수 있는 사람이 없다는 정조의 판단에서였을 것이다.

다산은 사실 23세 때인 1784년부터 친구 이벽(李檗)을 통해 천주교 관계서적이나 서양 책들을 읽기 시작했다. 우물 안 개구리이던 조선사람으로 서양의 문물에 눈을 뜨면서 다산의 마음은 넓고 크게 열리고 있었다. 그후 1791년에는 자신의 외종형인 전라도 진산의 윤지충(尹持忠)이 천주교도로는 최초로 순교하는 사건이 일어나면서 다산은 천주교에서는 손과 마음을 떼었다고 했지만, 서양의 과학사상이나 기술에 대한 책들은 멀리할 수 없었다. 이러던 다산에게 정조는 성의 설계도에 참고할 만한 서적이라고 하면서 『고금도서집성(古今圖書集成)』 안에 있던 『기기도설(奇器圖說)』을 내려주었다. 중국에 와 있던 서양 선교사가 쓴 과학기술서적이다. 이런 책을 참고하여 다산은 거중기(擧重機) 등의 성 쌓는 도구들을 발명해내는 위업을 달성할 수 있었다. 중국과 조선의 고전에 해박했던 다산, 거기에 서양의 과학사상과 근대적 논리가 합해지면서 그의 실학사상은 뿌리가 튼튼한 실용주의적 논리로 굳어지게 되었다.

3. 일본의 경학연구서도 읽었다

"일본에서는 요즘 훌륭한 유학자들이 배출되었다. 물부쌍백(物部雙柏, 荻生徂徠)이 바로 그런 사람으로 호를 조래(徂徠)라 하고 해동부자(海東夫子)라 일컬으며 제자들을 많이 거느렸단다. 지난번 수신사(修信使)가 오는 편에 소본렴(篠本廉)의 글 세편을 얻어왔는데 글이 모두 정예(精銳)하였다. 대개 일본이라는 나라는 원래 백제에서 책을 얻어다 보았는데, 처음에는 매우 몽매하였다. 그후 중국의 강소·절강지방과 직접 교역을 트면서 좋은 책을 모조리 구입해갔다. 책도 책이려니와 과거를 통해 관리를 뽑는 그런 제도가 없어 제대로 학문을 할 수 있었기 때문에 지금 와서는 그 학문이 우리나라를 능가하게 되었으니 부끄럽기 짝이 없는 일이다."(「示二兒」)

『유배지에서 보낸 편지』(창비)의 「두 아들아 보거라(示二兒)」에 나오는 이야기다. 임진왜란 이후 조선사람들은 무조건 일본은 왜(倭)이고 못된 나라로 학문도 별 볼 것 없는 나라로 여겼다. 그러나 다산은 예의 유학자들과는 달랐다. 일본의 경학연구서를 얻어 보면서 그들의 학문수준이 어느 정도였나를 명확히 관찰하고 있었다. 「일본론(日本論)」이라는 논문을 지어서 일본 사정을 정확하게 설명하기도 하였다. 중국과 조선의 학문만을 고수하지 않고 서양과 일본의 학문에 눈을 돌리고 마음을 기울이면서 세계사적 안목을 넓혔던 다산의 학문 경향은 확실히 남다른 면이 많았다. 요즘 말로 '세계화 마인드'를 지녔다고 해도 과언이 아니다. 다산의 열린 마음과 바로 뜬 눈에서 근대의 여명이 비치고 있었지만, 탐관오리와 세도정치의 탐학과 부패에 휘둘리던 조선은 다산을 유배 보내 바닷가에 유폐시키고는 중세의 긴긴 어둠에 잠기고 말 았다.

4. 역사의 땅, 마현

다산의 고향 마현마을. 열수(洌水)라고 불리던 한강물이 넘실대고, 멀리 운길산의 수종사(水鐘寺) 종소리가 울려 퍼지던 곳, 이제 다산은 눈을 감고 이곳 지하에 영면하고 있다. 그곳은 역사의 땅이다. 정약현(丁若鉉)·정약전(丁若銓)·정약종(丁若鍾)·정약용 4형제의 뛰어난 학문과 사상이 피어나 형성된 곳이다. 천주교의 초기 신앙인들인 이벽, 이승훈(李承薰), 황사영(黃嗣永) 등의 발길이 끊이지 않고 이어지던 곳이다. 천주교의 수호를 위해 장렬하게 순교한 정약종과 그의 두 아들 정철상(丁哲祥)·정하상(丁夏祥), 그의 조카사위 황사영의 기억이 서린 곳이다. 정약용과 그의 중형 정약전의 실학사상이 자라났고, 다산의 두 아들 정학연(丁學淵)·정학유(丁學游)가 계승하고 다산의 외손자 윤정기(尹廷琦)가 외가를 드나들면서 실학사상을 꽃피게 했던 곳도 그곳이다.

더구나 다산이 해배된 1818년부터 세상을 떠난 1836년까지의 18년 동안에는 얼마나 많은 당대의 석학들이 그곳을 출입하면서 다산과의 교유를 통해 학문의 범위를 넓혀갔던가. 석천(石泉) 신작(申綽)과 대산(臺山) 김매순(金邁淳)의 학문 논평에 관한 서찰이 수없이 오갔고, 홍석주(洪奭周)·홍길주(洪吉周)·홍현주(洪顯周) 3형제와 다산과의 교유는 얼마나 성대했던가. 또 정조대왕의 외동사위인 해거도위(海居都尉) 홍현주의 마현 출입은 외로운 다산의 노년에 얼마나 위로가 되었던가. 이런 모든 역사를 그저 말없이 간직하고 있는 마현, 그리고 열수라 불리던 한강은 오늘도 도도히 흐르고 있다.

5. 다산학의 산실 다산초당

유교의 창시자는 공자(孔子)이다. 뒤이어 맹자(孟子)가 태어나 공자의 인(仁) 사상을 계승하고 더 확대하여 의(義)를 첨가하여 유교의 중심 사상으로 확립했으니, 바로 인의(仁義)의 세계가 경(經)으로 집약되었다. 대표적인 경은 공맹(孔孟)의 철학으로 육경사서에 수렴되었다. 진(秦)나라 때에 분서갱유라는 전대미문의 재앙을 만나 경은 대부분 일실되었으나, 한(漢)나라 때에 대부분 복원되고 새로운 주석으로 경의 의미가 해석되었으니, 본격적인 경의 연구인 경학이 학문의 맨 윗자리를 점하게 되었다. 때문에 한문(漢文)·한자(漢字)·한학(漢學) 등으로 한나라 때의 업적을 높이 평가하는 일에 인색할 수가 없다.

그러나 한나라 때의 경전 해석학은 당나라 때에 이르러 매우 쇠퇴하여 불교의 연구를 따라갈 수 없었다. 하지만 송나라 때에 이르러 정자(程子)나 주자(朱子)의 등장으로 유교의 부흥기를 맞게 된다. 정자의 철학을 계승하여 좀더 확대 심화시킨 주자의 공이 너무 컸기 때문에 주자학이라는 이름을 얻었다. 새롭게 성리학적 논리로 해석한 유학이 동양 사회를 지배하는 논리로 자리잡았고 고려말에 한반도에도 상륙하였다. 조선은 바로 주자학, 즉 성리학을 통치이념으로 정하면서 주자학은 국교(國敎)에 버금가는 위세를 떨치게 되었다. 정약용이 유배지 강진의 다산초당에서 육경사서에 대한 새로운 해석을 시도하여 주자학과 병칭

될 수 있는 다산학(茶山學)을 수립해내던 당시에도 조선사회는 주자학을 교조적으로 신봉하고 절대시하고 있었다.

유배살이 초기 강진읍내의 사의재(四宜齋)라는 주막집 방에서는 물론 강진읍내의 뒷산에 있던 고성사(高聲寺)에서도 연구는 계속되었지만, 강진군 도암면 만덕리 귤동마을 뒷산인 다산에 있던 윤씨들의 서재인 다산초당에서 다산학은 완성되었다. 관념적이고 사변적인 이론 위주의 학문인 성리학에서 벗어나 실용적이며 실천적인 학문으로 나아간 다산학은 조선 500년 온갖 학문 중의 금자탑이었다. 『경세유표』 『목민심서』 『흠흠신서』 등 경세학이 이룩되고 경학인 다산학이 수립된 다산초당이야말로 다산학의 산실임에 분명하다. 다산초당은 생가인 여유당과 함께 다산학의 양대 보금자리다.

다산초당을 둘러보자. 소유권도 연고권도 전혀 없는 남의 산정(山亭), 다산은 그 산정을 자신이 소유주인 양 경관을 참으로 아름답게 꾸몄다. 물을 끌어다가 비류폭포인 인공폭포도 만들고, 그 물이 고이는 곳에 연못을 파서 경치를 멋지게 단장했다. 흐르는 물을 받아 산자락에 계단밭을 일구어 미나리를 가꾸며 용돈도 벌고 반찬감도 장만했다. 바위 절벽에 '정석(丁石)' 두 글자를 새겨 징표로 삼았고, 약천(藥泉)·다조(茶竈) 등으로 아름답게 꾸며 선비의 연구처로 삼았다. 귤동마을에는 가을이면 노랗게 유자가 익어가고, 마을 앞까지 밀려오던 구강포의 바닷물은 빠져나가면서 다산의 시름을 덜어주기도 하였다. 초당의 뒤로 난 오솔길을 따라 걸으면 학승 혜장선사(惠藏禪師)가 거처하던 백련사(白蓮寺)가 있어 답답한 가슴을 식히기에 넉넉하였다.

6. 백성의 참 힘을 발견하다

강진 유배살이는 다산에게 참으로 많은 것을 가르쳐주었다. 시골의 무지렁이 백성들과 어울려 지내면서 힘없고 가난한 백성들이 당하던 압제와 핍박의 생생한 현장을 목격할 수 있었다. 다산의 이른바 사회시 및 참여시들은 그 속에 핍박받는 인민들을 해방시키자는 깊은 철학이 담겨 있다. 그가 황해도 곡산 도호부사 시절에 직접 판결했던 '이계심(李啓心) 사건'(군중시위 주도자를 무죄석방한 재판)이 머릿속에 담겨 있어, 백성들을 등에 업고 투쟁하면 이기지 못할 싸움이 없다고 주장한 것이나, '목위민유(牧爲民有,「원목」에 나오는 말로 통치자는 백성을 위하는 일을 할 때만 존재이유가 있다는 뜻)'라고 선언한 다산의 사상은 백성들의 힘을 가장 구체적으로 발견해낸 선각자의 철학이었다.

다산은 많은 제자들을 길러냈다. 강진읍내의 사의재에서 낮은 신분의 제자를 가르쳤다면, 다산초당에서는 양반신분의 자제 18명을 가르쳐, 이른바 '다산학단'이라는 학파를 형성해냈다. 쟁쟁한 제자들이 다산의 학문을 계승하여 망해가던 나라에 온갖 방법으로 복무했던 점은 다산의 또다른 공로였다. 근래에 『다산학단문헌집성(茶山學團文獻集成)』(전9권, 2008)이라는 책이 간행되어, 이제야 본격적으로 다산이 조선 후기 사회에 미친 학문적 영향을 제대로 밝힐 기회가 오게 되었다.

7. 조선사람은 조선시를 짓자

임진왜란 이후로 조선사람들 대부분은 일본을 '왜'라고 얕잡아보았

고, 병자호란 이후 청나라를 야만국이자 '되놈'의 나라라고 백안시하였
다. 그러면서 조선인들은 한·당·송·명의 중국은 한없이 떠받들면서 시
를 지어도 중국시, 글을 지어도 중국글을 지어야만 참다운 시이자 글이
라고 고집하며 살았다. 역사책을 읽어도 중국의 『사기(史記)』『한서(漢
書)』『송사(宋史)』 등에 매달리면서 『삼국사기(三國史記)』『삼국유사(三
國遺事)』『고려사(高麗史)』 등은 전혀 거들떠보지도 않았다. 자기 자신
이나 자기 나라의 역사나 문학의 전통은 아예 무시하고, 그저 서양 학문
과 사상에만 매력을 느끼는 현대인들과 어쩌면 그리도 닮았는가. 중국
의 역사와 학문을 섭렵하고 조선의 역사와 학문을 제대로 연구한 다산
은 당시 지식인들의 태도에 한없이 분노하면서, "나는 조선사람, 즐거
이 조선시를 짓겠노라(我是朝鮮人 甘作朝鮮詩)"는 혁명적 선언을 감행
하였다. 역사적 사실을 인용하더라도 우리의 역사적 사실을 인용하고,
글을 지어도 우리식 글을 짓자는 그의 주장은 바로 오늘의 우리 지식인
들에게 고하는 것이 아닐는지.

　다산은 유배지에서 아들에게 보낸 편지에, "수십년 이래로 한가지 괴
이한 논의가 있어 우리 문학을 매우 배척하고 있다. 여러가지 우리의 옛
문헌이나 문집에는 눈도 주지 않으려 하니 이거야말로 큰 병통이다. 사
대부집안 자제들이 우리나라 옛일들을 알지 못하고 선배들이 의논했던
것을 읽지 않는다면 비록 그 학문이 고금을 꿰뚫고 있다 해도 엉터리일
뿐이다"라고 했다. 그러면서 우리나라의 역사책이나 옛날의 어진 이들
의 문집이나 저서들을 탐독하도록 권장하였다. 겸하여 우리나라의 역
사적 내용만으로 지어진 유득공(柳得恭)의 시가 중국에서 간행되었고
중국인들이 즐겨 읽는다는 것까지 첨부하였다.

　'가장 한국적인 것이 가장 세계적인 것이다' '가장 조선적인 것이 가

장 보편적인 것이다'라는 것을 다산은 일찍이 인식하고 있었으니 그의 혜안은 역시 높기만 했다. 내 나라와 내 민족, 우리 정서에는 눈을 감고 세계화에 대한 잘못된 인식으로 나라 밖으로만 향하는 지식인들은 이 점에서 한번쯤 다산을 돌아보아야 하지 않을까.

8. 다산의 유적지를 다니면서

황해도 북쪽에 위치한 곡산, 36세 때부터 2년 가까이 다산이 목민관으로 지낸 곳이다. 참으로 『목민심서』의 내용대로 청렴하고 정직하게 백성을 위해서 선정을 베풀었던 곳이다. 지금은 갈 수 없는 북녘 땅이다. 경상북도 포항시 장기면 마산리는 1801년 3월부터 10월까지 다산이 귀양살이했던 쓰라린 곳이다. 18년 동안 유배살이했던 강진은 다산학의 산실이다. 그가 나고 자랐으며 학문을 마무리하고 세상을 떠나 지금까지 묻혀 있는 남양주의 마현은 고향이자 영원한 안식처다. 젊은 시절 사또 자제로 형제들과 함께 지내며 그곳의 학자나 학승들과 어울렸던 전남 화순군 화순읍은 그의 이상과 꿈을 키운 낙토였다. 천주교에 관계했다고 정치적 반대파들이 드세게 공격하는 바람에 지금의 충남 청양에 속하는 금정도 찰방(金井道察訪)으로 좌천되어 지내던 시절의 유적은 흔적도 없다.

실학자·사상가의 위상보다 더 높은 현자의 대접을 받아야 할 다산 정약용, 그가 남긴 저서도 귀중하게 여겨야 하지만 그의 유적지도 그냥 버려져서는 안 된다. 다산을 깊이 연구하여 다산학을 재발견한 위당 정인보는 "다산선생 한 분에 대한 고구(考究), 곧 조선역사의 연구, 조선근세

사상의 연구요 조선심혼(朝鮮心魂)의 밝혀지고 가리워졌음과 전체 조선의 성쇠존멸(盛衰存滅)에 대한 연구다"라는 결론을 내렸다. 조금도 과장하거나 잘못 판단한 것이 아니다. 그보다 더 많은 저술을 남기고, 그보다 더 높은 수준의 학문적 대업을 이룩한 사람이 또 누가 있는가.

때문에 필자는 40년에 이르도록 다산학에 마음을 버리지 못하고 살아가고 있다. 다산이 살았던 조선사회가 그처럼 부패하고 부란(腐爛)했듯이, 오늘의 우리 사회도 도덕성이 해이되고 부패가 만연해 있다. 세상이 썩고 부란해질수록 다산으로 돌아가지 않을 수 없다. 어떻게 해야 공직자들의 최고 덕목으로 다산이 그렇게도 강조했던 청렴정신을 회복할 수 있을까. 어떻게 해야 다산이 강조한 법과 제도의 개혁으로 정의로운 사람들이 대접받는 세상, 수사와 재판에서 억울한 사람이 없는 세상이 올 것인가. 어떻게 해야 내 나라, 내 민족, 내 역사의 중요성을 인식하여 나와 우리를 제대로 알고 살아가는 세상이 올 것인가. 다산이 들었던 횃불을 다시 잡아 백성이 주인이고, 민중이 역사의 주체인 세상을 만들어야 하지 않는가. 그래서 다산의 유적지는 길이 보전되어야 하리라.

정약용, 그의 시대와 사상

1.마현리

　다산 정약용은 민족 최고의 학자이자 사상가면서 탁월한 시인으로 오늘도 우리 곁에 정신적으로 살아 있다.

　다산이 태어난 곳은 당시의 행정구역으로는 광주부(廣州府) 초부방(草阜坊) 마현(馬峴里)였다. 지금(1983)은 남양주군 와부면 능내리로 변경된 곳이다.[1] 다산 자신의 기록에 의하면 한강(洌水)의 상류 마현리, 즉 마재(馬峴)라고 표기했으니 마재는 한강의 상류에 위치한 풍광이 아름다운 다산의 고향이다. 한강의 상류이자 마재 앞을 흐르는 강을 소내(苕川)라고 불렀기에 많은 경우 자신의 고향 마을을 소내라고 호칭하고 그렇게 쓰기도 했다.

1　1995년 '남양주시 조안면 능내리'로 다시 변경되었다.

본래 다산의 성씨는 압해정씨(押海丁氏)로서 본관인 압해는 지금의 전남 신안군 압해면인 압해도(押海島)를 지칭하는데, 조선시대에 압해도는 나주목(羅州牧)에 소속된 도서여서 뒷날에는 나주정씨(羅州丁氏)라고 부르기도 하였다. 다산의 기록에 의하면 자신의 선대는 고려 말엽 황해도 배천(白川)에서 살았으나 조선조 초엽에 서울(漢陽)로 옮겨와서 살았다고 한다.

다산의 선조들은 서울에 살면서부터 조선왕조에서 8대를 연달아 문과에 급제하며 관료생활을 하였고, 모두 옥당(玉堂)에 들어간 명문 집안이었다. 다산의 5대조 정시윤(丁時潤, 1646~1713)은 옥당을 거쳐 병조참의를 역임했으나, 그분의 생존 시기는 숙종 때로 당쟁이 극심하던 파란만장한 시기였다. 만년에 세 아들(道泰·道復·道濟)과 서자 하나를 데리고 소내로 이사 와서, 소내의 북쪽에 임청정(臨淸亭)이라는 초당을 짓고 술을 마시고 시를 읊으며 한세월을 보냈다고 한다. 중앙에 집을 지어 큰아들과 함께 살면서 동쪽에 두 아들이 살 집을 짓고 북쪽에 서자가 살 곳을 마련하였으니 도태(道泰)의 현손(玄孫)인 다산의 집은 바로 북쪽 집이던 서자가 살던 곳이었다고 한다. 격심한 당파싸움에서 실세한 남인계의 다산 집안은 고조(道泰)·증조(恒愼)·조부(志諧)의 3대에 이르기까지 벼슬길에 오르지 못했다. 아버지(載遠) 때에 와서야 정조의 등극으로 남인계에 벼슬길이 트이자 음사(蔭仕)로 진주목사까지 역임하나 소내에서 문과급제는 다산을 기다려서야 이루어진다.

다산은 영조 38년(1762) 음력 6월 16일 정재원의 넷째 아들로 소내에서 태어났다. 다산이 태어난 임오년은 조선후기의 역사를 소용돌이치게 할 큰 사건이 일어난 해였다. 다산이 태어나기 약 한달 전인 음력 5월 13일 사도세자가 폐세자의 처분을 받고 서인(庶人)이 되어 뒤주에 갇히

어 굶어서 죽어간 사건이 있었다. 당쟁사의 큰 줄거리의 하나인 시(時)·벽(僻)의 싸움은 그 사건으로 인하여 일어났으며 시파·벽파의 치열했던 당쟁이야말로 조선후기 정치사에 막대한 영향을 끼쳤다. 많은 곡절이 파생되어서 뒤를 이은 참화도 거기서 배태되었으며 다산의 일생에도 직접·간접으로 연관되었다. 세계사의 측면에서 보면 그해는 프랑스혁명의 사상적 뿌리라고 일컬어지는 루소의 『사회계약론』이 처음으로 간행된 해였으니 동서에 큰 사건이 있던 해였다.

강반(江畔)인 마재마을은 다산이 태어나서 죽은 곳이기도 하지만 두미협(斗尾峽)을 지나 배를 타고 서울로 왕래했던 역사적인 수향(水鄕)이면서 다산의 일생에 전개되는 수많은 사건을 일으킨 사연 많은 마을이었다. 마을 뒷산의 이름이 유산(酉山, 뒷날 다산의 큰아들 학연의 호가 되었음)이어서 마을 이름을 유산이라고도 불렀으며, 소내인 한강의 상류는 두호(斗湖, 다산 5대조의 호이기도 함)라고도 불렀으니 강안(江岸)이 호수처럼 넓은 탓이었으리라. 마재·소내·유산·두호로 불리던 마을은 다산 큰형수의 아우인 이벽(李檗)이 누님 집을 찾아다니던 곳이요, 다산의 누님을 아내로 맞은 이승훈(李承薰)이 처갓집으로 드나들던 곳이며, 다산의 질녀를 아내로 맞은 황사영(黃嗣永)이 처가를 찾아오던 곳이었다. 한국 천주교 초창기에 혁혁한 이름을 날리던 인물들의 발길이 잦았던 곳이기도 하지만, 당시 천주교 명도회장(明道會長)으로서 죽음을 두려워하지 않고 천주교를 종교로 신앙하여 장렬히 순교한 다산의 셋째 형 정약종(丁若鍾)이 태어나서 자란 곳이기도 했다. 정약종과 친사돈 간이던 홍교만(洪敎萬, 순교자)도 그곳을 출입했을 것이니 마재야말로 명실공히 서설(西說), 서학(西學), 서교(西敎), 서서(西書), 천주교(天主敎), 천주학(天主學)의 산실이자 피 어린 역사의 현장이 아닐 수 없다.

겸하여 조선후기 역사의 서광이던 실학을 집대성한 학자가 다산이었으니, 그가 태어나 자라고 연구하고 사색하며, 수많은 저서를 저작하고 정리하여 보존하고 죽음을 맞은 마재는 바로 이 나라 민족사의 한 맥이 되기에 부족함이 없으리라. 그곳에서 배를 타고 고기를 잡아 술을 마시고 시를 읊었으며, 긴 유배생활에서는 꿈에도 못 잊고 '소내 위의 달빛〔苕上月〕'을 그렇게 그리워했었다. 나라와 민족을 구제하고 인간을 해방시키려던 다산의 경륜과 포부가 또한 그곳에서 배태되었을 것이니, 한 많은 다산의 생애에 소내야말로 끊으려 해도 끊어지지 않던, 운명적으로 묶인 실제의 고향이자 마음의 고향이었다. 다산의 당호(堂號)인 여유당(與猶堂)은 그의 모든 저작을 모은 전서(全書)의 명칭이 되었지만 바로 소내에 있을 때는 서재로서 다산학(茶山學)의 보금자리가 되었음은 말할 것도 없다.

다산 서거 후 147년째인 금년(1983) 초가을 필자가 찾아간 마재는 다산의 기록에 나타난 것과는 너무도 달랐다. 팔당댐에 의해 물이 불은 소내는 큰 강을 이루고 넘실댔으며, 서울 근교의 유원지로 변모하여 주말을 즐기는 조사(釣士)들이 낚대를 드리우고 세월을 보내고 있었고, 유흥객들은 삼삼오오 한가롭게 경치를 구경하고 있었다. 기록과 일치하는 것이라고는 "집 뒤의 자(子)의 방향 언덕(屋後負子之原)"에 묻도록 했다던 묘소 하나였다. 중앙에 있던 큰댁, 동쪽·서쪽에 있었다던 집들은 그 집터조차 흔적이 없었고, 꽤 멀리 보이는 곳에 마을이 보일 뿐 마을이 있었던 흔적도 보이지 않았다.

큰 바위 하나가 누워 있는 곳에 '여유당'이라고 새겨 있으니 아마 그곳이 여유당이 있던 곳으로 여겨지지만 그 바위가 어떻게 여유당일 수 있을 것인지, 당연히 여유당 유지(遺趾)라고 써두었어야 할 일이리라.

그 바위에 더 작은 글씨로 '후손 국회의장 정일권서(後孫 國會議長 丁一權書)'라 쓰여 있었는데, 다산의 후손 중에 국회의장이라는 고관이 있었다면 다산의 다복함이겠지만 성씨가 정씨(丁氏)라고 하여 다산보다 늦게 태어난 사람은 모두 후손이 된다고 한다면, 우리나라 고유의 족보 개념은 어떻게 되는 것인지 아찔하기만 하였다. 묘 앞에 세워진 비문이야, 다산이 자찬(自撰)한 묘지명(墓誌銘)을 묘소 입구에 새겼으니, 달리 쓰더라도 관계없는 일이지만 글씨를 쓴 사람은 또 후손 정채균(丁採均)이라고 하였으니 이것 또한 정씨면 모두 다산의 후손이 된다는 사고방식이어서 답답하기만 하였다.

다산의 묘소에 참배하고 나서 아찔하고 답답한 마음을 떨치려고 앞뒤, 둘레의 산천경개를 바라보니 역시 강산은 아름다웠다. 물이 좋고 산이 좋아 가슴이 툭 트이고, 희대의 철인(哲人) 다산선생이 잠든 곳에 서서 고개 숙여 소내 마을의 빈터를 굽어보니 죽마 타고 뛰놀던 다산의 어린 시절 모습이 보이는 듯, 73세의 고령에 저서를 마무리하던 노인 다산의 모습이 떠오르는 듯 가슴이 뭉클해졌다. 75세의 나이로 일생을 마치는 동안 10여년의 벼슬살이, 18년의 귀양살이를 제외하고는 40여년의 세월을 머물렀던 곳이 바로 이곳이구나 여기니 만가지 감회가 떠올라 발걸음이 떼어지지 않았다.

18세 때인 1779년 봄 화순(和順) 아버지 임소에서 소내로 돌아와 지은 시를 읊어보자.

서둘러서 고향 마을 도착해보니
문 앞에는 봄 강물이 흐르는구나

기쁜 듯 약초 밭둑에 서고 보니
예전처럼 고깃배가 보이는군

꽃이 만발한 숲 사이 초당은 고요하고
소나무 가지 드리운 들길이 그윽하네

남쪽 천리 밖에서 노닐었지만
어디 간들 이 좋은 언덕 얻을 거냐!

忽已到鄕里 門前春水流
欣然臨藥塢 依舊見漁舟
花煖林廬靜 松垂野徑幽
南遊數千里 何處得玆丘

—「還苕川居」전문

그해 여름 서울에 있다가 다시 소내로 돌아와 읊었던 시를 보자.

긴긴 여름 성읍(城邑)에서 근심하다
조각배 타고 수향(水鄕)으로 돌아왔네

몇 집 없는 마을이어서 먼 곳도 바라보고
숲이 우거져서 서늘하기 그지없네

長夏愁城邑 扁舟返水鄕

村稀成遠眺 林茂有餘涼

—「夏日還苕川」 부분

　티없이 맑은 소년 다산의 눈에 비친 소내의 그때 그 모습이 선하게 눈에 떠오르는 듯하다. 모략 중상에 얽혀 일생 동안 편안한 날 없이 쫓기며 살았던 다산에게 소내는 분명히 안식의 고향이자 소생의 땅이기도 하였다.

2. 다산학의 원류

　다산이 9세 때 사별한 모친은 해남윤씨(海南尹氏)였다. 천수를 다하고 이별한 뒤라도 그리움에 사무치는 것이 어머니이거늘, 어린 시절에 어머니를 여읜 다산의 그리움은 어쩔 수 없이 외가 쪽으로 기울어진다. 어머니 윤씨는 고산(孤山) 윤선도(尹善道, 1587~1671)의 후손으로 조선시대 삼재(三齋)의 한 분이던 공재(恭齋) 윤두서(尹斗緖, 1668~1715)의 손녀였으니, 공재는 다산의 외증조가 된다. 다산은 글마다 '우리 고산선생' '우리 공재선생'으로 호칭하며 외가의 자랑을 쉴 새 없이 하였다. 필자가 찾아본 해남읍 연동리(蓮洞里) 고산의 옛집과 해남군 현산면 공재 묘소가 있는 백포(白浦)의 다산 외가들은 다산의 발길이 닿았던 곳이기도 하고, 거기서 조선후기 실학의 한 맥이 이어졌다는 데서 여러가지 감회를 불러일으켰다.

　고산의 증손이 공재인데, 공재의 형 윤흥서(尹興緖)도 큰 학자로서 고산의 외증손인 심득경(沈得經) 등과 교류가 있었다. 이들은 같

정약용, 그의 시대와 사상 · 47

은 남인이라는 인맥으로 인하여 자연스럽게 성호(星湖) 이익(李瀷, 1681~1763)의 형제들과 교류하고 있었다. 이서(李漵), 이잠(李潛) 등과 어울려 하나의 학맥을 이루고 새 학풍을 여는 계기가 되어주었다(이 학맥에 대한 자세한 설명은 다산의 「玄坡尹進士行狀」 참조). 잠광(潛光)의 실학자가 많다(정인보의 말)던 해남윤씨 외가 쪽의 학맥과 성호로 대표되는 여흥 이씨 계통의 학통은 서로 혼융되어 다산이라는 대호수로 모아져서 다산학의 원류를 이루었다. 특히 성호는 집안의 외손인 반계(磻溪) 유형원(柳馨遠, 1622~1673)의 학문을 계승하였으니, 이렇게 하여 '반계─성호─다산'으로 이어지는 학통이 이루어졌다.

다산 자신의 가계에도 혁혁한 남인계의 학자가 있었으니 우담(愚潭) 정시한(丁時翰, 1625~1707)이다. 다산의 5대조 정시윤의 재종형이 되는 우담은 성호의 선배 학자로 성호의 학문에 많은 영향을 주었으니, 친가·외가·성호 집안 등의 혁혁한 남인계 학맥을 이어 당시의 집권세력인 노론계와 대립관계에 서서 다산학은 생성되었다. 집권층과 맞서 있던 다산의 혈연과 학연은 불가피하게 고난에 찬 다산의 일생으로 연결되고, 끝내는 남인계 자체 내의 공서파(攻西派)·신서파(信西派)의 대결까지 초래하여 이른바 사교인(邪敎人)이라는 비참한 궁지에 몰리게 된다. 다산의 외종 윤지충(尹持忠)이 그의 외종 권상연(權尙然)과 함께 죽음을 무릅쓰고 천주교를 믿다가 순교했던 사실도 외가의 혈연에서 빚어진 가중된 고난이 아닐 수 없었다.

이상을 다산학의 주관적 원류라고 여긴다면 그밖의 정치·경제·사회의 객관적 상황은 또다른 다산학의 원류로 보아야 할 것이다. 병자호란 이후 집권층이 북벌론을 정치이념으로 삼으면서 몰자아(沒自我)의 사회의식이 조장되고 숙종 이후 격화된 당쟁은 단순한 정권다툼으로 전

락되니, 전란으로 피폐된 국가재정이나 도탄에 빠진 민생문제는 극한
의 모순을 노정하여 중세 해체의 조짐으로 나타나고 있었다. 이러한 시
대적 질곡을 헤쳐나가려는 학풍을 지닌 실학이 '실학파'를 이루고 있던
때였다. 정치·경제·사회적 모순이 팽배하던 시대에 역사의 변동성과
사회의 운동성을 바르고 기민하게 인식할 수 있는 사람만이 사상가와
선각자라는 명예로운 호칭을 받을 수 있다면, 다산은 당대의 어느 누구
보다도 명확하고 진지하게 시대적 추이를 감지했던 학자였다. 성호학
파의 경세치용(經世致用)의 학맥을 이어 연암(燕巖) 박지원(朴趾源) 일
파인 북학파(北學派)의 주장까지 섭렵하였으니 객관적 사회상황은 또
하나의 다산학 원류가 되기에 충분하였다.

　소년시절 가학(家學, 아버지에게 배운 학문)에 힘입어 경사(經史)의 서적
을 읽으며 학문의 기초를 닦은 다산은 15세 때인 1776년 봄 2월 풍산홍
씨(豊山洪氏, 남인계)의 규수를 아내로 맞는다. 홍씨는 무과를 통해 승지
에 오른 홍화보(洪和輔)의 딸로서, 서울의 아가씨였으니 다산은 처가를
가느라 서울을 출입하게 되었다. 이 무렵은 영조가 죽은 후 정조가 왕위
에 올라 시파의 벼슬길이 트이고, 다산의 아버지도 벼슬길에 오르던 때
이다. 아버지를 따라 서울에 셋집을 마련하여 서울 생활이 시작되면서
자연스럽게 자형 이승훈, 형수의 아우 이벽을 따라 성호의 종손(從孫)
이가환(李家煥) 등과 교류하게 된다. 성호가 남긴 저서들을 탐독하면서
그의 학문적 방향은 제자리를 찾았고 뜻은 세워졌다. 암울한 탄압의 시
대에 정조의 등극으로 남인계 학자들은 한줄기 희망을 갖게 되었으니,
그 무렵은 서울을 출입하며 남인계 소장학자들과 교류하던 다산에게도
새로운 학문에 접하며 안목을 넓히고 식견을 높여서 자기 나름의 학문
과 사상을 구축하던 꿈 많은 시절이었다.

16세인 1777년 겨울에는 화순현감으로 부임하는 아버지를 따라 호남에 간다. 명승지 적벽(赤壁)을 구경하고 우람한 무등산에 올라 긴 휘파람을 불며 기개를 펴보기도 하고, 화순읍에서 멀지 않은 만연사(萬淵寺) 곁에 있는 동림사(東林寺)에서 경학공부에 전념하기도 하였다. 3년 뒤 아버지가 경상도 예천군수로 옮겼고, 장인 홍공(洪公)은 진주에 병마절도사로 재직하고 있어서 영남지방을 유람하였다. 진주의 촉석루에 올라 3장사(三壯士)의 죽음을 애도하는 시를 짓기도 하였다. 다산은 예천의 반학정(伴鶴亭)에서 독서하면서 10대를 마친다.

다산은 21세(1782) 때 숭례문 안쪽의 창동(倉洞)에 있는 형제샘 거리에 집을 사서 서울에 정착하게 된다. 개울의 남쪽에 있는 집으로, 사립문은 북쪽으로 나 있다 하였고, 집 이름은 '체천정사(棣泉精舍)'라고 하였다. 서울 출입 이후 사귄 친구들과 다시 교류하며 본격적으로 과거공부와 학문연구에 몰두하면서 자신의 앞날을 설계하던 때이다.

어린 시절 왕경(王京)에 노닐며
내 몸 굽히지 않고 친구를 사귀었네

속된 기운 벗어난 사람이라면
마음 터놓고 지내기 충분했네

힘을 합해 수사(洙泗)로 돌아가자고
시의(時宜) 따위야 묻지도 않았거늘

弱歲游王京 結交不自卑

但有拔俗韻　斯足通心期
戮力返洙泗　不復問時宜

—「述志 1」부분

성현이 저 만리 밖에 있으니
누가 이 몽매함을 헤쳐줄 건가

고개 들어 온 세상 둘러보아도
또렷한 정신 지닌 자 보기 드무네

남의 것 모방에만 급급해하니
정밀하고 공교하게 자기 것 연마할 겨를 없네

어리석은 무리들이 멍청이 하나 떠받들고
야단스레 모두 함께 숭앙케 하네

聖賢在萬里　誰能豁此蒙
擧頭望人間　見鮮情瞳曨
汲汲爲慕倣　未暇揀精工
衆愚捧一癡　嗜唅令共崇

—「述志 2」부분

　　재기발랄한 20대의 청년으로 서울에 정착하면서 다산은 벌써 당시의
학문 풍토를 정확한 안목으로 관찰하였고, 자기의 학문 진로를 명확히

천명하기에 이르렀다. 고관대작의 귀족 자제들만 사귀지도 않았고, 시속에서 벗어난 논리를 지닌 사람이라면 누구라도 사귀며 심중을 토로하고 그들과 의기투합하여 시속에 따르는 학문은 제쳐두고 근본적 유학으로 돌아가려 했다. 이것은 바로 공맹(孔孟) 유교가 정주(程朱)의 관념철학으로 윤색된 허점을 타파해야 한다는 자신의 굳은 의지가 세워졌음을 보여주는 것이다. 자아의식이 결여되어 남의 것을 모방하는 데만 급급해서 학문다운 학문이 없던 당시의 사조를 통박하면서, 허위의식으로 가득 찬 북벌론자나 사변적인 성리학자 몇몇을 치켜세우고 떠들어대는 실속 없는 추종자 일군에게 가차없는 질타를 가하는 것이기도 했다. 이 정도면 벌써 그 시절에 다산이 추구하던 학문과 사상의 방향이 어디쯤인가를 알아보기 어렵지 않다.

3. 신유사화

다산은 정조 7년(1783) 봄 22세의 나이로 소과(小科)에 합격하여 진사가 된다. 선비로 행세할 최소한의 신분을 획득한 셈이다. 이때 벌써 사은(謝恩)의 자리에서 정조의 눈에 띄었고 태학(太學, 성균관)에 들어가 학문을 연구하면서 경전에 대해 새로운 해석을 내려 임금의 총애를 받기 시작하였다. 23세(1784) 때에 큰형수의 제사를 지내고 서울로 오던 두미협(斗尾峽)의 배 안에서 이벽을 통하여 중형 정약전(丁若銓)과 함께 처음으로 서교(西敎)에 대하여 듣고 한권의 책을 읽어보게 된다. 자신의 기록에 의하면 이때 이후 다산은 어느정도 서교에 몰입하여 신해옥사(辛亥獄事, 1791)가 일어날 때까지 천주교와 관계를 갖었는데,

그중에서 4, 5년 동안은 아주 열심히 관계하였다고 하였다. 28세 때인 1789년 1월 26일 마침내 대과(大科)에 갑과(甲科) 2위로 급제하여 벼슬 길에 오른다. 7품의 희릉직장으로 시작하여 이듬해 초계문신(抄啓文臣)에 발탁되어 한림(翰林)인 예문관 검열(檢閱)에 피선되었다. 며칠 뒤에는 한림 피선 과정에서 사소한 문제가 야기되어 해미현(海美縣, 지금의 충남 서산군² 해미면)으로 10일간 유배되었다가 풀려났다. 그후 바로 본직에 복귀되어 본격적인 관직생활에 접어들었다. 34세(1795) 때 정3품 당상관 동부승지(同副承旨)에 오를 때까지 삼사(三司)를 드나들며 요직을 거쳤고 경기도 암행어사를 역임하였다.

그러나 1795년 4월 주문모(周文謨) 신부의 밀입국사건 발생으로 악당(惡黨, 攻西派)들의 비방을 받아 7월에는 종6품의 홍주목(洪州牧)에 있는 금정도 찰방(金井道察訪)으로 좌천되었으니, 이때부터 천주교 관계자로 몰리게 되었다. 그해 연말에 다시 내직으로 들어와 36세(1797) 때는 좌부승지가 되었으나 서교문제로 탄핵을 받아 자초지종을 상세히 설명한 장문의 상소를 올리고 사직한다. 이것이 바로 유명한 '변방사동부승지소(辨謗辭同副承旨疏)'라는 상소문이었다. 그해 윤6월에는 황해도 곡산 도호부사(谷山都護府使)인 외직으로 좌천되었으나 그동안 갈고닦은 치민(治民)의 기술을 본격적으로 발휘하는 기회가 되기도 하였다. 38세(1799) 4월에는 곡산에서 내직으로 들어와 형조참의 직책을 맡은 후 얼마 되지 않아 실질적인 벼슬길은 끊어지고 말았다. 온갖 제도와 사회구조를 개혁해서 세상을 한번 바꾸기를 간절히 바랐고 다산에 대한 정조의 신임은 두터워갔지만 당시의 정치풍토는 다산이 더이상 벼

---

2 서산군은 1995년 '서산시'로 변경되었다.

슬할 수 없는 구조적 모순이 깊어가기만 하던 때였다. 39세(1800) 때는 18세기에서 19세기로 넘어오던 시기로, 이해 여름 6월에 정조가 갑자기 서거하자 정치판도는 다시 소용돌이치며 일대 보수세력의 가혹한 반동이 시작되었다.

정조의 뜨겁고 깊은 총애로 겨우 벼슬길이 명맥을 이었으나, 이제는 영영 다산의 품은 뜻을 펼 길이 없어지고 말았다. 아버지 사도세자의 죽음을 못내 안타까워하며 시파를 옹호하던 정조가 죽은 뒤 골수 벽파이던 영조의 계비인 김대비(金大妃)가 대왕대비로서 어린 순조를 대리하여 수렴청정을 펴게 되었다. 채당(蔡黨)의 영수 채제공(蔡濟恭) 정승마저 그 전해에 죽어 정약용의 동료이던 이가환, 이기양(李基讓) 등 시파이자 신서파들의 운명이 풍전등화의 위기에 놓이게 되었다. 같은 남인계에서 공서파가 된 목만중(睦萬中), 홍낙안(洪樂安), 이기경(李基慶), 홍의호(洪義浩) 등은 기세당당한 노론계 벽파에 아첨하느라 온갖 유언비어를 날조하고 뜬소문을 퍼뜨리며 신서파 모두를 목 베지 않고는 그만두지 않을 태세였다. 채제공의 관직을 추탈하자느니, 신서파는 모두 천주교 신자라느니, 그들이 역모를 꾸미고 있다느니 하는 등 세정(世情)이 분운(紛紜)하였다.

1801년 신유(辛酉), 정조의 장례를 마치고 재위 원년을 맞는 순조는 12세의 어린 나이였으니 대권은 모두 김대비에게 있었다. 당시의 『왕조실록』을 살펴보면, 신유 정월 10일 대왕대비 김씨는 사학(邪學) 금압을 위해 가혹한 법령을 선포하였다.

사람이 사람 노릇을 할 수 있음은 인륜(人倫)이 있기 때문이요, 나라가 나라 노릇을 함은 교화(敎化)가 있기 때문이다. 오늘날 사학이라고 말해지는 것은 아비도 없고 임금도 없어 인류를 파괴하고 교화에 배치되어 저절로 짐승이나 이적(夷狄)에 돌아가버린다. (…) 엄하게 금지한 이후에도 개전의 정이 없는 무리들은 마땅히 역률(逆律)에 의거하여 처리하고 각 지방의 수령들은 오가작통(五家作統)의 법률을 밝혀서 그 통(統) 안에 만약 사학의 무리가 있다면 통장(統長)은 관에 고하여 처벌하도록 하는데, 당연히 코를 베어 죽여서 씨도 남지 않도록 하라. (『純祖實錄』辛酉 正月 丁亥條)

역률, 즉 역적죄로 천주교인을 죽이라는 법령의 반포는, 정조의 총애를 받던 신서파의 목을 베라고 주장하던 공서파 일당의 요구가 국법으로 채택된 셈이었다. 그러자 신자이던 다산의 형 정약종은 교리서, 성구(聖具), 신부(神父)와 교환했던 서찰 등을 감추어 두기 위해 책롱(冊籠)에 담아 운반하던 중 신유 정월 19일 해질녘 한성부의 포교에 의해 압수당했으니 불에다 기름을 끼얹는 격으로 화란은 확대되고 말았다(「황사영 백서」에 자세히 나와 있다). 그렇잖아도 기회를 노리던 반대파들은 좋은 기회가 왔다며 엄청난 무고를 감행하게 되었다. 2월 9일 사헌부에서 대계(臺啓, 지금의 검찰공소장)를 올린다.

오호, 애통하도다. 이가환·이승훈·정약용의 죄악은 죽이기만 하고 말겠습니까. (…) 이들 세 사람이 사학의 와굴(窩窟)인 까닭입니다. 이가환은 흉추(凶醜, 李潛)의 핏줄로 화심(禍心)을 가슴에 감추고 뭇 원한을 품은 사람들을 유인하여서 자신이 교주(敎主)가 되었습니다. 이승훈은 그의 아버지가 사가지고 온 요서(妖書)를 전파하고 감심(甘心)으로 천주교 법리를 보호하는 것으로 가계(家計)를 삼았습니다. 정약용은 본래 두 추물(가환·승훈)과 한 뱃속이 되어 협력하는 한 부분을 이루었습니다. 그의 자취가 이미 탄로되었을 때에는 상소하여 사실대로 자백하여 다시는 믿지 않겠다고 입이 닳도록 맹세하였습니다. 그러나 몰래 요물을 맞아들이며 예전보다 더 심해졌으니 임금을 속였으며 사리에 어둡고 완고하여 두려운 줄을 모릅니다. 금번 법부(法府)에서 압수한 그의 형제·숙질 들이 주고받은 서찰에 이르러서는 그러한 것을 낭자하게 드러내 보여주니 그 요흉(妖凶)한 정상은 만 사람의 눈인들 가리기 어렵습니다. 대체로 이 세 흉인(凶人)들은 모두 사학의 근저가 되오니 청컨대 전 판서 이가환, 전 현감 이승훈, 전 승지 정약용을 곧 왕부(王府)로 하여금 엄하게 국문하여 실정을 알아내도록 하여 나라의 형벌을 쾌하게 바루소서. (『純祖實錄』辛酉 2月 9日條)

이 계(啓)의 내용을 간추려보면 이가환·이승훈·정약용은 사학(邪學)의 소굴이다. 이가환의 죄명은 본디 남인계의 과격했던 이잠(숙종 때 노론을 공격하다 장살당함)의 종손(從孫)으로 스스로 교주가 되었고, 이승훈은 천주교 서적을 구입해다가 퍼뜨리며 열심히 믿었고, 정약용은 두 사람과 협력하여 한통속을 이루다가 탄로되자 자수하여 믿지 않겠다고 맹세하고도 몰래 숨어서 예전보다 더 심하게 믿었다. 이번의 책롱에서 나온 증거들로 더이상 숨길 수 없게 되었다는 것이다.

앞의 공소장에 의해서 묻고 답변했던 신유추안(辛酉推案)을 살펴보자.(다산 자신의 기록과 실록 및 추안의 기록은 내용에서는 완전무결하게 일치되지만 날짜에서는 하루의 차이를 보이고 있다. 다산은 2월 8일 대계가 있었고 2월 9일 옥에 갇혔다 했으나 다른 기록은 2월 9일 대계가 있었고 2월 10일 옥에 갇혔다고 하였다.)

이가환의 답변 요지는 자신이 교주가 아님을 극구 변명하고 있다는 것이다. 본래 책 읽기를 좋아하는 탓으로 이승훈이 북경(北京)에서 가지고 온 7, 8권의 책을 읽은 적이 있다고 하였다. 그러나 그 책 내용 중 신주(神主)에 절하지 않고 제사를 지내지 말아야 한다는 구절에 이르자 경악을 금치 못했으며, 그후로는 그걸 본 적이 없고 배척하기만 했노라고 하였다. 신해옥사(辛亥獄事, 1791) 때는 광주부윤(廣州府尹)이 되어 혹독하게 사학을 금지시켰고, 그후 충주목사(忠州牧使)가 되어서도 주리를 사용하여 사학도들을 징치하였으니 자신이 왜 천주교를 믿는 사람이겠느냐고 항변하였다. 그의 답변은 모든 추안에서 일관되며 다산의 기록인 「이가환 묘지명」의 내용과도 정확하게 일치한다.

이승훈의 답변은 날짜에 따라 증거가 나타나면서 내용이 바뀌었고, 계속해서 한때는 믿었지만 지금은 믿지 않는다고 극구 변명하였다. 을사사건(乙巳事件, 1785) 이후에 책을 모두 불사르고 신해옥사 이후 예산(禮山)에 귀양 가서 회오문을 지어 정학(正學)으로 돌아오고 다시는 믿지 않았다고 말했으나, 다른 증거가 나오자 신해 이후에도 믿었던 것을 자백하며 배교한다는 주장을 열거하였다.

다산의 답변은 자신의 기록인 「자찬묘지명(自撰墓誌銘)」의 내용과 일치하며, 정조에게 올린 상소(1797년 6월 「변방사동부승지소」)에서 주장했던 것처럼 오래전에 손 떼었음을 시종일관 논리정연하게 밝혔다. 다산은 임금을 속일 수 없지만 아우가 형을 증거할 수도 없다고 하면서 형(정약종)이 그러하니 오직 죽음이 있을 뿐이라고 하였다. 겸하여 자기에게는 잘못된 형(病兄)이 있지만 형의 증거를 댈 수 없다고 하며, 형제 사이란 천륜이 애초에 무거운 것이니 어떻게 자기 혼자만 선하다고 말하겠느냐고 하면서 함께 죽여주기를 바란다고 하였다. 공소장의 내용처럼 자신은 신자가 아니며 진작 끊은 일이고, 오히려 형을 선도하려 했으나 끝내 듣지 않아 이 지경이 되었다는 결론이었다. 다산은 먼저 정조에게 올린 상소에서 자기는 이른바 '서양사설(西洋邪說)'이라는 것을 읽어보았다고 하였다(다른 기록에 이벽을 통해서 갑진 4월 보름날 중형 약전과 함께 읽었다고 하였음). 그러나 책만 읽었다면 죄가 되지 않겠지만 사실은 그 책을 읽으면서 흔연열모(欣然悅慕)하여 여러 사람들에게 과장해서 자랑하였다고 했다. 그때만 해도 갓 스무살이 넘은 때(23세)였고, 그런 무렵에는 일종의 풍기(風氣)가 있었으니 천문(天文)·역상(曆象)을 말할 수 있고, 농정(農政)·수리(水利)의 기구나 측량(測量)·추험(推驗)의 법을 말할 수 있는 사람이라면 일반 시속에도 박식한 사람이라고 지칭하던 때라 넓게 알고 신기한 것을 좋아하던 성벽으로 실제로 꽤 몰두했다고 하였다. 하지만 그후 과거공부에 바빠지고 제사 지내지 않는다는 설이 나온데다 신해옥사 이후로는 국금(國禁)까지 심해져 자기는 천주교에서 완전히 손을 씻고 말았다는 거였다.

교주라는 지목을 받은 이가환은 추안으로 보면 아무런 증거가 없는 것으로 보이나(다산의 기록도 마찬가지였다) 심한 고문에 못 이겨 판서의 벼슬을 지낸 자기가 교주의 지목을 받았으니 죽어 마땅하다고 한 말이 자백으로 인정되어 죽임을 당했다. 이승훈도 끝까지 부인했으나 죽임을 당했으며, 정약종, 최창현(崔昌顯), 최필공(崔必恭), 홍교만(洪教萬), 김백순(金伯淳) 등은 당당하게 천주교는 사학이 아님을 주장하면서 죽어도 배교하지 않는다며 순교했다.

다산의 판결 내용을 살펴보자. 당시의 위관(委官, 재판장) 영중추부사(領中樞府事) 이병모(李秉模)는 2월 10일부터 시작하여 2월 25일에 끝난 국문의 결과를 임금에게 보고한다.

정약전·정약용에게 있어서는 당초에 물들고 잘못 빠져들어간 것으로 범죄를 논한다면 역시 애석하게 여길 것이 없지만, 중간에 사(邪)를 버리고 정(正)으로 돌아왔던 문제는, 단지 그들 자신들의 입으로 밝히고 있을 뿐 아니라 정약종의 압수당한 문서 중에 있는 사당(邪黨)들 간의 편지에서 "자네의 아우(약용)가 알지 못하도록 하게나"라는 말이 나오고 있으며, 약종 자신이 쓴 글에서도 또 "형(약전)·제(약용)들과 더불어 함께 천주님을 믿을 수 없음은 나의 죄악이 아닐 수 없다"라고 했던 적이 있습니다. 이 점으로 보면 다른 죄수들과는 약간 구별되는 면이 있습니다. 사형 다음의 형벌(유배형)을 실시하여 관대한 은전에 해되지 않게 하소서. (『純祖實錄』辛酉 2月 25日條)

다음날의 『실록』의 기록에는 사학죄인들의 판결문이 나와 있다.

죄인 정약전·정약용은 바로 정약종의 형과 아우이다. 당초에 사서(邪書)가 우리나라에 들어오자 읽어보고는 좋은 것으로 여기지 않은 것은 아니지만, 중년에 스스로 깨닫고 다시는 더러움에 물들지 않으려는 뜻이 예전에 올린 상소문과 이번 국문 받을 때에 상세히 드러나 있다. 차마 형을 증거할 수 없다고는 했지만 정약종의 문서 중에 그들 서로 간에 주고받았던 글 속에서 정약용이 알게 되는 것을 경계하고 있으니 평소에 집안에서도 금지하고 경계했던 것을 증험할 수 있다. 다만 최초에 더러움에 물들었던 것으로 세상에서 지목을 받게 되었으니 약전·약용은 사형의 다음 형벌을 적용하여 죽음은 면해주어 약전은 강진현(康津縣) 신지도(薪智島)로, 약용은 장기현(長鬐縣)으로 정배(定配)한다. (『純祖實錄』辛酉 2月 26日條)

이 내용을 다산 자신의 기록(회갑 해에 지은 「자찬묘지명」)과 비교해보자. (이하는 「자찬묘지명」의 내용을 간추려 인용한 것이다.)

이벽을 따라 노닐며 서교(西敎)에 대하여 듣고 서서(西書)를 읽어 보았다. 정미년(1787, 26세) 이후로 4, 5년은 아주 마음을 기울였다. 신해년(1791, 30세) 이래로 나라에서 금함이 엄해지자 마침내 마음을 끊었다.

또한 '신유년에 체포되어 조사를 받고 나자, 여러 대신(大臣)들이 석방해야 한다고 했으나 오직 서용보(徐龍輔, 당시 우의정)가 고집을 부려 안 된다고 하여 귀양을 갔다'라고 하였다.

처음 장기현에 유배되었다가 그해 가을 역적 황사영이 체포되자 또 서울로 압송되어 조사를 받았으나 아무런 혐의가 없어 귀양지만 바꾸어 강진으로 옮겼고, 계해년(1803, 42세)에 대왕대비가 석방하도록 명령했으나 정승 서용보가 가로막았으며 경오년(1810)에 아들 학연(學淵)이 억울함을 호소해 향리로 돌아가라는 명령이 내려졌는데 이기경이 가로막았다. 갑술년(1814) 여름 죄인 명단에서 삭제되었으나 무서워 공문을 보내지 않아 풀리지 못했다. 그후 5년이 지난 무인년(1818)에야 비로소 고향으로 돌아왔다. 기묘년(1819) 겨울 조정의 의논은 다시 복권시켜 등용하자고 하였으나 또 서용보가 가로막았다.

이렇게 그간의 경위를 말하였다.

결론적으로 자기의 형 정약종은 천주교 신자였지만 자신은 진작 손을 떼었으니, 귀양 가서 18년이나 고생해야 할 이유가 없었지만 반대파의 모략에 의해 사학죄인으로 몰렸다는 것이다.

흔히들 신유년에 일어난 천주교 탄압사건을 신유옥사(辛酉獄事)나 신유교옥(辛酉敎獄)으로 호칭하고 있으나 다산은 분명히 '신유사화(辛酉士禍)'라고 명명하였다. 그 이유에 대하여 다산은 상세하고 명백한 논리로 기록을 남겼다. 앞에서 보았듯이 신유년의 천주교 탄압사건은 그 발생 동기나 사건의 계기가 반드시 천주교 때문만은 아니었다. 벽파가 집권하여 시파를 억누르는 데서 벌어진 정치적 이유가 더 많은 부분을 차지하고 있었다. 다산의 논지를 보면, 선조 때 정여립(鄭汝立)의 모역 사건으로 많은 동인계(東人系)의 인사들이 무고하게 죽어갔는데 그들은 당파싸움에 희생되어 화를 당한 것이었다. 당시 서인과 동인의 대결에서 정여립 사건을 계기로 아무런 죄 없이 당한 동인들은 신유사건 때의 자신의 경우와 같다고 하였다. 숙종 6년(1680)의 경신대출척(庚申大黜陟) 때도 남인과 서인의 대결로 역적음모에 연루되어 아무 죄 없이 수많은 남인계 인사들이 죽음을 당했으니, 그들은 사화를 당한 것이라고 하였다. 정약종 등이 천주교 신자가 아님은 아니지만 그 때문에 화란을 당한 자신을 포함하여 이기양, 이가환, 권철신(權哲身), 정약전, 오석충(吳錫忠) 등은 그야말로 사화를 당했다는 주장이었다. 역적과 함께 섞어 다스리는 옥사(獄事)에서 죄 없이 당한 억울한 사람들이야말로 사화를 당한 것이니, 이기양은 유배 가서 죽은 후 몇년 뒤(1809) 무죄가 알려져 죄명을 벗고 관작이 복구되었으며, 자신도 살아서 해배되었으니 그것이 증거라고 하였다(이 부분은 「이기양 묘지명」에 상세하다).

이렇게 다산은 자신이 사화를 당했음을 밝히려고 긴긴 내용의 「자찬묘지명」을 2본(집중본·광중본)이나 작성하였다. 또한 이가환, 이기양, 권철신, 오석충, 정약전 등의 일대기를 작성하여 그들은 천주교와 관계없는데 정치적 모략에 말려 목이 베이거나 오랜 귀양살이에서 죽어갔노라며 숱한 증거를 대면서 방대한 기록으로 남겼다.[3] 결국 이들이 정치범으로 탄압받았다는 확증을 열거한 것이다.

4. 유배지에서 심은 뜻

1) 호미곶 영일만 장기에서

다산이 천주교 신자가 아닌 것은 천주교 신자로서 당당하게 신앙을 고백하고 죽어간 정약종의 증언에서도 드러나고 다산 자신이 논리정연하게 내놓은 여러 증거에서도 드러나기 때문에 여러 대신들이 무죄석방하려고 했지만 다산은 끝내 18년이라는 긴 유배생활을 하게 된다. 모진 고문으로 몸이 상하고 공포증을 얻었으며 한없는 절망의 나락으로 빠지기도 했지만, 다산은 그러한 절망의 늪에서 벗어나 우리 역사에서 이채(異彩)를 발하는 '다산학'을 바로 그 유배지에서 완성하였다.

이제 그 유배지를 찾아 다산학의 족적을 더듬어보자.

---

3 「자찬묘지명」을 비롯하여 권철신, 이가환, 이기양, 오석충, 윤지범, 윤지눌, 이유수, 윤서유 묘지명과 다산의 형 정약현, 정약전 묘지명 등은 박석무 편역 『다산산문선』(창비 2013) 참조.

숙부님들 머리카락 하얗게 세고
큰형님 두 뺨엔 눈물이 엇갈리네

젊은이들이야 또다시 만날 수 있다지만
노인네들 뒷일을 그 누가 알랴

諸父皓須髮　大兄涕交頤
壯者且相待　耆耋誰得知

— 「石隅別」 부분

이별의 통한을 눈물로 삼키며 서울의 남대문 밖 석우촌(石隅村)에서 헤어지던 모습이다.

신유년 정월 28일 나는 소내에 있다가 화란의 기미가 있음을 알고서 서울로 들어와 명례방(明禮坊, 지금의 명동)에서 머물고 있었다. 2월 8일 체포령이 내려 그다음 날인 2월 9일 새벽종이 칠 무렵에 옥에 갇혔다. 27일 2경에 임금의 은혜로 감옥에서 풀려나 장기현(지금의 경북 영일군 장기면)으로 유배를 가게 되었다. 그다음 날 길을 떠나는데 숙부, 형님들과 석우촌에 이르러 이별하였다. (「石隅別」 註)

산 바람이 가랑비 흩날려
헤어지기 섭섭하여 머뭇거리듯

머뭇거린들 무슨 소용 있겠느냐

끝내는 이 이별 어찌할 수 없을 것을

(…)

소는 음매 하고 송아지를 돌아보고
암탉도 구구구구 병아리를 부르네

山風吹小雨　似欲相跚躕
跚躕復何益　此別終難無
(…)
牛鳴顧其犢　鷄呴呼其雛

— 「沙坪別」 부분

　어미소도 송아지를 예뻐할 자유가 있고 암탉도 병아리를 품에 안을
자유가 있건만, 사랑하는 아내와 자식들을 품에 안으며 사랑할 수 있는
자유를 빼앗긴 비통함 속에서도 길을 재촉해야만 했던 다산의 아픈 마
음이 전해진다.
　신유년(1801) 2월 28일 길을 떠나 2월 그믐날은 경기도의 죽산(竹山)
에서 묵고, 3월 초하룻날은 가흥(嘉興)에서 묵은 후, 초이튿날 부모님의
묘소가 있는 충주의 하담(荷潭)에 도착하여 성묘하고 나서 한바탕 통한
의 눈물을 뿌렸다.

　　아버님은 아십니까 모르십니까
　　어머님은 아십니까 모르십니까

집안이 갑자기 뒤집혀버려
죽은 사람 산 사람이 이 지경이 되었네요

목숨만은 겨우겨우 부지했지만
이 몸 이미 결딴이 났습니다

저희들 낳으시고 기뻐하셨고
기르시느라 온갖 정성 다하셨지요

어서 커서 높이 되어 공 갚으랬지
목 베이는 난리 당하길 바라기나 하셨겠어요

바라노니 세상 사람 그 누구도
다시는 아들 낳았다고 기뻐하지 말 것을

父兮知不知　母兮知不知
家門欻傾覆　死生今如斯
殘喘雖得保　大質嗟已虧
兒生父母悅　育鞠勤攜持
謂當報天顯　豈意招芟夷
幾令世間人　不復賀生兒

—「荷潭別」 전문

한없는 애달픔을 부모님 묘소에서 토로하고 일로 남행(南行), 충주의
탄금대(彈琴臺)를 지나고 새재(鳥嶺)를 넘어서 유배지 장기현에 도착한
것은 3월 초아흐렛날이었다. 하룻밤을 관아에서 묵고 다음날부터 장기
읍 마산리(馬山里) 늙은 군교(軍校) 성선봉(成善封)의 집에서 살아가야
했다. 북녘의 음식에 길들여져 있어 남녘의 음식이 입에 맞을 리 없고,
습기 찬 해변가 생활에 건강도 말이 아니었지만 긴긴 봄날을 무료하게
보내기가 가장 견디기 어려웠으리라.

　　밥 먹고 나면 잠이고, 잠 깨고 나면 시장기 들어
　　시장기 들면 술 사오라 해서 금사주를 데운다

　　아무짝에도 할 일 없어 해 보내는 일 견딜 수 없는데
　　이웃집 늙은이 때때로 찾아와 장기나 두자는군

　　飯罷須眠眠罷飢　飢來命酒爇金絲
　　都無一事堪銷日　鄰叟時來著象棋

—「鬐城雜詩 4」 전문

　인간은 망각의 동물이다. 억울함과 분노와 답답함도, 가슴 막히는 서
러움도 세월은 모든 것을 삭이게 해주는 약이다. 그해 6월 17일 아들에
게 보낸 편지에는 아내의 병환, 어린 아들딸들의 장래에 대해 걱정하
면서 자신은 고문으로 인해 심했던 공포증도 많이 사라져 정상으로 회
복되고 있음을 알리고 있다. 분노와 억울함을 세월에 흘려보내며 해변
가 쓸쓸하고 궁핍한 시골 마을의 모습에 눈을 돌려 지식인의 본업인 글

쓰기에 빠져든다. 서울에서 온 귀공자는 그곳 해녀들의 갯바라지가 신기하고 농어촌 풍물이 재미있게 보였다. 『이아술(爾雅述)』「기해방례변(己亥邦禮辨)」이라는 저서와 논문을 쓰고, 「백언시(百諺詩)」라는 방대한 풍속시를 짓기도 하였다. 더욱 놀라운 것은 그곳의 풍물을 읊은 수많은 시에서 최초로 당시의 생생한 토속어를 한자어로 만들어 시어로 사용함으로써 한시의 색다른 면모를 보여준 점이다. 다산의 눈에 보이고 귀에 들리는, 서울에서 800리 떨어진 농어촌에서 쓰이던 말들이 그의 시를 통해서 재생되고 있다. 보릿고개〔麥嶺〕, 대감(大監, 재상), 아가(兒哥, 새색시), 첨지(僉知, 집주인 영감), 하납(下納, 일본으로 보내는 稅米) 등 18세기 우리말들이 한시에 동원되고 있으며, 그 지역에서 '아가(兒哥)'라는 말은 시부모가 새며느리를 호칭하는 말이라고 주석을 달기도 하였다. 격(格)과 율(律)을 따져서 조선티를 버리면 버릴수록 좋은 한시라고 여기던 시절에, 우리 것이라면 한없이 천시하던 시절에 당시의 우리말〔方言〕을 서슴없이 사용했던 사실은 우리 문학사에서 큰 의의를 가지는 것이리라.

1801년 2월 9일 장기에 도착하여 봄·여름·가을을 다 보내고 그곳의 생활 습속과 입맛에 길들어가던 다산은 그해 10월 20일 저녁 또 체포되어 서울의 감옥으로 압송된다. 이른바 춘옥(春獄)·추동옥(秋冬獄)은 신유년 봄의 옥사와 황사영백서(黃嗣永帛書) 사건으로 일어난 추동의 옥사를 말한다. 추동의 옥사는 봄의 옥사 때 도망하여 붙잡히지 않은 천주교 신자 황사영이 은신 중에 천주교 박해의 전말을 비단에다 써서 북경의 주교에게 보내려던 편지〔帛書〕가 발견되고 그가 체포되면서 일어난 옥사다. 다산이 귀양 가 있는 동안 어떠한 연락도 불가능했음을 익히 알고 있었지만 공서파 일당은 봄의 옥사에서 다산을 죽이지 못한 것을 못내 아쉬워하다가 이번에야 죽일 기회라고 여기고 다시 다산을 무고하여 온갖 계획으로 기필코 죽이려고 했다. 평소에 다산과 가깝던 친구들까지 모두 잡아들이고 신지도에 귀양 가 있던 정약전까지 잡아들여, "천명을 죽이더라도 정약용 한 사람을 죽이지 않으면 아무도 죽이지 않은 것과 같다"라고 하면서 억지로라도 죽이려 했지만, 위반한 범죄 사실이 없는데 어떻게 죽일 것인가. 두번째 죽음의 함정에서 빠져나온 다산은 11월 5일 아무 혐의 없는 것으로 판명되어 유배지 장소를 바꾸어 강진으로 또다시 유배길을 떠나야 했다. 정약전도 신지도에서 흑산도로 유배지가 바뀌어 두 형제는 오랏줄에 함께 묶이어 남행길을 동행했다.

2) 율정(栗亭)의 이별

다시 동작(銅雀)나루를 건너고 과천(果川)을 지나 금강(錦江)을 건너서 갈재〔盧嶺〕를 넘어 형과 아우가 이별해야 하는 나주의 율정점(栗亭店)에 이른다. 나주읍에서 북쪽으로 5리 지점에 있던 밤나무 정자거리, 지금은 나주시 대호동 지역으로 흔적도 없이 민가 두세 채가 서 있는 길거리다. 당시 그곳은 목포 쪽과 해남 쪽으로 갈라지던 삼거리 주막거리였다. 함께 묶이어 이곳까지 왔던 두 형제는 밤이 새면 언제 만난다는 기약도 없이 생이별을 해야만 한다. 형과 아우는 11월 22일 차가운 아침에 헤어져야 했다.

띠로 이은 가겟집, 새벽 등잔불이 푸르스름 꺼지려 해
잠자리에서 일어나 샛별 바라보니 이별할 일 참담해라

그리운 정 가슴에 품은 채 묵묵히 두 사람 말을 잃어
억지로 말을 꺼내니 목이 메어 오열이 터지네

茅店曉燈靑欲滅　起視明星慘將別
脈脈嘿嘿兩無言　强欲轉喉成嗚咽

—「栗亭別」부분

　　형제가 서로 갈 길을 가기 위해 헤어져야 했던 그때는 그래도 일루의
희망이 있었다. 흑산도로 들어간 후 16년째가 되던 해(1816. 6. 6)에 그리
운 동생을 만나려고 목을 학처럼 빼어 늘이고 기다리던 정약전은 병이
들어 죽고 말았으며, 강진에 있던 다산은 형의 시신도 뵙지 못하고, 시
신은 다시 율정점을 지나 선산에 묻혔다. 그후 3년이 지나(1818. 9) 다산
은 또 율정점에 도착하여 사별한 형의 모습을 그리며 통곡하다가 고향
집으로 돌아갔다. 그곳이야말로 눈물의 거리이고 기막힌 거리가 아닐
수 없었다. 다산은 1807년 봄 강진에 있을 때 흑산도에서 보낸 중형의
편지를 받았다.

　　살아서는 증오한 율정점이여!
　　문 앞에는 갈림길이 놓여 있었네

　　본래가 한 뿌리에서 태어났건만
　　흩날려 떨어져간 꽃잎 같다오

生憎栗亭店　門前歧路叉

本是同根生　分飛似落花

—「奉簡巽菴」부분

　　살아서 이별하던 장소가 이제 사별의 거리가 되었으니, 다시 못 볼 형이고 보면 율정점은 얼마나 가슴 아픈 곳이겠는가. 손암 정약전의 부음을 듣고 아들에게 보낸 편지를 보자. "율정에서의 이별이 마침내 그곳을 절절한 애통을 견딜 수 없는 곳으로 만들었구나!"라고 하여 극한의 아픔을 말하고 있다. 그가 해배되어 돌아온 후 형님의 일생을 기록한 「정약전 묘지명(先仲氏墓誌銘)」에도 함께 묶이어 귀양을 가다가 율정에서 손을 잡고 생별하며 각자가 가야 할 귀양길을 떠난 후, 16년 동안 보지 못한 형을 잃고 18년 만에 형과의 사별의 거리가 된 그곳, 율정을 다시 지나 돌아올 수밖에 없었던 비운의 운명을 애절하게 기록하였다. 처음에 정약전은 흑산도로 들어갔을 때 본섬의 입구인 우이도(牛耳島)에서 거주하였다. 뒤에 흑산도 본섬으로 들어가서 살았으나 갑술년(1814) 다산이 해배되리라는 소식을 듣고서 아우가 자기를 찾아오리라 믿고 아우를 만나고 싶어 다시 우이도로 나와 3년이나 기다리다가 끝내 돌아오지 않는 아우를 그리며 그곳에서 죽어갔다는 기록도 있다. 그처럼 형제의 상봉을 바라던 형과 만나지 못했기에 형 생각이 날 때마다 율정은 형과 연결된 가슴 아픈 이별의 주막거리로 기억되었다.

3) 누릿재를 넘어서

　　누리령(樓犁嶺)의 산봉우리 바위가 우뚝우뚝
　　나그네 뿌린 눈물로 언제나 젖어 있네

월남리(月南里)로 고개 돌려 월출산을 보지 말게
봉우리 봉우리마다 어쩌면 그리도 도봉산 같아

樓犁嶺上石漸漸　長得行人淚洒沾
莫向月南瞻月出　峰峰都似道峰尖

—「耽津村謠 1」전문

　지금의 나주역 앞 광나루(廣津)를 건너 강진 쪽으로 길을 떠나 유배
지를 찾아가던 길목, 영암과 강진의 경계에 있는 월출산은 다산의 고향
광주(廣州)와 양주(楊州)의 경계에 있는 도봉산과 너무도 닮아서 유배
지에 있을 때 월출산을 바라보면 고향 생각이 난다고 하였다. 이제는 포
장도로가 된 풀치재(草嶺, 草峙)로 수월하게 영암과 강진을 가르는 월
출산을 넘어가지만, 그때 다산이 영암에서 강진으로 넘어가던 고개는
누릿재(黃峙)였다. 다산은 시어를 토속어의 한자 발음으로 '누리령'이
라 했던 것이다. 이 고개 아래는 영암 땅이고 고개를 넘으면 강진 땅으
로, 고로들의 말에 의하면 험악하기로 유명해 항상 강도가 대기하여 소
팔고 오던 장꾼들이 겁내던 고개였다고 하였다. 지금은 숲도 우거져 있
지 않고 누런 흙밭을 드러내어 민둥하게 보이는 바로 그곳이 나그네들
의 눈물에 젖어 있던 고개였다. 이 고개를 넘어 얼마간 걸으면 크고 오
래되기로 이름난 월남리(月南里, 강진군 성전면), 거기서 조금 더 가면 강
진과 해남으로 갈라지는 이름난 삼거리 석제원(石梯院)이다.

　석제원 북쪽에는 길이 여러 갈래

예부터 아가씨들 이곳에서 이별하였네

한스럽다 문 앞의 버드나무여
여름 가을에 자주 꺾어 남은 가지 몇 안 되네

石梯院北路多歧　終古娘娘此別離
恨殺門前楊柳樹　炎霜摧折少餘枝

—「耽津村謠 6」 전문

지금은 원(院)터도 없어지고 이름까지 없어진 채 성전(城田) 삼거리,
교통의 요지가 되어 직행버스만 섰다가 떠나가는 곳이다. 여기서 동남
으로 향하면 강진읍이요, 서남으로 향하면 해남읍이다.

북쪽 바람 눈 휘몰듯이 나를 몰아붙여
머나먼 남쪽 강진의 밥 파는 집에 던졌구려

北風吹我如飛雪　南抵康津賣飯家

—「客中書懷」 부분

1801년 음력 11월 22, 23일쯤 유배지 강진읍에 도착하여 쓴 첫 시다.
율정에서 22일 출발, 하루 아니면 이틀의 노정이니 23일쯤이리라. 당시
의 백성들은 유배 온 사람 보기를 대독(大毒, 큰 독소)으로 여겼으니 가
는 곳마다 모두 문을 부수고 담장을 무너뜨리고 달아나며 상대조차 해
주지 않았다고 하였다. 그러나 강진읍 동문 밖 밥 파는 집이자 술 파는

집의 노파가 가련하게 여기고 방을 내어주더란다. 당시의 주막집은 보이지 않고 샘 하나가 그때의 역사를 알고 있는 듯 말없이 지금도 샘터 노릇을 하면서, 호칭하여 샘거리라고 한다.(『茶信契案』 및 『喪禮四箋』 서문 참조)

다산 자신은 밥과 술을 파는 노파의 오두막집을 '사의재(四宜齋)'라고 명명하고 1805년 겨울까지 만 4년을 기식하는데, 이제야 겨를을 얻었다고 기뻐하며 본격적인 학문연구와 저술활동에 전념하게 된다. 그 4년 후 을축년(1805) 겨울부터 강진읍 뒷산인 보은산(寶恩山)에 있는 고성암(高聲庵)을 출입하게 된다. 사의재에서 상례(喪禮)를 연구했다면 고성암의 보은산방에서는 주로 『주역(周易)』을 연구했다. 병인년(1806)에는 그의 애제자 이청(李晴, 자는 鶴來)의 집에서도 기식하며 학동들을 가르치다가 무진년(1808) 봄에는 다산학의 산실인 다산초당(茶山草堂)으로 옮기게 되었다. 그때까지의 읍내 생활의 근거지는 역시 사의재였으니 8년 가까이 생활의 근거지이자 학문연구의 서재였다.

사의재란 내가 강진에서 귀양살이하며 살아가던 방이다. 생각은 마땅히 맑아야 하니 맑지 못함이 있다면 곧바로 맑게 해야 한다. 용모는 마땅히 엄숙해야 하니 엄숙하지 못함이 있으면 곧바로 엄숙함이 엉기도록 해야 한다. 언어는 마땅히 과묵해야 하니 말이 많다면 곧바로 그치도록 해야 한다. 동작은 마땅히 후중하게 해야 하니 후중하지 못하다면 곧바로 더디게 하도록 해야 한다. 이런 때문에 그 방의 이름을 '네가지 마땅하게 해야 할 방(四宜之齋)'이라고 하였다. 마땅함이라고 하는 것은 의(義)에 맞도록 하는 것이니 의로 규제함이다. 나이만 들어가는 것이 염려되고 뜻 둔 사업은 퇴폐됨을 서글프게 여기므

로 자신을 성찰하려는 까닭에서 지은 이름이다. 때는 가경(嘉慶) 8년
(1803) 11월 10일 동짓날 (…) (「四宜齋記」)

하늘 우러러 한점 부끄럼 없이 의롭게 생활하면서 올바른 저서를 남
기고 올바른 삶을 살아가겠다는 결의와 간절한 뜻이 보인다. 흙담집 오
두막의 글방에서 억눌린 사람의 분노와 서러움에 젖지 않고 치열하고
금욕적으로 살아가던 그의 생활태도가 보이는 듯하다. 어떠한 굴욕과
탄압 속에서도 마음만은 자유를 만끽할 수 있다는 다산의 정정하고 당
당한 인생태도가 역력히 나타나 있다.

　다산은 사의재에서 불철주야 고경(古經)을 연구하고 철학적 논리를
세워가는 한편, 때때로 농어촌 강진 풍물을 시로 읊으며 궁핍한 18세기
후반의 모습을 그림으로 그리듯 묘사했다. 『아학편훈의(兒學編訓義)』라
는 2천자로 된 아동용 교과서를 편찬하여 아전들의 자식들을 가르쳐주
기도 하고, 관리들의 횡포에 시달리는 백성들의 고달픈 모습에 한없는
눈물을 흘리기도 하였다. 높새바람〔高鳥風〕, 마파람〔馬兒風〕, 밥모〔飯
秧〕, 바깥양반〔盤床〕, 뇌물〔人情〕 등 수없이 많은 전라도 토속어를 시어
로 '조선시'를 짓기도 하였다.

4) 다산초당

　다산의 기록을 검토해보면 귀양살이 18년 동안 괴롭고 외롭던 그에
게 수없이 많은 도움을 주었던 사람들이 있다. 그중에서도 큰 혜택을 주
었던 다섯 집안이 있다. 첫째는 사의재에서 기거할 때, 자기의 외가인
해남의 연동(蓮洞)이나 백포(白浦)에서도 손을 저으며 거절하거나 문
을 부수며 달아나던 무서운 시절에 안접(安接)을 허락했던 읍내의 무

지렁이들이다. 읍내의 보잘것없는 집안의 손병조(孫秉藻), 황상(黃裳), 이청, 김재정(金載靖) 등 네 집안에서 찾아와 글을 배우며 생활에 도움을 주었던 일이다. 그들은 뒤에 대단한 학자로 성장하였고 다산이 학문을 연구하는 데 자료를 정리하고 글씨를 써주면서까지 많은 협조를 하였다. 누구도 말을 걸려 하지 않던 시절에 동고동락하였으니 큰 도움이 되었던 것이다. 그래서 "읍내의 사람들이라고 하여 어떻게 그들을 잊으랴"(「茶信契案」)라고 다산은 말했다.

둘째는 뒷날 다산의 딸이 시집가는 항촌(項村, 강진군 도암면 목리)의 윤씨(尹氏) 일가다. 다산 아버지의 친구이자 당대의 큰 부호이던 윤광택(尹光宅)은 다산을 여러모로 도와주었다. 어렵던 시절에 밤이면 몰래 찾아와 밤참을 제공하였고 다른 음식물을 보내주기도 하였다. 윤광택의 아들은 뒤에 문과에 합격하여 정언(正言)까지 지내는 윤서유(尹書有, 호는 翁山)다. 평생 동안 다산과 친히 지낸 친구이며 그의 아들 윤창모(尹昌謨)는 바로 다산의 제자이자 외동딸의 남편이 되었다. 물심양면으로 도와준 인정에 감사하여 지벌(地閥)이 낮은 그 집안과 혼사까지 맺었던 것으로 보면, 다산을 무척 감동시킨 집안이었던 모양이다. 특히 다산이 강진 일대의 명승지를 구경할 때마다 말을 내주어 편안히 유람했던 것도 모두 그 집안의 도움이었다고 전해지고 있다. 더구나 윤창모의 아들이자 다산의 외손자인 윤정기(尹廷琦, 호는 舫山)는 중국까지 유람 다니던 큰 학자로 다산풍의 많은 저서를 남겼다. 『방산유고(舫山遺稿)』『동환록(東寰錄)』등의 저작은 다산학 확대의 귀중한 자료가 되고 있다. 시를 잘하는 선비로 전국을 유람하고 학자들과 교유하여 한말의 학계에 다산학을 보급하는 데 중요한 역할을 했던 것으로 보인다.

셋째는 다산초당의 주인이던 귤림처사(橘林處士) 윤단(尹慱)의 후손

들인 귤동(橘洞, 강진군 도암면 만덕리)의 윤씨 일가다. 누추하고 비좁은 사
의재에서 지내던 다산을 다산초당으로 초대함으로써 많은 제자들을 가
르치게 하고 수많은 저서를 완성하도록 숙식을 제공하며 도움을 주었
던 그들은, 다산 개인에게 고마운 사람들일 뿐 아니라 우리 역사에 큰
공로를 남긴 사람들이다(귤림처사의 이름이 尹博으로 오식되어 전하고
있으니 족보와 후손들의 전언에 따라 윤단으로 시정되어야 한다). 윤단
의 아들 귤원(橘園) 윤규로(尹奎魯) 등 3형제가 다산을 초빙하여 아들과
조카들인 윤종기(尹鍾箕), 종억(鍾億), 종익(鍾翼), 종진(鍾軫, 진사), 종
수(鍾洙), 종두(鍾斗) 등은 모두 초당에서 다산에게 글을 배워 학자로 성
장하였다.

풍광이 아름다워 세월 보내기 즐겁고, 가까운 곳에 백련사(白蓮寺)가
있어 소요하기 편하고, 마을 앞에는 조수가 밀려드는 구강포(九江浦)가
있어 뱃놀이와 고기잡이에 시름을 잊었던 다산초당이야말로 다산학의
산실이 아닐 수 없다. 이곳에서 귀양살이의 울분에서 벗어나 마음 놓고
사색하며 본격적인 연구활동을 할 수 있었던 것은 모두 귤동 윤씨 일가
의 배려 덕분이었다. 그들의 후손들은 해방 후 흔적조차 사라진 다산초
당을 복원하여 오늘날 초당이 덩실한 모습으로 건재하게 해주었고, 다
산의 많은 기록을 보관하여 그때의 일을 알게 하는 데 도움을 주었다.
더구나 윤규로의 5대손인 낙천(樂泉) 윤재찬(尹在瓚)옹은 80이 넘은 나
이로 현재(1983)도 다산초당의 산증인으로 초당을 찾는 사람들에게 안
내역을 담당하며 다산의 학풍을 잇기에 여념이 없다.[4]

넷째는 다산의 피가 연결되는 그의 외가 해남의 윤씨들이다. 처음에

---

4 다산초당의 복원을 주도한 윤재찬은 1902년에 태어나 1998년 작고하였다.

는 아주 박절하기만 했지만 피는 속일 수 없다는 듯 유배 만년에는 외가 쪽에서도 큰 도움을 주었다. 윤선도 이후 윤두서에 이르는 실학풍의 책들을 다산이 읽도록 제공해준 것은 그들의 도움이 아니고서는 불가능한 일이었다.

마지막으로 해남 대흥사(大興寺)의 큰 학승인 혜장선사(惠藏禪師), 초의대사(草衣大師) 등 불교 쪽의 도움이다. 백련사와 보은산의 고성사를 내왕하며 불경과 유교 경전에 관해 담론하며 차(茶)와 시로 정서를 일깨워주었던 그들은 다산이 한 단계 더 높은 철학의 경지를 여는 데 더없이 고마운 도움을 주었다.

각각 파가 다른 해남윤씨의 세 집안(항촌·귤동·백포)과 읍내의 몇 집안 및 학승들은 다산학 완성의 훌륭한 보조자들로서 올바른 역사적 평가를 받아야 마땅하다.

무진년(1808, 47세) 3월 16일 윤규로를 따라 다산서옥(茶山書屋)에서 노닐며 그곳이 너무도 마음에 들어 여생을 살아가기로 작정하고 이주를 결정하였다. 아름다운 경치와 인정에 젖어 유배의 서러움도 잊고, 천여 권의 장서(藏書)와 함께 저술과 후생 교육에 전념하였다.

다산은 그윽한 곳 귤동마을 서쪽인데
천그루 소나무 사이로 시냇물 한줄기

시냇물 시작되는 바로 그곳에
돌 사이 소쇄하여 조용한 집 서 있어라

茶山窈窕橘園西 千樹松中一道溪

正到溪流初發處　石間瀟洒有幽棲

—「茶山花史 1」 전문

샘 곁 복숭아 두세가지

산이 깊어 바깥 사람들 구경하지 못한다네

겹겹이 싸인 산이라도 봄바람 오는 길 막을 수 없고

들녘 나비, 마을의 벌들만 저절로 찾아올 줄 아누면

井上緋桃三兩枝　山深不許外人窺

攢峰未礙春風路　野蝶村蜂聖得知

—「茶山花史 5」 전문

　　귀양살이의 속박을 정신적으로 벗어나 자연과 벗삼고 삶의 여유와 즐거움을 되찾은 때가 바로 이 무렵이다. 본래 있던 초당의 동쪽과 서쪽에 동암(東庵)과 서암(西庵)을 새로 짓고 동암에서 거처하였다. 물을 끌어다가 인공 폭포를 만들고, 연못을 파서 잉어와 붕어를 기르고, 돌을 쌓아 축대를 만들고, 온갖 화초를 심어 경관을 멋있게 꾸몄다. 산의 중턱에는 계단밭〔梯田〕을 일구어 미나리도 심고 채소도 심으며 은자의 생활을 즐겼다. 바위 절벽에 '정석(丁石)' 두 글자를 새겨 징표도 만들어 두었다.

　　귀양 오기 전에 이미 다산은 학문적 체계가 세워져 있었다. 암행어사 시절에 「적성촌에서(奉旨廉察到積城村舍作)」라는 시를 지어 가난에 찌든 농민의 궁핍상을 그렸고, 「기민시(飢民詩)」를 지어 백성의 아픔을 호소하기도 하였다.「전론(田論)」「탕론(湯論)」「원목(原牧)」 등을 저술하여 혁명적 토지정책을 제시하고 백성을 위한 정치원리를 갈파하기도 하였다. 부정과 부패가 만연한 조선후기 사회를 통째로 뒤엎자는 온갖 개혁사상을 목청껏 외치기도 하였다. 그 시절은 너무 정신없이 분주하게 돌아갔다. 이제는 한가롭고 시간이 많아졌다. 근본적 해결책을 강구해야 할 때가 온 것이다.

주자학을 송두리째 뒤엎지 않고는 다른 방법이 없음을 깨달았으니 그 일에 우선 손을 댔다. 사서삼경부터 재해석하는 일에 착수하였다. 공자의 기본사상인『논어』를 재해석하여『논어고금주(論語古今注)』40권을 지어 인(仁)·의(義)·예(禮)·지(智)의 뜻을 새롭게 해석하여 중세의 관념적인 성리학 체계를 송두리째 분쇄하였다.

『맹자』를 재해석하여『맹자요의(孟子要義)』9권을 지어 성(性)·심(心)·본성(本性)·기질(氣質) 등의 주자 해석을 통박하고 새로운 인성(人性)철학을 수립하였다.『중용』을 재해석하여『중용자잠(中庸自箴)』『중용강의보(中庸講義補)』를 지어내 인성(人性)·천명(天命)·중용(中庸)의 새로운 사상체계를 수립하였다.『대학』을 재해석하여『대학공의(大學公議)』『대학강의(大學講義)』를 저술하여 명덕(明德)이 이(理)가 아니고 효제(孝弟)임을 밝혀 관념적 세계를 실행·실천이 가능한 인간의 현장으로 끌어내렸다. 인(仁), 서(恕), 성(性), 심(心), 이(理) 등의 기본개념과 본래 의미를 경험론적으로 해석하여 중세적 관념의 세계를 벗어나도록 설계했던 작업은 한 시대를 변혁시킬 만한 논리였다. 결국 다산은 성리학적 관념의 세계에서 탈피하여 행동과 실천이 가능한 다산학을 이룩하였다. 이는 새로운 시대를 열어젖힌 혁명적인 노력이었다.

오래된 나라를 새롭게 개혁하기 위해 모든 제도의 개혁 원리를 제시한 『경세유표』를 저작하고, 민권을 되찾고 관리의 부패를 방지하기 위해 『목민심서』도 저작하여 현행법의 테두리 안에서라도 백성의 고통을 덜어보자는 논리를 전개하기도 하였다. 탐관오리에게 착취당하여 거리와 들판에 버려진 백성들이 너무 애처로워서 통곡에 가까운 고발시를 수없이 지어내며 끓어오르는 분노를 삭이기도 하였다.

> 출정 나간 남편 다시 못 옴은 그럴 법도 하다지만
> 옛날 이래 사내가 양(陽) 자른다는 말 들어보지 못했네
>
> 夫征不復尚可有　自古未聞男絶陽
>
> ─「哀絶陽」 부분

잠만 자고 나면 애가 생기고 애를 낳으면 식구수에 따라 군포를 매기니, 견디다 못해 양(陽)을 잘랐다는 비참한 사연을 듣고 감정이 격해진 다산은 소리 없는 통곡을 시로 써내려갔다.

유민(流民)들이 길을 메우자 마음이 쓰라리고 보기에 처참하여 살고 싶은 의욕마저 없어졌다. 생각건대 나야 뭐 죄지은 사람으로 귀양 와서 엎드려 있으며 인류의 대열에도 끼지 못하여 아무런 계책이 없지만 하는 수 없어 참상을 기록으로 남긴다. (「田間紀事」序)

다산은 민중이 당하는 괴로움을 자신의 괴로움으로 받아들였다. 그리고 자신이 당하는 괴로움을 승화시켜 민중의 괴로움과 동일선상에 놓고 권력의 압제와 역사적 멍에에서 벗어나는 길은 인류적·민중적·역

사적 해결 없이는 찾을 수 없으리라는 확고한 판단에 도달했다. 그래서 다산의 정치·경제적 논술은 모두 근본적 해결을 강구하는 쪽으로 논리가 구성되었던 것이다. 지식인이 불우한 처지에 놓였을 때, 강호연군가(江湖戀君歌)나 읊조리며 임금이 다시 불러주기만을 애타게 바라던 입장과는 판연히 달랐으니, 그런 점에서 다산은 진정한 지식인의 자세를 취했다고 할 수 있겠다.

1818년 다산은 해배되어 다산초당을 떠나 만년을 고향집에서 보내며 학문적 업적을 마무리할 수 있었다. 1818년 9월 14일 '여유당'에 다시 돌아온 그는 아내와 자식들 곁에서 한결 편안해졌다. 그러나 형의 집행이 정지됐어도 복권은 되지 않았으니 감시를 당해야 했었나보다. 그의 문 앞을 지나면서도 들르지 않는 것이 이미 상례(常例)가 되었다고 해배 후의 서러움을 토로하였다. 그가 모든 저작을 짊어지고 돌아온 지 3년이 되건만 어느 누구 함께 읽으려는 사람이 없다고 탄식한 적도 있었다. 그러나 다산은 75세의 천수를 다할 때까지 하늘을 원망하거나 남을 탓하지 않으며, 자기의 학자적 소신과 양심의 명령대로 500여 권이 넘는 저서를 통해 사상·철학·학문·시를 남기고 미래를 기다리면서 살았다. 사회를 변혁시키기 위해서는 물질적 기반의 변혁을 꾀해야 하고 사고체계를 변혁시켜야 한다는 진리를 제시한 다산, 이제 그는 살았던 집 뒤 언덕에 편안히 잠들어 있다.

5. 다산과 천주교 문제

신유옥사에 대하여 다산은 상세한 기록을 남겼다고 이미 언급하였다. 억울하게 남인(南人)의 유수한 학자들이 당한 사화라고 규정하면서, 그들의 억울한 내력을 밝히고 국가의 확정판결을 뒤엎으려고 아직 복권도 되지 않은 형집행정지 상태에서 죽음을 무릅쓰고 신유년 화란의 동기와 경과 및 그 결과를 낱낱이 열거했다. 애초에 사형을 당했던 이가환, 권철신 등은 말할 필요도 없고, 이기양은 귀양 간 다음해 12월에 죽었고 오석충은 6년 만에 귀양지에서 죽었으며 정약전은 16년 만에 죽었다. 18년 만에 살아서 돌아온 다산은 하늘의 뜻이라 여기고 먼저 간 선배학자들의 일생을 기록하였다. 병으로 죽지만 않았어도 모두 살아서 돌아올 수 있었으려니 여기면 더 가슴 아픈 일이 아닐 수 없었을 것이다. 이들의 무고함이 밝혀지거나 임금의 마음이 옳게 돌아오면 5, 6년 안에 판결이 뒤집히리라 믿어 서둘러서 죽이고, 죽여놓고 더 죄를 가중시킨 일을 기록하였으니 정치적 음모를 폭로하겠다는 의도가 역력하였다(「이가환 묘지명」 참조).

신해옥사 이후 "마침내 마음을 끊었다(遂絶意)"(「자찬묘지명」)고 한 다산은 1797년에 올린 상소에서 자기가 죄를 받아야 한다면 8, 9년 전에는 타당한 일이었다고 하였으니, 정미년(1787) 이래 4, 5년은 매우 열심히 마음을 기울였다는 다른 기록과 일치하는 말이다. 그외의 기록인 신유 2월 13일자의 추안에서 이승훈의 답변에 "지난 갑진년(1784) 무렵에 정약용과 더불어 이벽의 집에서 모였습니다. 정약용은 천주교에 고혹(蠱惑)하여 나에게 세례받기를 청했습니다. 그래서 내가 세례하였습니다"라는 구절이 있으니 다산은 23~25세 무렵에 세례를 받았던 사실이 있었던 것 같다. 이 점은 그 자신의 기록과도 일치한다. "책만 읽어보고 그쳤다면 죄가 되겠습니까"(「변방사동부승지소」)라는 뜻은 책만 읽은 것이 아니라 열심히 천주교를 믿었다고 시인한 내용일 수 있기 때문이다.

그렇지만 조카사위이자 독실한 천주교 신자이던 황사영은 그의 '백서(帛書)'에서 혹독했던 신유탄압사를 보고하는 내용에서 명확하게 정약용은 천주교의 배교자임을 밝히고 있다. "신해년 박해 때 그의 형제와 친구들 중에서 믿음을 온전히 했던 사람이 적었는데, 오직 그(정약종)는 조금도 동요하지 않았습니다"라고 하여 정약종의 형과 아우인 정약전·정약용이 신해년(1791) 이후 천주교와 손을 끊었음을 말하였다. 또 "이가환은 문장이 세상을 뒤덮었고, 정약용은 재주와 기지가 뛰어났으며, (…) 이가환 등(다산도 포함)은 비록 배교(背敎)하고 교를 해쳤으나 벽파 사람들은 항상 사당(邪黨)이라고 지적하여 배척하였다"라고 한 부분도 있다. "전 임금 말년에 남인은 다시 나뉘어 두 파(공서파·신서파)가 되었으니 한편은 이가환, 정약용, 이승훈, 홍낙민 등 약간인으로 모두 종전에는 주(主)를 믿었으나 목숨을 아까워하여 교를 배반했던 사람들입니다"라고 하여 "다산이 초기에 성호학파의 일부 에피고넨들과 함께 천주교에 매혹되었던 것은 사실이지만 그는 진작 천주교에서 손을 떼었다"(영인본 『여유당전서』 해제)라고 했던 이우성(李佑成) 교수의 지적과 일치하고 있다. 이승훈이 추국당할 때 신자가 아니라고 변명했던 점도 황사영의 말로 보면 신빙성이 있다고 하겠다.

이미 말했듯이 다산이 죽음의 함정에서 살아난 것은 가장 독실한 신자로서 거짓을 말하지 못하여 달게 죽음을 맞았던 친형 정약종의 일기 및 서찰 때문이었다. "중(仲, 약전)·계(季, 약용)가 함께 천주교를 믿지 않은 것이 한스럽다"(「정약전 묘지명」 및 추안)라 했던 사실과 "약용이 알게 해서는 안된다"(추안)라는 구절이다. 이 구절로 말미암아 다산이 오래전에 자기의 친형과도 사이를 두고 천주교와 손을 끊어 "마침내 마음을 끊었다"라는 다산 자신의 말이 객관적 증거로 믿어지게 되었던 것이다.

천주교를 믿었던 쪽에서 보면 다산은 분명히 배교자였다. 하지만 다산의 입장은 달랐다. "윤리를 상하고 패리(悖理)한 학설로 (…) 제사를 폐해야 한다는 학설에 이르러서는 듣도 보지도 않았던 것으로 (…) 사적인 원수로 미워하였으며 흉측한 역적처럼 성토하였다"(「변방사동부승지소」)라고 자신의 입장을 밝혔다. 그리하여 다산은 유배살이 시작부터 상(喪)·제(祭)에 대하여 깊은 연구를 시작하여 장기에서는 『기해방례변(己亥邦禮辨)』을 저작하였고, 강진에서는 『단궁잠오(檀弓箴誤)』『조전고(弔奠考)』『예전상의광(禮箋喪儀匡)』『정체전중변(正體傳重辨)』『예전상구정(禮箋喪具訂)』『제례고정(祭禮考定)』『예전상복상(禮箋喪服商)』 등 방대한 저작을 남겨 『상례사전(喪禮四箋)』이라는 60권이 넘는 호한한 책으로 완성하였다. 윤지충, 권상연 등이 죽은 신해옥사가 바로 제사문제에서 비롯한 일이고 자기 친형 정약종도 제사를 지내지 않아야 한다고 주장했는데, 다산이 끝까지 천주교 신자였다면 그러한 일을 할 수 있었을 것인가.

「권철신 묘지명」에서도 권철신이 신자가 아니었음을 온갖 증거로 제시했지만 가장 명확한 증거는 이벽의 천주교 전파에 반대하여 『우제의(虞祭儀)』라는 저서를 지어서 제사 지내기를 주장했다는 것을 제시하였던 점으로 보면, 다시 한번 생각해볼 문제다. 더 명명백백한 사실은 다산의 현손인 정규영(丁奎英)이 1921년에 편찬한 다산의 연보 『사암선생연보(俟菴先生年譜)』에서 드러난다. 여기에는 다산의 유언격인 '유명(遺命)'이 자세하게 기록되어 있는데 자기가 죽은 후 상례·제례에 대한 문제를 자식들에게 부탁한 내용이다. 모든 것을 『상의절요(喪儀節要)』에 의거하여 간소하게 치르라고 신신당부하였으니 당시의 진실한 신자로서야 폐제(廢祭)하지 않으면 신자라고도 할 수 없던 시절이었으니,

이 점만으로도 다산의 천주교 문제는 왈가왈부할 거리가 되지 않는다.

한편 다산이 배교하였다고 할 때 인격적인 면에서 문제가 없지 않을 수 없다. 이 점과 관련해서 다산 자신의 말을 인용해보자. "후세에 반드시 그 마음을 알아줄 사람이 있으리라"(「정약전 묘지명」)고 하여 당시 자신이 처했던 현실과 시대적 추이에서 자신은 교를 떠날 수밖에 없었음을 밝혔다. 자기의 현실적·역사적 결단을 알아줄 사람이 있으리라는 확신을 갖고 그랬다는 것을 밝힌 것이다. 학자나 사상가로서 젊은 시절에 한동안 다른 길로 들었다가, 자기의 주관적 요인과 객관적 상황으로 딴 길을 다시 택하는 일이야 얼마든지 있는 것이다. 다산이 천주교에 계속 몸담고 있다가 죽었어야 옳은 것인가, 살아서 실학을 집대성하는 일이 옳은 것인가는 오직 역사만이 판단할 일이다. 역사적 인간을 단순한 사건 하나로 판단해서는 안 될 일이다. 율곡 이이는 19세의 젊은 나이로 불교에 매혹되어 절에 들어가 불경공부를 했지만 다시 유교로 돌아와 훌륭한 성리학자가 되었는데, 오늘날 누가 율곡에게 배교자라고 비난할 수 있겠는가. 그 시절에도 율곡은 가장 정통의 유자(儒子)로 문묘에 배향되었고 문성(文成)이라는 시호가 내려지는 국가적 은우와 대접을 받지 않았던가.

필자는 이 글을 쓰기 위하여 어려운 여행길을 다녀왔다. 요즈음 천주교 측에서 '한국 천주교 발상지'라고 하여 성역화한 경기도 광주군 퇴촌면 우산리에 있는 천진암(天眞庵)의 옛터를 찾아갔던 여행이다. 거리가 멀고 깊은 산골에 있는 곳이어서 특별한 의도 없이는 더욱 찾아가기 힘든 터라 자못 감개무량했다. 더구나 다산이 형제들과 더불어 유람 삼아 노닐던 곳이요, 만년에도 자주 찾아가 시를 읊으며 산수를 즐겼던 곳이어서 새삼 고마운 여행이었다. 입구에 들어서자 수도원이 보이고 큰 기념비가 세워져 있었다. 몸돌만 해도 318센티미터의 길이와 너비 106센티미터, 두께 75센티미터의 충남 고령의 남포 오석의 장대한 빗돌 이었다. 전면에 세 줄로 '한국천주교 발상지 천진암지, 한국천주교 창립성조 이벽, 한국천주교 창시 이백년기념(韓國天主敎 發祥地天眞庵址 韓國天主敎創立聖祖李蘗 韓國天主敎創始二百年記念)'이라고 음각되어 있었다. 뒷면에는 '녹암 권철신묘지명 손암 정약전묘지명초(鹿庵權哲身墓誌銘 巽庵丁若銓墓誌銘抄)'로 시작되어 '다산 정약용작(茶山 丁若鏞作)'이라고 한 205자의 글씨가 새겨 있고, 4800여자의 기념비문이 한글로 양옆에 새겨져 있다.

기념비 뒷면 205자의 내용은 다산의 저서 『여유당전서』에서 발췌한 두 글귀와 두 편의 시였으니, 그에 대한 특별한 설명을 덧붙이지 않았지만 그게 바로 천지암이 천주교 발상지인 근거가 되는 기록이라는 뜻 같았다. 글귀는 「권철신 묘지명」의 한 구절과 「정약전 묘지명」의 한 구절이었고, 두 시는 다산이 형들과 그곳에 놀러 가 지은 시와 이벽의 죽음을 애통해하는 「만사(輓詞)」였다. 한글로 된 기념비문 내용을 읽어보니 뒷면 205자의 직역은 없어서 한문 소양이 없는 사람은 무슨 뜻인지 알 수 없도록 되어 있었다. 필자는 한문 205자를 읽어보고 한글의 비문을 읽어보면서 많은 문제점이 있음을 발견하였다.

먼저 「권철신 묘지명」에 나온 구절을 분석해보자. 앞에서도 언급했듯이 다산은 유배생활을 마치고 돌아와 4년 뒤에 맞는 회갑의 해(1822)에 억울하게 죽어간 남인 선배들의 누명을 벗기자는 뜻에서 그들의 일생을 '묘지명'이라는 문체를 빌려서 저술하였다. 「자찬묘지명」도 지어서 자신이 당한 일도 밝혀두었다. 그들의 묘지명을 통독해보면, 글의 전체 내용은 처음부터 끝까지 그들이 천주교 신자들이 아닌데 정치적 음모로 억울하게 죽어갔음을 밝히려고 기록했다는 의도를 역력히 알 수 있다. 그래서 다산은 권철신의 일생을 기록하는 허두에 그가 성호학통을 이은 대학자였음을 밝히고 그의 학문역량과 인품에 대해 자세히 열거하였다. 더구나 그는 유독 경학에 밝아 독보적 존재였음도 누누이 밝혔다. 그렇게 훌륭한 당대의 학자에게 화란이 닥쳐왔다. 이벽이 천주교를 포교하자 권철신의 아우 권일신이 열심히 따르다가 신해옥사를 당한다. 권일신은 처음에는 죽어도 굽히지 않겠다고 하더니 뒤에 회오문(悔悟文)을 짓고 옥에서 나왔다. 권철신은 그후에도 숱한 비방을 받았으며 그러한 비방 때문에 아무런 증거 없이 다시 신유옥사를 당해(정치범으로) 죽음으로써 마침내 성호의 학통이 끊기는 역사적 비운이 닥쳐왔다고 기록하였다.

그렇다면 "옛날 기해년(1779) 겨울 천진암과 주어사(走魚寺)에서 강학하자 눈 속에 이벽이 밤에 와서 촛불을 켜놓고 경학을 담론하였다"(비 뒷면의 내용)는 구절은 그 앞부분과 떼어서 해석할 수 없다. 앞부분에서 권철신은 경학에 뛰어난 학자임을 강조하여 자기도 많은 도움과 추장(推獎)을 받았다고 하면서, 넌지시 자신의 경학의 경지가 높음도 과시하고, 이어서 중형 정약전도 권철신에게 집지(執贄)한 제자로 독실하게 경학공부를 했다는 뜻을 강조하려고 기록한 구절이니, 이곳의 담경(談經)이란 누가 보아도 천주교의 성경(聖經)이 아닌 유교의 경전임이 분명하다. 그래서 기해년으로부터 7년째인 을사년(천주교로 문제가 있던 1785년)의 말썽으로 그때 모인 사람 중에 천주교 관계자가 나오는 바람에 그러한 강학의 모임이 다시 열릴 수 없었음을 애석하게 여긴 것이지, 천주교 공부를 더할 수 없음을 애석하게 여긴 것이 아니었다.

둘째로 「정약전 묘지명」을 분석해보자. 205자 중 70자가 되는 "강학

회자 … 자강(講學會者 … 自强)"이라는 구절은 끊어야 할 곳을 끊지 않아 말이 성립되지도 않는다. 묘지명의 원문을 살펴보면, 정약전은 서울에서 노닐며 널리 듣고 뜻을 고상하게 하면서 이윤하(李潤夏), 이승훈, 김원성(金源星) 등과 돌처럼 굳은 교제[石交]를 맺었다고 하였다. 그러면서 성호의 학문을 이어서 무이(武夷, 朱子學)를 경유하여 공자학(孔子學)으로 거슬러 올라가려는 경학공부를 하였다는 것이다. 그래서 당대의 경학자인 권철신에게 집지하고 가르침을 청하였다. 경학공부를 열심히 하던 하나의 본보기로, 어느 겨울(기해년) 주어사에 우거하면서 강학하던 일을 들었다. 그런데 "그때에 모인 사람(會者)은 김원성, 권상학(權相學), 이총억(李寵億) 등 몇 사람이었다"는 것이다. 당연히 정약전과 권철신은 포함되어 있다. 권철신은 강장(講長)으로 손수 규정(規定)을 만들어주었으니 새벽에 일어나 얼음같이 찬 샘물[氷泉]을 떠서 세수하고 양치질한 뒤 숙야잠(夙夜箴, 夙興夜寐箴의 약어로 원나라 陳茂卿의 잠언)을 외고, 해가 뜨면 경재잠(敬齋箴, 주자가 지은 잠언)을 외고, 정오에는 사물잠(四勿箴, 정자가 지은 잠언)을 외고, 해가 지면 서명(西銘, 張子가 지은 銘文)을 외도록 하였다는 것이다. 그들의 공부하던 모습은 장엄하고 공경스럽고 규도(規度)를 잃지 않았다고 하였다. 그뿐이다. 다른 의미로 볼 만한 아무런 단서도 없다.

더구나 이들 잠언과 명문은 모두 송(宋)나라 성리학자들의 수양을 위한 대표적인 글들로 필자도 어린 시절 서당에서 익히 들었던 글이다. 그뿐만 아니라 조선시대에 글 읽는 사람이라면 필수적 교양과목으로 외며 실천하던 흔히 볼 수 있는 글들이다(퇴계 이황도 『성학십도』에서 모두 열거했던 글임). 자기 중형은 그렇게 돈독하게 경학공부를 했다고 자랑하려는 뜻 이외에 다른 뜻이라고는 있을 수 없는 내용이다. 그 시절에 남인계의 소장학자들이 그렇게 열심히 경학에 몰두했다는 당시의 분위기를 설명하는 글이었다.

그런데 '강학 회자(講學 會者)'라고 끊어 읽어 '강학을 하였으니 모인 사람은 누구였다'고 해야 할 글을 '강학회자(講學會者)'라고 한다면 '강학회라고 하는 것은 누구누구였다'라는 의미로 되어버린다. 글이야 어떻게 읽든지 상관할 바 없다. 어쨌든 그 구절은 다산이 글을 쓴 본래의 의도나 문맥으로 볼 때 자기 중형이 그처럼 열심히 유학을 공부했다는 내용이지 천주교를 공부했다는 내용으로 볼 수 없음이 분명하다.

필자가 살펴본 천진암 천주교 발상지의 내력을 설명한 장문의 비문이나 그밖의 그곳에 관한 기록은 다산의 의도나 글의 내용과는 차이가 있었다. 비문의 "정성껏 기도하고 수련하였다"는 말은 어디서 나왔는가. 필자는 그곳에서 팔고 있는 변기영(卞基榮) 신부의 『이벽성조와 천진암』(진명출판사 1980)이라는 책자를 사가지고 와서 정독해보았다. 그 책자의 내용을 검토해보자.

천진암에서 우리 신앙의 선조들이 교리를 연구하고 기도하며 처음으로 모인 것이 기해년 겨울, 즉 1779년 정조 3년이니, 내년(1979)이 꼭, '천진암 강학회'의 200주년이 되는 해입니다. (7면)

교리연구에 참석한 사람들의 이름을 모두 알 수 없으나 우선 이벽, 정약전, 정약용, 정약종, 권철신, 이승훈, 이총억, 김원성, 권상학 등이었다고 전하고 있으며 (…) 수도생활을 겸한 모임이었으니, 권철신 자신이 직접 만든 생활시간표와 규정에 의해서, 이른 새벽이면 일찍 일어나서 얼음을 깨고 찬물로 양치질과 세수를 하고는 새벽 기도

문(학업과 수련을 위한 어떤 결심이나 좌우명, 혹은 주문 같은 것)을 바치고, 해가 뜬 다음에는 오전 기도문을 바치고 정오에는 낮 경문을 외고, 해가 지면 역시 다른 경문을 바쳤다. (10면)

마현에 정다산의 집터가 있고, 정다산 기념비가 3개 서 있는데, 아깝게도 정다산이 천주교 신자라는 명확한 말 한마디가 없는데, 우리 신자들 중에도, 정다산이 요한이라는 본명으로 영세하였고, 더욱이 1836년 유파치피코(劉方濟, 당시 강 건너 하류인 구산에서 머물고 있었음) 중국인 신부에게 종부성사까지 잘 받고 선종하였다는 사실은 흔히 모르고 있는 이들이 많다. (14면)

이상의 것 이외에도 많은 논증이 있는데 다산의 기록과는 너무도 차이가 많다. 이와 같은 해석으로 현재 그곳에는 세례자 요한 광암 이벽, 아오스팅 선암 정약종, 베드로 만천 이승훈, 방지거 사베리오 직암 권일신, 암브로시오 녹암 권철신 등의 묘소를 이장하여 천진암터에 대대적인 대리석 묘소를 마련해놓았다. 앞으로 정약전의 묘소도 이장할 계획이라고 '성역화 계획 개관'에서 밝히고 있다.
그러나 이 책의 저자는 이러한 이야기를 기록해놓고 있다.

달레 저서와 정다산 저서와의 차이는 정다산의 기록을 달레의 기록보다 더 정확한 것으로 보아야 할 것이다. 그 이유는 다산이 관직생활과 문필활동을 하면서 다른 여러가지 기록을 소상히 남긴 국내의 대학자인 동시에 자신들이 들어 있는 사건을 직접 기술한 사건이고, 달레의 저서는 우선 달레 자신이 한국 땅을 밟아보지 못한데다가 남들이 수집해서 보내준 자료를 정리해서 출판한 분이니, 비록 자료 전달과 편집 및 인쇄과정에서 착오가 없다 치더라도 자료수집자가 그 당시 정다산보다 더 정확하고 신빙할 만한 사람이었으리라고 보기에는 어렵기 때문이다. (10면)

또한 "제3자의 손을 거쳐 외국인들의 손으로 번역된 기록과 번역되지 않은 원본 기록이 상이할 때는 원본 기록에 더 신빙을 두어야 할 것이다"(32면)라고 하였다. 이처럼 정확한 이야기를 하면서 다산은 아니라고 하는 일을 왜 다산의 기록과 반대로 해석하여 다산이 천주교 신자였다고 하는지 알 수가 없다. 더구나 샤를 달레(Claude Charles Dallet)의 저서 『한국천주교회사』에는 다산이 기록한 전기 등을 보고 저술했다는 명시가 있으니(샤를 달레 『한국천주교회사』 상, 안응렬·최석우 역주, 분도출판사 1979, 309면 참조) 달레가 인용한 '조선전기'란 다름 아닌 다산의 저작 「이가환 묘지명」이라고 밝히고 있는 것이다. 달레 자신도 다산의 기록을 저본으로 하였기에 다산의 기록과 많은 부분에서 일치하고 있다.

정약용 요한과 정약전은 (⋯) 배교로써 목숨을 구하는 비겁을 또한 번 보이었다. (샤를 달레 『한국천주교회사』 상, 446면)

이가환은 천주의 영광보다 사람의 영광을 더 사랑하였고 회개한다는 표시도 결코 보이지 않았다. (같은 책 447면)

이승훈은 자기의 배교를 철회하지 않고 통회한다는 조그만 표시 없이 숨을 거두었다. 맨 먼저 영세한 그가, 자기 동포들에게 성세(聖

洗)와 복음을 가져왔던 그가 (…) 배교자로 죽었다. (같은 책 449면)

권철신은 직접적인 전도는 하지 않았고 천주교의 일에도 결코 관여하지 않았다. (같은 책 440면)

이곳의 주(註)에서 역자도 "그가 천주교를 변호하였다는 사실이 어느 기록에 근거하고 있는지는 알 수 없다. 그는 국청 신문에서 배교로 시종일관하였다"라고 하면서 공초를 참조하도록 말하고 있다.

이상의 기록으로 보면, 다산 일파가 천주교와 관계없음이 분명히 드러나 있다. 하등의 관계없는 다산의 기록이 왜 천진암 문제에 근거를 제공하고 있는지 참으로 알 수가 없다. 다산의 기록을 신빙해야 한다면서 다산이 참가했다는 기록도 없고 정약종·이승훈이 참가했다는 기록도 없는데, 어떤 근거에서 그들이 참가하여 천주교 교리를 연구했다고 확정을 내렸는지 알 수가 없다.

다산은 명확하게 기해년(1779)보다 5년 뒤인 갑진년(1784) 4월 15일 처음으로 서교(西敎)를 듣고 서서(西書)를 보았다고 하였다(정약전도 마찬가지). 정약종도 국청의 신문에서 병오년(1786)에야 처음으로 천주교를 배웠다고 말하였다. 그렇다면 그들이 천주교 서적을 보기 5년 전에 어떻게 기도문을 외고 주문을 외며 천주교의 교리를 연구했다는 것인가. 다산 시집을 보면 18세 때인 기해년 겨울에는 아버지가 계신 화순에 있었던 것 같다. 9월에 화순으로 가 다음해 2월에 경상도로 여행한 기록이 명시되어 있다. 한번쯤 자세히 검토할 문제가 아닐 수 없다. 더 명확한 것은 갑진년 겨울에 이벽이 처음으로 서교를 선전하였다고 다산은 분명히 기록하였다(「이가환 묘지명」 참조. 이해 겨울을 한국 천주교회 선교활동의 창시로 보는 것이 타당할 것이다). 더구나 정약전은 세례명도 아직까지 나타나 있지 않고, 다산도 "몸으로 천주교에 종사하지 않았다(不以身從事)"(「자찬묘지명」)고 명확히 선언하였다. 그런데 정약전의 묘소까지 옮길 계획이라니 아찔하다. 정약전·정약용 형제가 신유년에 살아남았던 것은 그들이 천주교에서 손을 뗐기 때문이니 더 말할 나위도 없다.

천진암을 성역화하고 천주교의 발상지라고 하여 꾸미는 일에 필자가 반대할 이유는 전혀 없고 상관할 바도 아니다. 다만 다산의 기록을 근거로 한다고 할 때는 문제라는 것이다. 열렬한 신자로서 장렬하게 순교한 정약종, 윤지충, 김백순 등의 기록이나 황사영, 최창현 등의 기록에서 찾아보기를 바랄 뿐이다. 그처럼 무섭고 완고하던 조선왕조라는 전통 사회에서 탄압을 받으며 죽음을 택하여 한국 천주교를 창시했던 분들에게 한없는 외경의 뜻을 필자는 가지고 있다. 그분들을 위한 기념사업을 반대할 이유가 없다. 그러나 역사적 사실만은 왜곡 없이 명확한 증거와 기록으로 처리하기를 바란다. 주어사에서 강학회를 열었다고 했는데 천진암이 성지인 이유를 알 수 없으며, 1784년 겨울에 이벽이 서교를 선전했다고 했는데 왜 1779년에 천주교회가 창시되었다고 하는지 이유를 밝혀야 하리라 믿는다.

『이벽성조와 천진암』이라는 책자는 다산학을 연구하는 입장에서 너무 오류가 많다고 지적하지 않을 수 없다. 「정약전 묘지명」에 대한 해석을 살펴보자. "정위석교(定爲石交)"는 굳게 사귀기로 정했다는 단순한 의미다. 그런데 "석교(石交)의 정을 맺었던 구체적인 표시가 앞으로 발굴될 것이다"라느니, "그 비석은 천주교와 관계된 비석이라고 생각한다"(20면)라고 하기도 하였다.

"취서교 행향사례 심유위빈 회자백여인(就西郊 行鄕射禮 沈浟爲賓 會

者百餘人)"이라는 구절에서 '향사례'는 무엇을 뜻하고 '심유'는 누구이며, '서교'는 어떤 곳인지는 너무도 상식적인 이야기다. 향사례야 전통적 유자들의 모임이고, 심유는 전통적 유학자로 이승훈이 국청의 신문답변에 자기가 정통유학으로 돌아왔다고 하면서 그것을 증거할 사람이라고 댔던 사람이다. 서교야 당시 서울의 서대문 밖인 것도 상식이다. 그런데 "이승훈이 서쪽에 있는 마을에 내려가 예를 갖추어 향사례하니 100여명이나 참가자가 모였다. (…) 주어사에서는 서쪽 마을이 없고, 결국 천진암에서 서교행향(西郊行鄕)이라는 말이 아주 자연스럽게 맞는 마을(현재 절막이라고 부르는 아랫마을)이 있기 때문이다"(20면)라고 하여 천진암 근처에서 향사례를 하였다고 한다면 말이 되는 소리이겠는가.『사암선생연보』에는 그때의 향사례는 기해년(1779)의 일도 아니고 갑진년(1784)의 일이라고 하는 명백한 기록이 있다. 아전인수격으로 글을 해석하는 일은 분명히 지양되어야 한다.

또 강학(講學)이라는 내용을 별다르게 해석할 필요가 없다. 유자들이 모여서 학문을 토론하는 일상적인 일이 바로 강학이다. 천주교 교리연구만이 강학이라고 여긴다면 상식에서 벗어나지 않을 수 없다. 다산은 주문모 신부 밀입국사건에 무고로 탄핵받아 홍주(洪州)의 금정도 찰방이 되어 외직으로 나가 있을 때, 충청도 온양의 서암(西巖)에 있는 봉곡사(鳳谷寺)에서 성호의 종손(從孫) 이삼환(李森煥)을 강장(講長)으로 모시고 강학을 한 적이 있다(「西巖講學記」참조). 그 기록에도 새벽마다 일어나 여러 벗들과 함께 개울에 나가서 얼음을 깨서 찬물로 세수하고 양치질했다고 하였다. 강학은 예전의 유자들이 흔히 했던 일이고, 몸을 수양하고 학문을 닦는 것이 일반적인 모습이었다. 천진암 강학도 그러한 종류에서 벗어나지 않음은 더 말할 여지가 없다. 단언하여 현재까지 알려진 다산의 기록만으로는 천진암과 천주교 창시문제는 관계가 없다. 『여유당전서』의 다산 기록만으로 근거를 삼는다면 허위임을 면하지 못하리라고 여겨진다.

아무튼 다산은 천주교를 통해서 서양지식까지 보강받아 학문영역이 넓어졌으며, 더 훌륭한 실학의 집대성자로 추앙받게 되었다. 아무래도 필자는 천주교 초창기의 열렬한 신자들에게 감사와 존경의 마음을 지니지 않을 수 없다. 천주교와 얽힌 인연으로 다산은 18년이라는 유배와 또다시 18년이라는 미복권(未復權) 시기를 거치며 그처럼 위대한 학문·사상·철학을 이룩하고, 탁월한 시를 2500여수나 지었으니 경이로운 일이 아닐 수 없다. 아울러 정치적 이유로 사상의 자유와 종교의 자유를 박탈하고 그처럼 가혹하게 인명을 살상하며 역사를 후퇴시킨 당시의 집권층에게는 한없는 질타를 보내지 않을 수 없다.

탄압과 압제 속에서 굽히지 않을 때 사상은 꽃이 피고 역사는 제 수레바퀴를 돌릴 수 있다는 교훈을, 우리는 다산이 걸었던 길목을 찾아보면서 더 명료하게 알게 되리라.

다산 정약용의 생애와 사상

1. 이야기를 시작하며

우리나라에서는 물론 전세계적으로 관심이 고조되고, 서거 후 150주년을 맞는 지금(1986)에 와서 더욱 각광을 받으며 재조명되는 다산 정약용의 생애와 사상을 살펴보는 기회를 영광스럽게 여긴다. 더구나 다산은 젊은 시절 한때 천주교와 관계했던 적이 있는데, 오늘 이 고장 천주교의 센터인 천주교 광주대교구청의 주관으로 다산선생 서거 150주년을 기념하여 다산학(茶山學) 강좌를 개최해준 것을 매우 감사하게 생각한다.

오늘 아침 신문에는 우리들에게 큰 충격을 주는 기사가 실렸다. 프랑스의 저명한 철학자이자 문학가인 시몬 드 보부아르(Simone de Beauvoir, 1908~1986)가 78세로 타계하였고, 프랑스의 대표적인 신문이나 방송에서는 약속이나 했다는 듯이 보부아르의 사망소식을 정치면 톱기사로 싣거나 보도하고 있다는 소식이었다. 그 기사가 충격적이라는 것은 우리나라 언론의 보도현실과 견주어서 하는 말이다. 한 사람의 작가나 학자가 사망했다는 소식을 정치면 톱기사로 보도한 경우가 우리에게는 없었기 때문이다. 그리고 그런 일이 가능하겠느냐는 생각이 들기 때문이다. 모든 신문과 방송들이 한 사상가가 사망한 소식을 톱기사로 싣는 문화적 현상을 우리도 한번쯤은 생각해보아야 한다는 뜻이다.

금년(1986)으로 실학자이자 탁월한 사상가인 다산선생은 서세(逝世) 150주년을 맞는다. 이와 관련한 보도가 심심찮게 나오고 있어 금년만 같아도 다산에 대한 관심도는 그다지 소홀하지 않다는 생각이 든다. 신문이나 방송에 특집기사가 실리고, 학술모임이나 강연회 등의 보도도 여느 때와는 다른 것을 느끼게 한다. 그러나 프랑스 언론들의 보부아르 사망 보도에 비하면 통탄스럽고 안타까운 마음을 금할 수 없다. 소수의 학자들이나 관심 있는 지식인들을 제외하고는 국가나 사회에서 다산에 대해 관심을 갖거나 배려하는 측면이 너무도 미미하기만 하다.

오늘날 다산에 대한 연구는 과히 세계적이라 할 수 있다. 자유세계 나라들은 말할 것 없고 소련이나 중국 등에서까지 연구에 관심을 기울인다는 보도가 있는데도, 정작 우리나라에서는 다산에 대한 연구 성과나 진척이 너무 초라하기만 하다. 500여권이 넘는 다산의 저작들은 아직 번역도 완료하지 못한 가운데 민간 출판사인 창작과비평사에서『목민심서』를 6권으로 완간해낸 정도에 머무르고 있다.[1] 민족 최고의 사상가

---

1 『역주 목민심서』(다산연구회 옮김)는 창작과비평사에서 1978년 초판(전6권)이 나왔고, 2018년 전면개정판(전7권)이 출간되었다. 그밖의 다산의 저작은 이 글을 쓸 당시(1986)까지만 해도 번역이 미미한 상태였으나 그후부터 2019년 현재까지『경세유표』『흠흠신서』『주역사전』『논어고금주』『대동수경』『매씨서평』『마과회통』『시경

이자 학자라는 다산에 대한 국가적인 배려가 그 정도이니 가슴 아픈 일이 아니겠는가.

외국의 하위 수준의 배구팀이나 축구팀을 초청하여 경기를 진행하느라 수억의 비용을 들이는 오늘의 실정으로 본다면, 학자나 사상가들에 대한 배려가 너무도 소홀하다는 생각이 들고, 보부아르에 비하면 다산은 더욱더 초라하다는 생각이 들어서 하는 말이다.

2. 다산의 청년시절

그러면 다산의 일생을 살펴보면서 그가 누구이고 어떤 삶을 살았는지부터 말하겠다.

다산은 조선왕조 영조 38년인 1762년 6월 16일 경기도 남양주의 마현이라는 마을에서 진주목사를 역임한 정재원(丁載遠)의 넷째 아들로 태어났다. 어머니는 해남윤씨(海南尹氏)인데, 우리가 잘 알고 있는 고산(孤山) 윤선도(尹善道)의 후손이요, 시·서·화 삼절(三絶)로 조선시대 삼재(三齋)의 한 분이던 공재(恭齋) 윤두서(尹斗緖)의 손녀였다.

다산 형제는 모두 5남 3녀였는데, 맨 위의 장형은 이복(異腹)으로 전취 남씨(南氏)의 소생인 정약현(丁若鉉)이며, 이승훈(李承薰)의 아내가 된 누나로부터 둘째인 정약전(丁若銓), 셋째인 정약종(丁若鍾), 넷째인 다산 자신은 동복(同腹)의 윤씨 소생이었고, 다산이 9세에 사별한 윤씨에 이어 서모(庶母)로 들어온 김씨(金氏) 소생인 3남매가 다산의 서제

───────────

강의』 등을 비롯하여 산문과 시문이 다수 번역되었다.

(庶弟)와 서매(庶妹)였다. 정약횡(丁若鑛), 정승 채제공(蔡濟恭)의 서자인 채홍근(蔡弘謹)의 아내, 나주목사 이인섭(李寅燮)의 서자인 이중식(李重植)의 아내가 그들이었다.

다산은 태어나면서부터 매우 영특하였다. 4세 때부터 글자와 글을 깨우치기 시작하여 6, 7세에 벌써 모든 책을 읽었다 한다. 7세 때에 지었다는 한시가 지금까지 전해오는데, 높은 수준의 시로 알려져 있다. 특별히 어느 스승을 모셔다가 글을 배운 적은 없고, 관리이며 학자이던 아버지 슬하에서 글을 배웠다. 자기 집의 장서는 물론 구해볼 수 있는 모든 책을 빠짐없이 읽었으며, 10세 때 그동안 지은 시의 원고를 쌓아올리니 높이가 자기 키 정도 되었다는 기록으로 보면, 지은 시의 분량이 어느 정도였는지 알아보기 어렵지 않다.

다산은 15세 때 16세의 풍산홍씨(豊山洪氏, 1761~1838)와 결혼한다. 홍씨의 집안은 당대의 남인(南人) 대가로 아버지 홍화보(洪和輔)는 무과(武科)에 올라 여러곳의 병마절도사를 역임하기도 했지만, 문(文)에도 능하여 무인(武人)이 하기 어렵던 승정원의 승지 벼슬까지 지낸 이름이 있는 인물이었다. 그러한 벼슬아치 집안의 따님을 아내로 맞았고, 처가가 서울의 회현방(會賢坊)에 있던 탓으로 시골인 마현에 살던 다산은 서울 출입이 잦아졌다. 시골 청년이던 다산은 처가에 들르면서 서울의 풍물을 접하게 되고, 자형(姉兄) 이승훈이나 형수의 남동생인 광암(曠庵) 이벽(李檗) 등을 통하여 서울의 명사(名士)들과의 교유가 넓어지기 시작했다.

그때 다산과 교유하던 많은 남인계 청년들은 바로 실학의 중조(中祖)라고 일컬어지는 성호(星湖) 이익(李瀷, 1681~1763)의 학문을 자기들이 추구해야 할 학문 방향으로 설정하여 한창 공부에 열중하던 부류들이었다. 이들과 어울리다보니 자연스럽게 다산도 성호학문에 접할 수 있게 되었다. 기록에 의하면 결혼 1년 뒤인 16세 때 성호의 유고(遺稿)를 독파했다고 한다. 지금은 '성호문집'이나 '성호전서'라 하여 성호의 유고가 많이 간행되어 있으나, 당시 성호의 유저(遺著)들은 간행되지 못하여 필사본으로 전해지고 있었다.

성호는 다산이 태어난 다음해에 세상을 떠났다. 그래서 다산은 성호의 문하에서 직접 글을 배울 기회는 없었다. 아직 생존하던 성호의 직계 제자들과 유저들을 통해서 성호학문의 깊이를 알 수 있을 뿐이었다. 자형 이승훈의 외숙(外叔)이 바로 성호의 종손(從孫)인 이가환(李家煥)이었다. 그런 무렵에 20세까지 성호에게 직접 글을 배운 이가환 등과 교유가 열리고 성호의 유저를 읽으면서 다산의 학문 방향도 정해졌을 것이다. 성호학문은 다산학문의 종지(宗旨)였는데, 그때 성호학문과의 접촉은 다산에게 경이로운 것이었고 큰 자극이 되었던 것으로 보인다.

다산이 살아가던 시절은 과거(科擧)를 통하여 벼슬에 오르지 않고는 세상에서 활동하고 살기가 어렵던 시대였다. 그래서 다산도 출세를 위한 과거공부를 염두에 두지 않을 수 없었다. 학문의 종지로 성호의 유저들을 마음에 새겨두면서도, 한편으로는 과거공부의 새로운 길을 모색해야만 했다. 영특한 두뇌를 지닌데다 착실히 공부했던 결과로 다산은 22세 때인 1783년에 경의진사(經義進士)가 되었다. 소과(小科)라고 하는 진사과에 합격하여 선비로서의 지위를 얻었다. 벼슬이 아닌 진사로서는 임금을 대면하기 어려운데, 당시 다산의 답안지가 너무 훌륭해서 임금인 정조가 다산을 기억하게 되고 최초로 임금과 얼굴을 대하는 기회를 얻기도 했다. 그뒤 태학(太學)에 들어가 학문에 열중하던 다산은 몇차례 부름을 받고 정조 앞에서 학문을 논하기도 했다. 그때 정조가

"너무 빨리 서둘러 과거에 합격하지 말고 공부를 제대로 익힌 뒤에 합격해도 늦지 않다"라고 했다는 기록이 있다. 그 당시 정조는 다산의 사람됨을 보고서 큰 그릇으로 성장시키기 위하여 학문이 성숙된 뒤에 벼슬길에 나오기를 권유했던 것이리라. 벼슬에 올라 권력을 누리거나 현실에 만족하다보면 아무래도 학문에 등한하기 마련이어서, 과거에 합격하기 전에 광범한 지식을 얻을 수 있도록 충분한 공부를 권장했던 것으로 보인다.

다산은 진사가 된 이후부터 계속하여 과거시험에 응하였는데 결과는 뜻밖에도 불합격의 연속이었다. 정조의 배려도 있었고, 충분히 합격권의 능력을 인정받았지만 당파와 관계된 여러가지 이유 때문에 등과(登科)는 이루지 못했다. 과거에 급제만 하면 크게 등용해주겠다는 정조의 약속이 있었지만, 다산은 동년배들에 비하여는 퍽 늦은 나이인 28세 때에야 문과에 합격하였다. 의당 장원급제의 영예를 누릴 실력이었으나, 당시의 고관(考官)이 남인 정승인 채제공이었던 탓으로, 당파와 가까운 다산을 수석으로 등과시킨다면 시비의 구설에 오를 수 있다고 보아 등급을 낮추어 2등으로 발표했다고 한다. 이렇게 하여 일단 다산에게도 자신의 경륜과 학문을 사회에 펼칠 수 있는 관인(官人)의 지위에 오르는 계기가 마련되었다.

3. 다산과 천주교 관계

서두에서 다산은 한때 천주교와 관계를 맺은 적이 있다는 말을 했는데, 이제 그 문제에 대하여 이야기해보자. 다산이 22세 때인 1783년 겨울, 사신(使臣)으로 북경에 가는 아버지를 따라갔던 자형 이승훈이 이듬해 초봄에 귀국하였다. 그때 이승훈은 북경에 있는 천주교회당에 가서 세례를 받음으로써 우리나라 최초의 천주교 세례인이 되었다. 그는 천주교에 관한 여러가지 서적이나 성구(聖具) 등도 가지고 왔다. 천주교 문제가 사회의 표면으로 부상하던 때의 일이다.

1784년 4월에 다산은 큰형수의 제사를 지내려고 내려간 고향 마현에서 큰형수의 아우인 이벽을 만났다. 제사를 마치고 서울로 오던 배(舟)에서 다산은 이벽의 소개로 천주교에 관한 서적을 읽어보았다고 하였다. 기록에 의하면 다산은 배 안에서 천주교 서적을 읽고 그 새로운 세계에 대단히 매혹되었다. 공자와 맹자, 정자와 주자만 읽다가 그러한 가치관이나 세계관과는 전혀 다른 내용의 글을 읽고서 경이롭다고 생각하게 된 것은 청년 다산에게는 있음직한 일이라 여겨진다. 이 무렵 다산은 과거공부에 힘을 기울여 28세에 문과 급제를 했는데, 다산의 기록에는 23세 이후 6, 7년 동안은 천주교에 매료되었다고 한다.

그후 30세 때인 1791년에 신해옥사(辛亥獄事)라는 천주교 박해가 일어나면서 천주교에 대한 국금(國禁)이 강화되는 시기가 도래하였다. 다산의 외종(外從)인 윤지충(尹持忠)과 그의 외종인 권상연(權尙然) 등이 천주교 신자로서 교리에 충실하느라 신주(神主)를 불사르고 제사를 폐한 데에서 연유한 사건이 신해옥사이다.

여기에서 특기할 사실은 정치적 파당의 분열 속에서 일어나는 남인계 자체의 정치적 대립이 노골화되는 부면이었다. 즉 그동안 같은 남인으로 노론(老論)이나 벽파(僻派)에 대결하였던 무리가 다시 분열하여 신서파(信西派)와 공서파(攻西派)로 나뉘면서 천주교가 정치적 분쟁의 도구로 이용되었다. 서학과 천주교에 호의적인 채제공·이가환·정약용 등은 신서파로 불렸고, 이를 배척하던 목만중(睦滿中)·이기경(李基慶)·홍낙안(洪樂安) 등은 공서파로 변신하면서 천주교와의 관계를 공격의 수단으로 삼게 되었다.

이러한 정치적 와중에서 다산은 천주교와 관계를 맺다가는 생명의 부지가 어려움을 느끼고 손을 끊게 되는 상황을 자신의 기록에 열거하였다. 그로부터 10년 뒤인 1801년 신유옥사(辛酉獄事)로 천주교가 국법에 의하여 된서리를 맞게 되었다. 그 당시의 재판기록인 추안(推案) 및 국안(鞫案) 등에 따르면, 한창 천주교에 매혹을 당하던 때에 다산도 세례를 받았다는 기록이 보인다. 이런 점으로 보아 다산이 젊은 시절 한때 천주교와 관계를 맺었던 것은 역사적 사실로 판단하기 어렵지 않다.

그러나 다산은 28세 이후 벼슬길에 오르면서 승승장구의 관운(官運)이 열렸으니, 한림학사를 거치고 옥당인 홍문관의 학사를 역임하면서 나라 안에 이름을 드날리기 시작하였다. 33세 때에는 산천초목도 떤다는 경기도 암행어사가 되어 탐관오리를 적발해 파직시키는 등 서슬 퍼런 관리의 위엄을 보이기도 하였다. 34세 때에는 당상관으로 동부승지에 올라 오래지 않아 재상이 되리라는 촉망을 받기에 이르렀다.

정조의 두터운 신임으로 공서파의 주장은 묵살되어 다산의 장래가 화려해지려던 무렵에 또 하나의 시련이 닥쳐왔다. 다름 아닌 주문모(周文謨)라는 청나라 신부가 밀입국한 것이 발각되어 천주교 관계자들이 대거 탄압을 받은 일이다. 이 사건은 다산의 셋째 형이자 독실한 천주교 신자였던 정약종 등이 주선하여 천주교의 교세 확장을 꾀하던 일이어서 다산 일파는 치명적인 타격을 받지 않을 수 없었다.

다산이 이 사건에 연루되었다는 증거는 없었으나, 그 일 때문에 공서파 및 집권 중인 노론과 벽파의 공세에 몰려 다산은 충청도의 금정도 찰방이라는 외직으로 유배에 가까운 좌천을 당하고 만다.

이렇게 천주교 문제는 정치적 탄압의 수단으로 이용되어 다산은 점점 큰 압박을 받게 되었다. 다산이 천주교에 관계하던 시기만 하더라도 다산 일파가 정치적 영향력을 크게 미치지 못하던 때였으나, 다산이 동부승지가 되고 이가환이 공조판서에 오르는 등 세력이 커지게 되자 그에 비례하여 정치적 탄압의 정도도 커지기 시작했다. 천주교 문제는 집권층과 반대 입장에 있던 다산 일파에게 치명적인 약점이 되어버렸다.

이미 천주교와 관계를 끊었던 다산은 정조의 의도대로 금정도 찰방에 부임하자 충청도의 홍주·예산 일대의 천주교 신자들이 천주교와 관계를 끊도록 여러가지 조치를 취했다. 척사계(斥邪契)를 조직하여 천주교를 배척하기도 하였고, 제사를 권유하면서 천주교 교리가 정통적 유교사상에 배치되는 논리를 지녔다고 신자들을 설득하여 큰 효과를 거두게 되었다. 그리하여 그해가 다 가기 전에 다산은 다시 서울로 오게 되었다.

얼마 뒤에 다산은 다시 벼슬길이 열려 승지에 임명되는데, 이번에도 반대파들은 그를 용납하지 않고 혹독한 비방의 상소를 올렸다. 그중에서도 최헌중(崔獻重)과 민명혁(閔命爀) 등의 상소는 다산 일파가 정계에 다시 등장하는 것을 막기 위한 의도가 역력하였다. 그래서 다산은 사직상소를 올려 자신에게 가해진 비방에 대해 낱낱이 해명하며 비방받을 이유가 없음을 열거하였으니, 그게 바로 유명한 「변방사동부승지소(辨謗辭同副承旨疏)」였다. 자신과 천주교와의 관계에 대하여 자세히 쓴 글로서 명쾌한 내용이 많다. 장문의 글이면서도 명문으로 알려진 이 상소는 국왕이나 대신들에게 다산이 천주교에서 떠난 사람임을 증명해주기에 충분한 내용이었다. 그 글에서 다산과 천주교와의 관계가 밝혀진 것이다. 요약하면, 자신은 벌써 천주교와는 손을 끊었으니 비방받을 이유가 없는데 정치적 이유 때문에 이러한 비방을 받고 있다는 주장이었다. 다산은 이 상소를 올리고 난 전후의 사정을 일기에 적었는데, 명문이라는 칭찬이 자자했고, 당시의 관료나 국왕까지도 자기의 주장을 사실로 판단했다는 것이다.

정조는 다산이 천주교와 인연을 끊었다는 사실을 인정하면서도 여론을 잠재우고 물의에서 벗어나게 하려고 다산을 황해도 곡산 도호부사에 임명하였다. 다산은 처음이자 마지막으로 36세에 지방관으로 부임하였다. 곡산에서 2년 가까이 수령(守令)으로 지내며 그동안 닦은 학문적 지식과 경륜을 토대로 하여 특기할 만한 많은 선정(善政)을 베풀었다고 자신의 기록에 남기고 있다.

이러한 선정의 결과로 다산은 다시 발탁되어 형조참의라는 중앙관료로 돌아오게 된다. 그러나 당시의 정계 상황은 다산을 용납해주지 않아 마음 편히 벼슬을 할 수가 없었고, 끝내는 든든한 버팀목이던 정조의 죽음으로 다산은 파탄의 길을 걷게 된다.

4. 그 무렵의 정치적 상황

다산이 39세이던 1800년 6월에 호학의 군주 정조가 세상을 뜨고 말았다. 정조의 죽음으로부터 파생된 당시 정치적 상황을 살펴보자.

정조의 아버지는 바로 비운의 사도세자였다. 당시의 노론정권은 자기 집단과 뜻을 달리하던 사도세자가 영조를 이어 왕위에 오르는 것을 결사반대하였다. 더구나 그 무렵에는 영조의 계비(繼妃)인 정순왕후 김씨가 궁중에 자리잡고 사사건건 사도세자를 모함하고 있었다. 김씨는 노론 벽파의 집안 출신으로 자기 친정 집안과 연관 있는 당파를 도우려고 세자를 모함하는 일을 그치지 않았다. 그러한 결과로 사도세자는 영조 38년인 1762년에 폐세자가 되어 죽임을 당하고 말았다. 이로 인하여 벽파와 시파라는 파당이 나뉘었으니, 세자가 옳다는 쪽이 시파요, 세자가 옳지 못하다는 쪽이 벽파였다. 이러한 상황에서 세손(世孫)으로 책봉된 정조는 비명에 간 아버지의 아픔을 다 알고 있었기에, 등극한 뒤로는 벽파를 누르고 시파가 대거 정계에 진출하도록 했다. 그러나 정권의 주도권은 역시 벽파에 있었으니 임금의 권한으로도 어찌할 수 없도록 큰 세력을 이루고 있었기 때문이다.

그런 점에서 남인계의 시파이던 다산은 정조 생전에는 큰 신임을 얻어 위험에서 벗어날 수 있었지만, 정조 사후 상황은 급변한다. 1800년 정조가 죽고 순조가 어린 나이에 즉위하자 궁중에서 위력을 발휘하지 못하던 대왕대비 김씨가 권한을 행사하는 기회를 얻게 되었고, 그에 따라 시파는 풍전등화의 어려운 처지에 놓이고 말았다. 설상가상으로 공서파가 벽파에 정치적 추파를 보내면서 다산 일파에 대해 온갖 유언비어를 날조하여 사교도인 천주교도로 몰아 살육의 광풍을 일으킨 사건이 다름 아닌 신유옥사였다.

신유옥사로 다산은 중형(仲兄) 정약전, 숙형(叔兄) 정약종과 함께 투옥되어 갖은 고문을 받았는데, 결국 죄가 없다고 판명되었음에도 정치적인 이유로 18년이라는 긴긴 유배생활을 하게 되었다. 처음에는 경상도의 영일만에 있는 장기(長鬐)로 귀양 갔다가, 그해 겨울 다시 조사를 받고 전라도의 강진에서 18년을 보내야 했다.

만약 다산이 천주교 신자였다는 증거가 있었다면 살아남을 수 없었을 것이다. 온갖 고문과 철저한 조사에도 불구하고 증거가 없었다는 것은 분명히 천주교와 관계를 끊었다는 사실을 방증해주는 것이다. 이 점에 대해서는 졸고「정약용, 그 시대와 사상」[2]에 이미 자세한 논증을 보였으며, 졸역『다산산문선(茶山散文選)』[3]의 해제에서 의견을 서술한 바 있다.

근래에 천주교에 관계하는 분들이 다산을 천주교 신자였다고 주장하는 경우가 있다. 그 논거로, 신유옥사에서 배교한 것은 사실이지만, 유배살이 하는 동안이나 해배하여 타계할 때까지 다시 천주교를 믿고 종부성사를 했노라고 여러가지 자료를 제시하고 있는데, 이 점에 대하여 몇마디 해두겠다. 다산은 실학자로서 성호학문을 이어『경세유표』『목민심서』『흠흠신서』등의 경세치용에 관한 저술을 남겼지만, 그보다 더 그의 일생사업으로 치력(致力)했던 학문으로는 아무래도『상례사전(喪禮四箋)』이라는 방대한 예서(禮書)와『주역심전(周易心箋)』이라는 역학(易學)에 관한 저서였다. 일생 동안 수정을 거듭하면서 이룩해낸 예학과 역학은 천주교 신자라면 연구할 분야가 아니었다. 그 이외에 많은 경학(經學)에 관한 연구서들도 천주교 논리와는 배치되는 부면이 많은데, 만약 천주교 신자였다면 무엇 때문에 그런 엄청난 연구를 계속해야만 했겠는가? 다산의 주저(主著)로 여기는 저서들은 모두가 유배 시기에 저작된 것들이고, 해배 후에 다시 손을 보고 정서하여 보관했던 것이었으니, 유배살이 때부터 다시 신자가 되었다거나 해배 뒤부터 돈독한 신자가 되었다는 주장 등은 아무래도 신빙하기 어려운 면이 많다. 오늘날

---

2 이 글은『한국사회연구』2집(한길사 1984)에 발표되었으며 이 책 1부에 실렸다.
3 이 책은 창작과비평사에서 1985년 초판이 나왔고, 2013년 개정증보판이 출간되었다.

다산을 최고의 학자이자 사상가라고 할 때 그것은 실학사상이나 경학사상의 측면에서의 이야기이다. 그가 만약 천주교 신자였다면 그의 사상이나 철학은 어처구니없는 거짓 주장이 되고 마는데, 이 점을 무시하고 천주교 신자였다고 주장할 수 있겠는가?

한 인간의 주장이나 사상은 자신의 주된 저서에 담기 마련인데, 다산의 주저들은 모두 천주교 논리와는 배치되는 것들이다. 그는 해배 후 61세가 넘어서야 자신의 자서전인 「자찬묘지명」을 지었고 그와 함께 탄압받아 죽은 선배들의 일생을 기술한 글들도 모두 61세가 넘어서 저술한 것들이다. 여기에서도 자신을 포함한 자기 일파 등은 천주교 신자가 아니었다고 누누이 변명하고 있는데, 다산 자신의 기록은 믿지 않고 어떤 기록을 믿어서 그를 신자라고 단정할 수 있겠는가? 졸역 『다산산문선』은 다산의 자서전을 포함하여 천주교 신자라는 누명으로 정치적 탄압에 희생된 그의 일파의 일생을 기록한 묘지명 등을 모아 번역한 책으로, 한번 읽어본다면 천주교와 관련이 없다는 다산의 주장이 사실임을 알게 될 것이다.

5. 다산의 학문과 사상

1910년 6월, 망국 직전의 조선왕조는 다산에게 정헌대부(正憲大夫) 규장각제학(奎章閣提學, 정이품)이라는 벼슬을 증직하고, 학자로서는 더 이상 큰 명예가 없는 문도(文度)라는 시호를 내렸다. 같은 왕조에서 역적죄인으로 몰아 18년간 귀양을 살게 하였고 여생 동안 복권도 시켜주지 않았던 다산에게 시호를 내린 것은 그의 학문과 사상의 정당성을 인정하게 되었다는 뜻이다. 사후에나마 복권되어 명예가 회복된 다산의 저서들은 간행의 기회를 얻어 나라 건지는 방책으로서 연구의 대상이 되기에 이르렀다.

이제 다산의 저서들을 통해 그의 사상적 측면을 살펴보자. 500여권이 넘는 그의 방대한 저작들을 세 분야로 나누어 고찰하겠다.

첫째는 양으로 보나 연구기간으로 보나 가장 방대하고 긴 연구기간을 소요했던 경학 분야다. 40세 이후부터 타계할 때까지 35년에 걸쳐 연구한 232권에 달하는 동양철학에 관한 분야이다.

둘째는 『경세유표』 『목민심서』 『흠흠신서』 등을 포함하여 많은 논문으로 되어 있는 경세학 분야이다. 요즘으로는 정치학·경제학 분야에 해당되는 것들이다.

셋째는 2500여 수에 달하는 시와 많은 산문으로 된 시문학 분야다.

기타 의학·지리학·공학 등의 분야에 대한 언급은 생략하기로 한다.

탁월한 논리와 참신한 사상을 지녔던 그의 방대한 학문분야는 '신유옥사'라는 대탄압에 의하여 정치적 권리를 상실하였던 탓으로 그의 생전은 물론 죽은 뒤 한동안 사회에서 전혀 원용되지 못하고 말았다. 이점은 민족사의 불운을 자초한 사실이기도 하다.

다산의 경학사상은 방대하고 광범한 내용이어서 한마디로 말하기는 어렵다. 육경사서(六經四書)에 대한 재해석을 통하여 동양의 전통적 학문에 대한 새로운 해석을 시도한 작업인데, 간단히 말하자면 공맹(孔孟)의 기본 유학에서 정주학(程朱學)에 의하여 윤색된 부분을 벗기고 시대에 맞도록 새로운 논리를 창출해낸 것이다. 즉 다산의 경학은 반주자학(反朱子學)·반성리학(反性理學)적인 입장을 취하고 있었다. 사변적이고 논리 위주의 관념적 세계에서 행위와 행동의 개념을 캐내어 실행하고 실천해야 한다는 논리의 재구성이 그의 경학의 여러 면에서 선연하게 나타나고 있다.

경세학 분야에서도 다산은 혁신적이고 혁명적인 주장을 펼쳤다. 그 대표적인 것들이 바로 「원목(原牧)」 「탕론(湯論)」 「전론(田論)」 등의 단편 논문들이다. 「원목」은 주권재민의 원칙에 가까운 이론으로 권력의 소종래를 밝히며 백성들의 중론으로 권력자가 탄생하니 권력자는 백성들을 위해서 존재한다는 민주적 사고를 보여준다. 「탕론」은 '상이하(上而下)'의 정치 형태에서 '하이상(下而上)'의 정치 형태로 변혁해야 한다는 주장인데, 말하자면 위로부터 나오는 권력이 아니라 국민으로부터 나오는 권력만이 세상을 바르게 만들 수 있다는 내용이다. 통치자는 밑으로부터 선출되어야 하는데 왕조정치가 세습적으로 이어지면서 인류 역사의 후퇴와 타락이 파생되었다는 주장이다. 「탕론」은 부도덕하거나 부당한 통치권을 행사하는 독재자는 국민의 힘으로 추방하거나 퇴위시킬 수 있다는 혁명론이다. 왕조정치 아래서 그러한 주장을 폈던 다산은 확실히 진보적이고 선구적이었다.

다음으로 「전론」은 토지정책에 관한 내용이다. 18세기 후반에서 19세기 초엽의 우리나라는 경제적 파탄과 빈부의 격차로 나라 살림이나 백성의 삶이 말이 아니었다. 관리의 횡포와 착취로 백성들의 생활은 말로 표현하기 어려울 정도로 곤궁한 처지였다. 굶어서 죽어가는 백성도 수없이 많았다. 이 모든 요인이 토지의 분배, 즉 생산수단의 공정치 못한 분배 때문이라고 여긴 다산은 생산수단의 공정한 분배만이 가난의 해결책이라고 주장하였다. 소수의 대토지 소유자들에게서 토지를 환수하여 마을 단위로 공정하게 재분배하고, 마을 사람들의 공동경작에 의해 얻은 소득을 공정하게 분배하는 제도, 즉 여전제(閭田制)의 실시를 주장했다. 대단히 혁명적인 토지정책이었다.

다산의 문학사상도 놀라운 면이 많다. 사회시(社會詩) 및 정치시(政治詩)라고 불리는 그의 많은 시들은 현실의 고발과 시대상의 비판을 담고 있다. 시대적 갈등과 모순의 해결에 주안점을 두면서도 탁월한 문학성과 생명력까지 지녔다. 민완기자가 현장을 생생하게 기사화하듯 다산은 시를 통해 시대적 모순을 예리하게 지적하고 있다.

여기서 한가지 부연할 것은 그의 사상을 유배살이 이전과 이후로 나누어볼 때 일정한 변모를 보이고 있는 점이다. 즉 현실정치와 직접 연관되지 않는 경학이나 문학에서는 유배살이 전후에 관계없이 그의 소신대로 논리를 폈던 반면, 현실적인 정치와 직접 관계되는 경세학에서는 유배 이후에 이전보다 훨씬 더 약화되거나 후퇴한 면이 보인다는 것이다. 시대적 한계도 있고 실현하기 어렵던 사회경제적 여건이나 정치적 현실성을 고려할 부면도 있으나, 『목민심서』나 『경세유표』의 토지정책은 「전론」에 비하여 혁신성이 훨씬 약화되었고 개혁성도 이완된 측면이 농후하다는 것이다.

신유옥사라는 가혹한 정치적 탄압으로 역적이라는 누명을 써야 했고, 오랜 유배생활과 미복권자 신분으로 생명의 위협에서 벗어나기 어렵던 그의 처지에서 볼 때 그러할 수밖에 없었을 것이다. 학설이나 사상을 탄압하는 정치적 후진성이 자아낸 역사적 비운이기에 더욱 안타까운 생각이 든다.

만약 신유옥사라는 전대미문의 지식인 탄압이 없어서 다산과 같은 천재적이고 선구적인 학자가 생명의 위협 없이 소신껏 학설과 사상을 펼치고 뒷날 역사의 논리가 될 수 있게 하였다면 우리나라의 역사적 전개가 얼마나 달라졌을 것인가. 다시는 집권야욕 때문에 학자나 사상가를 탄압하는 역사적 비운은 없어야 할 것이다.

필자는 이 문제에 대하여 「다산의 민권의식」[4]이라는 글에서 이미 논한 바 있으니 참고하기 바란다.

6. 이야기를 마치며

1836년 75세를 일기로 세상을 떠난 다산의 삶은 파란만장했다. 200년 전의 그의 일생과 사상을 오늘의 우리 현실과 대비하여 보더라도 그가 매우 훌륭한 학자였음을 알 수 있다. 더구나 그가 곡산 도호부사 시절에 폈던 정치를 회상해보면 더욱 놀라운 생각을 하지 않을 수 없다. 그것은 바로 '이계심(李啓心) 사건'에 관한 다산의 판결이다. 백성의 고통을 해결하려고 천여명의 군중을 이끌고 관아에 쳐들어와 시위를 주동했던 이계심이라는 백성을 무죄석방한 것이다.

수령이 올바른 정치를 펴지 못하는 이유 중의 하나가 백성들이 제 몸의 안일만 꾀하느라 수령의 잘못을 지적해주지 않기 때문이라고 판단하여, 치자(治者)의 잘못을 지적하고 항의하는 백성에게는 잘못이 없다고 판결한 것은 오늘날 우리가 생각해도 훌륭한 민권의식의 발로가 아닐 수 없다. 자신의 불이익을 감수하고 백성의 편의와 이익을 위해 관(官)에 항의할 줄 아는 사람에게는 오히려 상금을 주어 포상해야 한다고 하였으니, 그만하면 다산이 어떤 생각을 지닌 사람인가를 알기 어렵지 않다. 그것도 지금부터 200년 전의 전제군주 시대의 주장이었으니

---

4 순천대학 교지 『향림문화』 창간호, 1985. 이 책의 3부에 실려 있다.

경이로운 일이 아닐 수 없다. 다산은 그 시대에 벌써 국민저항권을 확실하게 인정한 선구적인 사상가였다. 그러한 다산이었기에 200년이 지난 오늘에도 이렇게 우리가 모여 그에 대한 강의를 하고 서세 150주년의 기념행사를 치르는 것이다.

역사는 변화하고 인류는 진보하기 마련이다. 변혁을 꾀하고 변화를 추구하는 사상은 생명이 오래 연장되고, 안일과 안정과 현상유지만을 바라는 학문이나 사상은 오래 살아남지 못한다. 다산은 역사의 변화와 사회의 변혁을 꿈꾸고 그러한 논리를 추구했기 때문에 아직도 우리 곁에 살아 있다. 우리는 그의 사상과 철학을 다시 음미해보면서 그가 채 생각지 못했던 부면까지 더 넓히고 확대하여 우리 시대에 맞는 새로운 논리로 우리를 더 발전시키는 사상과 철학의 체계를 수립해야 할 것이다.

2부

조선 실학사상의 흐름
율곡에서 다산으로

1. 머리말

1930년대 다산(茶山) 정약용(丁若鏞, 1762~1836)의 문집인 『여유당전서(與猶堂全書)』를 활자로 간행하던 무렵에 위당(爲堂) 정인보(鄭寅普, 1893~1950)는 다산의 학문과 사상을 세상에 알리고 또 그를 현양하는 사업에 온 정신을 쏟고 있었다. 1936년 6월, 정인보는 『동아일보』에 「다산 선생의 일생」이라는 장문의 글을 발표했다. 뒷날 『담원국학산고(薝園國學散稿)』(1955)에 실린 그 글에서 정인보는 "조선근고(朝鮮近古)의 학술사를 종계(綜系)하여 보면 반계(磻溪, 柳馨遠, 1622~1673)가 일조(一祖)요, 성호(星湖, 李瀷, 1681~1763)가 이조(二祖)요, 다산이 삼조(三祖)인데, 그 중에서도 정박(精博)하고 명절(明切)함은 당연히 다산에로 더 미룰 것이니 이는 다산이 반계나 성호보다 더 나음이 아니라 개창(開創)으로 개확(開擴)에까지 그 간고(艱苦)야 물론 도극(到極)이 아님이 아니로되

전인(前人)의 개창한 뒤에 나서 널리 관찰하고 간결하게 취하고, 가닥을 가려 정밀하게 골라낸 공(功)을 다한 사람이 그 집성(集成)의 아름다움을 향유함이 또한 이상하게 여기지 않아도 될 것이다"[1]라고 말했다.

위의 글을 풀어서 정리해보면, 조선후기의 학술사를 종합하여 계통을 따져보면 반계·성호·다산 세 사람이 큰 학자로, 먼저 학문을 열어서 창립해놓은 반계나, 반계를 이어받아 널리 확충하느라 온갖 고난을 겪은 성호의 공이 지극함에 이른 정도이지만, 그런 업적을 이어받아 함께 모아 크게 이룩한 다산의 성과가 가장 높은 평가를 받을 수밖에 없다는 것이다. 그러한 정인보의 주장처럼 다산은 반계·성호의 실학사상과 국가 개혁에 대한 의지를 수용했으며, 성호와 자신의 중간 세대로 담헌(湛軒) 홍대용(洪大容, 1731~1783), 연암(燕巖) 박지원(朴趾源, 1737~1805), 초정(楚亭) 박제가(朴齊家, 1750~1805) 등의 북학사상까지를 종합하여 '다산학(茶山學)'으로 완성해냈다. 다산은 동시대에 살았던 연암을 대선배로 여기면서도 직접 상면하지는 못한 것으로 보이는데 그가 연암의 저서를 많이 읽었던 것은 여러곳에서 확인된다. 박제가와는 종두법을 공동으로 연구할 정도로 가까운 사이였으니 『북학의(北學議)』 같은 저서는 익히 읽었던 것으로 보인다.

뒤에서 자세하게 언급하겠지만 우선 논의의 전개를 위해서 문제의 핵심을 말해보자. 퇴계(退溪) 이황(李滉, 1501~1570)의 성리학이론이나 도학사상이 '한강(寒岡, 鄭逑)—미수(眉叟, 許穆)—성호'로 이어진다는 근기도학(近畿道學)의 학통설은 번암(樊巖) 채제공(蔡濟恭, 1720~1799)이 발설한 이래 정설의 지위를 얻었는데, 근래에는 근기 남인학자들이

---

1 정인보 『담원국학산고』, 문교사 1955, 71면.

이룩한 근기실학사상도 퇴계학문에서 전수되었다는 논리로 확산되기에 이르렀다. 근기실학(近畿實學)은 성호가 종장(宗匠)이므로 성호학파의 일부 학자들이 연구해낸 실학은 성호를 거쳐 퇴계에 접목되고 있다는 학설에 근거하여 성립된 논리이다. 성호의 성리학이론이나 도학사상이야 남인학통으로 보아 퇴계학을 전승하고 있다는 점에는 수긍할 수 있다. 그러나 성호의 실학사상이나 다산의 실학사상까지 퇴계학문에 연원을 두고 있다는 주장에는 동의하기 어렵다.

그러나 몇년 전에도 근기실학사상이 퇴계학문에 연원을 두고 있다는 논문이 발표되었다. 2012년 10월 8일 한국국학진흥원과 경기실학박물관이 공동으로 주관한 학술발표대회 자료집 『퇴계학과 근기실학, 그 계승과 극복의 전망』에는 「근기실학의 학문 연원과 퇴계학의 학문정신: 이익과 정약용의 퇴계학 계승을 중심으로」라는 김형찬의 논문이 있다. 그는 "결국 퇴계학이 가지는 도덕적 이념 또는 이상은 그대로 보존하면서 그것을 구현할 수 있는 현실의 조건들에 대한 탐구와 논의를 심화하는 결과를 가져왔고, 이는 성호학파의 실학의 방향에 큰 영향을 주게 된다. 즉 유학의 근본정신에 입각한 도덕적 이상사회의 구현이라는 목표를 조선성리학과 공유하면서, 그 목적 실현의 효율적·현실적인 방안으로 탐구로서의 실학을 지향하였고, 그것은 퇴계학에 대한 재성찰을 통해 가능했다는 것이다"라고 주장하여 퇴계학의 재성찰을 통해 근기실학의 탐구가 가능했다는 것이다. 이러한 주장에는 많은 의문점이 따른다. 유학의 근본정신이 도덕적 이상사회의 구현이라면 성호의 실학사상은 유학사상에서 그 뿌리를 찾을 수 있다고 말할 수야 있지만 퇴계학에서만 큰 영향을 받았다는 이론은 수긍하기 어렵다.

이 자료집에는 김형찬 외에도 조성을, 백민정, 박종천 등의 논문이 실려 있다. 대부분의 논문은 근기실학사상은 퇴계의 성리학과 도학사상에서 영향을 받았다는 결론을 내렸다. 그러나 조성을은 「근기학인(近畿學人)의 퇴계학 수용과 실학」이라는 논문에서 "퇴계학 그 자체가 실학의 철학적 토대 형성을 위한 매개적 기능을 하였으나 그 자체가 실학의 철학적 토대가 된 것은 아니다"라고 말하여 반계 유형원도 퇴계의 영향을 받았지만 다른 성리학자들의 영향도 받았다고 주장하였다. 여기에서 알 수 있듯이 실학사상은 일반적으로 통설적인 주장에서 밝혀진 대로 임진·병자 양란 이후 변화된 사회경제적 여건과 기왕의 성리학의 한계를 벗어나려는 학자들의 탐구, 서양사상의 접목 등 시대의 변화에 따른 지식인들의 적극적이고 능동적인 대처 과정에서 나타났다고보는 것이 타당하다고 생각된다. 선학들의 영향을 받는 일이야 후학들에게는 당연한 일이다. 노론계 실학자도 있고 소론이나 남인·북인계 실학자도 있다. 자신들의 학통인 선학들의 학문적 영향을 받을 수 있다. 남인계 실학자들이 퇴계학에서 성리학에 대한 영향을 받는 것도 당연하다. 그러나 조선후기 특별하게 거론되는 실학의 근원을 특정인의 성리학과도학사상에서 찾아내려는 학문적 노력은 다소 무리라는 생각이다.

2. 조선 실학사상의 발원과 전수

1) 율곡 이이와 반계 유형원

율곡(栗谷) 이이(李珥, 1536~1584)나 유형원·이익·정약용은 모두 유학자였으며, 그들은 공맹(孔孟)의 철학과 사상을 근본으로 하여 학문을 이루고 나라와 인민을 위해 일했던 학자였다. 공자의 주장에 따르면 유학은 크게 '위기지학(爲己之學)'과 '위인지학(爲人之學)'으로 설명할 수 있다.[2] 즉 위기지학은 '수기(修己)의 학문'에 해당되고 위인지학은 '치인(治人)의 학문'에 해당된다. 유학자들은 공통적으로 위기지학은 본(本)이 되고 위인지학은 말(末)이 되어 유학의 목표는 본말이 구비되어야만 전덕(全德)을 갖추어 학문과 사공(事功)이 완성된다고 여겼다. 또다른 말로 표현하면 수기는 경학(經學)을 통한 마음공부이고, 치인은 세상공부를 통해 경국제민(經國濟民)의 경륜을 키우는 일이다.

그래서 다산 정약용은 "240여권의 경학에 관한 저서는 수기(修己)를 위한 자료이고, 일표이서(『경세유표』『목민심서』『흠흠신서』)는 천하국가를 위해서 저술하였으니, 본말이 갖춰진 학문"[3]이라고 자신의 학문에 대하여 스스로 평하였다. 이렇게 보면 모든 유학자들은 기본적으로 본말, 즉 수기의 학문인 심성공부와 치인의 학문인 경세학(經世學)을 두루 익혀야만 기본에 충실한 학자라고 말할 수 있다. 그렇지만 학문이란 시대를 반영하지 않을 수 없기 때문에 시대에 따라 본을 더 숭상하는 학자가 많을 때가 있고, 말인 경세학에 더 역점을 두는 학자가 많을 때가 있기 마련이다. 임진왜란(1592)과 병자호란(1636)이라는 국란을 겪은 조선은 국란 이전과 이후의 시대가 판이하게 달랐다. 두번의 국란 이전에는 대체로 성리학이라는 학문을 국가적 학문으로 여기고, 몇몇 소수의 학자를 제외하고는 대체로 많은 학자들이 성리학 연구에 생애를 바치는 경우가 많았다. 반계·성호·다산이라는 조선 삼조(三祖) 학자들은 양란 이후에 달라진 시대를 반영하는 학문에 역점을 두었기 때문에 실학자라는

---

2 『論語』, 「憲問」, "子曰 古之學者 爲己 今之學者 爲人."

3 『與猶堂全書』 제1집 제16권 「自撰墓誌銘」(集中本), "六經四書 以之修己 一表二書 以之爲天下國家 所以備本末也." 이하 『與猶堂全書』는 『全書』로 표기.

명예스러운 호칭을 얻을 수 있었다.

임진·병자 양란 이후의 실학자들의 출현은 이미 잘 알려진 일이다. 그러나 이들 실학자의 출현 이전에 성리학에 기본을 두면서도 조선 건국 200년이 지난 시기에 이미 나라는 '토붕와해(土崩瓦解)'의 지경에 이르렀다면서 조선의 문물제도를 뜯어고쳐 '경장(更張)'해야 한다고 강력히 주장한 학자가 있었으니 그가 바로 율곡 이이였다. 물론 율곡이 살아가던 시대는 양란을 겪기 이전이어서 양란 이후처럼 절박한 상황은 아니었지만, 율곡은 나라가 이미 그대로 두면 망할 정도의 위기에 처했다고 판단하고 있었다.

최근에 한영우(韓永愚) 교수의 『율곡 이이 평전』(2013)에 의하면, 율곡은 퇴계 이황과 쌍벽을 이루는 성리학자이면서 뛰어난 경세가였음을 어렵지 않게 알아낼 수 있다. 『율곡전서(栗谷全書)』에 수록된 상소문 「만언봉사(萬言封事)」와 『동호문답(東湖問答)』『성학집요(聖學輯要)』 등의 저술에서 나라를 경장하자는 간절한 주장을 거듭 하고 있다. 당시 율곡과 가장 가까운 친구이자 동급의 학자로 모두의 숭앙을 받던 우계(牛溪) 성혼(成渾, 1535~1598)은 율곡이 두번째로 선조에게 올린 「만언봉사」를 읽어보고 "참으로 곧은 말로 극진하게 간(諫)한 경국제세(經國濟世)의 글"[4]이라고 격찬했다는 대목으로도 율곡은 활동하던 시기에 벌써 경국제세를 할 수 있는 경세가라는 칭송을 받은 것을 알 수 있다. 경세가이자 실학자이던 성호 이익이나 담헌 홍대용도 율곡과 반계를 "우리나라가 생긴 이래로 국가나 사회의 현실문제를 아는 사람으로는 오직 이율곡과 유반계가 있을 뿐이다"[5]라고 하였으며, "우리나라 사람의

4 한영우 『율곡 이이 평전』, 민음사 2013, 115면에서 재인용.

저서 가운데서는 율곡의 『성학집요』와 반계의 『수록』이 경세유용의 학문이다"[6]라고 말하여 율곡과 반계가 후배 학자들에게 경세학을 전해주었음을 확실히 평가하였다. 1950년에 간행한 『국역 율곡전서 정선』(율곡선생기념사업회)에 실린 역사학자 이병도(李丙燾)의 「율곡선생론」에서도 경세가로서의 율곡의 사상과 철학은 분명하게 밝혀져 있다.

그렇다면 조선왕조에서 최고의 경세가이자 경세학자로서 최초로 실학이라는 학문체계를 세워 실학사상의 일조(一祖)로 여기는 반계 유형원의 학문과 사상은 어떠했으며, 율곡의 경세론과는 어떤 관계가 있는지 살펴보자. 반계의 대표적인 저서는 당연히 『반계수록(磻溪隨錄)』이다. 반계는 52세로 세상을 떠나기 3년 전인 1670년(49세)에야 26권 13책의 『반계수록』을 완성했다.

책이 완성되고 오래지 않아 세상을 떠났기 때문에 세상에 널리 알려지지도 않았다. 그러나 진리가 어떻게 오래도록 묻힐 수가 있겠는가. 마침내 그 책은 안목이 높은 학자들의 눈에 띄면서 점점 세상에 알려지기 시작했다. 남인인 반계와는 다른 당파인 소론의 종장(宗匠)이던 명재(明齋) 윤증(尹拯, 1629~1714)이 그 책을 읽게 된다. 반계가 타계한 지 38년째이던 1711년, 반계보다 7년 연하의 후배인 83세의 노인 윤증은 『반계수록』을 탐독하고는 책의 내용에 탄복하여 이런 평가를 내렸다. "『수록』이라는 책은 고(故) 처사 유형원군이 지은 책이다. 그 글을 읽어보면 그 규모의 큼과 재식(才識)의 높음을 알아낼 수 있다. (…) 세상을 경륜할 업무에 뜻이 있는 사람이 채택하여 실행할 수만 있다면 그대

---

5 李瀷 『星湖僿說』, 「變法」, "國朝以來 屈指識務 惟李栗谷 柳磻溪二公在."
6 洪大容 『湛軒書』 부록 「從兄湛軒先生遺事」.

가 저술했던 공로는 그때에야 제대로 나타날 것이다."[7] '유의어세무자(有意於世務者)', 즉 '세상을 경영하는 일에 힘쓰려는 뜻이 있는 사람'이라 표현하고 경세(經世)를 위한 저술이라 평가했다. 윤증의 제자 덕촌(德村) 양득중(梁得中, 1665~1742)은 승지(承旨) 벼슬에 있으면서 스승 집에서 『반계수록』을 읽어보고는 너무나 뛰어난 경세서라 여겨 나라에서 공간하여 나라 다스리는 일에 보탬이 되게 하라는 상소를 영조에게 올렸다(상소문은 『반계수록』과 『덕촌집』에 실려 있음). 그런 결과 마침내 반계가 타계한 지 97년째인 1770년에 『반계수록』은 국가의 힘으로 간행될 수 있었다.

책의 간행 이전에도 유형원에 대한 평가는 끊이지 않았다. 1737년에 약산(藥山) 오광운(吳光運, 1689~1745)은 『반계수록』의 서문을 짓고, 「반계행장」이라는 반계의 일대기를 저술하였다. 1746년에는 홍계희(洪啓禧, 1703~1771)가 「반계선생전」을 지어 그의 삶과 학문을 상세히 기술하였다. 오광운은 "우리나라 같은 조그마한 나라를 위해서 설계한 책이었지만, 그 범위가 넓고 커서 실제로는 천하 만세에 유용한 책이다"[8]라고 하여 천하를 경륜할 경세서임을 놓치지 않고 언급하였다.

연암 박지원의 소설 「허생전(許生傳)」에서도 당대에 세상을 건질 대표적인 경세가로 반계를 거론했던 점으로 보아도, 비록 세상을 떠난 뒤이기는 하지만 조야에서 반계야말로 시대를 구하고 세상을 건질 탁월한 경세가로 지목했던 것은 의심의 여지가 없다. 그러나 그 어떤 학자보다도 가장 충실한 반계학문의 후계자는 성호 이익이었다. 『반계수록』의

---

7 尹拯 『明齋遺稿』 권32 「跋隨錄」, "隨錄者 故處士柳君馨遠之所述也 觀於此錄 (…) 有意於世務者 或能取而行之 則君之著述之功 於是乎著矣."
8 吳光運 『藥山漫稿』, 「磻溪隨錄序」, "雖爲褊邦設 而其範圍廣大 實天下萬歲之書也."

서문을 짓고, 「반계유선생전」 「반계유선생유집서(遺集序)」를 지은 성호가 평생 동안 가장 존숭하고 사숙했던 학자가 바로 반계였다. 성호는 나라를 다스리면서 당대에 해야 할 일이 무엇인가를 가장 잘 알았던 사람으로 조선의 역사 이래 두 사람을 꼽는다면 율곡 이이와 반계 유형원이라고 확언하였다.[9]

　1536년에 태어난 율곡과 1622년에 태어난 반계와는 1세기에 가까운 86년간의 차이가 있다. 더구나 율곡은 임진·병자의 국란을 겪기 전에 세상을 떠났고, 반계는 국란을 몸소 겪으면서 난세를 살아간 처지였다. 비록 율곡의 사상이나 철학이 실학사상이나 경세철학에 완전히 부합한다고는 할 수 없고 시대적 한계가 있는 것도 사실이지만, 율곡의 경세철학은 실학사상의 발원적 요소를 충분히 안고 있었다. 율곡과 반계의 학문적 연결이나 사상의 전수를 살펴보면 그 관계는 분명히 밝혀진다. 반계 유형원 연구로 큰 업적이 있는 천관우(千寬宇)는 『한국사의 재발견』(1974)에서 "사실, 반계는 사상적으로 율곡의 영향을 가장 많이 받았다. 『수록』에서 인용한 것을 보면, 중국의 문헌으로는 『통전(通典)』 『문헌통고(文獻通考)』 『주례(周禮)』 『맹자(孟子)』와 『춘추(春秋)』 및 그의 전(傳), 조선의 문헌으로는 『고려사(高麗史)』의 지(志)와 『경국대전(經國大典)』 등 기본 자료를 내놓고는 율곡 이이가 압도적으로 많이 인용되고 그다음에 조광조(趙光祖)·조헌(趙憲)·유성룡(柳成龍)이 비교적 자주 인용되고 있다"[10]라고 말하여 율곡의 경세론이 반계에게 지대한 영향을 미쳤음을 인정하였다. 반계의 학문과 사상을 가장 충실하게 계승

9 李瀷 『星湖全集』 권46, 「論更張」.
10 천관우 『한국사의 재발견』, 일조각 1974, 204면.

한 성호 이익이 율곡과 반계의 학문에 어떤 입장이었나를 살펴보면 그
들의 전수관계를 파악하기는 어렵지 않다.

2) 성호의「논경장」

성호는「논경장(論更張)」이라는 글에서 조선 실학사를 다음과 같이
서술하고 있다.

> 법에 폐단이 있으면 개혁하는 것은 사세(事勢)가 그러해서다. 그러
> 나 사람들은 옛날의 법을 허물었다가 실패하는 것보다는 차라리 적
> 당하게 버티는 것이 낫다고 여긴다. 그래서 당장의 안일을 즐기는 것
> 이 상책(上策)이라 여긴다. (…) 근세에 이율곡은 경장에 대한 많은
> 주장을 폈는데, 당시의 논자들은 옳다고 여기지 않았다. 지금에 와서
> 그의 주장을 고찰해보면 명쾌하고 절실한 것이어서 10가지 주장에서
> 8~9가지는 실행할 수 있는 주장이다. 대체로 조선이라는 나라가 건
> 국된 이래로 때에 맞춰 힘써야 할 일을 제대로 알고 있던〔識務〕사람
> 으로는 율곡이 가장 으뜸이었다. 애석한 일은 오늘에 율곡을 존경함
> 에는 사람만 존경할 뿐이지 그분의 옳은 주장인 실질(實質)은 숭상하
> 지 않고 있음이다. 때문에 나라의 폐단을 고칠 수 있는 그의 이론이
> 매몰되어 시행되지 못하고 있는 일이다. 율곡의 경장이론으로 가장
> 큰 것은 공안(貢案)을 고치는 일에 있었는데, 뒷날 대동법(大同法)으
> 로 나타나기는 했다. 그러나 그것도 율곡의 이론을 완전히 받아들여
> 제대로 개혁하지 못해, 백성들에게 조금의 혜택밖에 얻지 못하게 했
> 음은 아쉬운 일이다. (…) 반계 유형원에 이르러서는 더 큰 개혁을 주
> 장하였다. 온갖 나라의 폐단을 한번에 씻어버리고 옛날의 제도로 돌

아가 반드시 농사짓는 토지를 백성에게 나누어 주어야만 한다고 했다. 그의 뜻이야 좋았지만 끝내 시행되기에는 어렵게 되었다. 그 문제야 두고라도 그밖의 여러 개혁하자는 계획들은 당시로서는 딱 들어맞는 이론이었다. 비록 그것들도 당시에 시행이야 되지 않았지만, 뒷날에는 반드시 법으로 정할 사람이 있을 것이고 반계는 우리의 영원한 스승이 될 것이다.

반계가 주장한 말은 대부분 율곡의 주장과 합치된다. 우선 한두가지만 들어보면, 긴요하지 않은 벼슬[宂官]은 없애고, 벼슬의 임기를 오래 보장해주고, 사람을 등용하는 데는 먼저 그 사람의 덕행(德行)을 살펴야 하며, 신분 차별의 폐단은 없애야 한다고 했다. 작은 군(郡)들은 통폐합하여 경비를 절약하고, 노비는 아버지 신분을 따르는 점은 허용하지 않아야 한다는 주장이었다.[11]

성호의 「논경장」은 조선 실학사에서 그 학문적 연원을 밝혀주는 대표적인 글의 하나이다. 성리학이 주되는 학문으로 자리잡아온 나라에서 대부분의 학자들이 정주(程朱)의 성리학에 온 마음을 기울이던 시대

---

11 李瀷『星湖全集』권46,「論更張」, "法弊而更張勢也 然更張未必善 而或以之速患 故人遂執以爲與其毀裂而敗 寧因循而支也 此爲偸安之上計 (…) 如近世李栗谷多言更張 當時議者不韙也 以今考之 明快切實 八九可行 蓋國朝以來識務之最 惜乎今之尊之也 尙其人而不尙其實 使醫國之詮 埋沒而不擧也 其所謂更張大者 卽改貢案是已 意謂田不定賦則斂益加酷而民生受毒矣 後來卒成大同之制 人無異辭 然猶不免賦輕而斂重 種種苛索 節節刀蹬 其弊幾乎半在 則栗谷之志未盡行 而後來諸公無許大力量也 不然民之被澤 宜不止此 (…) 至柳磻溪馨遠尤有大焉 一洗而反乎古 必以授田而後已 其意雖善 卒亦難行 且置此一事 其佗區畫 恰恰中窾 雖未克見施當世 後必有來取法者存 而爲師于無窮也 大抵其言多與栗谷合 姑擧一二 宂官可汰也 官守久任也 用人先德行也 小郡可倂 奴婢不許從父也."

에 율곡만은 그대로 있지 못하고 무너져가는 나라를 건지기 위해서 법과 제도를 고치고 바꾸는 경장만이 최고의 방책이라고 주장했으니, 조선의 실학사상은 실제로 거기에서 발원하고 있음을 알게 된다.

3. 성호의 경세론과 다산사상

1) 반계와 성호

『반계수록』을 살펴보면 반계의 국가개혁론이나 변혁사상이 성호의 주장대로 율곡의 주장과 합치되고 있음을 쉽게 알아볼 수 있다. 1958년 동국문화사에서 간행한 『반계수록』의 영인본에서 확인해보면, 그 책의 무려 10곳이 넘는 데에서 율곡의 주장을 인용하여 자신의 입론 근거로 삼고 있음을 알게 된다. 율곡의 경세이론이 반계에게 반영되고 있음을 증명해주는 명확한 근거이다. 그렇다면 성호는 또 반계의 이론에서 어떤 영향을 받았을까. 반계는 성호의 외육촌형인데다 같은 당색인 남인으로 다른 어떤 학자보다도 존경과 사모의 뜻을 지녔음은 이미 언급하였다. 그래서 성호는 「반계유선생유집서」라는 글에서 유형원은 『반계수록』이라는 책을 저술했는데, "동방이라는 나라(조선)에서는 지금 힘써야 할 일을 제대로 알고 있는(識務) 책으로는 최고"의 책이라고 분명히 밝혔다. 유형원 이전에는 율곡이 식무(識務)의 최고이며, 율곡 이후까지 합해서는 반계가 최고의 책을 저술했다고 했으니 유형원이 율곡의 경세사상과 철학을 확대 개편하여 조선 최고의 책을 저술했다는 주장이었다. 그렇다면 성호는 어떤 사상과 철학을 지닌 실학자인지 알아봐야 한다.

율곡의 많은 상소문이나 저술을 읽어보면 그의 생각에 기본으로 깔려 있는 것은 '이러다가는 나라가 망한다'라는 주장이었다. 정인보는 일찍이 반계·성호·다산은 모두 "이러다가는 나라가 반드시 망할 것이다"라고 생각했던 실학자들이었다고 말했다. 법이 오래되어 온갖 폐단을 나타내고 있으니, 그것을 고치고 바꾸지 않으면 나라가 망할 수밖에 없다고 생각하는 실학자들의 개혁사상이 나타나게 되었다. 반계의 개혁이론을 이어받아 그것을 확대하고 개편하여 실학자의 종장(宗匠)이 된 사람이 성호였다. 성호의 사상과 학문에 대한 평가는 성호의 슬하에서 직접 학문을 익힌 제자들이나 자질(子姪)들에 의하여 충분히 이루어졌다. 성호의 조카로 집안에서 성호의 학문을 가장 깊이 있게 익힌 정산(貞山) 이병휴(李秉休, 1710~1776)는 성호의 「가장(家狀)」과 「묘지명(墓誌銘)」을 지어 그의 학문에 걸맞은 평가를 내렸고, 제자 윤동규(尹東奎)는 이병휴의 「가장」을 근거로 하여 「행장」을 지었는데, 대체로 빠짐없이 성호의 일생을 기술하였다. 이런 모든 자료를 근거로 해서 「성호 이선생 묘갈명(星湖李先生墓碣銘)」을 지은 번암 채제공은 성호에 대한 높은 평가를 내렸다.

채제공은 1761년(42세) 경기도 관찰사가 되어 경기도의 군현을 행부(行部, 군현의 현장 순행)하던 때였다. 그때 성호는 81세의 노학자로 안산군 첨성리(지금의 안산시 일동)의 성호장(星湖莊)에서 살고 있었다. 채제공이 지나는 길에 성호를 찾아뵈었다. 왜소한 가옥의 방 안에 앉아 있는 성호는 비록 노인이지만 눈빛은 형연하게 밝아 공경의 마음부터 일어나는 기상이었다고 한다. 성호는 채제공을 반갑게 맞으며, 경전에 대한 담론을 펴고 고금의 역사를 논하면서 매우 뜻깊고 즐거운 시간을 가졌노라고 채제공이 기록으로 남겼다. 그런 인연으로 성호가 세상을 떠난 뒤 36년째이던 1799년 전후에 채제공은 후손들의 부탁으로 성호의 「묘갈명」을 지어 그의 학문과 사상을 평가했다. "성호는 시문을 포함하여 찬집한 여러 책을 합하면 수백 권의 저서에 이른다. 사상의 요체를 정리해보면, 학문에 있어서는 화려한 외형은 버리고 무실(務實), 즉 실효성 있는 학문에 힘썼으며, 예론(禮論)에 있어서는 사치스러움은 버리고 검소함만 따랐으며, 경제정책에 있어서는 상류층의 재산을 덜어다가 하류층에게 더해준다는 내용이었다."[12] 성호의 실학사상이 반계의 실학사상을 이어받았음을 알게 해주는 내용이다.

반계는 「정교(政敎)」에서 "천하를 다스리려면 공전(公田)제도와 공거(公擧)제도를 실시해야 한다. 그렇지 않으면 아무리 정치를 잘해도 헛된 일이 되고 만다"라고 했다. 이는 바로 공전제도를 통하여 빈부격차를 줄이고 공거제도를 통하여 올바른 인재를 등용하자는 정책인데, 성호와 다산으로 이어지는 실학자들의 사상과 철학을 관통하는 경세논리임에 분명하다. 그들은 암기나 제술(製述) 위주의 과거제도로는 절대로 바른 인재를 고를 수 없고, 사전(私田)제도가 계속되는 한 빈부의 갈등은 해소되지 않는다는 확고한 신념을 지닌 학자들이었다. 그래서 성호는 백세토록 선치(善治)는 없었다고 하면서 조선사회의 3대 폐단의 혁파를 간절히 원하였다. 첫째는 임금만 존대하고 신하는 억누르는 제도이고, 둘째는 인재등용에 문벌만 숭상하여 신분제를 탈피하지 못함이며, 셋째는 문사(文辭)로 과거시험을 치러 인재를 선출하는 일이니, 이거야말로 가장 나쁜 제도라고 강력히 규탄하였다. 성호의 이런 논리는

---

12 蔡濟恭『樊巖集』, 「星湖李先生墓碣銘」, "所著詩文並撰輯諸書 合爲數百餘卷 要之學問則去文而務實 論禮則棄奢而從儉 經濟則損上而益下."

다산사상에 완벽하게 계승되고 있다.

2) 성호와 다산

성호가 반계의 경세론에 숭앙의 마음을 지니고 그의 사상과 뜻을 계승·확장하고 계지술사(繼志述事)에 평생을 바쳤다면, 다산 정약용은 성호 이익의 경세철학을 숭앙하면서 그의 뜻을 잇고 확장해가는 데 일생을 바쳤다. 다산의 연보인 『사암선생연보(俟菴先生年譜)』에 의하면, 다산은 15세에 결혼하여 서울에 거주하면서 성호의 후학들과 긴밀히 접촉하여 16세 때 아직 간행하지 못한 성호의 유저들을 필사본으로 읽었다. 성호의 유저를 읽어본 다산은 곧바로 결의를 표했다. "나도 성호와 같은 학자가 되겠다"라는 굳은 의지를 지니게 되었다는 것이다. 그러면서 "나의 큰 꿈은 대부분 성호선생을 사숙하는 중에 깨닫게 되었다(余之大夢 多從星湖私淑中 覺來)"(『사암선생연보』 16세)라고 말하여 자신의 학문이 성호학문에 바탕을 두고 있음을 고백하고 있다. 1762년에 태어난 다산은 2세 때인 1763년에 성호가 83세로 세상을 떠났기 때문에 생전에 그의 문하에 들어가 학문을 익힐 기회는 없었다. 그러나 유저를 읽으면서 그의 사상과 철학에 매료되었기에, 여러 곳에서 기회가 있을 때마다 성호의 학문과 사상을 찬양하는 많은 시나 글을 남겼다. 진사과에 합격한 22세 때에는 안산에 있는 선산에 성묘차 찾아가는 길에 성호의 옛집을 찾아가 흠모의 마음을 담은 시(「過剡村李先生舊宅」)를 짓기도 했다.

뒷날 다산은 성호의 화상에 찬사를 바치는 「성옹화상찬(星翁畫像贊)」이라는 글을 지어 숭모의 뜻을 간절하게 서술하기도 했다. 이 글의 마지막 구절에서 "누가 이분을 땅속에서 다시 일으켜 세워 억센 물결을 물리치고 공자의 학문 물줄기로 돌려보낼 수 있을까? 슬픈지고!"[13]라는 술회를 통해, 공맹의 본질적 유학인 수사학(洙泗學)의 물줄기로 돌려보낼 책임이 자신에게 있음을 넌지시 암시하고 있다. 세월이 더 흐른 유배 시절에는 흑산도에서 귀양살이하던 중형 정약전(丁若銓)에게 보낸 편지에서, "스스로 생각해보면 우리가 천지의 웅대함과 해와 달의 광명함을 알 수 있게 된 것이 모두 성호선생의 힘이었습니다"[14]라고 했는데, 다산 형제나 후학들에게 성호의 영향력이 얼마나 컸던가를 실감나게 보여주는 내용이다. 뒷날 다산은 「박학(博學)」이라는 시에서 "박학한 성호어른/우리들에겐 백세의 스승일세"[15]라고 읊어 백세의 스승으로 모신다는 뜻을 밝히기도 했다. 성호의 경세학이 다산에게 완벽하게 전수되고 있음은 너무나 당연한 일이나, 성호는 경학에 있어서도 주자의 성리학에 완전히 만족하지 못하고 주자가 미처 말하지 못한 내용을 더 확충하여 새로운 이론을 세웠다. 다산은 바로 이런 성호의 학문 태도에 영향을 받아 성리학적 경전 해석에서 벗어나 실학적인 새로운 경학 체계를 세워 '다산학'을 이룩해냈으니 이는 그냥 넘기기 어려운 사상계의 큰 변화였다.

이미 언급한 대로 성호가 체계화한 실학사상은 다산을 통해 집대성되기에 이른다. 수백년 동안 철옹성에 갇힌 것처럼 주자의 성리학 논리가 학문과 사상을 지배하고 있던 시절에 그러한 관념의 세계에서 탈출하자는 논리는 그때로서는 매우 혁신적인 것이었다. 이는 몰민족적 중화주의에서 벗어나 자아의 발견을 통해 새로운 세계관과 인간관을 지

---

13 『全書』제1집 제12권 「星翁畵像贊」, "誰能起斯人於厚地 遂得排狂瀾而返洙泗哉 噫."
14 같은 책, 「上仲氏」(1811 겨울), "自念 吾輩能識天地之大 日月之明 皆此翁之力."
15 『全書』제1집 제2권 「博學」, "博學星湖老 吾徒百世師."

니자는 논리로 전개되었다. 성리학만이 학문이라고 우겨대던 사회에서 실사구시적 실용론을 새롭게 폈던 이들은 진보적인 학자들임에 분명했다. 그들은 부패와 착취의 강고한 구체제를 개혁하여 모든 인민들이 자유롭고 평등하게 살아갈 수 있는 새로운 체제를 구축하자는 선구자의 대열에 섰던 사람들이다. 그렇게 조선왕조에서 가장 진보적인 논리이자 대표적인 사유체계인 실학사상은 성호를 거쳐 다산에 이르러서야 구체적이고 실현성이 있는 민족의 지혜로 자리잡게 되었다.

4. 다산 실학사상의 학맥과 율곡 이이

1) 율곡과 다산

1536년에 태어난 율곡 이이, 1762년에 태어난 다산 정약용은 226년의 길고 긴 시간의 차이가 있다. 그리고 율곡은 서인(西人)에서 노론(老論)으로 이어지는 학통에서는 절대적인 지지와 찬양을 받는 학자였으나, 남인 일부의 당파에서는 거의 질시에 가까울 정도로 거센 비판을 모면하지 못하고 있었던 것이 조선후기의 사회와 사상계의 현상이었다. 그런 현상이 엄연히 존재했지만, 당색을 초월하여 나라와 민족을 구제하고 인민의 자유와 평등을 추구하여 부국강병의 나라 만들기에만 온 정신을 쏟았던 반계나 성호는 그런 당론에 치우침 없이 율곡의 뛰어난 경세론이나 구국사상에는 절대적인 동조를 보내고 있었다. 다산은 가족사적으로는 반계나 성호에 비하여 노론이나 반대당으로부터 큰 피해가 없었지만 자신은 노론 벽파와 공서파로부터 혹독한 탄압을 받았다. 그러나 그의 학문의 세계는 불편부당의 공정성에 기초했기 때문에 유선시사(唯善是師, 누가 주장해도 옳고 바른 논리는 모범으로 여긴다) 원칙에 입각하여 당론이나 당색에는 전혀 개의치 않았다. 특히 다산은 뒷날 남인 편에만 서지 않고 노론학자들과 자주 어울리면서 토론을 한다는 이유로 남인들에게서 미움을 사는 지경에 이르렀음은 황현(黃玹, 1855~1910)의 『매천야록(梅泉野錄)』에 자세히 기술되어 있다. "사대부들이 당파로 나뉜 이래로 비록 통재대유(通才大儒)라도 대부분 문호에 얽매어 의논이 편파적이었다. 오직 다산만은 마음씀이 평탄하고 넓어 옳고 착한 것만 따르며 어떤 선배들에게도 전혀 애증을 나타내지 않았다. 이러한 이유로 남인들이 매우 싫어하고 나쁘게 여겼다."[16]

그러나 남인의 학자들인 반계·성호·다산과는 다르게 영남 일원의 성리학자들은 퇴계만을 옹호하고 율곡은 절대 배척하여 사상계가 지역으로 나뉘어 있는 매우 복잡한 상황이었다. 광복 후 『조선유학사』(1949)라는 저술을 통해 조선의 유학사를 정리한 현상윤(玄相允)은 "영남의 학자들은 이러한 주리설(主理說)을 주장할 때에 그 동기가 주로 율곡학파의 주장에 대항하여 퇴계의 학설을 옹호하려고 하는 당쟁의 감정에 있었다"[17]라고 했듯이 철저하게 율곡의 학설을 비판하는 경우가 많았다. 이러한 시대적 조류에 의거하여 판단해보면, 개명한 몇몇의 실학자들을 제외하고는 대부분의 영남학자나 남인계의 정치인들은 '퇴계 옹호, 율곡 배척'의 논리에서 크게 벗어나지 못하는 경우가 많았다. 그와 비례하여 노론계에서도 율곡은 옹호하고 퇴계는 비판하는 경우가 적지 않

---

16 黃玹 『梅泉野錄』(국사편찬위원회 1955) 권2 상, "士大夫 分黨以來 雖稱 通才大儒 類皆拘繫門戶 言議偏頗 唯茶山心期坦蕩 唯善是師 於先輩絶無愛憎 由是大爲午人所 厭薄."
17 현상윤 『조선유학사』, 민중서관 1949, 368면.

앉던 것도 사실이다.

1680년 경신대출척(庚申大黜陟) 이후 노론과 소론이 집권하면서 오랫동안 낙척(落拓)해 있던 당파가 남인이었다. 경신년 이후 백년이 훨씬 지난 1788년(정조 13년)에야 정조의 특명으로 우의정이라는 정승에 오른 사람이 바로 채제공이었다. 학자보다는 오랫동안 정치인으로 활동했던 채제공은 속 좁은 일반 남인들과는 달리 매우 도량이 넓은 정치인이자 학자였지만, 그가 처한 상황 때문에 당론에서 절대로 자유로울 수가 없었다. 백년이 훨씬 지나 모처럼 태어난 남인계 정승, 그는 남인계 후배들을 옹호하고 그들의 정계 진출에 교량역할을 하지 않을 수 없었다. 남인이던 다산 역시 그의 큰 힘에 의지하여 벼슬살이를 할 수 있었던 것은 이미 잘 알려진 사실이다. 채제공의 진보성향의 정책은 그 시대로 보면 긍정적인 측면이 있었다. 그럼에도 그가 당인(黨人)이었음은 의심의 여지가 없다.

채제공의 「성호 이선생 묘갈명」을 분석해보면 당론이나 당색에 충실했음을 역력히 알게 된다. 젊은 시절 성호의 학문하던 과정을 설명하면서, "조금 자라서는 둘째 형님 섬계(剡溪) 이잠(李潛)을 따라 학문을 익혔고, 형님이 화란에 걸려든 뒤에는 세상에 대한 뜻을 버리고 과거시험은 포기하고 셋째 형님 옥동(玉洞) 이서(李漵)와 종부형(從父兄) 소은(素隱)공을 따라 노닐면서 감개한 마음으로 도(道)를 구하려는 뜻을 지녔다. 형님들과 방 한칸에 모여앉아 경전과 정자·주자, 우리나라 퇴계의 책을 읽으며 사색하였다"[18]라고 했는데, 성호는 중국의 유교경전과

18 蔡濟恭 『樊巖集』 권51, 「星湖李先生墓碣銘」, "稍長 從仲兄剡溪公學 專心劬業 聰穎 絶人 博覽羣書 及仲兄罹世禍 無意於世 棄擧子業 從第三兄玉洞 從父兄素隱二公遊 慨 然有求道之志 危坐一室 取經傳及有宋程朱我東退溪書 俯讀仰思."

정자·주자의 책 이외는 퇴계의 책만 연구했다는 것이다. 퇴계를 옹호하던 남인계의 주장이 그대로 반영된 내용이다.

또다른 한 대목이 있다. 성리학의 중심 내용인 사단칠정(四端七情)과 이기론(理氣論)에 대해 설명하면서 "주자가 미처 말하지 못한 부분을 발췌하여 『사칠신편(四七新編)』이라는 저서를 통해 퇴계의 학설에 날개를 달게 하였다"라는 대목이다. 채제공은 이런 논리를 부연해가면서 성호의 성리학이론은 조선왕조에서는 유일하게 퇴계의 학설만 따르고 퇴계의 논리만 옹호했다는 결론을 내렸다. 그러면서 남인계 성리학 학통을 설명하면서 성호학문의 소종래가 어디인가를 새롭게 밝힌 내용이 있다. "생각건대 우리의 도학(道學)에는 자연스럽게 통서(統緒)가 있는데, 퇴계는 우리 조선의 공자였다. 그분이 도학을 한강(寒岡) 정구(鄭逑, 1543~1620)에게 전해주고, 정구는 그의 도학을 미수(眉叟) 허목(許穆, 1595~1682)에게 전해주고, 성호선생은 미수 허목을 사숙(私淑)한 사람인데 미수의 학문을 배워 퇴계의 학문에 접속이 된다"[19]라고 했다. 채제공의 이런 주장은 근기(近畿)지방, 즉 서울에서 가까운 경기도 일대의 남인 학자들의 도학에 대한 학통을 연결하기 위한 견해 중의 하나였다. 남인계 학자는 근기지방에는 수가 많지 않고, 대부분 영남지방에 세거했는데, 일부 근기지방의 학자들도 남인의 학통인 퇴계와 연결하기 위해서 주장한 내용이었다.

그러나 이런 주장에는 몇가지 전제와 조건이 따른다. 유학자들이 추구하던 수기와 치인의 학문에서 수기의 학문인 경학이나 성리학이론으

---

19 같은 글, "但念吾道自有統緒 退溪我東夫子也 以其道而傳之寒岡 寒岡以其道而傳之眉叟 先生私淑於眉叟者 學眉叟而以接夫退溪之緒."

로 보면 긍정할 부분도 있다. 그래서 한강 정구가 퇴계의 도학을 잇고, 미수 허목이 정구의 도학을 이어 사숙제자인 성호 이익에게 도학을 전해주었던 것을 사실로 여길 수 있다. 그러나 이미 정인보의 주장에서 보여준 대로 조선후기 학계에서는 성리학이나 도학의 학통만으로는 정리할 수 없는 새로운 학통도(學統圖)를 그리지 않을 수 없게 되었다. 위암(韋庵) 장지연(張志淵)은『조선유교연원(朝鮮儒敎淵源)』(1922)에서 유학자들을 분류하면서, 유학에 경제학을 겸한 별도의 한 학파가 나타났다면서 인조 때의 반계 유형원이 시작했다고 기술하고 있다. 뒷날 현상윤도『조선유학사』에서 '경제학파의 세력과 그 대표자'라는 항목을 두고 그 선구자는 잠곡(潛谷) 김육(金堉)이지만 반계 유형원이 그 시조라고 분명하게 밝히고 있다. 그러면서 유형원 이후 성호 이익, 순암(順菴) 안정복(安鼎福, 1712~1791), 여암(旅菴) 신경준(申景濬, 1712~1781), 다산 정약용, 연암 박지원, 담헌 홍대용, 초정 박제가, 존재(存齋) 위백규(魏伯珪, 1727~1798), 추사(秋史) 김정희(金正喜, 1786~1856)까지를 거론하였다. 이런 학술사의 기술로 본다면 조선후기의 경제학파이자 실학파 학자들의 연원이나 학통을 미수 허목과 성호 이익이 사숙한 도학 학통과 연결하고 이것을 바로 실학파의 학통으로 규정하는 것은 다소 무리한 주장으로 보인다. 더욱 논리의 비약이라고도 볼 수 있는 점은 성호가 미수의 학문을 도학에서는 사숙했다고 볼 수 있지만, 성호는 미수보다는 훨씬 더 반계의 경세론과 경제학을 숭앙하면서 그를 더 돈돈히 사숙했던 것이 사실이다. 그런데 반계의 학통이 사라져버리고 미수만 사숙했다 하면 성호의 학통에는 문제가 있지 않은가. 이 점에서 성리학상으로 보면 그런 학통의 연결이 가능하다 해도 경세학이 주류를 이루는 실학사상으로 성호의 학문이 퇴계의 학문과 접속되고 있다는 점에는 수긍하기가 어렵다.

우리가 앞에서 논했던 것처럼 반계·성호·다산의 실학사상의 학맥은 이제는 변경할 수 없는 명확한 체계다. 그렇다면 채제공의 주장처럼 반계 대신 미수가 성호의 사숙 스승이라면 반계의 학문적 위치는 어떻게 할 것인가. 반계의 경세논리에 그렇게도 찬탄하면서 사숙 스승으로 여겼던 그가 반계를 성호의 학통에 넣지 않는 일은 너무나 큰 문제다. 더구나 다산도 반계의 경세철학에 전적으로 신뢰를 보이고 있었다. "경세의 진지한 의지는/오직 반계선생에게서만 보았네"[20]라는 다산의 시는 성호 이전의 반계학문에서 경세논리를 이어받았음을 말해주고 있다. 남인들의 학통논리에 너무 치우친 채제공의 주장을 근거로 하여 성호나 다산까지도 퇴계의 학통에 연결하여 실학사상을 집대성했다는 주장은 이제는 새롭게 재정리해야 할 때가 되었음을 말하지 않을 수 없다. '경세치용(經世致用)학파'라고 실학의 유파를 분류하는 견해로 보더라도 경세논리에 있어서는 '율곡―반계―성호―다산'으로 학통이 연결됨은 참으로 당연하게 여겨진다. 현상윤의 주장에 따르더라도 실학파는 당색을 떠나 시대가 안고 있던 민생문제를 해결하려던 유학자들의 일파여서 남인들의 학통만이 아니라 여러 당파에 속한 학자들이 참여하였음을 기억할 필요가 있다.

2) 경제사(經濟司)와 이용감(利用監)

이제 다산 정약용의 학문 연원을 살피면서 퇴계와 다산보다는 율곡과 다산의 학문적 연원이 훨씬 근접해 있다는 것을 말하고 싶다. 우리

---

20 『全書』제1집 제2권, 「古詩二十四首」 중 12수, "拳拳經世志 獨見磻溪翁."

가 살폈던 대로 율곡은 임진왜란 이전부터 나라가 병들어 10년 이내에 토붕와해의 위기에 빠질 가능성이 있다고 주장했다. 그래서 혹자는 율곡은 임진왜란을 예견한 선견지명이 있다고까지 말하는 사람도 있었다. 율곡이 주장한 '경장'이란 폐정(弊政)을 개혁하자는 논리였는데, 임금(선조)은 조종(祖宗)의 구법(舊法)을 함부로 손댈 수 없다면서 율곡의 주장을 실천에 옮기지 않았다. 우리가 잘 알고 있는 것처럼 다산이야말로 국가를 통째로 개혁하지 않으면 나라는 반드시 망하고 만다고 강력히 주장한 개혁적인 경세가였다.『경세유표』의 서문에 개혁의 필요성에 대해 확실한 증거를 제시하였고, 오래된 나라를 통째로 개혁하려는 목적에서 그 책을 저작했노라고 주장하였다. 반계와 성호의 사상까지 이어받아 실학사상을 집대성한 다산은 조선 최고의 개혁사상가이자 경세제민에 뛰어난 이론을 지녔던 실학자였다. 율곡이 나라를 경장하고자 한 것은 조선을 부국강병의 나라로 만들어 백성들이 편하게 살도록 하기 위해서였다. 그래서 그는 국가경제를 발전시키기 위한 '경제사(經濟司)'라는 새로운 정부기구 설치를 임금에게 건의하였다.[21] 다산이『경세유표』에서 '이용감(利用監)'이라는 새로운 정부기구를 신설하자고 한 논리와 큰 차이가 없다. 외국에서 기술을 도입하고 국내에 기술의 개발을 책임질 부서가 설치되어야만 국가경제를 일으킬 수 있다고 믿었기 때문이다.

성호는 율곡의 공안(貢案)에 대한 경장이론을 김육이 대동법으로 약간 실행하였다고 하였으며, 한영우 교수도 그렇게 기술했다. "율곡이 경장의 핵심으로 제기한 공물 문제는 대동법으로 실현되고, 균역 문제

21 『宣祖實錄』권15, 선조 14년 10월 16일 병오.

는 균역법(均役法)으로 실현되고, 서얼 허통이나 노비 속량 문제도 점차적으로 확대되어갔다. 이조전랑(吏曹銓郞)의 인사권도 영조대에 혁파되었다"[22]라는 내용으로 보면 실학자들의 개혁 대상은 율곡의 경장 대상과 거의 일치하고 있음도 알게 된다. 감사나 수령의 임기를 연장하고 임기가 보장되어야 한다는 율곡의 주장은 "목민관이 먼저 오래 그 자리에 있은 뒤에야 고공(考功)을 의논할 수 있다"[23]라고 한 다산의 주장과도 완전히 일치한다.

다산은 저서의 여러 곳에서 퇴계 이황의 학문과 철학사상에 극도로 존숭의 뜻을 밝히고 있다. 남인들은 대체로 퇴계를 '해동부자(海東夫子, 조선의 공자)'로 여겼으며 노론들은 율곡을 '해동부자'라고 주장했다. 그러나 남인이던 다산은 퇴계도 해동부자이지만 율곡도 해동부자라는 생각을 지니고 있었다. 율곡에 대한 다산의 언급을 살펴보자. "선배로서 율곡과 같은 분은 어버이를 일찍 여의고 그 어려움을 참고 견디어 얼마 안 있어 마침내 지극한 도(道)를 깨쳤다"[24]라고 말하여 율곡을 지도(至道)에 이른 학자로 평가했다. "(앞에서 예로 든 조목은) 율곡선생이 지은 『격몽요결』의 예(例)를 바꾼 것이다. 율곡은 성인이 되겠다고 스스로 기약해야 뜻을 세웠다고 하며, 그 뜻을 세워야 학문을 하게 된다고 하였다"[25]라는 다산의 말을 종합하면 다산은 『율곡집』이나 『격몽요결』 같은 책을 깊이 읽어서 율곡의 사상과 철학을 꿰뚫고 있었다.

다산은 경(敬)을 통해 진리를 터득하려던 퇴계의 학문적 입장을 대단

---

22 한영우, 앞의 책 328~29면.
23 『牧民心書』吏典 제6조 「考功」, "官先久任而後 可議考功."
24 박석무 편역 『유배지에서 보낸 편지』, 창비 2009, 68면.
25 같은 책 74면.

히 존숭하고 사모하는 지경에까지 이르렀다. 다산이 금정도 찰방(金井道察訪)으로 내침을 당해 한가한 시간을 얻어 퇴계집의 일부를 숙독하고 기록을 남긴 「도산사숙록(陶山私淑錄)」을 보면 그가 얼마나 퇴계의 마음씨와 학문의 자세에 대하여 숭앙하였나를 알 수 있다. 그러나 몇가지 사실을 확인해보면 사칠이기론(四七理氣論)이라는 성리학설에서도 다산은 스스로 퇴계의 주장보다는 율곡의 주장에 합치되고 있다고 설파하였다.

1783년 22세의 다산은 진사과에 급제하여 임금을 처음으로 뵈었고, 성균관에 들어가 경학공부와 과거공부에 온 힘을 기울였다. 그다음 해인 23세의 여름, 성균관에서 공부하던 다산에게 임금의 과제가 떨어졌다. 『중용(中庸)』에 대한 80여 조목의 질문에 답변을 올리라는 명령이었다(『사암선생연보』 23세에 자세하다). 그런데 첫번째의 질문이 바로 사칠이기론에 대한 것으로 퇴계와 율곡의 논리가 어떻게 다르며 누구의 주장이 옳은지 답변하라고 하였다. 그때 성균관의 동재(東齋)에는 남인계통의 생도들이 많아 그들 대부분은 퇴계의 '사단이발지설(四端理發之說)'이 옳다고 하였는데, 다산은 율곡의 '기발지설(氣發之說)'이 곧바로 통하여 막힘이 없다고 생각하여 마침내 율곡의 학설이 옳다고 주장하였다.[26]

당시의 학문 풍토로나 학계의 사정으로 볼 때 다산은 엄청난 사건을 일으킨 것이다. 남인이던 정약용이 퇴계의 학설을 따르지 않고 율곡의 학설이 옳다고 주장한 사건은 절대로 예사로운 일이 아니었다. 다산은

---

26 『全書』 제1집 제16권 「自撰墓誌銘」(集中本), "理發氣發 檗主退溪之說 鏞所對偶與栗谷李文成(珥)所論合 上覽訖 亟稱之爲第一."

그런 정도로 소신이 강한 학자였다. 아니나 다를까, 다산이 답변서를 올린 뒤에 비방하는 말이 빗발치게 일어났다고 한다. 며칠 뒤에 정조가 도승지 김상집(金尙集)에게 말하길, "정약용이 진술한 강의는 일반 세속의 흐름을 벗어나 오직 마음으로 논리를 헤아렸으므로 견해가 명백할 뿐만 아니라 그의 공정한 마음도 귀하게 여길 만하니, 마땅히 그 강의 답변을 첫째로 삼는다"라고 하고는 다산을 크게 칭찬했다고 한다. 이것이 다산이 정조에게 최초로 학문적으로 인정을 받게 된 사건이었으니 이때부터 다산은 성균관의 과시(課試)에서 곧장 임금의 비점(批點)을 많이 받게 되었다고 한다. 알고 보니 정조는 이전에 「사칠속편(四七續編)」이라는 논문을 썼는데 오로지 율곡의 학설을 주로 사용하였다고 한다. 그렇지만 다산은 정조가 그런 논문을 찬술했음을 알지 못한 상태에서 자신의 답변을 올렸으니, 이렇게 임금과 다산은 이기설(理氣說)로 합치되어 두 사람의 학문적 만남은 더욱 돈독한 처지에 이르게 된 것이다.

이런 점으로 보면 다산과 율곡은 경세논리에서도 유사점이 많지만 성리철학에 있어서까지 동일한 부분이 있었으니, 다산의 학문 연원은 퇴계에게도 접속되지만 율곡에게도 근접해 있음을 알아보기에 어렵지 않다. 그러나 다산은 남인이기 때문에 퇴계의 이기설보다 율곡의 이기설이 더 옳다고 주장하는 일이 그리 편안한 것만은 아니었다. 뒷날 다산은 1801년 봄에 포항 곁의 장기에서 유배 살며 지었던 「이발기발변(理發氣發辨)」이라는 논문에서 퇴계가 사용한 용어와 율곡이 사용한 용어는 글자는 같지만 의미는 달랐기 때문에 퇴계의 이발(理發)도 옳고 율곡의 기발(氣發)도 옳다는 평가를 내렸다. 이기론이란 고도의 학술이론이어서 지금의 우리로서는 '옳다' '그르다'라는 평가를 내리기가 쉽지 않다.

다산은 그러한 원원의 평가를 내렸지만 최후에는 분명히 율곡의 학설이 옳다는 주장을 굽히지 않았다. 다산은 강진에서 18년의 유배생활을 마치고 57세이던 1818년 고향으로 돌아왔다. 3년 뒤에 61세의 회갑 해를 맞아 「자찬묘지명」이란 일대기를 지어 자신의 일생과 학문적 업적을 기술하고, 자신이 수립한 학설에 대해서도 자세한 해설을 해놓았다. 「자찬묘지명」 집중본에서 다산이 『맹자』에 대한 연구결과를 설명하면서 남긴 한마디는 그의 기철학이 어떤 내용인가를 설명해주기에 충분하다. "이 기(氣)란 의(義)와 도(道)에 짝하는 것으로 의와 도가 없다면 기는 시들어버린다"라고 했는데 "이는 여자약(呂子約, 呂祖儉, 송나라 학자로 주자와 많은 논쟁을 벌임)과 이이가 가르쳐준 뜻이다"라고 말하였다.[27] 기(氣)의 역할에 대하여 주자와 여조검의 견해가 달랐는데, 율곡은 주자의 견해보다는 여조검의 견해를 지지했다면서 다산도 그들이 남겨준 가르침을 따르겠다는 의미이다. 율곡의 기발설을 다산이 내놓고 찬성하고 있음을 분명히 보여주는 대목이다. 이 부분의 자세한 의미는 다산의 『맹자요의』 「공손추상(公孫丑上)」에 충분한 설명이 있으니 참고할 필요가 있다.

3) 십만양병설과 다산

근기실학사상이 퇴계의 도학사상에서 발원한다는 논리가 비약되면서 율곡의 학설이나 경세논리에는 무조건 부정적인 견해를 내놓는 사람이 있다. 심지어는 율곡의 십만양병설(十萬養兵說)까지도 역사적 사실이 아닐 수 있다는 내용의 논문이 발표되기도 했다. 이렇게까지 율곡을 폄하해야만 조선의 유학사가 바르게 정리된다고 믿어서인지 안타까

---

27 같은 글, "是氣也 配義與道 無義與道 則氣餒焉." "此呂子約李叔獻之遺義也."

운 마음이 일어난다.

율곡의 십만양병설에 대한 최초의 기록은 율곡의 수제자인 사계(沙溪) 김장생(金長生, 1548~1631)이 지은 「율곡선생행장(行狀)」에 나타난다. "전에 경연에서 미리 10만의 병사를 길러 위급한 때를 대비하자고 청하며 그렇게 하지 않으면 10년이 못되어 국가가 무너지는 화란이 있을 것입니다"[28]라고 진언했다는 내용이다. 그러면서 김장생은 율곡의 정책건의를 실천할 수 없었던 이유까지 부연하여 설명하였다. 서애(西厓) 유성룡(柳成龍, 1542~1607)이 무사(無事)한 때에 군대를 양성하는 일은 화란을 키우는 일이라며 반대하였고 그에 동조자가 많아 실현하지 못했노라고 기록하였다. 율곡에게서 친히 글을 배운 김장생은 모든 제자들을 대표하여 율곡의 일대기이자 삶과 사상을 밝히는 행장을 집필했다. 율곡의 일생을 알아보는 기본이 되는 자료임은 말할 필요도 없다. 동시대에 함께 살며 함께 벼슬하던 처지로서 가장 정확하게 율곡을 알 수 있는 입장에 있었음은 의심의 여지가 없다. 그래서 김장생의 뒤를 이어 백사(白沙) 이항복(李恒福, 1556~1618)은 「신도비명(神道碑銘)」에서 양병설을 언급하였고, 월사(月沙) 이정귀(李廷龜, 1564~1635)도 「율곡선생시장(諡狀)」에서 양병설을 사실로 인정하고 있다. 이런 행장, 신도비명, 시장 등은 저자들의 문집에 모두 실려 있으며, 『율곡전서』 부록에도 들어 있다.

김장생, 이항복, 이정귀는 어떤 사람들인가. 이들이 자신의 이름을 걸고 당대에 함께했던 인물을 평가하는 글에서 사실에 없는 내용을 거짓

---

28 金長生 「栗谷先生行狀」(『栗谷全書』 附錄), "嘗於筵中 請預養十萬兵 以備緩急 否則 不出十年 將有土崩之禍."

으로 기록할 수 있다는 것인가. 기록해야 할 다른 내용도 많은데 왜 하필이면 없는 사실을 있었다고 기록한다는 말인가. 그뿐만 아니라 이들보다 후생들인 허균(許筠), 이익, 정약용 등이 율곡의 십만양병설을 사실로 믿으며 실행했어야 할 정책건의였다고 인정한 점에 주목하지 않을 수 없다. 허균은 「정론(政論)」에서 이율곡이 "여러 군현에 액외(額外)의 군대를 설치해야 한다"[29]라고 주장했는데 부당하다고 주장하는 사람이 많아 실현되지 못했다는 안타까움을 말했다. 이익은 『성호사설』에서 "임진왜란 전에 율곡은 마땅히 십만의 군대를 길러야 한다고 했는데 사람들이 선견지명의 주장이라고 말했다"[30] 하여 사실로 인정하고 있음을 보여준다. 정약용은 『경세유표』에서 "우리나라 선배 중에 오직 문성공 이이만이 공안(貢案)을 개혁하고 군적(軍籍)을 개혁하고 십만양병설을 임금 앞에서 거듭거듭 말하였다"[31]라고 기록하면서 십만양병설은 바로 유용의 학문〔有用之學〕이라고 찬사를 보내기까지 하였다. 율곡의 십만양병설에 '유용지학'이라고 언급한 점은 다산의 실학사상을 연상하기에 부족함이 없다. 다산은 실학을 유용지학이라고 표현할 때가 많았다.

　이러한 역사적 사실이 분명히 기록으로 남아 있는데, 영남의 어떤 학자는 율곡을 폄하하는 영남학자들의 오랜 습속에서 탈피하지 못하고 아직도 율곡의 십만양병설은 사실이 아닐 수 있다는 주장을 발표하였

29　許筠 『惺所覆瓿藁』 권11 「政論」, "列邑置額外兵."
30　李瀷 『星湖僿說』 제4장 人事門 2 「豫養兵」, "壬辰倭亂前 栗谷謂 當養兵十萬 人稱先見."
31　『定本 與猶堂全書』(다산학술문화재단 2012) 제25권 『經世遺表』 권2, 135~36면, "我東先輩 唯文成公臣李珥 以改貢案 改軍籍 養兵十萬之說 申申然陳於上前 眞是有用之學也."

다. 이재호(李載浩)는 「선조수정실록(宣祖修正實錄) 기사의 의점(疑點)에 대한 변석(辨析)」,[32]이라는 논문에서 비록『선조수정실록』이라는 국가적 기록에 율곡의 십만양병설이 기록되어 있으나, 김장생의 기록부터 모두 율곡 추종자들만의 기록이기 때문에 믿을 수 있는 기록으로 여길 수 없다는 주장을 폈다.『선조수정실록』은 인조반정 이후 율곡학파들의 주장으로 다시 만든 실록이어서 공정한 역사로 볼 수 없다는 취지였다. 그렇다면 허균, 이익, 정약용 등도 율곡 추종자들이어서 십만양병설을 인정하고 믿었다는 것인가. 납득할 수 없는 주장으로 율곡 폄하에 가세하는 일은 이제라도 멈춰야 한다. 퇴계와 율곡은 당대를 대표하는 학자이자 조선 최고의 성리학자임은 아무도 부인할 수 없다. 퇴계가 존숭받는 만큼 율곡도 마땅히 존숭받아야 한다는 것을 잊어서는 안 된다고 생각한다.

5. 맺음말

오늘의 우리 학계에서는 대체로 채제공의 남인계 학통설에 의하여 실학사상의 학통까지 퇴계 이황으로부터 시작한다는 주장이 있다. '퇴계 이황— 한강 정구—미수 허목…성호 이익…다산 정약용'(—는 직계 제자, …는 사숙제자를 의미함)이라는 도표가 그려지면서 율곡 이이를 비롯한 서인계의 당파나 노론계의 당파는 실학사상의 발원에는 영향을 미

---

32 이재호 「선조수정실록 기사의 의점에 대한 변석」, 『대동문화연구』 19(1985), 189~232면.

치지 않았다고 여기는 경향이 있다. 다산의 「이발기발변」에서 주장한 학설을 조금이라도 믿는다면 실학자들은 퇴계학문에서 영향을 받았지만 율곡의 학문에서도 영향을 받은 바 있다고 주장해야 절반이라도 옳은 일이다. 최소한 수기(修己)의 학문에서는 퇴계의 영향이 크고, 경세 논리인 치인(治人)의 학문에서는 율곡의 영향을 크게 받았다고 주장해야만 바른 논의가 되지 않겠는가. 서인계의 김육, 노론계의 박지원·홍대용·위백규·박제가·김정희 등이 실학자로 분류되는데 다산은 당파와 상관없이 그들에게서도 영향을 받았던 것이 사실이다. 그런 모든 논리는 송두리째 무시하고 성호가 퇴계를 학문적으로 숭앙한 것이나, 다산이 퇴계를 찬양한 기록(「도산사숙록」)이나, 채제공이 성호학통을 설명하면서 사용한 도학의 학통도만을 따르면서 퇴계의 학문만이 실학사상의 발원이라고 주장하는 것은 재고되어야 한다. 도학사상과 실학사상은 그 연원이 일치하지 않는다는 것을 인식해야 할 필요가 있다.

오랫동안 퇴계의 학문을 연구한 연세대 이광호 교수는 최근에 『퇴계와 율곡, 생각을 다투다』(2013)를 통해 퇴계의 대표적 저서 『성학십도』와 율곡의 대표적 저서 『성학집요』를 분석·검토하여 퇴계와 율곡의 동이(同異)에 대한 논의를 자세하게 설명한 결과를 내놓았다. "두 분은 같은 유학자이지만 유학에 대한 이해의 관점이 매우 다르다"라고 말하며, "퇴계의 삶의 방향은 항상 궁극적 진리 곧 하늘을 향하고 있다"고 말하고 "율곡의 삶의 방향은 크게는 넓은 우주를 향하고, 땅에서 살아 움직이는 현실을 향하고 있었다"[33]라고 평하여 퇴계와 율곡의 학문 방향의 차이를 설명하였다. 의미 있는 평가이다. 율곡보다는 퇴계의 학문에 숭

---

33 이광호 『퇴계와 율곡, 생각을 다투다』, 홍익출판사 2013, 12~13면.

앙의 뜻이 훨씬 깊은 이광호의 주장이니 사심 없는 견해로 받아들여도 좋겠다. 이광호의 주장에서 실학사상의 발원이 퇴계인가 율곡인가를 알아내기는 어렵지 않다. 궁극적 진리인 하늘을 향한 퇴계의 학문적 방향, 얼마나 옳고 의미 깊은 내용인가. 그러나 땅에서 살아 움직이는 현실을 향하고 있다는 율곡의 학문 방향이 언어 그대로 실학사상과 더 가까이 접목되어 있다고 보이지 않는가.

구도자로서의 퇴계, 조선의 대표적 학자임에 의심의 여지가 없다. 그러나 퇴계는 벼슬보다는 고향에 은거하며 학문을 닦고 제자를 기르며 자신의 수양을 우선시하는 '독선기신(獨善其身)'의 뜻이 강한 학자였다. 율곡은 나라가 잘못되어가는 데 비분강개하여 기회 있을 때마다 상소로 정책을 건의하고 임금의 잘못을 혹독하게 꾸짖는 데 거리낌이 없었다. 그는 만신창이가 되도록 반대파들의 온갖 비난을 무릅쓰고도 벼슬에 나아가 악전고투 속에서 우국애민(憂國愛民)의 뜻을 버리지 못하고 '경장(更張)'으로 나라를 건져내자는 경국제민(經國濟民)의 뜻을 임금에게 아뢰었다. 존심양성(存心養性)을 하는 일에야 퇴계를 모범으로 삼겠지만, 도탄에 빠진 인민들을 구제하고 토붕와해 직전의 나라를 건지려던 실학자들의 입장에서는 율곡의 주장에 더 마음을 기울이지 않을 수 없었을 것이다. 그렇다면 오늘의 학계에서 말하는 실학사상의 퇴계 발원설은 다시 점검되어야 하리라고 믿는다.

퇴계는 조선의 대표적인 학자이자 성리학자였으며, 율곡은 조선의 대표적인 성리학자이자 경세가이고 정치가였다. 영남에서는 많은 학자들이 퇴계의 학문과 성리학이론을 계승하고 발전시켰으며, 근기지방의 남인 학자들도 퇴계의 학문과 성리학이론을 대체로 따르고 수용하였다. 기호지방의 노론 학자들이야 말할 것 없이 율곡의 학설을 신봉하였다. 그러나 율곡의 성리학이론을 크게 배격했던 영남학자들과는 달리 근기의 실학자들이자 남인 학자들인 반계·성호·다산에 이르면 율곡의 경세학을 큰 이견 없이 대부분 수용하고 있음을 알 수 있다. 더구나 다산은 성리학이론에서도 율곡의 이론에 접근하고 있음을 보여주었다. 그렇다면 조선후기 실학사상은 율곡의 경세학에서 가장 큰 영향을 받았다고 말할 수 있으며, 특히 실학사상을 집대성한 다산학은 율곡의 경장이론이나 경세학에서 발원하여 그 근거가 마련되었음을 알게 된다.

이(理)의 주자학에서 실천의 다산학으로

1

　조선왕조 500여년의 정치문화와 사회사상의 중심에는 성리학, 즉 주자학이 자리잡고 있었다. 고려말 중국에서 들어온 주자학은 조선의 건국과 함께 통치이념으로 확립되면서 유교국가로서의 문물제도를 완비하는 바탕이 되었다. 유교적 이념을 교육하고 유학을 발전시키기 위해서 중앙에는 성균관을 세우고 지방에는 향교를 세워 유학교육에 국력을 기울였다. 유학교육에는 교재가 필수불가결한데, 그 대표적 교재가 다름 아닌 사서오경(四書五經)이었다. 사서는 주자(朱子)에 의하여 정리된 『대학』과 『중용』의 장구(章句) 및 『논어』와 『맹자』의 집주(集註)였으며, 오경 또한 주자에 의해 정리된 것이었다.

　조선중기의 대표적 학자인 퇴계 이황과 율곡 이이에 의하여 주자학은 보다 심화된 내용으로 모든 학도들에게 보급되어 조선 학문의 중심으로 자리잡게 되었다. 사서오경에 대한 부분적인 주해(註解)의 경우 학자에 따라 약간의 견해를 달리하는 학설들이 나오기는 했으나 주류는 언제나 주자의 주해에 따르고 이론(異論)은 큰 영향력을 끼치지 못하였다. 그러나 선조연간의 임진왜란(1592)과 인조연간의 병자호란(1636)이라는 외침에 의하여 나라의 문물제도가 무너지고 나라 재정이 극도로 궁핍해지자 기존의 통치이론으로 건전한 국가통치가 어렵게 되었고, 이에 학자들 사이에서 새로운 이론의 창출과 새로운 학풍에 대한 모색이 태동하게 되었다. 이러한 경향의 학자들을 실학자(實學者)라고 부르고, 그들이 이룩한 학문적 업적을 실학이라고 일컬으며, 그 내용을 실학사상이라고 부르게 되었다. 물론 그러한 경향의 실학은 학문과 사상에 국한되고 정치주도세력의 철학으로 자리잡지 못하여 결국 재야학자의 학설에 그치고 말았는데 이는 조선왕조의 불행이자 우리 민족의 불운이었다.

2

오늘날 한국에서는 17세기 이후 반계 유형원, 성호 이익 등에 의하여 발전된 실학사상은 다산 정약용에 의하여 집대성되었다고 알려져 있다. 정약용의 실학사상은 현실정치에 직접적으로 반영되거나 큰 영향을 미치지는 못하였다. 조선이 망하고 한참 지난 1938년에야 그의 학문 전체가 담긴 『여유당전서(與猶堂全書)』라는 문집이 간행되어 학자들에게 공개될 정도였으니, 조선왕조에서 그의 학문이 영향을 미칠 수 없었음은 충분히 미루어 짐작할 수 있겠다. 그러나 1930년대 후반부터 그에 대해 연구되기 시작하여 '조선학(朝鮮學)'이라는 이름으로 확대 해석되면서, 조선의 주자학 및 성리학이 조선이 망하기 훨씬 이전부터 조선인에 의하여 비판의 대상이 되었음을 알게 되었다. 정약용은 『논어』와 『맹자』에 실린 공자와 맹자의 본지(本旨)가 어떤 것인가를 새롭게 조명하였다. 그러면서 주자의 장구나 집주에 분명한 반대의 뜻을 밝히면서 새로운 경전(經傳) 주석(註釋)의 세계를 열었다. 많은 선학들의 견해를 참조하고 고금의 주해를 집성하여 '다산경학(茶山經學)'이라는 사상체계를 이룩해냈다. 송나라의 주자학에 대립하여 조선의 '다산학(茶山學)'이라는 학문이론이 그것을 통하여 얻어지게 되었다.

다산학의 분야는 너무나 광범하다. 정치, 경제, 사회, 문화, 역사, 지리, 토목공학, 의학, 철학 등 500여권이 넘는 그의 방대한 저서에서는 그 이전의 학문에 대해 비판을 서슴지 않으며 과학적이고 합리적인 새로운 학술이론의 수립에 심혈을 기울인 내용이 많다. 크게 보면 중세의 봉건사회에 대한 모순을 분명하게 지적하면서 더 나은 세상을 추구하고 더 합리적인 세상으로 바뀌기를 간절히 바라는 그의 충정이 모든 저서에서 철철 넘치고 있다. 그러한 이유로 비록 그가 생존했던 시대보다는 오히려 현대사회에서 그의 이론은 더 빛을 발하고 있으며, 그래서 그에 대한 연구는 더욱 심화되어가고 있다. 중세 동양의 대표적 사상체계인 주자학에 거대한 비판을 가한 다산학은 중세와 근대를 연결하는 징검다리가 되어 근대사회의 여명으로서의 구실을 해내고 있다고 여겨진다.

3

이제 다산 정약용의 경학에 대한 구체적인 입장을 통하여 성리학체
계의 중심사상인 인(仁)·성(性)·덕(德)에 대하여 주자와 다산의 견해가
어떤 차이를 보이는가를 알아봄으로써, 주자학에서 발전해나간 다산학
의 기본적 이론체계에 대하여 알아보겠다.

1) 경전에 대한 다산의 기본입장

다산은 제자인 정수칠(丁修七)에게 주는 글에서 경전에 대한 자신의
기본입장을 다음과 같이 제시하고 있다.

경전의 뜻이 밝혀진 뒤라야 도체(道體)가 나타나고 그러한 도(道)
를 얻어낸 뒤라야 심술(心術)이 비로소 바르게 된다. 심술이 바르게
된 뒤라야 덕(德)을 이룰 수 있다. 그래서 경학에 힘을 기울이지 않을
수 없다. 더러는 옛날 유자들의 학설에만 의거하여 같은 무리들과는
함께하면서 다른 무리들은 공격하고 징벌하여 감히 의논조차 못하게
하는 무리들이 있다. 이들은 모두 경전을 빙자하여 이익을 도모하는
무리들이지 진심으로 착함에 마음을 기울이는 사람들이 아니다.[1]

다산은 이런 기본입장에 근거하여 경전의 뜻을 새롭게 밝히는 경학
연구에 필생을 바쳐 연구에 연구를 거듭하였다. 고향에서 먼 외딴곳에

---

[1] 『與猶堂全書』 제1집 제17권 「爲盤山丁修七贈言」, "經旨明而後道體顯 得其道而後心
術始正 心術正而後可以成德 故經學不可不力 有或據先儒之說 黨同伐異 令無敢議者
是皆凭藉圖利之輩 非眞心向善者也."

서 18년을 유배살이하면서 232권의 방대한 육경사서(六經四書)에 대한
연구서를 저술하기에 이르렀다.

2) '무위이치(無爲而治)'의 새로운 해석

『논어』「위정(爲政)」편의 '위정이덕(爲政以德)'에 대해 주자는 "정치
를 덕으로 하면 하는 일 없이도 온 세상이 제대로 돌아간다(爲政以德 則
無爲而天下歸之)"라고 해석하였고, 정자(程子)는 "정치를 덕으로 한 뒤
라야 하는 일이 없게 된다(爲政以德 然後無爲)"라고 해석하여, 덕으로
통치를 하면 "하는 일 없이도 다스려진다(無爲而治)"고 보았다. 더구나
『논어』「위령공(衛靈公)」편의 "공자가 말하기를, 하는 일 없이도 다스린
사람은 바로 순임금이었구나! 대저 무엇을 하였겠는가. 공손하게 임금
이 앉는 방향인 남쪽을 향하였을 뿐이다(子曰 無爲而治者 其舜也與! 夫
何爲哉? 恭己正南面而已矣)"라는 구절을 근거로 삼아, 주자는 "하는 일
없이 다스려졌음은 성인의 덕이 성대하여 백성들이 동화되어 작위(作
爲)할 바를 기다리지 않아도 되었다(無爲而治者 聖人德盛而民化 不待其
有所作爲也)"라고 설명하여, '작위(作爲, 행함, 행위)'가 없이도 통치가 제
대로 된다고 주장하였다. 이에 대해 다산은 강하게 반대하여, 그러한 해
석 때문에 "온 세상이 날마다 썩어 문드러져가지만 새롭게 개혁하지 못
했다"(天下所以日腐爛而莫之新也)(『論語古今注』「爲政」)라는 주장을 폈다.
작위(作爲)를 하지 않고 가만히 앉아 있어도 세상은 저절로 다스려진다
는 주장 때문에 세상은 날마다 썩어 문드러져서 새롭게 개혁할 방법이
없게 되고 말았다고 한탄한 것이다. 그가 반대의견을 제시한 근거도 참
으로 분명했다.

청정무위(淸淨無爲)는 바로 한나라 유자(儒者)들의 노자학(老子學)이며 진(晉)나라 때의 청허담(淸虛談)이다. 온 세상을 어지럽히고 만물을 파괴하는 것으로서 이단(異端)과 사술(邪術) 가운데도 더욱 심한 것이다. (…) 대저 무위란 정치를 하지 않는다는 것이다. 공자는 분명히 '위정(爲政)'이라고 말하였는데, 유자들이 무위라고 말해서야 되겠는가 안 되겠는가.[2]

순(舜)이 "무위이치(無爲而治)"했다고 공자가 찬탄흠선(贊嘆欽羨)한 것에 대해 다산은 순이 그의 22인의 신하를 적시적소에 배치하여 각자가 최선의 노력을 기울여 최고의 정사(政事)를 폈기 때문에 작위(作爲)를 보이지 않고도 훌륭한 통치가 가능했다는 뜻이었다고 해석했다. 그런데 뒷날 유자들이 이 부분에 대해 요순(堯舜)의 다스림이 무위를 주(主)로 했다고 잘못 해석했다며 비판하였다. '위정이덕(爲政以德)'의 덕(德)에 대해서도 다산은 그 자의(字意)가 "나의 곧은 마음을 행동으로 옮긴다(行吾之直心)"이므로 "행함이 없으면 덕은 없다(不行無德)"라고 주장하여, 무위해서는 덕이 나올 수 없다는 새로운 해석을 내렸다(『中庸自箴』大哉聖人之道節).

3) 인(仁)에 대한 새 해석

『논어』「학이(學而)」편의 "효제란 인을 행하는 근본이다(孝弟也者 其爲仁之本與)"에 대해 주자는 "인이란 사랑의 이치요 마음의 덕이다(仁

---

2 丁若鏞『論語古今注』,「爲政」, "淸淨無爲 卽漢儒黃老之學 晉代淸虛之談 亂天下壞萬物 異端邪術之尤甚者也 (…) 夫無爲則無政 夫子明云爲政 儒者乃云無爲 可乎不可乎?"

者 愛之理 心之德)"라고 하여 인(仁)이 이(理)라고 해석하였다. 이에 대해 다산은 새 해석을 시도했다. 인(仁)의 자의(字意)가 '二人'이므로 "인(仁)이란 두 사람이 함께함이다. 어버이를 효도로 섬김은 인이 되니 아버지와 아들은 두 사람이요, 형을 공손하게 섬김은 인이 되니 형과 아우는 두 사람이다. 임금을 충성으로 섬김은 인이 되니 임금과 신하는 두 사람이다. 목민관이 백성들을 자애롭게 돌봄은 인이 되니 목민관과 백성은 두 사람이다. 부부와 붕우에 이르기까지 무릇 두 사람 사이에서 자기가 해야 할 도리를 다하는 일이 모두 인이 된다. 그러면서도 효제(孝弟)가 뿌리가 된다"[3]라고 하여, 관념적인 이(理)의 세계에서 벗어나 행위와 실천이 전제되는 두 사람 사이에서 상대방을 위해서 최선을 다하는 행위를 인(仁)을 행하는 일이라고 설명하였다. 주자는 인(仁)·의(義)·예(禮)·지(智)에 대해서도 이(理)로 풀이했으나, 다산은 인·의·예·지도 행사(行事) 이후의 득명(得名)임을 누누이 강조함으로써 행동과 실천이 가능한 이론이 공맹(孔孟)의 본뜻이라고 주장하였다.

4) 심(心)·성(性)·천(天)이 일리(一理)임을 반대

맹자는 "마음을 극진히 다하면 성(性)이 어떤 것인가를 알게 되고 성이 어떤 것인가를 알게 되면 성이 나오게 된 근원인 하늘을 알게 된다(盡其心者 知其性也 知其性則知天矣)"(『孟子』「盡心」)라고 하였다. 이 구절에 대해 정자는 "마음·성·천이란 하나의 이치이다. 이치로 말하면 천(天)이라 하고, 품부한 것으로 말하면 성(性)이라 하고, 사람에게 보존

---

3 丁若鏞『論語古今注』,「學而」, "仁者 二人相與也 事親孝爲仁 父與子二人也 事兄弟爲仁 兄與弟二人也 事君忠爲仁 君與臣二人也 牧民慈爲仁 牧與民二人也 以至夫婦朋友 凡二人之間 盡其道者 皆仁也 然孝弟爲之根."

된 것으로 말하면 심(心)이라 한다(心也性也天也 一理也 自理而言謂之天 自稟受而言謂之性 自存諸人而言謂之心)"라고 하였고, 주자는 정자의 이 말을 받아들여, "심(心)이란 사람의 신명(神明)이니, 온갖 이치를 갖추고 있어 만가지 일에 응할 수 있는 이유이다. 성(性)이란 마음에 갖추고 있는 이치이고, 하늘은 또 이치가 따라나오게 되는 근원이다(心者 人之 神明 所以具衆理而應萬事者也 性則心之所具之理 而天又理之所從以出者 也)"라고 하였다. 다산은 이처럼 심·성·천이 모두 하나의 이(理)라고 하는 관점을 반대하여, 심·성·천은 일리(一理)가 아님을 다음과 같이 주장하였다.

다산의 견해는 이렇다. 뒷세상의 학문에서는 천지만물 가운데 형체가 없는 것, 형체가 있는 것, 영명(靈明)한 것, 완준(頑蠢)한 것 할것 없이 모두 하나의 이(理)에 귀속시켜 다시 대소(大小)와 주객(主客)이 없으니, 이른바 '하나의 이치에서 시작하여 중간에 흩어져 만가지 다른 것이 되었다가 끝에는 다시 하나의 이치에 합쳐진다'라는 것이다. 이는 조주(趙州)의 '만법귀일설(萬法歸一說)'과 조금도 차이가 없다. 대체로 송나라의 여러 선생들이 초년에 대부분 선학(禪學)에 빠졌는데, 유학으로 돌아온 뒤에도 오히려 성리설만 답습하였다. 그러므로 언제나 '불교는 이치에 더욱 가까우나 크게 진리를 어지럽힌다'라고 말했다. 이미 이치에 더욱 가깝다고 하였으니, 그 속에 오히려 취함이 있음을 알 수 있다. (…) 자사(子思)가 『중용』을 저술하면서 분명히 '하늘이 명(命)한 것을 성이라 한다' 하였으며, 맹자가 '그 마음을 극진히 하는 사람은 그 성(性)을 안다' 하였는데, 지금 심(心)·성(性)·천(天) 셋을 모두 일리(一理)라고 하면, 모기령(毛奇齡)

이 이른바 '이(理)가 명한 것을 이(理)라 한다'는 말도 경박한 말이 아니며, 맹자도 마땅히 '그 이(理)를 극진히 하는 사람은 그 이를 알고, 그 이를 알면 이를 안다'고 해야 할 것이다. (…) 만가지로 다른 것을 묶어서 하나의 이에 귀속시켰다가 다시 뒤섞어서 혼돈을 이루게 되면 천하의 일은 불가사의할 뿐만 아니라 분별할 수도 없게 될 것이다. (…) 이게 어찌 수사(洙泗, 공맹)의 옛 견해였겠는가?[4]

다산이 보기에 정주(程朱)가 강력히 주장하여 중세사회의 통론(通論)이던 "시어일리 중산위만수 말부합어일리(始於一理 中散爲萬殊 末復合於一理)"라는 주장은 불교의 만법귀일(萬法歸一)의 논리와 흡사하고, 공맹(孔孟)의 본뜻이 아니라고 반대하였다. 아울러 송유(宋儒)의 여러 선생들이 이와 같이 주장하는 이유가 애초에 선학(禪學)에 빠졌다가 뒤에 유학으로 돌아오긴 했지만 불교의 주장에서 크게 벗어나지 못하였기 때문임을 강조하였다

5) 성즉리(性卽理), 성리설(性理說) 반대

다산은 『맹자요의』 「진심(盡心)」편의 '광토중민(廣土衆民)' 조목에서 '소성(所性)'이라는 어휘의 해석을 통해 성(性)은 이(理)가 아니라 인간의 '기호(嗜好)'임을 명확히 밝혔다. 맹자는 "국토가 넓고 인민의 숫자

---

4 丁若鏞 『孟子要義』, 「盡心」, "鏞案 後世之學 都把天地萬物 無形者 有形者 靈明者 頑蠢者 竝歸之於一理, 無復大小主客 所謂始於一理 中散爲萬殊 末復合於一理也 此與趙州萬法歸一之說 毫髮不差 蓋有宋諸先生 初年多溺於禪學 及其回來之後 猶於性理之說 不無因循 (…) 子思著中庸 明云 '天命之謂性' 孟子曰 '盡其心者, 知其性' 今乃以心性天三者 總謂之一理 則毛氏所謂理命之謂理 不是佛語 (…) 束萬殊而歸一 復成混沌 則凡天下之事 不可思議 不可分別 (…) 斯豈洙泗之舊觀哉." - -

가 많은 것은 군자가 원하는 것이지만 즐거워할 정도는 아니고, 천하의 중앙에 서서 온 세상의 인민들을 안정시키는 것도 군자들이 즐거워하는 일이나 성품대로 하고자 하는 바는 아니었다(廣土衆民 君子欲之 所樂不存焉 中天下而立 定四海之民 君子樂之 所性不存焉)"(『孟子』「盡心上」)라고 하였다. 다산은 욕(欲)·낙(樂)·성(性)은 좋아하고 즐거워함의 정도를 뜻하는 것으로, 성은 바로 인간이 가장 좋아하는 단계인 '기호'라는 의미라고 설명하였다. 결론적으로 다산은 다음과 같이 자신의 의견을 피력하여 '성기호설(性嗜好說)'을 강력하게 주장하였다.

내가 일찍이 성(性)을 마음의 기호(嗜好)라고 말하자 사람들이 모두 그것을 의심하였는데, 지금 그 증거가 여기에 있다. 욕(欲)·낙(樂)·성(性) 세 글자를 맹자는 세 층으로 나누었는데, 가장 얕은 것이 욕이고, 그다음이 낙이고, 가장 깊어서 마침내 본인이 각별히 좋아하게 되는 것이 성이다. '군자의 본성'이라는 것은 군자가 기호하는 것이라고 말하는 것과 같다. 다만 기호는 얕은 것 같고 성은 자연의 명칭이다. 만약 성이 기호의 유(類)가 아니라고 한다면 '소성(所性)' 두 글자는 글이 되지 않는다. 욕·낙·성 세 글자가 같은 유라고 하면 성은 기호이다.[5]

---

5 같은 곳, "余嘗以性爲心之嗜好 人皆疑之 今其證在此矣 欲樂性三字 孟子分作三層 最淺者欲也 其次樂也 其最深而遂爲本人之癖好者性也 君子所性 猶言君子所嗜好也 但嗜好猶淺 而性則自然之名也 若云性非嗜好之類 則所性二字 不能成文 欲樂性三字 旣爲同類 則性者嗜好也."

따라서 다산은 성리학의 인성론에서 '성즉리(性卽理)'라는 기본명제가 근본적으로 타당한 명제가 아니라고 보고, 인간의 본성을 '자연의 원리'에 근거해서 볼 것이 아니라 '인간의 구체적인 정서나 욕구'를 중심으로 보아야 한다고 주장하였다.

6) 덕(德)의 새 해석

주자는 『대학』의 '명덕(明德)'을 해석하면서 "사람이 하늘에서 얻은 바여서 허하고 영특하여 어둡지 않고 온갖 이치를 갖추고 있어서 만가지 일에 응용할 수 있는 것이다(人之所得乎天 而虛靈不昧 以具衆理而應萬事者也)"라고 하여, '명덕'을 중리(衆理) 곧 '이(理)'로 해석하였다. 이에 대해서 다산은 "밝음이란 밝게 나타나게 하는 것이요, 명덕이란 효·제·자를 뜻한다(明者 昭顯之也 明德也 孝弟慈)"(『大學公義』)라고 하여, 명덕은 이(理)가 아니고 행동과 실천이 가능한 효·제·자라고 주장하여 관념의 세계에서 행위의 개념으로 바꾸고 있다. 또한 『논어』「위정」편의 "덕으로 인도한다(道之以德)"의 '덕'에 대해서도 "덕이란 인륜에 독실하다는 말이니 효·제·자일 뿐이다(德者 篤於人倫之名 孝弟慈是已)"(『論語古今注』「爲政」)라고 하여, 덕을 인륜에 독실한 것이라는 뜻으로 해석하여 '이(理)'가 아님을 강조하였다.

덕에 대한 종합적 해석을 보여주는 다산 경학사상의 탁월한 논문 한 편을 거론한다면 바로 「원덕(原德)」이다. 이 글은 『중용』의 중심논리인 "하늘이 명한 것을 성이라 이르고, 성에 따르는 것을 도라 이르고, 도를 닦는 것을 교(敎)라 이른다(天命之謂性 率性之謂道 修道之謂敎)"라는 사상에 근거하여 명(命)·도(道)·교(敎)의 올바른 해석을 통해 덕의 의미를 밝힘과 동시에 주자학과 다산학의 명확한 차이를 보여준다.

명(命)과 도(道) 때문에 성(性)이라는 명칭이 있게 되었고, 자기와 남이 있기 때문에 행(行)이라는 명칭이 생겼으며, 그 성과 행 때문에 덕(德)이라는 명칭이 있게 되었다. 그러므로 성만 가지고는 덕이 될 수 없다. 자기가 있고 상대가 있을 때 반드시 친근한 이부터 친하게 되는데, 친근한 이를 친근히 하는 것이 바로 효제(孝弟)이다. 요(堯)임금의 큰 덕이란 효제의 행위를 지칭한 것인데, 효제를 행위로 나타냈기 때문에 큰 덕이 밝아지고 구족(九族)이 친밀해졌던 것이다. 그것은 한 집안의 환심을 얻어 자기 조선(祖先)을 섬긴다는 것으로, 한 집안의 환심을 얻는다는 것은 효제를 근본으로 하여 구족까지 친밀히 한다는 것이고, 또 이것이 바로 명덕(明德)이다. 그러므로 '서직(黍稷)이 향기로운 것이 아니라 명덕이 향기로운 것이다'라고 하였는데, 그것은 귀신이 흠향(歆饗)하는 일도 한 집안의 환심을 가짐으로써 있다는 말이다. 인(仁)·의(議)·예(禮)·지(智)를 사덕(四德)이라고 일컬으면서도 유자(有子)는 '효제라는 것은 인(仁)을 하는 근본이다'라고 하여, 인이 사덕을 겸통하는 것으로 보았고, 그런가 하면 맹자도 결국 사덕의 실(實)을 효·제에다 귀결시켰다. 그렇다면 효·제가 아니고는 덕이라는 명칭이 성립될 곳이 없는 것이다. 공자 문하의 덕행·언어·정사·문학에서도 '덕행에는 안연·민자건·염백우·중궁'이라 하였던바 이 네 사람이 모두 효도로 이름이 났었다. 공자가 또 증자(曾子)에게 '선왕(先王)이 지덕(至德)·요도(要道)가 있어 백성들 서로를 친밀하게 하였다'고 하였는데, 그가 말한 지덕이라는 것은 바로 효도이다. 그리고 『대학』의 도(道)는 명덕을 밝히는 데 있기 때문에 '옛날 명덕을 온 세상에 밝히려고 했던 자는 우선 자기 나라부터 다스렸다'고 하였고, 이어서 '이른바 온 세상을 다스리는 길은 자기 나라를 다스림에 있다'고 한 것을 보면, 효(孝)·제(弟)·자(慈)가 있을 뿐이다. 그러므로 '사람마다 자기의 친한 이를 친근히 하고 자기의 존장을 존장으로 섬겨야 온 세상이 다스려질 것이다'라고 하였다. 그렇기 때문에 성만으로는 덕이 될 수 없다고 말한 것이다.[6]

명(命)과 도(道)로 인하여 성(性)이라는 이름이 나오고, 나와 남으로 인하여 행(行)의 이름이 나오고, 성과 행으로 인하여 덕(德)의 이름이 나온 것이지, 한갓 성만으로는 덕이 될 수 없다고 하였다. 이는 성선설(性善說)에 근본하여 타고난 선성(善性)을 행동으로 옮기는 것, 즉 '성(性)+행(行)'일 때 '덕'이라는 결과가 나오기 때문에, '덕'이 '이(理)'가 되면 행위는 배제되어 이론에만 그치고 만다는 것이다. 여기에서 '성+행'이 공맹의 경전의 본질이라는 것을 밝혔다. 그래서 덕은 효·제·자로 귀결되고, 수신(修身)·제가(齊家)·치국(治國)·평천하(平天下)의 논리가 성립된다고 하였다. 성리학의 중심에 '성즉리(性卽理)'가 자리잡아 모든 논리가 성(性)과 이(理)로만 귀결되는 것을 벗어나, '덕행'의 의미가 밝혀지려면 성(性)과 행(行)이 결합될 때만 가능하다고 여긴 것이다. 그

---

6 『與猶堂全書』제1집 제10권 「原德」, "因命與道 有性之名 因己與人 有行之名 因性與行 有德之名 徒性不能爲德也 己之與人 必由親親 親親者孝弟也 堯之峻德 孝弟之行也 孝弟也 故峻德克明而九族以親也 得一家之歡心 以事其祖先 得一家之歡心者 本之孝弟而親其九族也 是之謂明德 故曰 '黍稷非馨, 明德唯馨'言神之歆格 在一家之歡心也 仁義禮智 謂之四德 然有子曰 '孝弟也者 其爲仁之本'仁爲四德之統 然孟子又以四德之實 歸之孝弟 則是孝弟之外 德之名無所立也 孔門四科 德行顏淵閔子騫冉伯牛仲弓 而此四子者 皆以孝聞 孔子謂曾子曰 '先王有至德要道 以親百姓'其云至德者 孝也 大學之道 在明明德 故曰 '古之欲明明德於天下者 先治其國'及觀其所謂平天下在治其國者 孝弟慈而已 故曰 人人親其親長其長 而天下平 故曰 徒性不能爲德."

렇다면 다산이 말하는 행은 바로 실천을 전제한 실학적 논리의 귀결이
었다.

4

'인(仁)'에 대해서도 주자는 '마음의 덕(心之德)'이라고 하여, 자기자
신에 대한 수양의 의미를 중심에 두었으나, 다산은 '인'이란 "향인지애
(嚮人之愛)"(『論語古今注』「雍也」)라고 하여, 남을 향한 대사회적(對社會
的) 사랑으로 여기고 사랑의 범위를 확대하여 '범애중(汎愛衆)'이라는
공자의 본래 뜻에 부합하는 해석을 내렸다. 또 '덕'은 "행오지직심(行
吾之直心)"(『中庸自箴』「故君子尊德性而道問學節」)이라고 풀이하여, 나의 곧
은 마음을 행동으로 옮겨 사람과 사회에 대한 덕행으로 나타나 치국(治
國)·평천하(平天下)의 인류 보편적 가치가 실현될 수 있는 길을 열어놓
고 있다. 특히 다산은 한유(韓愈) 이래의 성삼품설(性三品說)을 배격하
고 결정론적인 신분제나 인간불평등론을 극력 반대하여 발전 가능한
변화와 개혁의 논리를 확립하였는데, 이러한 면은 그가 중세를 넘어 근
대의 새로운 논리를 모색했던 학자로 평가받기에 충분하다.
　중세의 대표적 학문인 주자학이 시대적 사명을 다하자, 이에 근대를
맞이하는 논리로 다산학이 성립되었음은 인류 역사발전의 자연스러운
과정으로 생각된다. '성(性)'이 정해진 불변의 진리인 '이(理)'가 아니
고 인간의 '기호(嗜好)'라는 주장은 인간의 무한한 발전 가능성을 인정
한 것으로서, 근대적 논리의 대변임에 분명하다. 공맹의 학문이 성리학
으로 발전되고 그 성리학이 중심이던 시대가 끝나면서 다산학으로 변

하고 발전했다는 점은, 다산학이 근대의 여명을 여는 데 일정한 역할을 하였음을 반증한다고 할 수 있다.

　귀족이나 상위신분의 유자(儒者)들에게만 해당되는 성리학적 경전 해석은, 다산학에 이르러 모든 인류에게 타당성을 인정받을 수 있는 '민중적 경학'(위당 정인보의 학설)으로 새롭게 탄생하였다. 갑남을녀(甲男乙女)가 행동으로 실천할 수 있는 경전의 논리, 그런 논리가 인류 모두의 가슴에 자리잡아 실천되어야만 공맹의 철학이 온전히 발휘될 수 있는 근거가 될 수 있지 않겠는가. 그렇다면 다산학은 주자학의 문제점을 지적하여 공맹의 철학의 본질을 되찾아 궁행(躬行)·실천함으로써 새로운 세상을 열고자 하는 실천적 철학이라고 할 수 있다.

다산학의 연원과 시대적 배경 고찰

1. 머리말

실학의 집대성자 다산 정약용은 그가 처했던 시대적 배경과 그의 가계(家系) 및 학연(學緣)의 남다른 조건으로 인하여 학문과 사상을 이룩한 학자였다.

오늘날 다산학(茶山學)에 대한 연구는 활발하게 전개되어 그의 학문적 체계가 점점 밝혀지고 있다. 그뿐만 아니라 실학이라는 학풍이 조성되는 역사적 조건과 시대적 배경에 관해 조선후기의 역사연구 과정에서 밝혀지고는 있지만, 아직도 다산의 가계를 비롯하여 그가 영향받은 선학(先學)들, 즉 그의 학문의 연원(淵源)에 관한 연구는 충분히 정리되어 있지 못하다.

다산학이라는 학문이 완성되기까지 다산에게 피를 전해준 그의 가계를 따져보아야 하고, 그에게 직접적·간접적으로 영향을 준 학연을 알아보아야 한다. 이러한 과정을 통해서 조선후기의 사상적 맥락과 학맥의 줄기를 찾아볼 수 있을 뿐만 아니라, 다산이 주장하고 논구해낸 학설이나 사상은 역사와 사회의 맥락과는 무관하게 그의 천재적 두뇌에 의하여 불현듯 솟아난 학문이 아님을 밝힐 수 있을 것이다. 그리고 그가 이룩한 학문에는 그가 처한 가정적·사회적 현실 등이 종합적으로 반영되어 있다는 것을 알게 될 것이다.

본고는 우선 다산의 가계를 검토하면서 그의 조상이나 아버지 대(代)까지 어떠한 학맥에 연결되어 있으며, 그들이 주장하는 색목(色目)은 무엇이고 정치적 견해는 어떠했는가를 알아보겠다. 특히 친가(親家)보다도 더 많은 영향을 준 외가(外家) 쪽 가계와 학맥을 통해서 그의 의식이 성장하는 과정을 추적해보고, 선배 학자들과의 직접적인 교류나 간접적인 접촉의 범위 등도 찾아보겠다.

어떻게 보면 타율적이고 비선택적으로 굳어진 가계나 선택적인 학맥, 당시의 사회경제적 여건 등은 모두 그의 학문에 직접적·간접적인 영향을 미치는 것이었으니, 이를 낱낱이 검토하여 다산학의 주변관계를 규명하고자 한다. 나아가 다산학의 올바른 이해를 위해서는 먼저 다산에게 영향을 준 선학들에 대한 연구가 불가결하니, 본고는 다산과 선학들의 관계를 밝혀 향후 그들을 연구하는 데 관심을 불러일으키는 계기가 되었으면 한다.

다음으로 시대적 상황을 고찰함으로써 역사적 조건과 시대적 상황이 한 개인의 사상과 철학에 미치는 영향을 알아보겠다. 그리하여 한 인간은 그가 타고난 천분(天分)을 제대로 살리도록 노력해야 하며, 역사적 조건이 부여하는 사명을 거역하지 않고 진보적으로 대처해나갈 때 시대에 뒤지지 않는 삶을 살게 된다는 것을 알게 될 것이다.

2. 가계와 학맥

1) 가계

다산은 조선후기 영조 38년인 1762년 6월 16일(음력) 한강의 상류인 강반(江畔), 경기도 광주부 초부면 마현리, 지금(1984)의 남양주군 와부면 능내리(1995년 '남양주시 조안면 능내리'로 바뀜)에서 진주목사(晉州牧使)를 역임한 정재원(丁載遠, 1730~1792)의 넷째 아들로 출생하였다.

정씨의 선대는 본래 황해도 배천(白川)에서 살았으나 조선의 건국 무렵부터 한양(漢陽)으로 옮겨 벼슬하기 시작한 집안이었다. 조선에서 맨 처음으로 벼슬한 사람은 정자급(丁子伋, 1423~1487)으로 단종 원년(1453)에 진사가 되고 세조 6년(1460)에 문과에 급제하여 승문원 부교리를 역임함으로써 옥당에 발을 들여놓았다.[1]

이때부터 줄곧 내리 문과에 합격하여 9세(世)에 걸쳐 옥당에 들어간 명문 집안이라고 다산은 자기 집안을 자랑하였다.[2] 문과에 합격하고 높은 벼슬에 올라야 이름 있는 가문으로 알아주는 세상에서 9대를 연달아 문과에 오르고 청환(淸宦)을 지냈을 정도이니 대단한 명문 집안이었다.

그러나 다산의 가계는 조선후기 격화된 당쟁기를 맞아 실권(失權)하게 된 남인계통이었던 탓으로 한동안 벼슬길이 순탄치 못하였다. 정자급으로부터 다산의 5대조인 정시윤(丁時潤, 1646~1713)과 그의 둘째 아

---

1 『與猶堂全書 補遺』(茶山學會 편, 景仁文化社 1982) 제2권 「押海丁氏家乘」, "丁亥(…) 承文院副校理, 公年四十五."

2 『與猶堂全書』(新朝鮮社 1938) 제1집 제14권 「題家乘撮要」, "吾家九世玉堂 世所艷稱." 이하 『與猶堂全書』는 『全書』로 표기.

들 정도복(丁道復, 1666~1720)까지는 문과에 합격하여 옥당을 거쳐 병조 참의와 승지의 벼슬에 올라 연이어 9대 옥당이 되었지만, 정시윤의 큰 아들이자 다산의 고조할아버지인 정도태(丁道泰, 1664~1713)부터는 벼 슬길이 끊기고 말았다.

이 문제에 대하여 다산은 고조할아버지 정도태, 증조할아버지 정항 신(丁恒愼, 1691~1733), 할아버지 정지해(丁志諧, 1712~1756) 등 3세가 벼 슬하지 못한 사실을 들고서, 이들 모두 오래 살지 못한 탓도 있지만 그 무렵은 조금 잘난 사람이라고 하면 벼슬하기를 즐기지 않았고 산택(山 澤)이나 전원(田園)에서 살아가기를 좋아하였으니, 당쟁이 격화되어 거 기에 말려들지 않으려는 탓이었다고 하였다.[3]

다산의 직계 선조로는 5대조인 정시윤 이후 고조 정도태부터 벼슬길 이 끊기고 증조 정항신이 성균진사(成均進士)에 그쳤을 뿐이다. 정시윤 은 다산이 태어나서 자랐던 마현리, 즉 두호(斗湖)에 최초로 터를 잡아 살기 시작했던 인물로 여러가지 면에서 언급할 필요가 있다.

정시윤은 54세이던 1699년에 벼슬을 버리고 광주(廣州)의 두호강 위 에 집을 짓고 물러나와 살기 시작하였다.[4] 그후 또다시 벼슬길에 올라 두호를 떠나기는 했지만, 실세(失勢)에 빠진 남인계열이 다시 정계로 복귀할 희망이 없음을 알고서, 1713년 68세로 벼슬에서 은퇴하고 소내 〔苕川〕로 돌아와 소내의 북쪽에 몇칸 초당을 지어 '임청정(臨淸亭)'이

---

3 같은 책 제1집 제17권 「家乘遺事」, "自高祖父以來 三世不在宦 皆由壽也 然爾時偉人 傑士 多不肯屈首場屋 往往消搖自適於山澤園田之中 蓋以黨議漸痼 而細人鄙夫 僭舊 誣時 其不爲骨肉相殘者無幾矣."
4 『全書 補遺』 제2권 「押海丁氏家乘」, "己卯 卜居于廣州之斗湖江上 自九月始建小亭."

라 이름짓고 은퇴할 장소로 삼았던 것이다.[5] 둘째 아들 정도복은 서울에서 벼슬살이를 했으나, 다산의 고조이자 큰아들인 정도태는 소내에서 자리잡고 살았으니, 다산의 생장지가 바로 그곳이었다.

정시윤은 당시 남인계의 대학자이던 재종형 우담(愚潭) 정시한(丁時翰, 1625~1707)에게 수학하였으며, 그의 두 아들인 정도태와 정도제(丁道濟, 1675~1729) 또한 그들의 재종숙인 정시한에게 학문을 닦아 그들의 가학(家學)을 이루기에 이른다.[6]

그뿐만 아니라 정시윤은 성호(星湖) 이익(李瀷)의 재종형인 이직(李溭)과 막역한 일생의 친구여서 그 무렵에 벌써 성호 집안과는 세교(世交)의 굳은 관계로 연결되는 계기를 만들어주었다.[7] 곧 성호는 젊은 시절에 정시윤을 직접 몇차례 만나고서 그의 언행거지를 엿볼 수 있었다는 것이다.

우담 정시한에 대해서는 성호의 글 「우담 정선생 묘갈명(愚潭丁先生墓碣銘)」 및 다산의 글 「방친유사(傍親遺事)」에 상세히 기록되어 살펴보기에 용이하다.

성호는 우담에 대하여 높이 숭앙하면서 함께 같은 시대에 살던 나이 어린 후배로 직접 학문을 배우지 못한 일을 무척 애석하게 여겼다. 그러면서 그의 학술은 순정(醇正)하고 표리(表裏)가 상부(相符)하며 언행이

---

5 『全書』 제1집 제17권 「家乘遺事」, "晚節 卜居苕川之北 築草堂數架 題之曰 臨淸亭."

6 『全書 補遺』 제2권 「押海丁氏家乘」, "三月受論語於再從兄 愚潭先生時翰 始聞性理之說." "常遊學於再從叔愚潭先生之門."

7 『星湖先生全集』 下(景仁文化社 1974), 「篤行丁公墓誌銘」, "瀷從祖兄 知中樞公 嘗言吾友丁某 (…) 故參議諱時潤 中樞公與之平生友熟 其內行也 瀷亦曾一再見."; 『全書 補遺』 제2권 「押海丁氏家乘」, "弱冠時 與李知事溭 李判書基夏 同學太史於任公有後 爲莫逆交 至末年 情誼如一."

상고(相顧)하였다고 평하였다.[8] 그러고는 퇴계(退溪) 학풍의 정로(正路)를 얻은 이가 바로 우담이라고 하여 학문적 업적을 인정했다.

다산은 더 간절한 숭모의 마음을 지니고 자기 집안의 이야기만 나오면 언제 어디서나 방조(旁祖) 우담선생을 거론하곤 하였다. 학술의 바름, 의론의 공정함, 충당직절(忠讜直截)의 풍모, 명철염약(明哲斂約)의 지조는 산악처럼 높고 해와 달처럼 밝다고 극찬하기도 하였다.[9]

나아가 우담을 퇴계의 도통(道統)을 이은 학자로 여겨 한강(寒岡) 정구(鄭逑), 여헌(旅軒) 장현광(張顯光) 이후로 진유(眞儒)이자 순학(醇學)은 오직 우담선생 한 사람뿐이라고 하였다.[10]

다산의 방고조(旁高祖) 되는 정도제는 후학들이 숭배하기를 우담에 버금할 정도로 우담의 학문을 계승하여 다산의 증조 및 그 이외 자질(子姪)들에게 전해주었으며, 진사이던 다산의 증조 정항신은 자신의 자질 등에게 학문을 전하여 다산의 아버지 정재원이 다산에게 전수하였다.

정도제와 정재원의 학문과 행실에 대하여 다산은 아주 높은 평가를 내렸으며, 특히 정도제는 학덕이 높은 이여서 띠집 한칸이라도 지어서 향현사(鄕賢祠)로 삼아 세시(歲時)에 제사를 지내려고 마음먹었으나 이루지 못했다고 하였다.[11]

다산의 유년 시절에 글을 가르쳐주고 삶의 방향에 밑바탕을 마련해준 사람은 아무래도 그의 아버지 정재원이다. 우담 학풍을 계승하여 경

---

8 『星湖先生全集』下,「愚潭丁先生墓碣銘」,"遊談之士 論世之學術 醇而正 表與裏相符 言與行相顧 莫不曰丁先生."
9 『全書』제1집 제17권 「傍親遺事」, "愚潭先生 學術之正 議論之公 忠讜直截之風 明哲 斂約之操 卓乎與山岳齊其高 燁乎與日月爭其光."
10 같은 글, "自寒岡旅軒而降 眞儒醇學 唯先生一人而已."
11 같은 글, "余與仲氏 海議建一茅屋 以倣鄕賢之祠 以供歲時香火 荏苒不果成."

사(經史)에 밝았던 아버지는 다산에게 15세 때까지 직접 글을 가르쳐주었다. 이치(吏治)에 뛰어나 여러 고을의 수령을 지내며 훌륭한 치적을 남기기도 했지만, 가전(家傳)의 학문을 아들에게 전하는 데는 아버지의 공로를 빼놓을 수 없다.[12]

자호(自號)를 하석(荷石)이라 했던 다산의 아버지는 어려서부터 남인계의 학자들과 교유를 맺고 지냈으나, 유독 학자이자 명재상이던 채제공(蔡濟恭) 등과 가깝게 지냈으니 뒷날 그의 서녀(庶女)와 채제공의 서자(庶子)는 혼인을 맺어 더욱 돈독한 사이가 되기도 하였다.[13]

더구나 정도태의 막내 서제(庶弟), 즉 다산 아버지의 서종증조(庶從曾祖)이면서 오래 살아 동시대에 함께 생존했던 정도길(丁道吉, 1708~1784)은 채제공이 평안감사를 지낼 때에 비장(裨將)으로 오래 있었으니 이 점은 두 집안이 오래전부터 가까운 사이임을 알게 해준다.[14]

다산과 동시대에 예문관 제학(提學)과 판서(判書) 등의 벼슬을 하며 문장(文章)과 출처(出處)로 큰 명성을 날리던 해좌(海左) 정범조(丁範祖, 1723~1801)는 우담의 현손(玄孫)이다. 다산의 가까운 족숙(族叔)으로 아주 밀접하게 접촉했기 때문에 다산에게 많은 영향을 준 당대의 문장가였다. 그래서 다산은 그가 율신(律身), 지론(持論), 사환(仕宦), 문장에 있어서 가장 높은 수준이었다고 칭찬했다.[15]

---

12 丁奎英 編『俟菴先生年譜』(문헌편찬위원회 1961), 2면, "公德器之寬厚 經學之精微 專由家庭蒙養也." 4면, "受學經史 是時 晉州公解官家居 親自敎授."
13 『全書』제1집 제17권「先人遺事」, "始樊翁之屛居樊里也 其門人親戚多畔之者 公獨數過之 遂與結婚." 및 蔡濟恭『樊巖集』중의「晉州牧使丁公墓碣銘」참조.
14 『全書』제1집 제17권「傍親遺事」, "嘗隨樊翁爲裨將."
15 같은 책,「海左公遺事」, "知公果明哲君子也 其律身也 峭峻孤高 而人不以爲憍 其持論也激仰勁厲 而人不以爲嚴 其仕宦也 華銜淸選無所不踐 而世不忌 其文章也 秀句奇

이상이 다산의 친가 쪽의 가계에서 더듬어야 할 인맥이다. 물론 재주와 학문적 역량에 있어서 다산에게 손색이 없던 중형(仲兄) 정약전(丁若銓, 1758~1816)[16]도 다산에게 영향을 줄 수 있었고, 그의 숙형(叔兄) 정약종(丁若鍾, 1760~1801) 또한 한집에서 자고 먹으며 다산의 사상 형성에 여러 면으로 영향을 미쳤으리라 본다면, 이들도 모두 검토 대상이 될 것이다.

2) 외가

다산의 어머니는 남인계의 혁혁한 가문이던 해남윤씨(海南尹氏)다. 친가 못지않게 자랑스럽게 여기던 다산의 외가는 고산(孤山) 윤선도(尹善道, 1587~1671)의 후손으로 당쟁에 깊이 개입된 탓으로 사연이 많은 집안이었다. 고산은 현종 초 남인의 영수격이었으니, 예론(禮論)으로 대립되어 파란만장한 정치적 박해를 당했던 일은 널리 알려진 사실이다.

고산의 증손이며 진사(進士)이자 시·서·화 삼절(三絶)로 유명했던 공재(恭齋) 윤두서(尹斗緖, 1668~1715)가 있는데, 공재의 손녀가 다산의 어머니였으니, 공재는 바로 다산의 외증조가 된다.

공재는 자기의 친형이자 진사였던 현파(玄坡) 윤흥서(尹興緒, 1662~1733) 등과 함께 위로는 고산의 학문을 계승하며, 주변의 동료들인 정재(定齋) 심득경(沈得經, 1673~1710)과 서산(西山) 이잠(李潛, 1660~1706)·옥동(玉洞) 이서(李溆, 1662~1723)·성호 이익의 형제들과 힘

篇膾炙人口 而鬼不猜."

16 「先仲氏墓誌銘」(『全書』 제1집 15권)에 정약전의 학문과 인간에 대하여 자세하며 다산이 저술활동을 펴던 다산서옥(茶山書屋) 시대에 편지를 통해 정약전에게 직접 학문을 물었던 내력이 자세히 열거되어 있다.

을 합하여 속학(俗學)에서 벗어나 새 방향의 학문적 사조를 열었던 학자였다.[17]

다산과 피가 연결되는 외가의 윤홍서·윤두서는 그들의 친척인 심득경 등과 어울리고, 성호 3형제(이잠·이익·이서)와 힘을 합하여 영남 일대에서만 계승되고 기호(畿湖)에 끊긴 퇴계—한강(寒岡)으로 이어지는 학풍을 새로 잇게 했다는 사실[18]은, 근래 퇴계학풍의 근기학파(近畿學派)[19]의 연구 결과에서도 일치되는 부면이 있다. 성호가 퇴계학풍의 '사숙제자(私淑弟子)'였다는 사실은, 바로 퇴계학맥 중 양대 학맥의 하나인 근기학파가 그들의 노력으로 계승됨을 나타내주는 것이다.

다산은 어린 시절 이후 외가를 출입하며 고산 이후 공재에 이르는 학문적 업적을 열람하였고, 뒷날 학문을 닦거나 벼슬하던 때에도 공재의 증손자들이자 당대의 명사들이며 외육촌인 윤지범(尹持範, 1752~1821)과 윤지눌(尹持訥, 1762~1815), 외사촌인 윤지충(尹持忠, 1759~1791) 등과 같이 생활하고 연구하며 익히 공재의 학문에 젖을 수 있었다.

더구나 신유옥사(辛酉獄事) 이후 오랜 유배생활 기간에는 공재의 유

---

17 『全書』 제1집 제17권 「玄坡尹進士行狀」, "公與玉洞李公 慨然倡絶學於寥寥之中 斯已難矣 剖天人性命之原 則友玉洞 昭君親義理之奧 則友西山 精察乎理欲之分 克己以自修 友定齋 而我恭齋先生 旗鼓其間 塤箎相和 於是一世薦紳家子弟 (…) 莫不以數公者 爲藪澤."

18 같은 글, "退溪寒岡之學 獨傳於大嶺之南 而京輦貴游之子 弁髦六經 放曠不羈."

19 이우성 「한국유학사상(韓國儒學史上) 퇴계학파의 형성과 그 전개」(『한국의 역사상』, 창작과비평사 1982)에서 "근기학파에 있어서는 허미수(許眉叟)가 개산지조(開山之祖)로 되어 있는데, (…) 성호는 미수의 사숙제자(私淑弟子)가 된다"(92면)라고하여 근기지방의 실학자들 학맥에 대한 연구가 새롭게 나왔다. 이 논지는 다산의 주장과 일치하는 점이 많은데, 끊어진 학통을 잇는 데 해남윤씨의 학문적 업적이 영향을 미쳤음을 짐작케 한다. (이러한 학통에 대해서는 본서의 2부에 수록된 필자의 「조선 실학사상의 흐름」에서 논지가 바뀌었음을 참조하기 바란다.)

저(遺著)가 보관되어 있는 외가 해남에서 가까운 강진에 있었으니, 수시로 외가의 친척들과 접하였고 자주 내왕하며 공재의 학문을 깊숙이 관찰할 수 있었다.

다산 외가 쪽의 학맥이 혈연적 관계로 다산과 연결되는 문제는 오래 전부터 논의되었다. 정인보(鄭寅普)는 실학풍의 학문적 영향은 물론 서화(書畵)의 기예까지 외가에서 전수되었다고 하였다.

> 모부인(母夫人) 윤씨(尹氏)는 공재(恭齋) 두서(斗緒)의 손(孫)이요 낙서(駱西) 덕희(德熙)의 종녀(從女)이므로, (…) 외가일맥(外家一脈)의 학계(學系)를 받았으나 공재·낙서의 삼동입신(森動入神)한 서화(書畵)의 체(體)를 들어서 다산(茶山) 임지(臨池)의 공(工)과 환염(渲染)의 묘(妙)가 팽성묵죽(彭城墨竹)의 내력(來歷)이 있다고도 할 수 있으나 이 미기(微技)쯤이야 선생 일생에 있어서 유무를 거론함에 오히려 맞지 아니하거니와 해남윤씨 공재 전후로 잠광(潛光)한 실학자가 많아서 가중(家中)에 소저(所貯)한 전헌(典憲)이 모두 경제를 중심하여 수집한 것이더니만치 국(國)을 우(憂)하고 민(民)을 애(哀)하는 일단(一段)의 단소(丹素)—공재의 안발(顔髮)과 아울러 선생에게 초부(肖賦)되었다고 이른다.[20]

공재 형제들이 성호 집안의 학맥과 구체적으로 연결되어 격려와 협조를 아끼지 않았던 문제는 성호 이익이 지은 「제윤진사두서문(祭尹進士斗緒文)」에 자세하다.

---

20 정인보 『담원국학산고』, 문교사 1955, 72면.

옛날 공은 저희 형제들과 함께 놀아주셨다. (…) 저희 형제들은 자신이 없었으나 공의 말씀을 듣고서 중요하게 여겼으며, 죽은 이도 유감이 없어 하였고, 산 사람은 더욱 힘쓰며 공부하였다.[21]

성호는 자신이 따르고 좋아하던 공재의 인품을 찬양하여 희현(希賢)의 선비였다고 말했다.

다산도 외가에 대하여 말하기를 "나의 정분(精分)은 대부분 외가의 혈통에서 받았다"[22]라고 하였으며, 다산의 후손들이 남긴 기록에도 "공재는 박학호고(博學好古)하여 집안에 보관한 도서는 거의 경제실용(經濟實用)의 책이었다. (…) 공재의 초상화가 남아 있는데 다산의 안모(顏貌)와 수발(鬚髮)이 아주 닮았다"[23]라고 하였다.

이상으로 보면 실학사상의 수립기에 창학(倡學)의 공이 있는 공재일파인 다산 외가의 학맥은, 다산 자신의 이야기나 후손들은 말할 것 없이 다산연구가들에 의해서도 다산학에 중요한 영향을 미친 학계(學系)였음을 알기에 어렵지 않다.

3) 학맥

앞에서 다산의 친가 계통으로도 조선후기 실학의 중조(中祖) 성호 이익의 학문인 성호학(星湖學)과 연결되었음을 고찰하였다. 그리고 외가

---

21 『星湖先生全集』下,「祭尹進士斗緒文」, "昔公辱與不佞兄弟遊 (…) 不佞兄弟不自信而得公言爲重 死者無憾 生者益厲.
22 『俟菴先生年譜』4면, "吾之精分 多受外氏."
23 같은 곳, "恭齋 博學好古 家藏圖書 皆經濟實用 (…) 小照尙存 公顏貌鬚髮 多髣髴."

의 학계(學系)를 통해서도 바로 성호학파와 구체적 관계 속에 윤씨의 경제실용 학문이 이룩되고 있음을 보았다.

이렇게 볼 때 친가의 혈연으로 연결된 우담 정시한의 학문과 공재 윤두서의 외가 쪽 학문은 자연스럽게 성호일파의 학문으로 흡수되어 근기지방의 경세치용(經世致用)의 학문, 즉 실학의 일파로 완성되었다.

성호학파의 관계를 고찰하면서 다산의 학맥에 대하여 살펴보자.

성호가 타계하기 1년 전에 태어난 다산은 성호의 문하에서 직접 학문을 연구할 기회는 없었다. 친가·외가 쪽에서 어려서부터 귀에 익도록 들은 성호의 학문을 다산이 직접 접하기까지는 시간이 걸렸다.

다산은 15세에 결혼한다. 처가는 서울의 회현방(會賢坊)에 살았으며, 무과에 합격하여 여러 곳의 병마절도사와 승지를 역임한 남인계의 풍산홍씨(豊山洪氏) 홍화보(洪和輔, 1726~1791)가 장인이었다. 결혼과 동시에 다산은 서울을 출입하기 시작했다.

당시 서울의 학계는 소년 다산에게 숱한 호기심을 자아내는 특별한 분위기가 있었다. "당시에 일세의 후학들은 이선생(李先生, 성호 이익)의 학문을 조술(祖述)하지 않는 사람이 없었다"[24]라고 하듯, 성호학문이 학문의 주조로 나타나려던 때였다.

성호는 많은 제자를 길러낸 당대의 학문 종장(宗匠)으로 뛰어난 제자도 많지만, 자질(子姪)이나 종예(從裔)들까지 모두 이름 있는 학자들로서 가학을 잇고 계승시켜 한 가문 전체가 커다란 학파를 형성할 정도였다.

널리 알려져 있듯이 성호의 학문을 이은 당대의 경학자와 문장가는

---

24 같은 책 5면, "時一世後學 莫不祖述李先生之學."

바로 그의 조카인 정산(貞山) 이병휴(李秉休, 1710~1776)와 혜환(惠寰) 이용휴(李用休, 1708~1782)였다. 정산은 성호학문을 이어받은 적통의 학자이고 혜환은 큰 문장가였다.

혜환은 다산과 일생 동안 가장 가까이 지낸 이가환(李家煥, 1742~1801)의 아버지였으며, 다산 형수의 남동생인 이벽(李檗, 1754~1786)은 바로 정산의 제자였다. 다산의 매형 이승훈(李承薰, 1756~1801)은 이가환의 생질이었으니, 어린 시절에 누님 집에 출입하던 이벽, 처갓집에 출입하던 이승훈 등과 통하여 서울 나들이가 시작된 다산은 쉽게 성호의 직계 문인이나 자질들과 교유할 수 있었다.

당시 장안에서 남인의 명사들로 꼽히던 성호의 종손(從孫)인 이가환을 비롯하여 녹암(鹿菴) 권철신(權哲身, 1736~1801) 등은 바로 성호의 문하에서 직접 학문을 수학했던 사람들이며, 이기양(李基讓, 1744~1802)과 이벽 등은 정산의 문하에서 글을 배운 당대의 소장학자로서 다산과 자주 어울리면서 다산의 학문에 많은 도움을 주었다.

그리하여 다산은 16세 때 아직 간행되지 못한 성호의 유저(遺著)들을 성호 후학들을 통하여 읽을 수 있었다. 그야말로 새로운 시야를 열어준 계기는 무어라 해도 성호의 저서를 독파한 일이다. 그래서 "나의 큰 꿈은 대부분 성호를 사숙(私淑)하던 중에 깨어났다"[25]라고 하면서 자신의 학문적 기준으로 성호의 실학을 채택했다. 그뒤로도 기회가 있을 때마다 성호의 위대한 공로를 수없이 찬양하였으니, 성호의 실학사상이야말로 바로 다산학문의 모태였다.

---

25 같은 책 6면, "余之大夢 多從星湖私淑中覺來."

성호의 학문을 이어받아 주자(朱子)를 거쳐 공자의 본질적 유교에
거슬러올라간다.[26]

그러다보니 다산이 교류하는 동료나 선배들은 모두 성호학풍을 잇는
남인계의 학자들이었으며, 그들은 기존의 정치체제나 학풍에는 만족을
못하고 새롭고 참신한 새 학풍과 새 체제에 대한 동경을 지니고 있었다.

다산에게 그 시절의 교류관계에서 가장 특기할 것은 성호의 문하에
서 직접 학문을 닦은 녹암 권철신과의 해후였다. 교류의 시작에 대한 다
산의 명확한 기록은 없으나, 서울 출입이 시작된 직후에 다산의 중형 정
약전이 1779년경 녹암에게 집지(執贄)한 문인(門人)임을 보여주는 기록
이 있다.[27] 그 무렵이면 정약전의 나이 22세요, 다산의 나이 18세 무렵이
었다.

다산의 「권철신 묘지명」을 비롯한 여타의 기록을 살펴보면, 다산이
녹암을 숭모하고 학자로서 추앙하는 정도가 남달랐음을 알 수 있다. 당
대 제일의 학자로 추대하던 점으로 보거나, 직접 강설(講說)을 들었다
며 "옛날 명례방(明禮坊)에서 강학(講學)하면서 이미 이러한 학설을 들
었으니, 이는 바로 옛날의 고전적 해석이다"[28]라고 기록한 점으로 보거
나, "절하고 떠나온 지 벌써 7, 8년입니다"[29]라는 기록으로 보거나 다산
은 녹암과 직접 가깝게 교류를 맺으며 학문을 배우고 사상의 영향을 받
았던 것 같다.

---

26 『全書』제1집 제15권 「先仲氏墓誌銘」, "以承受星翁之學 沿乎武夷 溯乎洙泗."
27 같은 글, "旣又執贄請敎於鹿菴之門."
28 『全書』제1집 제21권 「示兩兒」, "昔講學于明禮坊 已聞此說 是古訓."
29 『全書』제1집 제18권 「上弇園書」, "拜別已七八年矣."

성호학문을 이은 후학에는 안정복(安鼎福, 1712~1791)으로 이어지는 성호의 우파(右派)가 있고 권철신으로 이어지는 성호의 좌파(左派)가 있다는 주장[30]에 따르면 좌파는 정약전·정약용 등이 중심인물이다. 특히 녹암이 가장 급진적 학자로 주자학에 대하여 비판적 주장을 서슴지 않았고, 그런 문제로 동료나 선후배들 사이에서 논란이 되었다는 연구결과[31]에 의하더라도 다산이 녹암과 깊이 교류한 것은 다산의 학문에서 중요한 전환점이 되었다.

다산이 경전의 주석에 있어서 주자의 학설을 비판하고 많은 부분에서 녹암의 학설을 수용하고 있는 점으로 보아 자기의 독창적인 해석을 내리게 된 근본적인 계기는 녹암과의 학문적 교류가 큰 영향을 미쳤으리라는 추단은 타당성이 있다.

다산의 기록에 의하면 평소에 녹암은 "퇴계의 뒤에 하헌(夏軒, 백호 윤휴)의 학문이 본(本)과 말(末)이 있고, 하헌의 뒤에 성호의 학문이 이전의 학문을 이어서 뒤에 올 학문을 열었다"[32]라고 하였다는 것이다. 녹암이 젊은 시절 백호(白湖) 윤휴(尹鑴, 1617~1680)를 사모했다는 사실[33]은 흘려들을 이야기가 아니다. 백호는 숙종 6년(1680)에 주자의 경전 해석과 배치되는 해석을 내렸다 하여 사문난적(斯文亂賊)으로 몰려 죽은 뒤에 감히 그의 이름도 입 밖에 내기 어려웠다. 그러한 사람을 사모했다는 말은 녹암의 경전 해석에 대한 입장이 어떠했는지를 짐작할 수 있게 해

---

30 이우성, 앞의 글 94면.
31 이우성 「녹암 권철신의 사상과 그 경전비판」, 『한국의 역사상』, 창작과비평사 1982 참조.
32 『全書』 제1집 제15권 「鹿菴權哲身墓誌銘」 閒話條, "退溪之後 夏軒之學 有本有末 夏軒之後 星翁之學 繼往開來."
33 같은 글, "公少時慕夏軒."

주면서 녹암의 학문적 입장을 받아들인 다산 자신도 백호를 사모한다는 뜻을 은연중에 나타내고 있는 것이다.

현재까지의 연구결과로 유저(遺著)가 거의 전하지 않는 녹암의 학문 전체를 파악할 길은 없다. 그러나 다산이 지은 녹암의 일대기인 「권철신 묘지명」과 녹암 학설의 모음인 「상감원서(上弇園書)」를 통하여 녹암의 경전에 대한 학설이 아무런 수정 없이 그대로 다산에게 수용되고 있다는 것을 볼 때[34] 녹암의 영향은 대단했음을 알 수 있다.

그리고 다산 자신은 백호에 대한 학문적 평가를 유보하면서 남의 주장을 거론하여 백호의 학문과 문장을 최대한으로 찬양하는 방법을 다른 기록에서도 쓰고 있다.

> 여강(驪江, 백호 윤휴)의 글은 구천현녀(九天玄女)와 같고 옥을 부수어 뿌려놓은 듯하여 일반 속인들이야 제대로 감상할 수 없는 글이다.[35]

이러한 이기양의 말을 채제공의 입을 통하여 열거하게 함으로써, 백호에 관한 존숭의 뜻을 은연중에 밝히고 있는 점을 보면, 확실히 다산은 백호에 대하여 깊은 숭모의 정이 있었음을 알 수 있다.

이상을 종합하여 다산학의 연원도(淵源圖)를 그려보면 다음과 같다

---

34 녹암과 다산의 경전 해석 내용은 앞으로 별도 연구가 필요하지만, 녹암의 주장인 명덕(明德)을 효자자(孝弟慈)로 보거나 인의예지(仁義禮智)를 행사 이후에 득명(得名)한다는 주장은 다산의 경전 해석에 그대로 적용되고 있다.
35 『全書』 제1집 15권 「茯菴李基讓墓誌銘」 閒話條, "又曰士興嘗言驪江之文 如九天玄女 碎玉槌瓊 霏屑漫空 非塵土腸胃所能沾受."

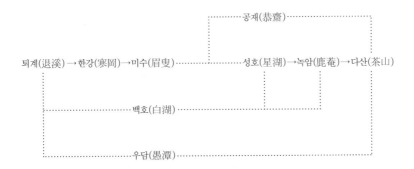

점선(…)을 사숙(私淑)관계로 보면, 앞에서 살핀 대로 퇴계학으로 가는 정로(正路)에 우담의 학문이 친가계통으로 전수되고, 외가 쪽 공재 전후의 실학풍 역시 피를 통하여 연결되지만, 자신의 입으로 열거한 학풍의 연원은 역시 '백호―성호―녹암'으로 이어졌음을 알게 해준다.

그러나 다산이 가장 크게 숭앙하고 공언(公言)하며 추앙한 인물은 공재·성호·녹암이었다. 이 점은 자신의 기록을 통하여 더 명확해진다. 세 사람의 학문에 영향받아 자신의 학문이 이룩되었음을 누누이 고백하고 있는 점으로 보아도 의심의 여지가 없으며, 공재·성호·녹암의 학문과 사상은 실제로 다산학의 모든 부면에서 구체적으로 전승되어 재조명되고 있음을 역력히 볼 수 있다.

다산이 오랜 귀양살이를 하며 자신의 괴로움을 이겨내기 어렵던 시절에도 자나깨나 걱정하던 일은 바로 공재·성호·녹암의 유저를 정리하여 간행하지 못하는 일이었다. 귀양살이 때 형에게 보낸 편지에서 이렇게 말했다.

대체로 공재는 성현지재(聖賢之才)를 타고났으며, 호걸지지(豪傑之志)를 품고 있었기에 하셨던 일이 대부분 그러한 종류였습니다. 애

석합니다. 그분은 당쟁 때문에 뜻을 펴지 못하였으며 수명까지 짧아
서 포의(布衣)로 몸을 마쳤습니다. 내외(內外) 자손들 중에서 그분의
피 한 방울이라도 받은 사람에게는 반드시 일반 사람들보다 뛰어난
기질이 있을 겁니다. 그런데도 역시 시대를 불행하게 만나서(노론 집권
시대), 번성하게 빛낼 수 없으니 어찌 운명이 아니겠습니까. 그분의 잔
고(殘稿)나 유묵(遺墨)은 대부분 뒷세상에 표장(表章)할 만한 것들인
데, 다락 안에 깊이 감춰두어 쥐가 타고 좀이 먹고 있으나 아무도 구
해내려고 하지 않으니, 또한 슬프지 않으리오.[36]

공재의 글을 두루 읽어본 후 모든 책들이 후세에 도움이 될 책이고 실
용에 유익하다는 것이다. 실학 서적들을 읽고 자기 것으로 삼으면서 제
대로 보관하여 간행하지 못한 것을 매우 애석하게 여겼는데, 이는 그의
학문에 깊이 영향받았음을 뜻하는 것이다.

성호의 문자는 거의 백권에 가깝습니다. 스스로 생각건대, 우리들
이 천지지대(天地之大)와 일월지명(日月之明)을 알 수 있었던 것은
모두 그분의 힘이었습니다. 그분의 글을 산정(刪定)하여 책으로 만드
는 책임은 제 몸에 있는데, 이 몸은 이미 귀양이 풀려서 돌아갈 날도
없으며, 후량(候良, 성호 후손)은 서로 통하기도 좋아하지 않으니, 어떻

---

36 『全書』제1집 20권 「上仲氏書」, "大抵恭齋 稟聖賢之才 負豪傑之志 所作爲多此類 惜
   其時屈壽短 竟以布衣終身 內外子孫之得其血一點者 必有拔人之秀氣 而亦逢時不幸
   不得昌熾 豈非命耶 其殘稿遺墨 多可以表章於後世者 而深藏內樓 鼠齧蠹齕 無人救拔
   不亦悲乎."

게 헤야 합니까?[37]

인생관과 우주관 및 삶의 근본원리를 모두 성호의 학문에서 배웠으며, 그 정통 후계자가 자기임을 인식하고 유저 발간 책임이 자기에게 있음을 말한 점으로 보아 학문의 모태로 삼았음이 분명하다.

몇년 전에 중상(仲裳, 녹암의 조카)에게 편지를 보내서 그의 집안 문자(녹암의 유저)를 수습하는 방법에 대하여 언급하였는데, 답장도 보내지 않더이다. 또 창명(滄溟, 이기양의 아들로 녹암의 사위인 李寵億)에게 편지를 보냈으나 그의 답장도 받지 못했습니다. 그들의 용잔(庸殘)함이 이런 지경에 이르렀으니, 다시 무엇을 바라리오.[38]

공재·성호·녹암의 유저를 보관하여 제대로 간행하기를 그렇게도 바랐던 점만으로도 그의 학문적 연원이나 학맥은 바로 그들이었음을 알기에 충분하며, 그들의 학문적 경향이나 사상이 구체적으로 실학적 논리를 형성하는 데에 도움이 되었다는 점까지 명확히 알게 해준다.
앞으로 다산학의 종합적 이해를 위해서는 다산의 선학인 그들에 대한 일차적인 연구에 집중해야 함을 이 점에서 알 수 있다.

---

37 같은 글, "星翁文字 殆近百卷 自念吾輩能識天地之大 日月之明 皆此翁之力 其文字之刪定成書 責在此身 而此身旣無歸日 候良不肯相通 將奈何."
38 같은 글, "年前寄書于仲裳 言及其家庭文字收拾之方 而不見其答 又有書于滄溟 而不見其答 其庸殘至此 更有何望."

3. 시대적 배경

1) 백성의 궁핍상

다산의 가계와 학맥에서 살펴보았듯이 혈연·학연의 기반은 다산의 실학사상이 생성·발전해오는 일면을 보여주기는 했으나, 사상의 성립 과정에서 다산이 생존하던 당시의 시대상이 결정적 역할을 했다는 점을 간과해서는 안된다.

다산이 생존하던 18세기 후반과 19세기 초엽은 조선 봉건사회의 내적 모순이 격화되어 그 말기적 현상들이 여러 부면에서 나타나고 있던 시기였다. 오늘날 학자들의 연구에 의하여 이 시기의 일반적인 상황은 대체적으로 그 실체를 보여주고 있으나, 당시 실학자들이나 다산 자신의 기술을 통해서도 어느정도의 진상을 알아볼 수 있다.

우리나라 서민들의 생활은 모두 조석거리를 걱정할 정도다. 10여 호 되는 마을에서 하루에 두끼 먹는 집이 몇 집 없다. 비상시를 대비 한다는 것이라야 옥수수 몇자루와 고추 몇십개가 거적 그을음 속에 매달려 있을 뿐이다. (…) 시골 백성들은 1년에 무명옷 한벌을 얻어 입기 힘들고, 남자건 여자건 평생 동안 이부자리를 구경도 못 한다. 짚자리로 이불을 삼아 그 속에서 자손들을 길러간다. 아이들의 경우 는 10여세 전후까지는 겨울이나 여름의 구별 없이 벌거숭이로 다니 며, 세상에는 버선이나 신이 있는 줄조차 모른다.[39]

---

39 朴齊家『北學議』,「農蠶總論」, "我國小民之生 皆無朝夕之資 十室之邑 日再食者 不能數人 其所以陰雨之費者 不過蜀黍數柄 番椒數十 懸之于蔀屋烟煤之中而已 (…) 我國村野之民 歲不得木綿一衣 男女生不見寢具 藁席代衾 養子孫於其中 十世前後 無冬

다산과 직접 교유하며 실학자로서 명망 높던 초정(楚亭) 박제가(朴齊家)가 본 당시의 생활상이다. 가난에 찌든 백성들의 궁핍상이 눈에 보이듯 묘사되었다.

왕실이나 봉건지주들의 가렴주구(苛斂誅求) 때문에 살아갈 방책이 없던 백성들의 신음소리가 들려오고, 이고 진 유랑민들이 길을 메우던 현실이 바로 다산이 살아가던 시대상이었다.

시냇가 헐어진 집 사발처럼 엎어져
북풍에 이엉 걷혀 서까래만 앙상하네

묵은 재에 눈이 쌓여 부엌은 썰렁하고
어레미처럼 뚫린 벽에 별빛이 새어드네

집안에 있는 거란 너무도 초라해서
모두 판다 한들 칠팔전도 안 되겠네

강아지 꼬리 같은 서속이삭 세줄기와
닭창자 같은 마른 고추 한꿰미

깨진 항아리 새는 데는 헝겊으로 바르고
무너지는 선반대는 새끼줄로 얽었구나

無夏 裸體而行 更不知天地之間 有鞋襪之制焉者.”

구리숟갈 오래전에 이장에게 빼앗기고
쇠솥마저 이번에는 옆집 부자가 앗아가네

—「奉旨廉察到積城村舍作」부분[40]

다산이 본 18세기 말엽의 시골 형편은 동시대의 박제가가 보았던 모습과 차이가 없다.

임진왜란 이후로 온갖 제도가 무너지고 제반 일이 어긋나서, 군문(軍門)은 계속 늘어가지만 국용(國用)은 바닥이 났다. 전제(田制)는 문란하고 부렴(賦斂)은 치우쳐서 (…) 백관(百官)은 갖추어지지 않아 올바른 선비는 녹이 없고, 탐풍(貪風)만 크게 일어나서 백성들만 초췌해졌다. 가만히 생각해보니, 털끝 하나인들 병들지 않은 것이 없다.[41]

다산은 사회가 정당한 통제력을 상실하고 붕괴 직전으로 치닫는 말기적 현상을 명확히 관찰하고 있다. 그러한 현상을 그대로 두고 오불관언하기에는 너무도 많은 병폐가 나타나고 있었다.

조선은 중국 남송(南宋)시대에 체계화된 주자학, 즉 성리학을 도입하

---

40 『全書』제1집 제2권 「奉旨廉察到積城村舍作」, "臨溪破屋如瓷鉢 北風捲茅椽齾齾 舊灰和雪竈口冷 壞壁透星篩眼豁 室中所有太蕭條 變賣不抵錢七八 尨尾三條山粟穎 鷄心一串番椒辣 破罌布糊敽穿漏 皮架索縛防隊脫 銅匙舊遭里正攘 鐵鍋新被隣豪奪."

41 『經世遺表』序文, "壬辰倭寇以後 百度隳壞 庶事搶攘 軍門累增 國用蕩竭 田疇紊亂 賦斂偏辟 (…) 百官不備 正士無祿 貪風大作 生民憔悴 竊嘗思之 蓋一毛一髮 無非病耳."

여 국가적 지도이념으로 삼았으며, 봉건적 통치 이데올로기로 구축하였다. 주자학은 조선왕조 초엽 고려의 불교적 논리를 누르고 새 왕조를 이끄는 데에는 참신한 논리로서 역할을 할 수 있었지만, 역사적 조건의 변화과정에 부응하기에는 보수적인 측면이 너무 강했다. 조선중기에 접어들어 임진왜란과 병자호란 등의 전쟁으로 파탄에 이른 국가재정이나 궁핍해진 백성의 살림살이는 보수적인 성리학적 논리만으로는 회복할 수 없는 지경에 이르렀다.

더구나 격화된 당쟁은 지배계층의 정권다툼으로 치달아 살육을 일삼게 되었으며, 견고한 지배논리는 가속적으로 보수화되면서 주자학은 바로 정적을 타도하는 무기로까지 타락되는 현상을 나타내기에 이르렀다.

더구나 성리학 자체에는 중화주의(中華主義)라는 몰민족(沒民族)의 깊은 수렁이 내재하고 있었으니, 집권층에서는 집권 방편의 하나로 허구적인 북벌론(北伐論)까지 동원함으로써 중화주의는 더욱 견고하게 민족적 자각을 봉쇄하는 역할을 하였다.

권력과 물질적 기반의 소유는 늘 불가분의 관계가 있으므로 권력층, 즉 소수의 벌열(閥閱)에 권력이 집중되면서 당시 농업사회의 생산수단의 중심을 이루던 토지는 일부 권력층에서 대부분을 독점하였다. 그리하여 대다수의 백성들은 무전농민(無田農民)으로 전락하여 계층의 간극은 갈수록 넓어지고, 사회경제적 모순은 극대화되면서 봉건사회의 해체 징후가 역력히 나타나고 있었다.

근년 이래로 부세와 부역이 번잡하고 무거우며, 관리들이 제멋대로 포악하여 백성들은 편안히 살아가지 못하고 거개가 난리를 생각하는데 요사스럽고 망령된 말들이 동쪽에서 나오면 서쪽에서 화답한

다. 그들을 법에 따라 죽인다면 백성이라고는 살아남을 사람이 없을 것이다.[42]

생활이 고달프고 힘들면 현상의 변화를 갈구하게 되고, 변화의 욕구는 수없이 많은 유언비어를 퍼뜨려 백성들의 동요를 부채질하게 된다. 더 직접한 현상을 살펴보자.

지금 호남 전역에는 걱정되는 것이 두가지입니다. 그 하나는 백성들이 반란을 일으킬 징후이고, 다른 하나는 관리들의 탐학입니다. 수삼년 이래로 망족(望族)이나 호호(豪戶)들 중에서 이사하여 깊은 곳으로 들어가버린 사람이 몇천명이나 됩니다. 깊은 산중인 무주(茂朱)나 장수(長水)지방에는 임시의 움막으로 지은 집들이 산 계곡에 가득 차 있으며, 순창(淳昌)이나 동복(同福) 근방에는 유민(流民)들이 길에 가득 찼습니다. 바다나 강가에 인접한 고을에서는 마을이 텅텅 비어 전답도 값이 없습니다. 그들의 모습은 갈팡질팡 어쩔 줄 모르고 그들의 소리는 흉흉하게 들립니다. 가난하여 이사도 못하는 사람들조차도 모두 마을 돈이나 문중의 재산을 헐어내어, 주육(酒肉)과 악기를 사다가 산에 오르고 물가에 나가 해가 지고 날이 새도록 마시고 울부짖으며, 궁둥이를 치고 손뼉을 치면서 즐거워하는데, 즐거워하는 게 아니라 슬퍼서 하는 일입니다. 이러한 이유가 무엇 때문이겠습니까? 뜻을 펴지 못하여 나라를 원망하는 무리들이 뜬소문을 꾸며대고,

---

42 『牧民心書』권8, 兵典 제5조 「應變」, "近來以來 賦役煩重 官吏肆虐 民不聊生 擧皆思亂 妖言妄說 東唱西和 照法誅之 民無一生."

위태로운 말로 선동하여서 참위사설(讖緯邪說)을 지어내어 백성들의 귀를 현혹시키는 까닭입니다. 한 사내가 거짓말을 만들어내면 일반 사람들이 참말인 것으로 전합니다. (…) 탐관오리들의 방자한 행위와 불법적인 짓들이 해가 갈수록 불어나고 달이 갈수록 더해져서, 가면 갈수록 더욱 심해집니다. 요 6, 7년간 수백리의 일대에서 방자하게 굴러, 갈수록 더욱 기이해지고 고을마다 모두 그러하니 더러운 소리와 악취가 너무 지독해서 차마 들을 수가 없습니다. (…) 호남지방의 한 지역이 이러하다면 여타의 모든 지역도 알 수 있으며, 여러 지역이 이러하다면 나라는 장차 어떻게 되겠습니까?[43]

이상은 다산이 강진 유배지에서 보고 들은 당시 백성들의 참상과 팽배한 위기의식에 대해 기록한 글이다. 토지를 어느정도 소유한 사람들이나 전혀 소유하지 못한 백성들도 난리를 예견하던 현실이었으니, 사회적 위기의식이 얼마나 고조되고 있던가를 알 수 있다. 봉건적 억압과 탐관오리들의 과도한 착취로 살아갈 희망을 잃고 자포자기한 상태에 이른 백성들의 현실을 여실히 보여준다.

이와 같은 사회적 현상과 백성의 궁핍상은 뜻있는 선비들에게 자극

---

43 『全書』제1집 19권 「與金公厚書」, "今湖南一路 有可憂者二 其一民騷也 其一吏貪也 數三年來 望族豪戶之遷徙入深者 幾千人矣 茂朱長水之間 茇舍彌滿山谷 淳昌同福之 際 流民充塞道路 沿海諸堧則 井落蕭然 田園無價 觀其貌 遑遑如也 聽其聲 洶洶如也 其貧弱不能徙者 又皆毁其社錢 破其門貨 競買酒肉絲管 登山泛水 窮晝達夜 酣呼啁咴 搏牌拍手以爲樂 非樂也 謂將哀也 此其故何也 失志怨國之徒 壽張浮言 煽動危詞 作爲 讖緯邪說 以惑民聽 一夫唱僞 萬口傳眞 (…) 貪官汚吏之恣行不法 歲增月加 愈往愈甚 上下六七年 縱橫數百里 來來彌奇 邑邑皆然 穢聲惡臭 慘不忍聞 (…) 一路如此 諸路可 知 諸路如此 國將何爲."

을 주었으며, 뭔가 구제책을 강구해야만 한다는 절박감을 불러일으켰다.

2) 학문적 분위기

조선후기의 사회경제적 모순을 가장 먼저 비교적 정확하게 간파했던 사람은 반계 유형원(柳馨遠)이었다. 반계는 임진·병자 양 전쟁 이후에 국가재정의 파탄과 백성들의 궁핍화 현상을 목격하고, 그 근본적 원인이 봉건적 토지소유 관계에 있음을 발견하여, 토지제도에 관한 새로운 개혁안을 『반계수록(磻溪隨錄)』을 통하여 제시하였다.

그러나 다산이 생존하던 18·19세기와 반계가 생존하던 17세기는 사회적 양상뿐만 아니라 모순의 심도에도 차이가 있었기에 반계의 토지제도에 관한 개혁안은 다산이 살던 시대의 해결책일 수는 없었다.

반계를 실학의 비조(鼻祖)로 보고 반계의 실학사상을 계승·발전시키는 성호에 이르면 훨씬 더 긴박한 개혁안이 나타난다. 그러나 성호의 학풍을 이어서 발전시키는 다산에 오면 모순의 심도가 깊어짐에 따라 처방 또한 한 단계 높은 수준에 이르고 있다.

조선후기의 사회적 상황 속에서 국가와 민족이 처한 위기를 타개하기 위해 진지하게 연구하며 대안을 제시하려 노력했던 일군의 양심적인 학자들은 반계를 거쳐 성호에 이르러서는 학파를 이루며 새로운 학풍을 조성하게 되었다. 그러한 학문적 분위기야말로 다산에게 절대적 영향을 미쳤을 것임은 의심의 여지가 없다. 다산은 누구보다도 선학들의 학문적 업적을 철저히 전수받아 자기 학문으로 새롭게 성립시킨 사람이다.

인조·효종 때에 유반계(柳磻溪)가 처음으로 정치를 말하였는데, 대부분 중국의 제도에 근본하여 조치하였으니, 우리나라 제도에는 더러 합치되지 않는 부분이 있다. 성호가 이어받아 그때에야 사관(史觀)을 명확히 밝혀 주인과 객이 비로소 판별되었다. 때문에 다스리는 정치와 제도를 베푸는 학문이 비록 대체적인 것은 거론되었으나, 정미한 데까지 두루 포함하지 못했다. 그러나 큰 줄기는 대략 방향을 잡았다. 뭇 의론을 널리 종합하고 알맞게 절충하며, 온갖 제도를 총괄하고 요체를 마땅함에 돌아가게 했던 분은 (…) 오직 정다산 선생이 그렇게 하셨다.[44]

결국 인조·효종 이래로 일어난 새로운 학풍은 다산이 종합하여 체계를 세웠다는 것이다.

또 동시대의 선배학자들인 박지원(朴趾源), 홍대용(洪大容), 박제가 등의 북학사상을 포함한 이용후생학파의 탁월한 부국강병책을 모두 흡수하였다. 박지원, 홍대용, 박제가 등이 왕성하게 활동하던 시기였기에 그들의 학풍은 어려움 없이 자연스럽게 다산학이라는 거대한 호수 속으로 유입될 수 있었던 것이다.

성호로 대표되는 경세치용학파, 연암으로 대표되는 이용후생학파, 추사 김정희(金正喜)로 대표되는 실사구시학파의 3개 유파의 실학으로 구분하더라도 다산은 그들 모두를 수용하여 자기 학문에 용해시켰음은 널리 알려진 사실이다.

---

44 鄭寅普『舊園文錄』,「與猶堂全書總叙」,"仁孝時 柳磻溪始言政 而多本諸華措之 於此 則或不合 星湖繼之 乃宜明史法 主客始辨 故其制治布政之學 雖秪擧大而不周乎精微 然高山大川 略有奠矣 至其博綜群言而折衷於宜 總括百度而要歸諸當 (…) 惟丁茶山 先生 爲然."

분야와 대상을 달리하며 각양의 방법으로 연구를 거듭하던 다산의 선학들은 타락된 시대를 구제하고자 구체적인 인식을 지니고 실학적인 학풍을 조성했다. 역사관을 바로잡고, 전제(田制)의 개혁이론을 창안했으며, 과거제도의 개혁을 부르짖고, 국토지리에 관한 진지한 연구를 거듭하였다. 과학기술의 개발을 제창하고, 농본(農本)에서 중상(重商)으로의 이론을 펴기도 하였다. 중화(中華)를 침범했던 청나라는 오랑캐라는 생각에서 벗어나, 나라에 이익이 되는 제도와 기술이라면 청나라에서라도 배워야 한다는 북학주의가 이론적 타당성을 획득하였으며, 그 무렵에는 서양의 과학기술과 자유주의적인 사상들이 천주교와 함께 유입되어 호기심 많은 신진 지식인들은 자극을 받고 있었다.

이러한 학풍과 학문적 분위기는 다산이 자기의 시대를 뛰어넘는 새로운 학문을 연구하고 새로운 사상을 완성하도록 숱한 자극을 주었을 것이니, 이 점 또한 중요한 그의 학문의 배경이 아닐 수 없다.

4. 맺음말

친가 학통의 정시한은 학자로 천거되어 진선(進善), 집의(執義), 경연관(經筵官) 등의 명망 높은 지위에 오른 당대의 학자였다. 외가의 윤두서는 경세치용의 새로운 학풍을 조성하는 데에 중요한 역할을 했던 선각자였다. 가장 학문적 영향을 크게 받았던 성호학파는 한 시대의 사조를 주도하던 실학파의 중요한 그룹이었다.

다산의 남다른 가계와 학연은 여러 면에서 색다른 점이 많았다. 그러한 가계와 학연을 통해서 접촉과 교류가 가능했던 사람으로는 정치가로서 채제공 같은 거물이 있고, 학자로서 권철신 같은 급진적인 대학자가 있었다. 집안이 대대로 남인계의 가계였기에 그 시절 대단히 불우했던 남인계 소장학자들과의 잦은 교류는 확실히 현실에 안주하고 만족하기보다는 무언가 창의와 변화를 갈구하는 쪽으로 흐르기 마련이었다. 현실에 대한 불만과 권력지향의 욕구는 제도의 개혁과 체제의 비판을 불가피하게 했다.

더구나 그 무렵에는 외부의 자극에 해당되는 서양사상의 유입이 있었으니, 그 점도 그의 사상 형성에 영향을 미쳤을 것이다. 그의 형제나 가까운 친척에는 돈독한 천주교 신자들이 있었고, 자신도 한때는 천주교에 직접 관계한 적이 있었던 점으로 보아, 과학기술은 물론 자유주의 사상의 영향을 어느정도 받았으리라는 추단은 가능하다.

당시 그가 살아가던 시대는 극도로 타락하여 '더러운 소리(穢聲)'와 '악취(惡臭)'만 풍기는 세상이었다. 거대하고 오래된 한 나라의 사회구조가 말기적 현상을 드러내며 붕괴와 변화의 조짐이 도처에서 나타나고 있었다. 그런 시절에 실학파가 등장해 새로운 사회를 향한 개혁을 부르짖었다. 기존의 보수적 집권층으로서는 도저히 해결할 수 없는 극심해진 사회경제적 모순을 간파한 그들의 논리를 모두 흡수한 사람이 다산이었다.

다산은 자신의 가계를 통하여 천분의 재질은 물론 뛰어난 학맥까지 이어받아 자신의 학문을 이루어나갔으며, 시대의 흐름에 눈감지 않고 적극적으로 시대의 과제를 해결할 방안을 마련하면서 일생을 헌신했다.

보수적 집권층의 억압을 받아 18년이라는 긴긴 유배생활을 하는 기간에 오히려 그동안 갈고닦은 학문과 사상을 정리할 시간적 여유를 가질 수 있었으며 이는 그가 학문을 이룩할 수 있었던 중요한 계기가 되었다.

역사는 발전하고 사회는 변화한다. 다산은 발전하고 변화하는 역사 현상에 능동적이고 선구적으로 대처하여 방대하고 생명력 있는 다산학을 수립하였다.

다산의 혈연·학연은 다산이 살았던 시대적 상황에 적절한 자극을 줄 수 있었기에 다산 자신의 독특한 개인적 능력과 결부되어 생명력이 긴 다산학으로 태어났다. 이런 점에서 다산학을 명확히 이해하기 위해서는 불가피하게 그의 학문적 연원 및 시대적 배경을 면밀히 검토해야 한다.

다산학의 민중성 고찰

1. 다산학 서설

1959년 홍이섭(洪以燮) 교수의 『정약용의 정치경제사상연구』가 출간되면서부터 다산 정약용이 이룩해놓은 학문 전체를 지칭하는 '다산학(茶山學)'이라는 말이 보편화되기 시작했다. 필자는 그 역사적 의미가 간단하지 않다고 여겨 나름대로 의미 규명을 시도해오고 있다.[1]

다산이 생존했던 시대가 18세기 말에서 19세기 초엽이었으니 그 시대 학문의 주조는 우리가 잘 알고 있듯이 넓은 의미의 유학(儒學)이었다. 유학은 그 개창조가 공자여서 초기 단계의 유학에 대하여 공자학의 이칭으로 수사학(洙泗學)이라고도 하는데, 이는 공자학을 확대·발전시

---

1 졸고 「다산학의 시대적 배경 소고」(『실학논총』, 전남대학교 호남문화연구소 1975)에서 언급한 바 있다.

킨 맹자의 학문까지 포함하는 기본유학으로 선진(先秦)시대의 유학에 대한 통칭이며 진(秦)나라 이후의 유학과 구별해서 부르는 이름이기도 하다. 유학은 한나라 이후 한학(漢學)이니 송학(宋學)이니 하여 시대적 변화와 왕조의 변천에 따라 새로운 학문의 이름을 얻게 되는데, 동양사적 입장에서 본다면 정통의 학문적 지위는 역시 유학이 큰 몫을 차지하고 계승·발전되었으며, 한나라의 훈고학(訓詁學), 송나라의 이학(理學), 명나라의 양명학(陽明學), 청나라의 고증학(考證學) 등이 모두 유학이라는 대호수에서 분비된 시대적 학문의 역할을 해왔다.

그러나 우리나라의 역사적 상황은 중국과는 달라서 고려말에 중국에서 유입해온 송나라의 이학, 즉 정주학(程朱學)이 주자학(朱子學)이라는 이름으로 통칭되었고 훈고학이나 양명학의 발전계기를 장애하면서 조선왕조 중엽까지 학문적 권위를 유지해왔다. 송나라에서는 주학(朱學)이나 육학(陸學, 陸九淵의 학문)이라는 동시적 학문의 발전이 있었고 명나라에서는 양명학에 비견될 만큼의 주자학의 세력이 공존하고 있었다. 조선왕조에서는 주자학의 독무대라고 해도 과언이 아닐 만큼 주자학은 큰 위세를 부렸다. 그러나 당시의 사회경제적 상황은 더이상 시대를 감당하지 못하는 주자학 대신 새로운 학문을 요구하고 있었다. 이러한 요구에 따라 다산은 주자학은 물론 양명학과 고증학까지 비판하면서 다산학을 수립하였다.

이러한 견해에 대해 언급해야 할 몇가지 전제가 있다. 첫째, 이들 학문은 시대적 사상을 포괄하는 것으로 현격한 시대적 차이를 두고 완성되었다는 점이다. 주자학의 개창조 주희(朱熹, 1130~1200)는 12세기에 활동했으며, 양명학의 왕수인(王守仁, 1472~1529)은 15세기 말에서 16세기 초엽에 활동했으니 19세기 초엽의 다산학보다는 7세기 내지 3세기의 시대적 상이를 고려해야 한다는 점이다. 둘째, 주자학은 우리나라에서만 보더라도 20세기 초 망국의 날까지 가장 크게 성행했고 양명학은 중국에서 상당한 영향력을 발휘하고 있었지만, 다산학은 그의 생존 시기는 물론이고 사후에까지도 오랫동안 학문적 지위를 얻지 못했다는 사실이다.

이런 점에서 다산학은 조선왕조라는 정치적·경제적·사회적 특수 여건으로 인하여 학문적 위세를 부리며 여러 세대를 주름잡던 주자학이나 양명학에 비해 그 역할이나 소임이 앞으로 더욱 기대된다고 말할 수 있다.

조선에서의 양명학 전수·계승 관계에 대하여는 학자에 따라 확정된 결론이 없어서 앞으로 더 연구할 부분이지만 학문영역에서는 양명학이 이미 상당한 역할을 한 것이 선학들[2]의 연구에 의해서 밝혀졌다. 그러나 다산학과의 불가분의 관계에 있는 것은 주자학일 수밖에 없으니 그것은 주자학적 세계관 속에서 생성·발전하여 그 자체를 극복하려던 정치적·경제적·사회적·문화적인 객관적 요구와 현실인식에 투철한 다산 자신의 주관적 의지에서 성립된 까닭에서다. 시대구분에 대해 명확한 학문적 논리가 세워져 있는 단계는 아직 아니지만 중세 봉건사회의 이데올로기인 주자학이 그 사회의 지배적 논리로 행세하던 시대라면 마땅히 그 사회를 중세적 사회라고 말하지 않을 수 없고, 중세 다음의 단계가 근대 없이 현대로 이어진다는 주장[3]을 수긍한다면 주자학에 반기

---

2 정인보 「양명학연론(陽明學演論)」, 『담원국학산고』, 문교사 1955 참조.
3 馮友蘭 『中國哲學史』(1934)의 서론에서 "서양철학은 특유의 정신과 면목을 가진 상고철학(上古哲學), 중고철학(中古哲學), 근고철학(近古哲學)이 있으나 중국에는 근고철학이 결여되어 있다"라고 말하고 "중국 철학은 공자로부터 회남왕(淮南王)까지

를 들고 독단적 형이상학을 분쇄하려는 구체적 의지가 뚜렷한 다산학은 고대 및 중세를 이어받아 근대 및 현대로 다리를 놓아주는 동양 전체의 학문적 결집이었다고 말할 수 있다.

다음은 조선왕조 후기의 특색 있는 학문분야인 실학(實學)과 다산학과의 관계이다. 다산학이 실학이라는 학풍 및 학문영역을 포괄하는 개념이라고 할 때 추사(秋史) 김정희(金正喜), 혜강(惠崗) 최한기(崔漢綺) 등의 심도 깊은 학문적 업적은 어디에 위치하는가 하는 문제가 있으나 오늘날 통설적인 입장은 역시 다산학은 실학을 집대성한 학문이라는 결론에 이견이 없다. 다산학은 반계(磻溪) 유형원(柳馨遠), 성호(星湖) 이익(李瀷), 연암(燕巖) 박지원(朴趾源) 등의 학문적 업적을 모두 수용하여 더 높은 단계로 발전시킨 실학의 대명사격임은 지금까지의 연구 결과가 말해주고 있다. 추사의 학문은 선배학자 다산과의 구체적 교류 속에 이루어져서 부분적으로는 다산학보다 높은 단계가 있다고 하더라도 실학 전체를 포괄할 수는 없고, 혜강의 학문 또한 다산의 논리를 넘어서는 분야가 있다고 하더라도 다산학 전체를 포괄할 수 없다는 점에서 실학의 집대성자는 다산일 수밖에 없다는 정평이 내려져 있다.

지금까지의 이야기를 종합해보면 주자학이 동양 중세의 대표적 학문의 자리를 차지하다가 이후 사회적 요구에 의해 양명학이 시대적 사조로 등장해 주자학과의 공존 속에서 역할을 했으나 동양의 중세를 극복

가 '자학시대(子學時代)', 한(漢)의 동중서(董仲舒)로부터 청말의 강유위(康有爲), 담사동(譚嗣同)에 이르기까지가 '경학시대(經學時代)'이다"라고 말하여 동양의 중세적 사회 및 문화적 분위기가 오래 지속되었다고 주장한 바 있다. 다산도 맹자가 죽은 후 자기가 살던 시대까지의 2000년 동안을 긴 밤[長夜]이라고 하여 자기로부터 중세적 논리에서 벗어남을 여러곳에서 강조한 바 있다.

할 수 없는 한계를 드러내자 지역을 달리한 조선 땅에서 주자학·양명학의 논리적 허점과 모순을 비판·극복하기 위해 등장한 학문이 다산학이라는 것이다. 주자학·양명학과는 달리 다산학은 다산 자신의 생존 시기나 사후 한동안 시대를 주도하는 학문이 되지는 못했으나 지금까지의 연구결과로 보면 다산학이 포괄하는 내용이나 영역은 동양사라는 전체적 안목으로 볼 때 중세에서 근대로 이행하는 사상적 교량의 역할을 맡기에 충분하고 현대사상의 선구적 역할을 할 수 있는 사상적 체계였다는 것이다.

이러한 전제 아래 한 시대를 대표한 사상 및 학문이었음을 구체적으로 규명하기 위하여 다산의 실학사상 일부를 열거한 뒤 당대 및 후세에 다산학의 전파·계승 과정인 인식사(認識史)를 약술하고 현대 이전과 현대를 잇는 사상적 교량의 역할을 해주고 있음을 밝히고자 한다. 이를 위하여 우리 시대 이전의 어떤 사상에서도 희박했던 민주사상의 실마리인 민(民)의 개념에 대한 다산의 색다른 해석을 도출해내어 민중을 역사의 주체로 보는 현대사상에 연결이 가능함을 살펴볼 것이다.

다산이 생존했던 19세기 초엽에는 민중을 역사의 주체로 보는 확고한 인식이 성립되기에는 너무도 두꺼운 시대적 제약이 있었다. 또 다산학의 모든 부면에서 천편일률적으로 민(民)의 의미에 대하여 오늘날과 같은 이해가 있었던 것도 아니었으니 현대사상과는 분명한 거리가 있다. 그리하여 그의 경학사상(經學思想)이나 여러 저술에 보이는 진보적 논리에서 오늘의 민중사상의 선구적 형태가 될 수 있는 점을 몇가지 찾아보고자 민중의식이나 민중사상이라는 용어를 피하고 민중적 성격에 근사하다는 의미로 '민중성'이라는 말을 이 글의 제목에 사용했다.

2. 다산의 실학사상 개관

다산이 이 나라 민족 최고의 학자이자 사상가이며 탁월한 시인이라는 평가를 얻게 된 것은 까닭이 있다. 먼저 다산 자신의 말을 인용하면서 그의 학문영역을 살펴보자. 다산의 일생에 대한 가장 신빙성 있는 기록은 1822년 61세 때 회갑을 당하여 자서전으로 쓴 「자찬묘지명(自撰墓誌銘)」[4]이다. 이 글에 그해까지 해서 자신의 학문을 완성한 것으로 기록되어 있다. 다산의 현손(玄孫) 정규영(丁奎英)이 편찬한 『사암선생연보(俟菴先生年譜)』(1921)에 의하면 73세 때인 1834년에 기왕의 저서 『상서고훈(尚書古訓)』과 『상서지원록(尚書知遠錄)』을 합편했고 『매씨서평(梅氏書平)』을 개정했던 점 이외에는 40세(1801)에 귀양살이를 떠나 57세(1818)에 귀양살이가 풀려 고향으로 돌아와 회갑을 맞을 때까지 학문적 마무리를 시도하여 완성했다는 것인데, 우선 육경사서(六經四書)에 대한 철학연구서가 중심이 되고 있다. 『시경(詩經)』 연구인 『모시강의(毛詩講義)』 12권으로부터 시작하여 『심경밀험(心經密驗)』 1권에 이르기까지 232권이다. 『시경』 『서경(書經)』 『주역(周易)』 『예기(禮記)』 『악기(樂記)』 『춘추(春秋)』의 육경(六經)에다 『논어(論語)』 『맹자(孟子)』 『대학(大學)』 『중용(中庸)』의 사서(四書)에 『소학(小學)』과 『심경(心經)』까지 핵심적인 동양철학 연구를 마쳤다.

시집으로는 18권 중에서 6권으로 확정해놓고 그의 특이한 사상을 엿볼 수 있는 단편논문이나 학설 및 문학작품을 '잡문(雜文)'이라고 하여

---

4 『與猶堂全書』 제1집 제16권 소재. 「자찬묘지명」은 2종(집중본·광중본)이 있고, 이 글에서는 집중본을 인용했다. 이하 『與猶堂全書』는 『全書』로 표기.

전편(前篇) 36권, 후편(後篇) 24권이 있고 '잡찬(雜纂)'이라고 하여 전문분야가 각각 다른 『경세유표(經世遺表)』48권, 『목민심서(牧民心書)』48권, 『흠흠신서(欽欽新書)』30권, 『아방강역고(我邦疆域考)』10권, 『아방비어고(我邦備禦考)』10권, 『전례고(典禮考)』2권, 『대동수경(大東水經)』2권, 『아언각비(雅言覺非)』3권, 『소학주관(小學珠串)』3권, 『마과회통(麻科會通)』12권, 『의령(醫零)』1권까지 해서 문집(文集)만도 도합 260권이라고 했다.

이런 것으로 보면 경학연구서인 경집(經集)은 철학분야라 말할 수 있고, 잡문은 문학분야가 상당한 분량을 차지한다. 잡문 중의 '의(議)' '논(論)' '책(策)' '원(原)' '설(說)' '변(辨)' '계(啓)' '장(狀)' '제(題)' 등의 글은 정치, 경제, 사회, 교육, 문화, 역사, 과학 등의 광범한 학문분야인데 서얼제도의 폐지, 미신·신비주의 타파, 토지정책, 사회정책, 신분제도 타파 등을 주장했고 민족모순의 문제까지 거론하여 중세 해체의 논리를 설파하는 등 시대를 대변하는 사상을 담았다. 이러한 논리들은 경학연구에서도 모두 반복되고 있지만 『경세유표』 『목민심서』 『흠흠신서』는 정치, 경제, 사회, 문화를 포괄적으로 연구하여 형사정책에까지 전문적 논리를 전개했으며, 지리(地理), 국방(國防), 외교(外交), 수리(水理), 언어(言語), 의학(醫學) 분야에서도 전문성이 높은 저서를 완성하여 썩은 나라를 새롭게 하고 민중의 가난을 극복하고 병고의 시달림을 완화할 방책을 마련했다.

다산은 자신의 저서를 크게 분류하여 철학적 논리인 육경사서에 대한 연구의 '경학'과 정치·경제의 논리인 일표이서(一表二書)의 '경세학(經世學)'으로 나누었다. 경학을 통하여 인간의 사고체계인 철학의 변화를 추구하였기에 자기 변혁을 꾀하도록 '자기 몸을 닦을〔修己〕' 수 있게 했다고 했으며, 경세학을 통해서 천하를 다스릴 수 있는 지침서를 마련했으니 천하의 국가가 그 체제를 유지하기 위한 근본적인 것(本, 철학)과 지엽적인 것(末, 제도와 시설을 포함한 통치술)을 모두 갖춘 셈이라고 자부했다.[5]

이 점은 인간이 자신의 인격도야를 통해 철학적 기반을 새로이 구축하여 인간성 회복의 길을 열었다 함이고, 그러한 인격적 인간이 모여 사는 사회에서도 사회를 통제하는 제도적 장치가 불가피하다고 보고 여러 제도 및 시정책(施政策)까지 마련해놓았다는 뜻이다. 그래서 그는 그 두 분야(경학, 경세학)의 대저(大著)를 득의의 일생사업으로 확인하는 입장에서 자서전을 통하여 그러한 저서들에 대해 낱낱이 저술 목적과 내용의 개요를 열거하는 정성을 보였다.

3. 경학연구

1) 육경(六經)의 새 이론

다산은 『시경』에 대한 연구에서 시는 '간림(諫林)'[6]이라는 주장을 펴며 음풍영월(吟風詠月)로 여기기 쉬운 시에 대하여 새로운 해석을 시도했다. 『시경』은 소경들로 하여금 아침저녁으로 읊조리게 하고 가수들에게 악기에 맞춰 노래 부르게 함으로써 그러한 내용과 율조(律調)를 듣

---

5 같은 책, 「自撰墓誌銘」, "六經四書 以之修己 一表二書 以之爲天下國家 所以備本末也."
6 간서(諫書)라는 말과 같은 뜻으로 윗사람의 잘못을 시정하라고 요구하는 글이라는 뜻이다.

고 치자들이 권선징악할 계기를 마련해주는 책으로, 정치와 밀접한 관계가 있다고 보았다. 『서경』에 대한 연구에서는 '선기옥형(璿璣玉衡)'[7]을 혼천의(渾天儀)라던 전래의 해석을 뒤엎고 척도(尺度)와 권평(權評)으로 해석하여 국가통치는 도량형기의 정확한 사용과 관계가 깊다고 해석했으며 '홍범구주(洪範九疇)'[8]는 토지제도인 정전(井田)의 모형이라는 해석을 내려 동양 중세의 모든 미신과 신비주의의 온상이던 본바탕을 씻어버렸다. 『악기(樂記)』에 대한 연구에서는 '오성육률(五聲六律)'이라는 문제에 허다한 참위(讖緯) 학설이 집중되고 있었는데 육률이란 기(器)를 제(制)함이요, 오성이란 조(調)를 분(分)하는 것이라고 하여 육률은 음악가의 선천(先天)이요, 오성은 후천(後天)이라는 해석을 내려 여타의 사설(邪說)을 매도해버렸다. (『예기』『주역』『춘추』에 대한 다산의 연구를 현대적 논리로 소화하는 일은 필자의 역량 부족으로 생략한다.)

2) 사서(四書)의 새로운 해석

다산 실학사상의 진면목을 보여주는 것은 바로 사서에 대한 새로운 해석으로, 이는 관념적 중세철학인 주자학에 반대 기치를 높이 들어 봉건적 이데올로기를 분쇄하여 새로운 사상적 체계를 마련하는 창조적 노력이 분명히 드러나는 분야다. 『논어』『맹자』『중용』『대학』의 경문을 재해석하면서 주자학적 세계에서 벗어나 유위(有爲), 유용(有用), 실천

---

7 『서경』의 본문에 나오는 말로 엇갈린 해석이 많던 대목이다.
8 『서경』에 수록된 것으로 '구주(九疇)'라고도 하며 우(禹)가 하늘의 계시에 의해 얻어 내 기자(箕子)가 무왕(武王)에게 전해준 것으로 동양 참위설(讖緯說)의 근간이 되는 신비의 영역이다.

의 행동적 세계관을 수립한 경이적인 업적이 아닐 수 없다.

『논어』의 중심 사상은 인(仁)인데 인을 이(理)의 뜻으로 해석하여 이학(理學)으로 체계화한 주자학에 반대하고 자신의 독창적 이론을 전개하여 이학의 논리기반을 뒤엎었다. 『논어』 「학이(學而)」편에 맨 먼저 나오는 '인'이라는 글자는 "효제(孝弟)는 그 인을 하는 근본인저"[9]라는 구절이 있는데 주자는 그 주해에서 "인이란 애(愛)의 이(理)요, 심(心)의 덕(德)이다(仁者 愛之理 心之德也)"라고 해서 인을 이(理)로 여겨 이학의 근본 체계를 세웠다. 다산은 인(仁)이나 의(義)·예(禮)·지(智)의 명칭은 행동과 일에서 이루어지는 것이지 마음속에 있는 이(理)가 아니라는 주장을 내걸고 그의 대저 『논어고금주(論語古今注)』의 허두에서 인은 이(理)가 아님을 치밀하게 반박하였다. 인이란 두 사람의 관계에서 이루어지는 일이라는 것이다(글자 자체가 人이 二이다). 어버이를 효도로 섬기면 인이 되는데 아버지와 아들이라는 두 사람의 관계이며, 형을 공손[弟]하게 섬기면 인이 되는데 형과 아우라는 두 사람의 관계이며, 마찬가지로 임금과 신하, 목(牧)과 민(民), 부부, 붕우 사이에서도 마땅히 행해야 할 도리를 다하면 모두 인이 되는 것인데 효도와 공손함이 인간행위의 근간이 되기 때문에 『논어』에서는 효제가 인을 하는 근본이라고 했다는 해석을 내려 사람과 사람 사이의 사회적인 행위와 일에서 인을 찾고, 인을 이(理)로 해석하는 주자의 관념적 논리를 질타했다.[10]

---

9 『論語』, 「學而」, "孝弟也者 其爲仁之本與."
10 『論語古今注』 권1, 10면, "仁者 二人相與也 事親孝爲仁 父與子二人也 事兄弟爲仁 兄與弟二人也 事君忠爲仁 君與臣二人也 牧民慈爲仁 牧與民二人也 以至夫婦朋友 二人之間 盡其道者 皆爲仁也 孝弟爲之根." 그밖에 『孟子要義』 『中庸講義補』 『大學講義』 등에서도 같은 논지를 폈다.

이 점은 다산의 사서 해석에서 일관하는 주장이자 중세의 세계관을 무너뜨리는 시발이기도 하다.

3) 무위(無爲)사상 배격

다음은 주자학에 흐르고 있는 불교와 도교 영향을 받은 무위사상의 배격이다. 공자는 『논어』 「위정(爲政)」편에서 "정치를 덕으로써 하는 것은, 비유하자면 북극성이 제자리에 있어도 온갖 별들이 함께 그를 떠받들어 도는 것과 같다"[11]라고 하여 그의 정치사상으로 덕치주의(德治主義)를 주장했는데, 주자는 이 부분을 "정치를 덕으로써 하면 행위 없이〔無爲〕 온 천하가 복종해온다"[12]라고 해석했다. 다산은 한(漢)나라 유학자들 이후의 황로(黃老, 도교)의 학문과 진(晉)나라 시대의 청담(淸談)사상이 주자학에 유입된 점을 비판하고 그러한 무위사상이야말로 천하를 어지럽히고 만물을 파괴시키며, 이단사설(異端邪說) 중에서도 가장 심한 것이라고 통박하면서 중세가 역사발전이 더디고 타락해간 이유 중의 하나가 바로 경전 해석을 잘못했기 때문이라고 비판했다. '함 없이' 가만히 앉아 있어도 나라가 잘 다스려지는 것으로 믿고 제도 개혁이나 새로운 정책입안 없이 수수방관하면서 체통이나 지키려 했던 중세 치자들의 어리석음이 모두 그러한 잘못된 정치철학에서 연유했다고 갈파하고, 공자가 위정(爲政, 정치를 한다)이라고 명백히 말했는데 "함 없이 다스려진다(無爲而治)"라는 말이 어떻게 성립되겠느냐고 물으며, 요순(堯舜) 같은 성인들도 온갖 제도와 시정책을 마련하여 물샐틈없고 주도

---

11 『論語』, 「爲政」, "爲政以德 譬如北辰 居其所而衆共之."
12 『論語集註』, "爲政以德 則無爲而天下歸之."

면밀하게 정책을 수행했기에 그러한 성인시대를 이룩할 수 있었다고 논박했다.[13]

4) 성삼품설(性三品說) 반대

당나라의 한유(韓愈)는 인간의 성품에 세 등급이 있다는 성삼품설을 주장했다. 상중하의 세 등급으로 나누어 상품(上品)의 인간성, 중품(中品)의 인간성, 하품(下品)의 인간성으로 구별하여 인간 능력에 한계가 있다는 결정론적인 논리를 펴며 상품의 인간이 하품의 인간을 지배해야 한다는 중세적 지배논리를 옹호했다.[14] 이는『논어』「양화(陽貨)」편의 "성(性)은 서로 가까우나 습(習)은 서로 멀고, 오직 상지(上智)와 하우(下愚)는 옮겨지지 않는다"[15]라는 글을 잘못 해석한 탓에서 나온 것으로, 주자학에서도 이 논리가 계승되어 인간에게는 본연의 성정〔本然之性〕과 기질의 성정〔氣質之性〕이 있다고 여기고 "기질이 서로 근사한 가운데에도 또 미(美)와 악(惡)이 있어 한번 정해져버리면 습관으로 옮기게 할 수 있는 것이 아니다"[16]라고 했다.

다산은 사서연구 곳곳에서 성(性)에 대해 새로운 해석을 내리고 한유 이래의 결정론적인 성삼품설을 배격하고 주자학에서의 본연·기질의 구분을 반대하여 성리학이 하늘을 거역하고 명(命)을 업신여기고 패

---

13 『論語古今注』권1, 20면, "淸淨無爲 卽漢儒黃老之學 晉代淸虛之談 亂天下 壞萬物 異端邪說之尤甚者 (…)." 같은 책 권8, 2면에는 더 자세하다.

14 韓愈「原性」, "性之品有三 (…) 性之品有上中下三 上焉者善焉而已矣 中焉者可導而上下也 下焉者惡焉而已矣 (…)."

15 『論語』, 「陽貨」, "性相近也 習上遠也 唯上智與下愚不移."

16 『論語集註』, "氣質相近之中 又有美惡一定 而非習之所能移者."

리(悖理)하며 착함을 상하게 하는 것이 그보다 더 심한 것이 없다[17]고 전면 비판했으며, 육경사서에도 없는 '본연'이라는 두 글자를 불교경전〔首楞嚴經〕에서 끌어다가 성인의 글에 섞어서 해석하는 게 될 법이나 한 일이냐고 반박하고 있다.[18] 성에 관한 학설을 다룬 다산의 저서는 『맹자요의(孟子要義)』『대학강의(大學講義)』 등인데 자세한 이야기는 생략한다.

다산의 결론은 "상지(上智)와 하우(下愚)는 성품의 이름이 아니다. 선(善)을 지키려는〔守〕 사람은 비록 악(惡)과 더불어 서로 어울리더라도 습관이 옮겨지지 않기 때문에 상지라고 하고, 악에 안주(安)해버리는 사람은 선과 더불어 서로 친숙하게 지내도 습관이 옮겨지지 않기 때문에 하우라고 한다. 만약 인간의 성에 본래부터 옮겨지지 않는 품(品)이 있다면 주공(周公)이 '성인이라도 반성하고 사색함이 없다면 광인(狂人)이 되고 광인이라도 능히 반성하고 사색한다면 성인이 될 수 있다'(『書經』「多方」)라고 한 것은 성(性)을 알지 못하고 한 말이 되어버린다"[19]라는 말에 총괄되어 있다. 수선(守善), 즉 선한 마음과 선한 행위를 하겠다고 선을 지키는 행위를 하는 사람이 가장 지혜로운 사람〔上智〕이 되는 것이고, 안악(安惡), 즉 악에 안주해버리고 선해지려고 하지 않으므로 습관이 옮겨지지 않아 가장 어리석은 사람〔下愚〕이 되는 것이지 어

---

17 『大學講義』권2「心經密驗」28면, "逆天慢命 悖理傷善 未有甚於本然之說 (…)."
18 주16의 인용문에 이어지는 말.
19 『全書』제1집 제16권「自撰墓誌銘」, "上智下愚 非性品之名 守善者 雖與惡相狎 習不爲所移 故名曰上智 安惡者 雖與善相狎 習不爲所移故名曰下愚 若云 人性原有不移之品 則周公曰 唯聖罔念作狂 唯狂克念作聖 爲不知性者也."『論語古今注』9권의 上智下愚에 대한 새로운 주석은 수천마디에 달하는 논리를 펴서 결정론적 인간 불평등사상에 가까운 성삼품설을 절대적으로 반대하고 있다.

떻게 본래부터 인간이 불평등하게 상지의 품성과 하우의 품성을 생득적으로 타고날 수 있겠느냐고 반문하면서, 상지와 하우의 차이는 본래 성품은 같으나 행위가 있고 없음〔守, 安〕에 따라서 차이가 생긴다고 하여 유위(有爲)의 철학(행동하는 데 따라 성품의 변화와 옮김이 가능하다는 행동철학)을 마련함으로써 결정론적 관념철학의 세계에서 벗어나고 있음을 보여준다. 그리고 옮겨지지 않음〔不移〕에 대한 해석도 착함을 지키려는 의지가 있어 악한 사람과 아무리 어울려도 악에 더럽혀지지 않고 착한 사람과 아무리 어울려도 악에 안주해버리고는 착함에 적셔지지 않음을 뜻한다고 하여 자주권을 지닌 인간 행위의 의욕 여하라고 의미를 한정한 것도 특색 있는 해석으로 보인다.

5) 성(性)의 본래 의미

다산은 성리학에서 형이상학적 논리 근거로 설정해놓은 성에 대하여 비판하며 형이하학적인 독특한 해석을 내리고 있다. 육경사서에 점철하고 있는 성이란 도대체 무엇을 뜻하는 것인가. 이러한 질문에 대한 답으로 다산은 새로운 접근을 통해 명쾌한 의미를 도출해내는데 이는 중세 관념론을 붕괴시키는 인(仁)의 해석과 맞서는 큰 논리가 아닐 수 없다. 성이란 한마디로 '기호(嗜好)다'라고 하여 성리학에서 말하는 것처럼 고원(高遠)하고 광대(廣大)한 의미가 아니라는 것이다. 기호에는 두 가지 단서가 있는데 꿩의 성질, 사슴의 성질, 풀의 성질, 나무의 성질로 보면 목하(目下)의 탐락(耽樂)이 기호이며, 꿩의 성질은 산을 좋아하고 사슴의 성질은 들판을 좋아하는 것처럼 각각의 기호가 성이 되고 다른 면으로 보면 필경(畢竟)의 생성(生成)이 기호인데 벼의 성질은 물을 좋아하고 기장의 성질은 건조함을 좋아하고 파와 마늘은 닭똥을 좋아하는데 이런 것 또한 즐김이다. 사람의 성질〔人性〕을 논해보더라도 사람의 성질은 착함을 좋아하고 악함을 부끄럽게 여기지 않을 수 없으므로 인성(人性)이라 할 때의 성도 기호가 아닐 수 없다고 하였다. 이처럼 성이라는 글자의 의미를 눈에 보이고 손에 잡히도록 실천적이고 경험론적으로 해석하여 추상적이고 관념적인 성리학적 체계를 부정하여 "오늘날 사람들은 성이라는 글자를 추존(推尊)하여 하늘과 같은 큰 물건으로 받들고 태극(太極)과 음양(陰陽)의 학설로 혼합하며 본연지성·기질지성이라는 이론으로 뒤섞어 묘망유원(眇芒幽遠)하거나 황홀하게 허풍쳐서 믿어지지 않게 하고는 자기들은 철저히 분석하여 하늘과 사람의 알지 못하는 비밀을 알아냈다고 하지만 끝내 일상생활의 법칙에 아무런 도움도 주지 못하니 무슨 이익이 있겠는가"[20]라고 하면서 당대에 주도적 학문으로 행세하던 성리학의 논리 기반을 두번째로 분쇄하였다. 일상생활에 도움이 없는 공허한 학문이론이 어디에 유익함이 있겠느냐는 이 논지야말로 실학사상가인 다산의 면모를 보여주기에 충분하다. 경학에 대한 그의 접근 방법도 모든 면에서 그러한 안목과 입장으로 일관되고 있으니 다산학이 경험론적인 학문체계임을 알 수 있다.

6) 만법귀일(萬法歸一) 반대

성(性)에 대한 다산의 학설은 논리의 범위가 무척 넓지만 이목구체(耳目口體)의 기호인 형구(形軀, 육체적)의 기호와 이성적(理性的) 기호인 영지(靈知)의 기호로 분리하여 두가지 모두 기호임에 틀림없다고 단

---

20 『大學講義』권2 「心經密驗」 26면, "今人 推尊性字 奉之爲天樣大物 混之以太極陰陽之說 雜之以本然氣質之論 眇芒幽遠 怳忽夸誕 自以爲毫分縷析 窮天人不發之秘 而卒之無補於日用 常行之則 亦何益之有矣."

언하였듯이[21] 손에 잡히지 않고 보이지도 않는 허황한 논리 체계를 반박했던 것 중의 또 하나는 만법귀일(萬法歸一) 문제다. 『맹자』에 "만물이 모두 나에게 구비되어 있다"라는 구절이 있는데 주자는 이에 대해 "그 당연한 이치〔當然之理〕가 성분(性分)의 안에 하나라도 구비되어 있지 않은 것이 없다"[22]거나 "만물의 이치가 내 몸에 구비되어 있다(萬物之理 具於吾身)"라고 해석했다. 다산은 이런 말은 너무 넓고〔太廣〕 너무 높게〔太闊〕 해석되어 온 천하의 온갖 사물의 이치란 한 사람의 마음 가운데 구비되어 있을 수 없고 만물의 이치는 각각의 만물에 들어 있다고 하면서, 주자의 해석은 호호탕탕(浩浩蕩蕩)하여 한계가 없게 되고 그리되고 보면 실행할 방법과 실천 근거가 없는 것이라고 통박해버렸다. 다산은 『맹자』의 본뜻을 "나를 미루어 온 백성의 호오(好惡)를 알아낼 수 있다"는 손아래 일로 해석하여 공자의 일관(一貫) 사상이나 충서(忠恕) 논리의 의미라고 결론짓고 "내 마음에 색(色)을 좋아하는 마음이 있다면 나 이외 사람도 호색할 수 있음을 알아내고, 내가 재화를 좋아하면 남들도 재화를 좋아함을 알 수 있고, 내가 안일(安逸)을 좋아하면 남들도 안일을 좋아하는 줄을 알 수 있다"는 비근(卑近)한 논리라고 설파하여 '만법귀일'이니 '만물일체'니 하는 주자의 견해는 밑도 끝도 없는 공허한 논리임을 밝혀냈다.[23]

---

21 『全書』제1집 제16권 「自撰墓誌銘」, "性者 嗜好也 有形軀之嗜 有靈知之嗜 均謂之性 故召誥曰節性 王制曰節民性 孟子曰動心忍性 又以耳目口體之嗜爲性 此形軀之嗜好也 天命之性 性與天道 性善盡性之性 此靈知之嗜好也."

22 『孟子』, 「盡心章句上」, "萬物皆備於我矣 反身而誠 樂莫大焉 强恕而行 求仁莫近焉." 이에 대해 주자는 "其當然之理 無一不具於性分之內也"라고 했다.

23 『孟子要義』권2, 40면에 그 자세한 해석이 있다.

7) 이학(理學)의 반대

주자학의 또다른 허점은 주정설(主靜說), 무욕설(無慾說)에서도 나타나는데 다산은 이것도 모두 배격했다. 동적(動的)인 행동 없이 정체적인 입장에 머물고 말 수밖에 없는 주정설도 받아들일 수 없음은 물론이고, 욕구 충족을 위해서 인간의 행위가 나타나기 마련인데 이와 배치되는 무욕설도 그가 받아들일 수 없음은 당연한 귀결이다. 다산은 이(理)라는 글자의 자의(字義)를 새로 해석해냈을 뿐 아니라 『대학』의 중심 이론인 '명덕(明德)'에 대하여 새 해석을 시도하여 주정, 무욕, 무위 등의 허점을 공격할 수 있었다.

이(理)의 의미는 치(治)의 뜻에서 나온 것으로 맥리(脈理), 치리(治理), 법리(法理) 등과 같이 단순한 뜻임을 밝혔고[24] '명덕'에 대해서도 비근한 해석을 내렸다. 『대학』의 경문(經文) 허두에 "명덕을 밝힌다(明明德)"라고 했는데 주자는 이에 대해 "명덕이란 사람이 하늘에서 얻은 것이고 허령(虛靈)이 어둡지 않아 온갖 이치를 갖추고 있는 것으로 만 가지 일에 응할 수 있는 것이다(明德者 人之所得乎天而虛靈不昧 以具衆理而應萬事者也)"라고 하였다. 이는 인(仁)을 '사랑의 이치(愛之理)'로 해석한 것과 같은 체계로 명덕을 중리(衆理), 즉 이(理)로 해석해냈다. 그러나 다산은 이 점에 비판의 화살을 돌려 '명덕'이란 효(孝)·제(弟)·자(慈)라고 단안을 내리고 실천적 행위 개념을 또다시 끌어내었다. "공자께서 마음을 다스리고 성정을 닦음이 모두 행동과 일에 있다고 하였으니 행동과 일은 인륜(人倫)에 지나지 않는다. 그래서 실심(實心)으로 아버지를 섬기면 성의(誠意)가 되고 정심(正心)이 되어 효도가 이룩되

---

24 같은 책 26면.

고, 실심으로 어른을 섬기면 성의정심(誠意正心)이 되어 제(弟)가 이룩
되고, 실심으로 어린아이를 돌보면 성정(誠正)이 되어 자(慈)가 이룩된
다"[25]라고 하였다. 이 점은 '명덕' '성의' '정심' 등 『대학』의 근간이 되
는 이론은 모두 실천과 행동이 가능한 효·제·자에서 그 바라던 의미가
충족된다는 사상체계를 세움으로써 그의 유위(有爲) 철학의 다른 일면
을 보강하는 것으로 보인다.

8) 미신·신비주의 반대

이상의 여러 철학적 논변은 경서연구를 통한 이론이거니와 그 이외
의 여러 단편 논문에서도 논리정연하게 일관된 주장을 펴고 있다. 당시
의 사회를 현혹시키고 위력을 부리던 다섯가지의 세속적 학문인 성리
학, 훈고학, 문장학(文章學), 과거학(科擧學), 술수학(術數學) 등을 「오
학론(五學論)」이라는 논문에서 무참하게 공격하고, 「풍수론(風水論)」
「맥론(脈論)」「갑을론(甲乙論)」「상론(相論)」「계림옥적변(鷄林玉笛辨)」
「영석변(靈石辨)」 등을 통하여 풍수지리설, 진맥(診脈), 사주팔자설, 관
상, 영기(靈奇) 등에 관한 터무니없는 논리들을 모두 무너뜨리고, 손에
잡히고 실천 가능한 실학적 사고체계로 변경시키려 했다. 술수학을 비
롯한 중세적 세계관을 뒤엎지 않고는 다산학이 설 자리가 없었을 뿐 아
니라 당시의 사상체계를 변화시킬 방법이 없었음은 지금의 생각으로도
명백하다.

---

25 『大學公義』 권1, 13면, "先聖之治心繕性 每在於行事 行事不外乎人倫 故實心事父 則
  誠正以成孝 實心事長 則誠正以成弟 實心字幼 誠正以成慈."

4. 경세학연구

1) 일표이서

먼저 『경세유표』를 살펴보자. 『경세유표』의 본래 이름은 '방례초본(邦禮草本)'이었다. 동양의 이상적 경세론인 주공의 『주례(周禮)』를 근간으로 해서 저술한 책이었기 때문이다. 그런데 '유표(遺表)'로 개명한 것을 보면 사후에라도 국가정책으로 채택되기를 바라는 뜻이 담겨 있는데 이름만으로도 다산의 애민사상이 넘쳐흐르는 책임을 알 수 있다. 『경세유표』의 내용은 관제(官制), 군현(郡縣)제도, 전제(田制), 부역(賦役), 공시(貢市), 창저(倉儲), 군제(軍制), 과거제도, 해세(海稅), 상세(商稅), 마정(馬政), 선법(船法) 등에 관한 것이다. 나라를 경영하는 모든 제도에 대하여 시행되고 있는 것은 개선하고 그렇지 않은 것은 새로 창안하려는 것이었다. 동양의 모든 제도사를 검토하여 계승하거나 창설하여 오래된 왕조를 새롭게 개혁시킬 생각이었다고 저술 목적을 밝혔다.[26]

『목민심서』는 백성을 다스리는 방법을 나열한 책이다. 잘 다스리고 싶은 마음은 있지만 죄인이어서 몸소 시행할 수 없기 때문에 '심서(心書)'라고 했으며 다스리는 지위에 있는 사람이 시행하기를 바라고 지은 것이다. 『경세유표』에서 주장한 제도개혁이 실현될 수 없음을 안타까워하여 당시의 제도 안에서라도 시행해보았으면 하는 뜻에서 율기(律己), 봉공(奉公), 애민(愛民)이라는 세가지 기강(紀綱) 아래 조선왕조 육조(六曹)의 통치 영역인 이전(吏典), 호전(戶典), 예전(禮典), 병전(兵典),

---

26 『全書』 제1집 제16권 「自撰墓誌銘」, "經世者何也 (…) 思以新我之舊邦也."

형전(刑典), 공전(工典)의 운영을 검토·분석하고 흉년에 굶는 백성을 살리는 진황(振荒) 1조를 더하여 각 조목을 6개항으로 나누고 고금을 망라하여 간사스럽고 허위적인 관리의 행위를 척발(剔發)하여 목민관들에게 주어 단 한 사람의 백성이라도 그 혜택을 입기를 바라며 저술한 것이다.[27]

『흠흠신서』는 3대(三代) 시절에 통치자들이 백성에게 벌을 주는 일은 조심스럽고 조심스럽게 해야 했다는 흠흠(欽欽)의 뜻에서 취한 것으로, 사람의 목숨을 다루는 옥사(獄事)의 관계자들이 법률이나 행형(行刑)제도에 대해 아는 것이 없어 이를 제대로 실시하지 못하므로 경사(經史)로써 근본을 삼고 비의(批議)로써 보충하며 재판기록에서 증거삼아 억울한 재판과 억울하게 옥살이하는 사람이 없기를 바라며 저술한 것이다.[28]

이 세가지 저서가 국가를 통치할 수 있는 책이라고 다산은 말했다.

2) 단편 논문

일표이서에 선행하는 단편적인 여러 논문들에도 어떤 의미에서는 다산학이 섬광을 발하게 하는 탁월하고 독창적인 정치경제사상이 함축된 것으로 보인다. 먼저 「전론(田論)」(1~7)에 대해 언급해보자. 홍이섭 교수는 "이 여전론(閭田論, 田論)은 토지관리에서뿐 아니라, 다산학에 있어 정치경제론의 총체적인 결론이기도 하다"[29]라고 했다. 김용섭(金容燮) 교수도 「전론」에 대해 분석하며, 『경세유표』보다 저술 연대는 빠르

---

27 같은 글, "牧民者何也 (…) 一民有被其澤者 鏞之心也."
28 같은 글, "欽欽者何也 (…) 冀其無寃枉 鏞之志也."
29 홍이섭 『정약용의 정치경제사상연구』, 한국연구도서관 1959, 113면.

지만 전론이라는 국가통치론을 전제해놓고 현실적 여건이 허락하지 않자 전론에 이르는 한 단계로서 『경세유표』 및 기타의 경세학적인 저술이 이루어졌다고 주장하고 정치체제의 전면 변혁을 시도한 탁월한 이론으로 평가하였다.[30] 선학들의 연구결과를 종합해보면 전론이야말로 동서고금에 없는 독창적 토지관리론이자 국가경영론이었다.

전론은 토지 공유를 전제로 하여 공동경작에 의해 소득을 공평하게 분배하자는 주장으로, 병농(兵農)일치제와 교육제도의 운영까지 포함되어 있어 당시로 보면 종합적인 통치이론이자 정치, 경제, 사회, 문화의 비리를 척결할 수 있는 종국적 해결 방법이었다.

아전들의 탐학상을 파헤친 「향리론(鄕吏論)」, 양곡정책의 요지경을 분석한 「환자론〔還上論〕」, 관리들의 횡포를 다룬 「간리론(奸吏論)」, 도둑보다도 수령, 수령보다도 감사(監司)가 더 큰 대도(大盜)라는 「감사론 (監司論)」, 군역에 시달리는 백성의 처참상을 논한 「신포의(身布議)」 등에 열거된 민생고와 백성의 시달림은 오로지 여전고(閭田考)의 논리에 이르러 그 근본적 해결이 가능하게 된다.[31] 따라서 「전론」은 다산학이 도달한 결정체이며 다산학의 중심 사상은 수준 높은 휴머니즘이라는 것을 보여준다.

다산의 전론에 대하여 오래전부터 이상론에 지나지 않는다는 평가가 있는데(홍이섭, 한영우 교수 등) 이 점은 더 자세한 논의가 요구된다. 필자는 본고의 결론 부분에서 언급하겠지만 견해를 달리하고 싶다. 『목민심서』에서 당시의 경제사회적 모순이나 국가재정의 파탄, 가난과 병고에 시

---

30 김용섭 『한국근대농업사연구』, 일조각 1975, 89~110면.
31 졸고 「다산 정약용의 법사상」, 전남대학교 대학원 석사학위논문 1971, 74면.

달리는 백성의 참상을 분석·비판한 다산이 그러한 문제를 해결할 방법
으로 높은 지혜와 창조력으로 짜낸 논리가 전론인데, 이는 당시의 사회
력에 의해서 창안된 것이지 다산 자신의 천재성만으로는 불가능한 것
이었다. 전론이 당시의 체제를 전면 부정하는 논리의 전제하에 이룩되
었다는 주장이 옳다면 전론의 이상론적 근거는 체제부정의 방법적 논
리의 빈약에 있을 뿐, 전론 자체가 이상론에 그친다고 주장해서는 안 된
다. 어쨌든 전론의 탁월성은 역사적 산물이라는 점인데, 이는 하늘이나
신이 가져다준 것도 아니요 모방해온 것도 아닐진대, 고도의 통찰력과
시대상황에 대한 명확한 판단력으로 시대와 민중을 구제하자는 염원에
서 이루어진 지혜의 소산이 아닐 수 없다. 그리고 보면 어떻게 해야 전
론의 실현이 가능할 것인가에 대한 구체적 언급이 없고 정치적 변혁의
방법론이 제시되지 않아 하나의 이론에 그치고 있다는 점이 전론의 약
점인데, 그 당시나 후세에 영원히 실행할 수 없는 것으로 여겨 이상론으
로 도외시한다면 역사성을 고려하지 않은 판단인 것이다.

3) 정치의식

다산의 경세학에서 또 하나의 뛰어난 점은 그의 정치의식이다. 당시
의 정치체제하에서는 진보적이고 혁신적인 민주주의적 사고와 민권의
식을 보여주는 논문 「원목(原牧)」과 「탕론(湯論)」을 살펴보자. 「원목」은
백성이 치자를 위해서 존재하느냐, 치자가 백성을 위해서 존재하느냐
라는 질문을 내걸고 오늘날의 공복(公僕)과 같은 관념을 끌어내 치자는
백성을 위해서만 존재한다고 주장한 글로, 다산의 이러한 주권재민(主
權在民)의 정치철학은 전통적인 동양정치철학의 올바른 이해 속에서
도달한 결론이며 세습군주제의 종언(終焉)을 고한 것이었다. 민의(民

意)에 의하여 치자를 선출해야 하고 민의에 합당한 법률제정으로 백성에게 이익을 주도록 법이 운용되어야 한다는 논리야말로 민주주의 정치체제가 염원하는 원리라고 할 때 다산의 「원목」에 담긴 사상은 대단히 설득력 있는 정치관이 아닐 수 없다.

「탕론」은 민의에 거역하는 치자를 백성의 힘으로 교체할 수 있다는 혁명론이다. 여기에는 하향적인 전제적 정치체제에서 현재의 상향적인 민주체제와 같은 체제로 돌아가야 한다는 민주주의적 정치의식이 담겨 있다. 그뿐 아니라 자격 없는 치자를 권좌에서 끌어내림은 동양정치의 전통적 사상임을 갈파하여 입론의 타당성을 부여하고 혁명 없는 정치의 타락상을 명쾌히 분석하였으니 정치사상 자체만으로는 수준 높은 혁명론이자 정치개혁론임이 분명하다. 「탕론」에서 "임금이란 백성이 추대해서 지위가 성립된 사람이다" "한나라 이후로 천자 한 사람이 불쑥 나와 제후를 세우고 제후가 현장(縣長)을 세우며 현장이 이장(里長)을, 이장이 인장(隣長)을 세우고는 조금이라도 불손하면 반역이라고 몰아버린다"라고 주장했듯이, 전제적·세습적 독재정치를 인정하지 않았던 점 등은 그의 뛰어난 정치의식이라고 하겠다.

4) 민족자아의 발견

정치의식 중의 민족자아(民族自我) 분야는 다산의 민족주의적 색채를 보여준다. 다산의 민족문제에 대한 논리 전개는 다산학이 지니는 또 하나의 탁월한 점이 아닐 수 없다. 중세적 세계관과 주자학의 성리학 체계에서는 중국은 문화민족이므로 변방의 야만국가나 오랑캐 국가는 정치적·문화적으로 지배를 받아야 한다는 중화사상(中華思想)이 미만되어 있었고 조선에서는 그것을 받아들여 숭명주의(崇明主義)·존화양이론(尊華攘夷論)이라는 중세의 세계관이 망국할 때까지 지배적인 이념으로 작용하고 있었다. 특히 이러한 사상은 임진왜란 이후에는 명나라의 재조지은(再造之恩)을 강조하고 명이 멸망한 이후에는 북벌론(北伐論)이 집권층의 선전구호가 되면서 절대적 위세를 부리기 시작하였고 한말에는 척사론(斥邪論)에 동원되어 일세를 풍미했다. 그러한 몰민족(沒民族)적인 분위기 속에서 민족의식 없이는 사회경제적 문제조차 해결할 수 없다는 명확한 인식 아래 선배들의 북학사상에서 한걸음 더 나아가 민족자아를 발견한 다산의 노력은 값지지 않을 수 없다. 「동호론(東胡論)」이나 「탁발위론(拓拔魏論)」 등에서 화이론(華夷論)을 부정하거나 역사 기술의 잘못을 통박하며 문명사관적 논리를 수립하였고, 「송한교리사연서(送韓校理使燕序)」에서는 지리학과 천문학을 동원하여 중국(中國)이라는 특정한 나라를 부인하며 문화가 발달하면 어느 나라이건 중국(중앙의 나라)이 될 수 있다고 민족적 자긍심을 불러일으키는 논지를 폈다.

화이(華夷) 개념에 대한 다산의 새로운 해석은 그의 많은 글에서 볼 수 있다. 경전 해석에서도 화와 이에 대한 새로운 해석을 내려 사상적 기반을 세운 뒤 논리정연하게 동이(東夷)인 우리나라가 천시당해야 할 이유가 없음을 주장했다.[32] 아들에게 보낸 편지에서도 우리나라 역사를 연구해야 하고 시를 짓더라도 우리나라 고사를 인용해야 한다는 주장을 펴서 민족적 자아의 확립을 역설했다. 시작품에 토속어를 자주 사용하고 "나는 조선사람, 조선시를 즐겨 지어야지(我是朝鮮人 甘作朝鮮

---

32 『論語古今注』권1, 44면 참조. 이적(夷狄)을 천시하는 것에 반대하고 이적의 새로운 개념을 정리하여 중화(中華)와 이적의 구별은 지역적 차이가 아님을 내세워 중화사상이 근거 없음을 주장했다.

詩)"(「老人一快事」)라는 강한 주체의식을 드러내기도 했다. 자기 민족을
무시하고 민족주체성을 상실한 채 중화사상의 깊은 늪에 빠져 헤어나
지 못하던 당시 집권층의 사고와 비교해보면 민족주체성을 자각하고
지키려는 모습을 발견할 수 있다. 이 점에서도 다산학이 중세의 세계관
과 현대의 민족주의 사이에 다리를 놓아주고 있다는 전제가 크게 틀리
지 않음을 알 수 있다.

5. 다산학의 인식사

다산은 진주목사를 지낸 남인계의 학자 정재원(丁載遠)의 4남으로 태
어나 아버지에게서 소년시절의 학문을 닦고 1776년 15세 때부터 서울
로 나와 남인 학자들인 이가환(李家煥), 이벽(李檗), 이승훈(李承薰) 등
과 종유(從遊)관계가 이루어지면서 이들을 통해 성호 이익의 학문에 접
하게 되고 성호의 제자 권철신(權哲身)과의 학문 토론을 거쳐 백호(白
湖) 윤휴(尹鑴)의 반주자학적 경전비판 논리에 접하기도 하였다. 이러
한 과정을 통해 다산은 서서히 남인 소장학자의 지위에 오르게 되었
다. 시파(時派)가 어느정도 고관의 지위에 오를 수 있게 된 시기에 다산
은 정3품 당상관인 승지와 참의 등을 역임했는데 남인 대표자 4인 중의
한 사람에 자기가 포함되고 있음을 말한 적이 있다.[33] 채제공(蔡濟恭, 좌
의정), 이가환(판서), 이기양(李基讓, 참판)에 이어 네번째의 지위에 올라

---

33 「俟菴李基讓墓誌銘」(『全書』 제1집 제15권) 끝부분에 "蔡左相, 李家煥, 李基讓, 丁若
鏞四人 著之則 南人 必皆著之"라고 하여 자신의 지위를 말했다.

30대의 소장학자로 행세하면서 가장 가깝게 지냈던 남인계의 시파 동료들과 꾸린 죽란시사(竹欄詩社)[34]는 다산학의 확대영역이었을 것이다. 「전론」의 저술이 38세 때라는 추정(김용섭 교수의 주장)이 타당성이 있다고 볼 때 다산의 관료생활 시절 다산학의 핵심부분이 선배·동료·후배들 사이에 전파되었을 것으로 추단할 수 있는데 다산학의 인식사는 그때로 거슬러올라가야 한다. 특히 북학파의 박제가(朴齊家)와는 벼슬살이 시절에 잦은 교류가 있었음[35]은 좋은 시사를 주기도 한다. 더구나 호학(好學)의 군주 정조와의 가까운 군신관계 속에서 그의 「성설(城說)」이 국가시책에 채택되어 화성(華城) 축조의 기본적인 시공법 역할을 한 것은 다산학이 국왕의 배려로 세간에 인식되어가기 시작한 자료가 되기도 한다.

1800년 정조의 죽음으로 다산은 39세 때 벼슬길이 끊겼고 1801년 40세 때 형 정약종(丁若鍾)의 교옥(敎獄)에 연좌되어 18년간의 유배살이를 떠나는데 이는 다산학의 인식사에서 침체기가 아닐 수 없다. 물론 이 18년의 유배기간은 오랜 학문적 연찬을 거듭해온 다산학이 성립되는 시기이기도 했고, 한편으로는 다산초당을 찾아오는 제자들에게 다

---

34 15명으로 구성한 시우(詩友)들의 모임으로 다산의 집인 죽란사(竹欄舍)에서 모였기 때문에 붙여진 이름이다. 당대의 재사들이자 소장학자들로 모두 문한(文翰)의 벼슬살이를 하던 사람으로 영향력이 있던 사람인 이유수(李儒修), 홍시제(洪時濟), 이치훈(李致薰), 이석하(李錫夏), 이주석(李周奭), 한치응(韓致應), 유원명(柳遠鳴), 심규로(沈奎魯), 윤지눌(尹持訥), 신성모(申星模), 한백원(韓百源), 이중련(李重蓮), 정약전(丁若銓), 채홍원(蔡弘遠), 정약용(丁若鏞)이 일원이었으며 참의(參議) 윤지범(尹持範)과도 자주 어울렸다. 다산의 글 「죽란시사첩서(竹欄詩社帖序)」「국영시서(菊影詩序)」 참조.

35 다산의 「종두설(種痘說)」은 박제가와 깊은 교유 속에 종두법이 완성되었음을 보여주고 있다.

산학에 대한 인식을 확대하는 시기이도 했다. 미미하지만 강진, 장흥, 해남지방에 다산의 후학들이 있었음은 그때의 사정을 말해준다. 특히 그 시절에 큰 학승들인 혜장(惠藏, 1772~1811, 대흥사의 大講師), 초의(草衣, 1786~1866, 대흥사의 大宗師) 등과의 접촉으로 불교계에서 다산학이 인식되고 있었음도 의미 깊은 일이다.

실학자로서 큰 비중이 있는 추사(秋史) 김정희(金正喜)와의 직접적인 관계는 다산학 인식사의 중요한 부분이 된다. 다산이 해배 후 학문적 마무리 작업으로 당대의 명망 높은 석학들인 석천(石泉) 신작(申綽, 1760~1828), 대산(臺山) 김매순(金邁淳, 1776~1840) 등과의『주례(周禮)』에 대한 토론과『서경(書經)』에 대한 학문적 교류는 그들의 문벌이나 학문적 지위로 볼 때 여러가지 문제를 연상할 수 있을 것이다. 또 당대의 문장가들이자 높은 벼슬을 지낸 노론의 중요한 가문인 연천(淵泉) 홍석주(洪奭周, 1774~1842) 3형제와의 교유이다. 연천의 아우 항해(沆瀣) 홍길주(洪吉周) 및 해거재(海居齋) 홍현주(洪顯周, 정조의 외동딸 남편, 永明尉)와는 시문의 교유로 많은 왕래가 있었다. 이 점에 대하여는 필자가 최근에 접한 자료가 있는데, 연천의 재종제(再從弟) 되는 홍한주(洪翰周, 1798~1868)가 전남 신안군 지도(智島)에 유배 와 있던 1862년에 저술한 것으로 보이는『지수염필(智水拈筆)』[36]이다. 이 책에 그 무렵의 학계 분위기를 알 수 있는 좋은 자료가 실려 있는데 다산학 인식사의 중요한

---

36 『지수염필(智水拈筆)』은 아직 학계에 소개되지 않은 고서(古書)이나 최근 지도읍 출신 정영식(丁榮植)의 소장본으로 필자가 검토 중인데, 당시 학계 분위기와 학문경향을 알게 해주는 좋은 자료로 보인다. (이 책은 2013년에 번역 출간되었다. 홍한주『19세기 견문지식의 축적과 지식의 탄생: 지수염필』상·하, 김윤조·진재교 옮김, 소명출판 2013)

부분을 차지할 것으로 여긴다.

"열수(洌水) 정약용은 남인이었다. 영조 임오년(1762)생으로 정조 때 문과에 합격하여 한림을 거쳐 벼슬이 승지에 이르렀으며 나이 70여세에 죽었다. 다산이 죽은 날 내(홍한주)가 항해(홍길주)공(公)을 만났는데 공이 탄식하며 '수만권 서고(書庫)가 무너졌구려'라고 하였다. 대개 열수는 재주와 학문이 사람들보다 뛰어나 경서(經書), 사서(史書), 제자백가의 학문 이외에 천문, 지리, 의학, 온갖 학문의 글에 완전히 꿰뚫지 않은 것이 없었으며 십삼경(十三經)의 경서에 새로운 학설을 밝혀 모두 저서로 남겼다. 그가 지은 책이 집안에 가득 차 있는데 『흠흠신서』나 『목민심서』 같은 책은 또 모두 옥사(獄事)를 다스리고 백성을 다스릴 수 있게 만든 책이어서 유용한 학문이다. 이런 것들은 추사(秋史)의 높은 재주에나 비교되는데 실학에서는 추사에 지나는 정도만이 아니었다. 단지 우리나라 근세의 일인자인 것만이 아니라 비록 중국에 가져다놓아도 마땅히 기윤(紀昀), 완원(阮元)의 밑에 있기에는 남음이 있다"[37]라고 하여 오늘날 인식되는 정도에 못지않게 동시대의 후배에게 완전히 인식되고 있었음을 알 수 있게 해주는 기록이다.

유배지가 호남의 강진이었던 탓도 있지만 다산학이 근세 호남의 학문 종장(宗匠)인 노사(蘆沙) 기정진(奇正鎭, 1798~1879)의 학문에 수용되고 있음도 다산학 인식사의 중요한 부분이 되겠다. 『지수염필』이 저

---

37 같은 책, "丁洌水若鏞午人也 英祖壬午生 正廟時 文科 歷翰林 官至承旨 年七十餘卒 卒之日 余見 沆瀣公 公歎曰 洌水死 數萬卷書庫頹矣 蓋洌水 才學絶人 經史百子外 天文地理 醫學雜方之書 靡不淹該 十三經 皆有發明 凡所著其書滿家 如欽欽新書 牧民心書 又皆爲按獄治民者 有用之文字也 此比之秋史高才 實學 不啻過之 不但我國 近世一人 雖置之中國 當在紀曉嵐 阮芸臺脚下 有餘矣."

술되던 해이자 다산 서거 후 26년째인 1862년 철종이 요구한 민란(民亂)과 삼정(三政) 문란의 해결책에 응하여 작성된 노사의 '임술의책(壬戌擬策)'[38]에『목민심서』가 인용되었다. 노사는 나라 정치의 문란한 실제나 시정 방안이『목민심서』에 모두 열거되어 있음을 말하고 임금이 그 책을 구해서 읽기를 권했다. 이 점은 다산학이 성리학자들에게 인식되었던 좋은 증거를 보여준다고 하겠다.

그후 노사의 다음 세대들인 황현(黃玹)의『매천야록(梅泉野錄)』에서의 다산학 인식과 위암(韋庵) 장지연(張志淵)의『조선유교연원(朝鮮儒敎淵源)』에서의 다산학 인식은 일제시대 조선학(朝鮮學, 정인보의 말)에서의 다산학 인식으로 이어지는데 정인보(鄭寅普), 안재홍(安在鴻) 등의 1936년 '다산 서세 100주년 기념행사'를 통해서 오늘의 다산학 인식으로 연결되고 있다고 여겨진다. 그 무렵의 경제학자 백남운(白南雲) 등에 의해 연구된 다산학의 심도 깊은 평가까지 종합해보면 그 인식 과정은 본격적인 궤도에 올랐다고 볼 수 있다.[39]

해방 후 홍이섭, 성낙훈(成樂熏), 이우성 교수 등에 의해 다산학 인식사가 확대되면서 1982년 가을 광주에서 개최된 '다산학술회의'에 이르기까지 다산학 관계 연구논문은 180여편이나 되며 소련이나 북한에서도 학술회의가 열리는 등 연구가 활발하다는 보도[40]가 나온다. 이런 점에서 다산학이 아직까지 다산 자신의 소망대로 인간의 사고체계인 철

---

38 『蘆沙集』권2, 壬戌疏 참조.
39 1979년 다산학보간행위원회에서 펴낸『다산학보(茶山學報)』제2집의 부록으로 수록된 「다산선생 서세 백년 기념 보도」라는 글에 사회과학 연구자들의 다산학 인식 정도가 자세히 나와 있다.
40 『동아일보』1982년 11월 18일자 참조.

학을 변개했거나 천하국가를 다스리는 기본논리를 완성하지는 못했다고 하더라도 다산의 생존 때부터 오늘에 이르기까지 끊임없이 문제시되어왔고 연구가 계속됨은 물론 지역적으로 확대되어 인식의 폭을 넓히고 있음은 분명하며, 앞으로의 연구가 더욱 기대를 갖도록 해준다.

6. 다산학에서의 민(民)의 개념

장지연은 『조선유교연원』에서 다산학의 종합적 평가로 "수백권 저서는 모두 경국제민(經國濟民)의 술(術)이요, 지언(至言)과 요도(要道)가 담겨 있다"[41]라고 했는데 유학자가 받을 수 있는 최고의 찬사가 아닐 수 없다. 요순정치의 계승이 주공 때까지로 끝나고 그들의 경국제민 이론을 논리적으로 체계화하여 유교·유학이라는 학문을 이루어놓은 것은 공자와 맹자이다. 공맹의 사상은 바로 경국제민 하자는 사상이요, 그들의 도(道)는 요순정치를 실현하자는 지언요도(至言要道)를 구함이었는데, 다산학에는 요순·공맹의 경국제민과 지언요도가 담겨 있으니 그들의 지언요도는 무엇일까.

동양정치사에서 가장 높은 단계로 설정해놓은 유교의 이념적 고향인 대동(大同)사상을 논하여 그들이 궁극적으로 이루고자 하던 사회의 모습을 살펴보자. "대도(大道)가 행해짐에는 천하를 공물(公物)로 여겨(爲公) 어질고 능한 사람을 뽑아 성신(誠信)을 강(講)하고 화목(和睦)을 닦게 하나니 그래서 백성(民)들이 유독 자기 어버이만을 어버이로 여기

---

41 張志淵 『朝鮮儒教淵源』 권2, "數百卷 皆經國濟民之術 至言要道之攸在也."

지 않고 유독 자기 아들만을 아들로 여기지 않으며 노인들로 하여금 죽을 곳이 있게 해주고 장년들로 하여금 쓰일 곳이 있게 해주며 어린아이들이 성장할 곳이 있게 해주며 홀아비, 과부, 고아, 병들어 일할 수 없는 사람들을 돌보아 모두 양육받을 곳이 있게 하며 남자는 직업이 있고 여자는 시집갈 곳이 있게 하며 (…) 도둑이나 난리를 일으키는 적도가 나오지 않는다. 그래서 대문을 열어놓고 닫지 않으니 이런 것을 대동(大同)이라고 말한다. 이제 대도(大道)가 이미 숨어 천하를 자기 집안으로 삼아 각자가 자기 어버이만 어버이로 여기고 자기 아들만 아들로 여긴다"[42]라고 했는데, 여기서 대도는 지언요도라고 할 수 있다. 천하를 자기 집안의 사유물로 여겨서 세습적 전제정치로 봉건적 경제구조를 유지하려 하느냐, 아니면 천하를 공물(公物)로 여기고 요(堯)가 순(舜)에게, 순이 우(禹)에게 천하를 선양(禪讓)했던 것처럼 대도가 행해지느냐 하는 것은 대동사회가 이룩되느냐 봉건사회가 계속되느냐의 관건인데 이는 백성을 위한 정치, 즉 제민(濟民)이 되느냐, 사가(私家)만 위하게 되느냐와도 깊은 관계가 있는 것이다. 이 점으로 보면 다산의 학문 전체가 '경국제민의 술(術)'이라고 볼 때 다산학은 백성을 떠날 수 없는 학문이고 백성을 위하겠다는 목적의식으로 이루어졌음을 알기에 충분하다.

물론 유자(儒者)라고 한다면 요순을 말하지 않은 사람이 없지만 요순주공(堯舜周孔)을 사모하며 그들의 사상과 제도를 본질적으로 탐색하여 그 사상의 진수를 찾아 거기에 가장 가깝다고 확언하는 것이 다산학의 입장이다. 다산의 「원목」 「탕론」 등에 나타난 정치의식은 요순주공

---

42 『禮記』, 「禮運」, "大道之行 天下爲公 選賢與能 講信修睦 故人不獨親其親 不獨子其子 使老有所終 壯有所用 幼有所長 矜鰥寡孤獨 廢疾者皆有所養 (…) 盜竊亂賊而不作 故 外戶而不閉 是爲大同 今大道旣隱 天下爲家 各親其親 各子其子."

의 정치관을 재해석한 것이었고, 「전론」역시 요순시대의 정전(井田)제
도를 창조적으로 해석하여 경제적 기반을 구축하려 했던 것이니, 입으
로만 요순을 말하면서 요순시대에는 있지도 않았던 기만적이고 독단적
인 성리학적 논리 때문에 고통당하는 백성을 구제하는 길은 그것밖에
달리 방법이 없었을 것이다.

백성을 구제한다는 제민(濟民)의 '민(民)'은 다산학 전체에 점철되고
있는데, 다산은 '민'의 의미를 어떻게 인식하고 있었는지 살펴봄으로써
다산학의 민중성에 접근해보려 한다. 정인보는 "선생의 경학은 민중적
경학이라 어떠한 특수문호(特殊門戶)의 고거(高據)하던 학문이 아니요,
경학이면서 정법(政法)이라 민국(民國)의 실(實)을 자(資)할 만치 실구
(實求)·실해(實解)한 공부이다"[43]라고 하여 다산의 경학과 경세학의 관
계를 말하고 경학 자체도 경세적 목적이어서 경학은 바로 정법이며 경
세학은 물론이고 경학도 민중적 경학이라고 했는데 이는 다산의 민(民)
에 관한 입장이 민중과 연결되어 있음을 시사해준다. 민국(民國)에 실
익이 있게 했다는 것은 민중과 나라에 실제적 도움을 주려는 것으로 해
석할 수 있으니 필자의 '다산학의 민중성'에 관한 입론의 근거는 위당
(爲堂)에게서 나왔음을 말하지 않을 수 없다.

오늘날 민(民)에 대해 백성이든 민중이든 어떻게 해석해도 좋으나,
다산은 "민이란 사람이다. (…) 반드시 하천(下賤)한 사람들만이 민이
될 것이냐"[44]라고 하면서 임금과 백성을 별다르게 구별하려는 경전 해
석을 반대하였는데 백성도 인간이고 임금도 인간이라는 해석은 그의

---

43 정인보 「다산선생의 생애와 업적」, 앞의 책 92면.
44 『論語古今注』권1, 15면, "民者人也 (…) 豈必下賤者爲民乎."

민에 대한 의식을 알게 해주는 부분이라고 하겠다. 백성도 인간이라고
할 때 인간이란 무엇인가. 이에 대해 다산은 "이 세상을 주관하는 것은
인간이 아니고 무엇이겠는가. 하늘이 세상으로써 한집안을 삼게 하여
사람으로 하여금 선(善)을 행하게 해주고 해와 달과 별, 초목과 금수는
이 집안에서 잘 살도록 도움을 주는 물건이다"[45]라고 하였으며, "하늘이
사람에게 자주(自主)의 권한을 부여하여 인간으로 하여금 착한 일을 하
고 싶으면 착한 일을 할 수 있게 하고 악한 일을 하고 싶으면 악한 일을
할 수 있게 하였으니 옮겨질 수 있어 고정적이지는 않으나 그 권한은 자
기에게 있다"[46]라고 하여 인간은 세상의 주관자이고 인간에게는 자기
의 행위를 결정할 수 있는 자주권이 있다고 확언하였다. 일반적으로 논
해지던 것처럼 동양의 정치체제는 치자와 피치자로 나뉘어 있어 군자
(君子)와 소인(小人)으로 구별하고 정치의 주체는 사군자(士君子)이고
정치의 객체는 소인이나 서민이라고 여겼던[47] 논리에 대해 다산은 결정
적인 반론을 제기했던 것으로 볼 수 있다. 군자와 소인에 대한 해석도
군자는 착한 사람이고 소인은 악한 사람일 뿐 군자이건 소인이건 인간
은 본래 천연(天然)한 동류(同類)이며 옛날의 성인정치 시대에는 높은
지위에 있는 사람은 반드시 착한 사람이었기 때문에 귀한 사람을 군자
라고 하였고 천한 사람을 소인이라 했는데 뒷세상에 와서는 반드시 그

---

45 같은 책 권9, 14면, "主此世者 非人而誰 天以世爲家 令人行善而日月星辰 草木鳥獸
爲是家之供奉."
46 『孟子要義』 권1, 34면, "天之於人 予之以自主之權 使其欲善 則爲善 欲惡 則爲惡 游
而不定 其權在己."
47 니이다 노보루(仁井田陞)는 『中國法制史』(岩波書店 1952, 13면 이하)에서 동양정
치의 주체와 객체를 논하면서 권위주의적 유교사상의 계급의식이 노골적으로 보인
다고 지적하였다.

렇지 않으므로 착하면 군자이고 악하면 소인이라고 해야 한다고 주장하여, 공자나 맹자가 말하는 군자와 소인의 의미를 역사적 의미로 새롭게 규정하였다.[48] 이는 소인과 군자가 선천적으로 나뉘어 군자만이 치자일 수 있고 소인은 의당 피치자여야 한다는 중세적 지배논리를 혁파한 것이다.

동양의 정치를 논하면서 일반적으로 통용되어 지금까지도 그렇게 여기고 있는 공자사상의 맹점 중의 하나가 『논어』「태백(泰伯)」편에 나오는 "백성(民)은 가히 하여금 따르게만 하고 가히 하여금 알지 못하게 한다(民可使由之 不可使知之)"라는 구절이다(니이다 노보루도 이 부분의 해석에서 동양정치의 이중성을 말함). 이 부분은 해석하기 나름이다. 백성이란 부려먹기만 하고 정치원리를 알게 해서는 안 된다는 뜻으로 해석하면 공자야말로 백성을 업신여긴 대표적인 사상가라는 결론이 나온다. 주자학이 바로 그러한 해석을 내려 중세의 지배논리를 구성하였는데 주자는 "백성은 이러한 이치의 당연함을 따르게만 해야지 그렇게 되는 까닭을 알게 할 수는 없다(民可使之 由於是理之當然 而不能使之 知其所以然也)"라고 하여 백성(民)을 범민(凡民), 즉 모든 백성으로 여기고 치자 이외의 백성은 치자에게 따르기만 해야 한다고 생각하도록 만들어버렸다. 다산은 이 점에 대하여 새로운 해석을 시도하면서 민(民)에 대한 공자의 본뜻은 모든 백성이 아님을 밝히고 있다. 다산은 그의 저서 여러 곳에서 인간의 사회는 직업이 분화된 사회이어야 함을 강조했으며(「전론」에서 명백히 주장했고 모든 경서 해석에서도 수없이 강조함) 사(士)·농(農)·공

---

48 『論語古今注』권2, 20면, "君子善人也 小人曰惡人也 古者 在位者 必善人 故貴曰君子 賤曰小人 後世未必然 故善曰君子 惡曰小人.""君子小人 天然同類之人也 (…)."

(工)·상(商)의 4민 평등을 주장하였고 개로사상(皆勞思想)[49]도 역설하였듯이 인간 능력의 차이를 인정치 않았는데 그러한 논리 속에서 이 구절을 해석하였다. 다산은 민(民)이라고 하면 인간 모두를 지칭하지만 공자가 말한 이 구절의 민은 사·농·공·상의 4민 중에서 사(士)를 제외한 농·공·상만을 가리키는 경우이며, 올바른 치자가 통치할 때는 따르기만(由) 한다고 하더라도 천할 것도 없고, 시킬 수 있고 안다고 하여 귀할 것도 없이 각자가 맡은 책임을 철저히 완수하는 분업사회의 일이라고 말했다. 그리고 사(士)는 학문을 연구하는 직업이니까 법을 이치에 맞게 제정하고 예를 정립하여 통치원리를 밝혀내기 위해 천지만물의 이치를 알아야 하지만 농·공·상은 각자 그 전문직에 종사하다보면 그 직종에 숙달하느라 온갖 사물의 모든 이치를 알아낼 수 없으므로 '온갖 이치를 알게 할 수는 없다'라는 뜻으로 공자가 말한 것이다[50]라고 해석하였다. 치자와 피치자가 본래부터 따로 결정되어 있어 피치자는 계속 아무것도 알게 해서는 안 된다고 하는 것이 어떻게 공자의 주장일 수 있겠느냐고 반박하고 있다.

이 부분에 대하여 "천하의 인간에는 군자인 사람이 있고 소인인 사람이 있다. 그래서 반드시 한 사람 군자가 백성을 다스린 연후에 천하가 다스려지며 만약 온 천하 사람들에게 모두 교육을 시켜 백성이 모두 군자가 된다면 이는 천하에 백성이 없어져버리고 백성이 없으면 나라가 아니다"[51]라고 해석한 사람도 있는데 다산은 격노하여 공자는 자신의 입으로 "가르치는 데는 구별이 없다(有敎無類)"(『논어』「위영공」)라고 해

---

49 박석무 편역 『유배지에서 보낸 편지』, 시인사 1979, 144면(창비 2009, 187면).
50 『論語古今注』 권4, 4면에 상세한 설명이 있다.
51 같은 면.

놓고 반대로 "알게 해서는 안된다(不可使知之)"라고 했다면 논리가 성립되지 않는다고 반박하였다. 공자는 여러곳에서 "만민을 가르치고(敎萬民)" "만민의 잘못을 막는다(防萬民之僞)"라고 하였으니 만민에게 어떻게 별도로 높고 낮으며 귀하고 천한 구별이 있겠느냐고 하면서 민의 지위를 높이는 논리를 폈다.

공자의 뜻은 온 백성을 가르쳐주고 그들이 만물의 이치를 알도록 해주는 것은 당연하지만 전문적 기술직에 종사하다보면 불가피하게 형이상학적 높은 원리에는 미치지 못하는 수가 있다는 뜻에서 했던 말로 볼 수 있으니, 형편상 그렇게 될 수밖에 없다는 것이지 가르치지도 말고 알게 하지도 말아야 한다고 한 말이 아님을 밝혔다. 백성은 한 세상의 주관자이고 행위결정의 자주권이 있으므로 공자의 말을 우민정책으로 해석하고 백성을 업신여겨서는 안 된다고 주장하였다. 이는 백성의 지위를 향상시키려 했던 다산학의 민중적 논리를 알게 해주는 부분이다.

다산의 민(民)에 대한 기본적 이해와 함께 민에 대한 애정과 동지의식은 신유옥사(辛酉獄事, 1801) 이후 중죄인이 되어 18년이라는 긴 세월 동안 시골의 민중들과 동고동락하면서 더 깊어졌을 것이다. 그러한 가운데 그가 지녔던 민중 개념을 시로 생생하게 표현했고 자신의 계층의식에서 벗어나 민중과 동화된, 민중을 대변하는 애절한 시를 쓸 수 있었던 것으로 보인다.

식구 숫자에 따라 군포(軍布)의 부담이 늘어나자 자식을 그만 낳기 위해 생식기를 자를 수밖에 없었던 백성의 참상을 다룬 「애절양(哀絕陽)」을 비롯하여 굶주리는 백성들의 모습을 묘파한 「기민시(飢民詩)」, 18세기 후반 농어촌의 구슬프고 참담한 모습을 그림 그리듯 표현한 「전간기사(田間紀事)」 등으로 미루어보면 그가 얼마나 민중에 동화되었고 민중의 애환을 정확히 이해하고 있었나를 짐작하기에 충분하다. 이러한 시를 쓰는 동안에 그의 학문인 다산학이 이루어지고 있었으니 민중성의 짙은 농도는 그의 학문에 투영될 수밖에 없었을 것이다. 『목민심서』에 「애절양」「적성촌에서」 등의 시를 인용하여[52] 당시 사회의 생생한 모습을 보여준 것은 바로 그러한 예라고 하겠다. 민은 관(官)이 시키는 대로 따르기만 해야 한다는 당시의 지배논리에 결정적인 반대의사를 보인 다산의 민중성은 집단시위를 통한 민중의 항쟁권을 인정하고 있는 데서 그 절정을 보여준다. 그 점은 이계심(李啓心) 사건[53]에 대한 처리과정에서 역력히 나타나 있다. 소민(小民, 민중) 1천여명을 이끌고 관아에 침입하여 백성을 수탈하는 정책을 시정해달라고 요구한 사건에 대해 다산의 입장은 그 주동자를 관에서 천금(千金)이라도 주고 사야 한다는 것이었다. 백성들이 자신의 안일만을 위해 관의 횡포와 탐학에 항의하지 않았기 때문에 관의 탐학과 횡포는 가속화되고 있다는 주장이다.

---

52 『牧民心書』兵典 제1조 「簽丁」참조.
53 「자찬묘지명」(『여유당전서』 제1집 제16권)에 나오는 것으로, 다산이 유배형에 처해지기 전인 1797년 황해도 곡산 도호부사로 부임하자마자 처리한 사건이다. 이전 도호부사가 다스릴 때 수탈이 극심하여 백성들의 원성이 자자하자 이계심이라는 사람이 민중 1천여명을 이끌고 관청에 들어가 항의하자 부사가 벌을 주려 하니 이들이 벌떼처럼 일어나 이계심을 둘러싸며 소리 질렀다. 아전들이 몽둥이를 들고 쫓았으나 이계심은 달아나버려 붙잡지 못한 상태였다. 그런데 다산이 부임차 곡산 땅에 이르니 이계심이 백성이 당하는 괴로움 10여 조목의 호소문을 올려바치고는 길가에 엎드려 자수했다. 이에 다산은 "관장(官長)이 밝지 못하게 되는 까닭은 백성들이 제 몸만 위하느라 교활해져서 고치기 어려운 폐단을 보고도 관장에게 항의하지 않기 때문이다. 그대 같은 사람은 관에서 마땅히 천냥의 돈을 주고라도 사야 할 사람이다"라고 하며 이계심을 석방하고 그가 올린 10여 조목을 차근차근 해결해나갔다고 한다. 관에 항거한 시위군중의 주동자를 석방하면서 오히려 상을 주어야 한다는 주장이니 음미해볼 만하다.

이계심 같은 참다운 민의(民意)의 대변자를 어떻게 벌하겠느냐는 곡산부사(谷山府使) 다산의 민권옹호 정신은 민중성의 수준 높은 귀결이 아닐 수 없다. 이 점으로 보면 확실히 다산은 백성의 힘, 민중 개안의 시대적 변이를 포착하고 있었으리라는 추단을 내릴 수 있다. 그런 의미에서 오늘의 민중시대의 여명은 다산학에서 찾을 수 있으리라는 가정이 크게 어긋난 것은 아닐 것으로 여겨진다.

그러나 다산학의 민중성은 2세기 전의 것일 수밖에 없다. 역사적 상황이 당시와 너무도 현격하여 오늘의 민중의식과 일치하지 않는다고 해서 다산의 민중성을 매도하는 일은 금물이다. 그 시대를 냉철히 조명하면서 다산의 민의 개념을 고찰해본다면 오늘의 민중의식에 시사해주는 바가 크다는 생각이 들 것이고, 다산의 민중성은 오늘의 민중의식에 근접하는 측면이 짙음을 알 수 있으리라.

7. 맺음말

다산학은 18~19세기 조선왕조 후기라는 사회경제적 여건 아래서 싹트고 성장·발전된 실학이라는 역사적 학문분야의 학설이고 사상이었다. 그래서 일반적으로 다산을 실학자라고 통칭해왔는데 본고에서는 다산학을 실학의 개념을 포괄하면서도 조선왕조 전체를 통하여 집권층으로부터 재야에 이르기까지 관학(官學)이자 주도적 학문인 주자학에 정면으로 도전했던 학문체계로 파악하면서 주자학과 현대 학문 사이에 다리를 놓아주는 학문으로 규정해보았다.

유학의 기본 이념인 인·의·예·지는 물론 명덕(明德)·성(性)에 이르기까지 모두 이(理)로 해석하여 이학(理學), 즉 주자학을 성립시켜 중세 봉건이데올로기의 기초가 되었던 『사서집주(四書集註)』를 다시 체계화하여 인·의·예·지는 모두 행사(行事)로 해서 얻어지는 이름임을 밝혀 실천적 행위가 가능한 유위(有爲)의 철학논리를 마련하여 독단적 형이상학인 관념적 중세철학을 벗어나는 기반을 수립하였다. 그러한 논리의 구축 없이는 중세를 탈피할 수 없다는 명확한 인식 아래 극도로 타락해버린 사회와 도탄에 빠진 백성을 건지려는 구제사상으로서의 뜻을 역력히 보이고 있다는 점이 다산학의 특징임도 살펴보았다.

일찍이 성낙훈 교수는 "우부(迂腐) 기만적(欺瞞的)인 도학자(道學者) 일대(一隊)와 구분되어 근대적 유학사상으로 전환시킨 사람은 진정한 실학사상가로 오직 다산 한 분이 있을 뿐이다"라고 하였으며 "재래의 정주(程朱, 정자와 주자), 퇴율(退栗, 퇴계와 율곡)의 독단적 형이상학을 타도하고 중세적인 신비·미신을 소탕하여 근대적 신유학(新儒學)을 체계 있게 성립하여 실학의 사상적 기반을 마련한 것은 다산뿐이니 한국 사상사의 특필(特筆)할 자랑거리다"[54]라고 하였다. 김용섭 교수도 "전론(田論)에 보이는 농업론은 현 체제의 처절한 부정이 전제된 위에서, 농촌사회를 여(閭) 단위로 재편성하고 농업생산도 여를 단위로 한 공동농장으로 개편·경영하려는, 말하자면 이 시기의 농업체제를 근본적으로 변혁하려는 것이었다"[55]라고 하였다. 다산은 지금으로부터 200여년 전에 한 시대의 주도적인 사상을 뒤엎는 논리를 세웠고 한 시대의 체제까지 완전히 부정하고 새로이 개편하려는 의지가 있었음을 지금까지의

54 성낙훈 「유학사상의 근대적 전환: 정다산의 신유학을 중심으로」, 『한국사상』 제6집 (1963), 115~16면.
55 김용섭, 앞의 책 89면.

연구결과로 분명히 알 수 있다. 그러고 보면 본고에서 시도한 것도 선학들의 결론에서 벗어나는 탐색이 없었고 그러한 결론에 보강될 의미를 열거하자는 뜻에서 민중성의 고찰을 시도했을 뿐이다.

다만 다산학의 민중성은 긍정적 평가에도 불구하고 조선왕조 후기라는 경직된 사회구조와 민중의식의 건강성 부족과 다산 자신의 사상적 한계라는 이유 때문에 부정적 측면도 보이고 있다. 체제를 완전히 부정하고 이루어질 '여전(閭田)'의 세계를 구상했으면서도 다산은 집권층, 즉 지배세력에 의한 변혁을 바랐던 듯[56] 민중 에너지에 의해 한 사회가 변혁될 수 있다는 사고에 철저하지 못했던 점이 보인다는 것이다. 민란에 대한 그의 입장만으로 보면 당시의 체제옹호자 및 전제군주의 입장과 별다른 차이가 발견되지 않는다. 1811년 다산은 그가 철저히 부정하고 있던 왕조체제에 의하여 중죄인으로 억울하게 10년이 넘는 유배생활을 하고 있을 때 일어난 홍경래(洪景來) 난의 소식을 듣고서 의병을 일으켜 토벌해야 한다고 「전라도창의통문(全羅道倡義通文)」[57]을 짓기도 했으며, 그 직후 민란방지의 요긴한 방어책으로 『민보의(民堡議)』를 저술하기도 했다. 더구나 『비어고(備禦攷)』라는 책에서는 "삼별초(三別抄)는 반드시 해적고(海賊考)에 넣고 이시애(李施愛)의 난과 이괄(李适)

---

56 홍이섭, 앞의 책 36면 주(註)에서 "정약용은 지배권력에 의한 개혁을 기도하였다"라고 하였다. 그뿐만 아니라 『경세유표』는 나라를 새롭게 변혁시킬 목적으로 저술되었으면서도 국왕에게 올려바치는 형식을 취한 데서도 다산의 입장을 엿볼 수 있다.

57 『全書』제1집 제22권 14면. 이 창의통문의 원주(原註)에 "임신년(1811) 봄 평안도의 토적(土賊) 홍경래, 이희저 등이 정주(定州)를 점령하고 관군에 반란하여 6개월 동안이나 포위하고 있었는데 정부군이 이기지 못하였다. 그때 나는 다산초당에 있으며 전라도 사람들로 하여금 창의(倡義)하여 적을 토벌할 수 있도록 하고자 하여 시험삼아 이 글을 지었는데 곧 승첩보를 듣고 그만두어버렸다"라고 하였다.

의 난 등은 토적고(土賊考)에 넣어야 한다"[58]라고 했던 점 등으로 보면 관(官) 주도적 사회변혁을 우선적으로 생각하고 있음을 보여주고 있어 그의 한계를 읽을 수 있다.

다산은 당시의 사회를 보는 통찰력이 탁월하여 "천하는 이미 썩은 지 오래이다(天下腐已久)"(「上仲氏」)라고 하였고, "2천년의 긴 밤에 하늘은 다시 밝으려 하지 않는다(二天年長夜 天不更曙)"(문집의 여러곳)라고 하여 새롭게 고치지 않고는 구제될 사회가 아님을 명확히 알고 있었다. 또한 「원목」이나 「탕론」에서 혁명사상까지 고취하면서 무위(無爲)·무욕(無慾)·주정(主靜)의 정체성을 통박하고 유위(有爲)·실천·행동성을 간절히 주장했으면서도 민중의 직접행동에 의한 역사발전에 대해서는 언급을 피하고 있으니 시대적 제약이자 다산의 한계로밖에 달리 표현할 길이 없다고 여겨진다.

다산의 문학적 업적에 있어서도 "한창 벼슬길이 열려 암행어사로 경기지방을 염찰하고 돌아와 지은 시에서부터 백성의 궁핍상을 열거하기 시작하여 그가 낙척되어 오랜 유배생활을 하고 촌야의 무지렁이들과 함께 생활하면서 파악한 민족적 모순 및 정치·경제·사회적 모순의 실체를 시에 담으려 노력하여, 시를 통해 다산의 노력은 읽을 수 있으나 다산시 자체로서는 그러한 모순의 해결책이 진지하게 나타나 있지 않아 예술적 텐션이 줄어지고 있다"[59]는 기왕의 견해처럼 역시 다산은 사상가이자 학자에 그치고 있다. 꽤 높은 논리의 설정도 있고 선진적 사고가 섬광처럼 번뜩이고 있으면서도 한계를 보이는 아쉬움이 발견되기

---

58 박석무 편역, 앞의 책 76면(창비 2009, 83~84면).

59 박석무 편역 『애절양: 다산시집』, 시인사 1983, 「역자 후기」 참조.

때문이다.

이와 같은 부정적 측면에도 불구하고 다산의 위대한 업적들에 대하여는 그 공로를 치하할 적절한 언어가 없음을 필자는 알고 있다. 조선왕조가 망할 때까지 역사상의 표층에는 거센 중화사상(中華思想)의 파도가 일렁이고 있었으며 척사위정(斥邪衛正)파의 논리도 "기자(箕子)가 봉(封)해진 강산에 홍무(洪武)의 해와 달"[60]이라느니 "정자(程子)가 아니고 주자가 아니면 내가 돌아갈 곳이 없다"[61]라고 하여 주자학 체계에서 한 발자국도 나아가지 못하고 있었다. 이렇게 칠흑같이 어두운 시대에 다산은 주자학을 반대하고 중화사상에서 벗어나 민족의 자아와 주체성을 찾으려고 시도했고 중세를 뛰어넘는 실학사상, 즉 '다산학'을 수립했으며 혁명적 토지개혁론인 「전론」을 작성하고 정치적 혁명을 정당화한 「탕론」을 저술했다. 이것만으로도 다산은 우리의 귀감이 될 철학사상가이며 다산학은 우리의 사상적 보고임이 분명하다.

19세기 말 동학농민운동을 통해서 역사발전의 지평선은 다산학의 한계로 보이는 것까지 뛰어넘었지만 오늘날까지도 그 한계를 넘기 위한 노력은 계속 고양되어야 한다는 것을 역사는 가르쳐주고 있다. 그러한 노력이 집중될수록 다산학의 민중적 논리는 갈수록 더 찬란한 빛을 발하리라고 확신할 수 있다.

---

60 崔益鉉『勉菴集』부록 권2, 「年譜」, "箕封江山 洪武日月." 기자의 덕택으로 문화민족이 된 우리나라는 계속해서 숭명(崇明)사상을 지녀야 한다는 뜻이고, 홍무(洪武)는 명나라 태조의 연호를 말한다.
61 奇正鎭『蘆沙集』부록 「蘆沙先生 神道碑銘」, "非程非朱 我無歸處." 1901년에 노사 선생의 문제자(門弟子)들에 의해서 이록된 글인데 바로 당시 학계의 추향을 보여주는 좋은 구절로 보인다. 망국 직전까지 중화사상과 주자학의 체계에서 벗어나지 못하던 당시 사회상을 잘 말해주고 있다 하겠다.

다산학의 새 화이론 고찰
그의 민족자아론을 중심으로

1. 머리말

민족수난기에 단재(丹齋) 신채호(申采浩, 1880~1936)는 우리 역사에 대한 형안(炯眼)으로 역사상 민족문제의 해결을 진지하게 시도했던 사건을 집중적으로 관찰한 적이 있다. 그런 노력의 결과로 묘청(妙淸)의 서경천도운동을 '조선 역사상 1천년래 제일대 사건'[1]이라 하고, 이 사건이 실패했기 때문에 "조선사가 사대적·보수적·속박적 사상 즉 유교사상에 정복되고 말았거니와, 만일 이와 반대로 김부식(金富軾)이 패하고 묘청 등이 이겼더라면 조선사가 독립적·진취적 방면으로 진전하였을 것이다"[2]라는 독창적 견해를 피력하였다. 단재는 역대의 사가(史家)들

[1] 신채호 「조선 역사상 1천년래 제일대 사건」, 안병직 편 『신채호』(한국 근대사상가 선집 II), 한길사 1979 참조.
[2] 같은 글 106면.

이 왕의 군대가 반란의 무리를 진압했다고 간단히 기술하고 말았던 묘청의 '서경전역(西京戰役, 1135)'을 낭불양가(郎佛兩家) 대 유가(儒家)의 싸움이며, 국풍파(國風派) 대 한학파(漢學派)의 싸움이며, 독립당(獨立黨) 대 사대당(事大黨)의 싸움이며, 진취사상 대 보수사상의 싸움이었다고 판단하여 묘청과 김부식의 대립관계를 진보와 보수의 대립 및 모순의 극복과 모순 속의 침체로 확연하게 나누었던 것이다.

이제 단재의 역사이론이 타당한 것인지 논란할 겨를도 없고 타당성 여부를 가릴 필자의 역량도 없다. 다만 단재의 결론처럼 이 사건 이후 역사상 정치사회의 주도세력들은 민족문제의 해결을 위한 진지한 시도를 하지 않았으므로 민족자아 문제는 역사의 표면에서 아주 멀리 사라졌다. 그래서 이것이 단재의 통한(痛恨)이자 우리의 통한이 되고 있는 점만은 부인할 수 없는 사실이라고 여겨진다.

'서경전역' 이후 1세기가 훨씬 지나서 일어난 삼별초(三別抄)의 항몽(抗蒙)운동조차도 당시 및 그후의 역사책에는 주동자 배중손(裵仲孫)을 반역전(叛逆傳)에 넣어(『고려사』) 민족적 저항의 역사적 의미를 찾아보지 못하고 말았던 사실은 단재의 논지에 대한 증빙자료라고 보기에 어렵지 않다고 여겨진다.

어쨌든 고려말 중국으로부터 동양 중세의 보편사상인 주자학이 전래되면서 더욱 보수적인 사대사상이 전개되고 묘청의 서경전역과 같은 무모한 계획일지라도 우리의 자주성을 보여주는 사건은 아주 오랫동안 역사의 표층에 나타난 흔적이 보이지 않는 지경이 되었다. 더구나 조선의 경우 왕조가 세워지면서 중국의 명나라를 종주국으로 섬기겠다는 친명(親明)·사대(事大)의 정부방침이 확고하게 세워지자 사태는 급전직하해서 어떤 정치적·사회적 세력도 망국 직전까지 그것을 부정하는 논리는 표면화한 적이 없다.

물론 역사적 사실과 역사적 기록이 일치할 수만은 없으므로 정치적·사회적 세력으로 나타난 기록이 없다고 하여 역사 자체를 그렇게 믿어버릴 수야 없는 일이다. 그만큼 중국 중심의 외면적 역사의 층이 두꺼웠지만 한편으로는 정치적이나 사회적으로 세력화되지 못한 낱낱의 백성들에게 그만큼 우리의 자주성에 대한 내심의 욕구와 갈망이 커질 수 있는 조건이 성숙되고 있었을 것이다. 이 점은 백호(白湖) 임제(林悌, 1549~1587)의 일화에서 실마리를 찾을 수 있다. 임제는 임종 때 가족들에게 "칭제(稱帝)·건원(建元) 한번 못해본 조그마한 나라에서 죽어가는 사람을 위해 슬퍼할 게 없다"[3]라고 했다는데 그 말은 인구에 회자되며 전해내려왔다. 한말의 유명한 시인도 백호를 위로하는 시에서 그 사실을 언급했던 점[4]으로 보아도, 집권층과는 달리 백성들은 역사의 뒤안에서 민족문제에 대한 의식을 진지하게 문제삼고 있었음을 알아내기에 어렵지 않다.

친명·사대의 조선은 예학(禮學)과 성리학을 기조로 한 주자학을 지배이데올로기로 삼았는데, 초기보다는 후기, 즉 임진·병자 양 전쟁을 겪은 뒤에는 모든 체제의 이완과 파탄이 가속화되면서 그 역작용으로

---

3 『성호사설(星湖僿說)』을 비롯하여 여러 야사에 전해지고 있으며, 안병직 편 『신채호』 116면에서 단재도 "임백호(林白湖)와 같이 나라의 땅을 넓히기를 꿈꾸었다"라고 하면서 진취적 사상으로 언급하였다.

4 한말의 지사이자 시인인 매천(梅泉) 황현(黃玹)은 시 「회진촌임백호고거감부(會津村林白湖故居感賦)」에서 "저승에서 영웅의 한을 안고 있지 마시오. 지금의 조정에는 황제의 자리가 높기만 하다오(九原莫抱英雄恨 今日朝廷帝座高)"라고 하여 칭제(稱帝) 못한 나라에서 죽어간 한을 품지 말라고 위로하면서, 당시의 조정에는 고종황제가 건원·칭제하고 버젓이 앉아 있다고 말하였다. 풍자의 의미가 강하지만 백호의 유언이 그때까지 전해지고 있었다는 좋은 증거가 된다.

주자학을 봉건교학(封建敎學)의 절대적 권위주의로 구축하지 않을 수 없었다. 그렇잖아도 주자학 자체가 동양에 있어서 중세적 세계주의를 이루고 있어 각 민족의 몰자각(沒自覺) 상태가 지속되고 있었는데, 우암 (尤庵) 송시열(宋時烈, 1607~1689) 계열의 존주대의론(尊周大義論)이 북 벌론(北伐論)이라는 시대적 명분론으로 꾸며지며 이를 주장하는 벌열 (閥閱)의 정치집단이 형성되자 사회변동의 소용돌이 속에 지배계층과 피지배계층 간 의식의 간격은 더욱 넓어져갔다. 지배계층의 몰자아 현상이 심화되면서 이에 대한 역반응으로 양심적인 학자들에 의해서 새로운 자아 발견의 길이 모색되었고 백성들의 자각의 표층이 두꺼워지고 있었다. 숭명(崇明)·존화(尊華)주의의 최성기를 효종·현종·숙종의 시대로 본다면 우암이 대로(大老)로서 학문과 정치를 주름잡았던 시대와 일치하며, 그 시대에 이어지는 영조·정조시대의 새로운 학풍은 전자에 대한 반성과 비판을 불가피하게 하였다. 이러한 학풍을 실학(實學)이라 하였으니 실학의 영역에서는 터무니없는 북벌론을 정면으로 비판할 수밖에 없었고,[5] 숭명주의의 미몽에서 벗어나 북학(北學)주의를 제창하는 내용을 담게 되었다.[6] 북벌론이 배척받고 북학주의가 이론화되면서 존화주의는 공격의 대상이 되었는데, 이것의 타파 없이는 당시의 사회경제적 문제의 해결이나 민족자아 발견의 길은 불가능하기 때문이었다.

이와 같은 시대적 분위기 속에서 탁월한 실학자 다산 정약용은 뛰어

---

5 연암 박지원의 소설 「허생전(許生傳)」에는 북벌론의 실제 추진자인 이완(李浣)을 노골적으로 궁지에 몰아넣으며 그 허구성을 통박하는 대목이 나온다.
6 박지원, 박제가 등의 실학자 일군을 '북학파'라고 부르며, 박제가는 『북학의』를 저술하였다.

난 통찰력과 역사인식 아래 실학의 집대성자, 다산학의 수립자라는 칭호를 받게 되었다. 철학, 정치, 경제, 사회, 문화의 모든 영역에서 실학사상을 종합했을 뿐 아니라 북학주의를 계승·발전하여 존화주의에서 벗어나는 새로운 화이론(華夷論)을 구성하여 잃어버린 민족자아와 늪에 빠진 자기 주체성을 발견하려는 노력이 그의 학문 영역에서 뚜렷이 보이고 있다.

이 글은 다산학의 그러한 특성에 주목하여 그의 민족자아 문제에 대한 인식을 고찰해보려고 한다. 그가 생존하던 시대가 18세기에서 19세기 초엽이었으므로 지금의 민족주의나 민족의 개념으로 본다면 여러가지 면에서 미흡함과 부족함이 보이지만, 몰민족의 깊은 수렁에 빠져버린 중화적 세계주의라는 주자학 주도의 시대적 분위기에 비추어본다면 여러 면에서 선구자적 면모가 뚜렷이 보인다. 다산학은 백성들의 염원이 담긴 시대적 사상이 아닐 수 없고, 19세기 후반 척양척왜(斥洋斥倭)의 기치를 높이 든 동학농민운동이 민족주의적 이념을 형성하며 현대적 민족주의 개념으로 연결된다는 관점에서 본다면 다산학은 그 시대의 가장 앞선 논리였다고 하겠다.

2. 중화주의의 실상

고대부터 중세에 이르기까지 중국(中國)이라는 나라는 왕조에 따라 각기 다른 이름을 지녔지만 통칭하여 중국이라고 부르는 데는 까닭이 있다. 중국의 경서인 『중용(中庸)』에는 "이 때문에 성명(聲名)이 중국에 양일(洋溢)하여 만맥(蠻貊)에 시급(施及)한다(是以 聲名洋溢乎中國

施及蠻貊)"라고 쓰여 있는데, 이것은 중국의 사방(四方)인 만이융적(蠻夷戎狄)과 구별하여 중앙인 나라이자 문화문명의 중심국가라는 의미를 내포하고 있다. 한(漢)나라의 반고(班固)가 지은 「동도부(東都賦)」에서 '목중하이포덕(目中夏而布德)'이라 하여 중하(中夏)라는 말을 사용하고 있는데 유향(劉向)의 주(注)에는 중하(中夏)는 중국과 같은 의미라고 나와 있다. 중(中)은 중앙·중심을 뜻하는데 '하(夏)'의 뜻은 무엇일까. 『서경(書經)』「순전(舜典)」에 "만이(蠻夷)가 하(夏)를 어지럽힌다(蠻夷猾夏)"라는 구절이 있고 그 주(注)에는 의미가 밝혀져 있다. 하(夏)란 "밝고 크다(明而大也)"는 뜻으로 네 계절 중 여름을 상징한다. 중국은 문명의 지역이므로 화려한 여름(華夏)의 의미가 있어 밝고 큰 나라를 뜻한다는 것이다. 중하(中夏)와 중화(中華)는 다른 고경(古經)들의 제하(諸夏)와 같은 의미로 사용되기도 하였다. 이것은 남쪽의 만(蠻), 동쪽의 이(夷), 서쪽의 융(戎), 북쪽의 적(狄)의 나라들을 천시하고 자기 나라만 자랑스럽게 여기는 자고(自高)·자대(自大)한 이름으로 중국(中國), 중하(中夏), 중화문명(中華文明) 등의 이름으로 나타났다.

사방의 나라들은 이러한 자칭에 이론을 제기하지 못한 채 야만을 자처하며 문화를 받아들여 동화하는 일에 급급했고, 경우에 따라서는 무력으로 중원(中原)을 침략하여 왕권을 장악하고 새로운 왕조를 이룩하기도 했으며, 수없이 침략의 고통에 시달리며 그들 나름으로 화이(華夷)의식을 굳히기도 하였다. 다만 동이(東夷)라고 불리던 우리나라는 고구려와 발해 때 만주의 일부를 차지한 적이 있으나 한번도 중원을 차지해본 역사는 없다. 그런 연유 때문인지는 모르나 고려말 주자학이 수입되어 조선초에 국가이념으로 확립된 이후로는 나라의 정신까지 온통 중화에 의탁하는 궁지에 빠지고 만다. 앞에서 말한 대로 동양 중세의 주자학이란 중화문명의 권위를 절대적으로 높여 세계주의로 도식화한 근거 위에 세워진 철학이어서, 주자학 이전의 어떤 유학(儒學) 체계에서보다도 가장 투철하게 화이 개념을 명분론으로 규정했다. 이 점이 '존화출이(尊華黜夷)' 즉 중화세계를 높이고 외이(外夷)의 침입을 물리친다는 정신인데, 이것은 전통적 지배계급이 그들의 정치·사회적 입장을 강화하는 데 알맞도록 구성된 체계이기도 하였다.

조선 집권층의 중화주의는 바로 그러한 함정에 깊숙이 빠져들어 주자학을 절대적 지배논리로 설정한 것이었다. 중화의 나라인 중국에서 외이를 물리친다는 것은 그 나름으로 주체적인 면이 있다고 볼 수 있겠지만, 조선이라는 '외이'의 나라가 소중화(小中華)를 자처하고 존화·존주(尊周)의 입장에 섰던 것은, 문화를 존중하는 의미가 있었는지는 모르나 지배논리를 원용한 데 불과할 뿐 민족적 자각과는 거리가 있었던 것으로 보인다. 특히 우암 송시열을 종주(宗主)로 삼는 계열은 조선후기의 집권세력으로서 중화주의·주자학·북벌론을 일체화하여 이들 모두를 신성시하는 논리를 내세웠을 뿐 아니라, 공자·주자·송자(宋子, 송시열)를 대등한 지위에 올리고 통치논리의 근간으로 삼았다.

이 문제에 대하여는 더 자세한 고찰이 필요하다. 『우암 송선생 사실기(尤庵宋先生事實記)』[7]라는 필자 가전(家傳)의 필사본을 통하여 우암

---

7 『우암 송선생 사실기(尤庵宋先生事實記)』는 중암(重菴) 김평묵(金平黙, 1819~1891)의 저서로 고종 6년인 1869년에 저작되었다. 중암은 화서(華西) 이항로(李恒老)의 문인으로 한말의 대학자이자 척사위정운동의 이론가이다. 이 단행본은 『중암집(重菴集)』에 실려 있는데, 저자 자신의 보유(補遺)에서 "이 책이 만들어지자 붕우 간에 왕왕 상전하며 베껴다가 송습(誦習)하였다(事實記旣成 朋友往往 傳寫而誦習之)"라고 말했듯이 널리 읽혀진 책이다. 우암 이후 한말에 이르기까지 중화주의가 어떤 논리와 이념 아래 역사를 지배해왔는가, 그리고 척사위정의 논리가 어떤 것인가를 알

이후 중화주의의 논리적 근거를 부연해본다. 우암의 아버지 송갑조(宋甲祚)는 우암을 가르치려고 율곡(栗谷)의 저서 『격몽요결(擊蒙要訣)』을 주면서 "주자는 뒤에 나온 공자이고, 율곡은 뒤에 나온 주자이다. 주자를 배우려면 마땅히 율곡으로부터 시작해야 한다(朱子後孔子也 栗谷後朱子也 學朱子者 當自栗谷始)"라고 말했다. 이 말에서 주자학의 지위를 알 수 있고, 우암 평생의 학통이자 우암 후학들의 학통이 된 주자학 존숭의 바탕이 '후공자(後孔子)' 논리 속에 명확하게 반영되어 있음을 볼수 있다. 효종 초기에 우암은 13개 항목을 임금에게 진언했는데, 그 한 조목에 "정사를 닦아 이적을 물리침(修政事以攘夷狄)"이라는 내용이 있다. 그 부분에서 우암은 "공자는 『춘추(春秋)』를 지어 천하에 대일통(大一統)의 의리를 밝혔으니 후세의 혈기를 지닌 모든 인류 가운데는 중국을 마땅히 높이고 이적을 추하게 여길 줄 모르는 사람이 없었다. 주자가 또 '인륜(人倫)을 추(推)하고 천리(天理)를 극(極)하여 설치(雪恥)의 의리를 밝혀 말하기를 하늘은 높고 땅은 낮다. 사람이 가운데에 위치하니 하늘의 도(道)가 음양(陰陽)에서 나오지 않고 땅의 도가 유강(柔剛)에서 나오지 않으면 이는 인의를 놓아둔 것이니 역시 사람이 서야 할 도가 없어지고 만다. 그러나 인(仁)은 부자(父子)보다 더 큰 것이 없고 의(義)는 군신(君臣)보다 더 큰 것이 없다'라고 했으니 여기에서 글자 하나 구절 하나에라도 어두운 바가 있으면 예악(禮樂)은 더러운 땅으로 떨어지고 인도(人道)는 금수(禽獸)에 들어가 구제할 수 없다"[8]라고 하였다. 또 "명

___
기에는 좋은 자료로 보인다. 필자 가전(家傳)의 이야기로는 중암(重菴)이라는 호에는 '거듭 태어난 우암'이라는 의미가 있다고 하는데, '후 우암(尤庵)'의 의미를 내포한 것으로 여겨져 중암의 비중이 어느 정도인가를 알게 한다.

8 金平黙『尤庵宋先生事實記』, "孔子作春秋 以明大一統之義於天下 後世 凡有血氣之類

나라 태조와 우리 태조는 같은 때에 나라를 세워 곧바로 군신의 의리를 정하고 자소(字小)의 은혜와 충정(忠貞)의 절(節)을 거의 300년 동안 어기지 않았다. (…) 임진왜란을 당하여 명나라 신종(神宗)의 은혜를 입어 빈터가 된 나라를 다시 찾았고 백성들이 다 죽어가다가 다시 살아났으니 우리나라의 풀 한포기, 나무 한그루와 백성들의 일모(一毛)·일발(一髮)이 명나라 임금의 은혜가 미치지 않은 게 없다"[9]라는 논리를 내세웠다.

김평묵(金平黙)은 『우암 송선생 사실기』에서 우암의 제자인 권상하(權尙夏)의 말을 인용하여 "공자는 주(周)나라 말엽에 태어나고 주자는 송나라 말엽에 태어났으며, 송자는 명나라 말엽에 태어났으니 모두 큰 난리의 시대에 태어나 일치(一治)의 운수를 담당하였다"[10]라는 결론을 끌어냈다. 이 논리는 공자·주자·송자를 동렬의 지위에 두고 공자나 주자보다 더 어려운 시대에 태어난 송자의 공로가 공자·주자보다 못하지 않다고 주장하는 쪽으로 발전한다. 이것은 존화양이(尊華攘夷)의 견고한 논리이자 주자를 비판하는 논리가 설 자리가 없다는 확고부동한 권위주의 사상이었다. 김평묵의 결론에 따르면 송자의 가장 큰 사업은 중국을 높이고 주자학을 비판하는 무리들을 철저히 분쇄한 것으로서, 이것

莫不知中國之當尊 夷狄之可醜矣 朱子 又推人倫 極天理 以明雪恥之義 曰天高地下 人位乎中 天之道 不出乎陰陽 地之道 不出乎柔剛 是則 舍仁與義 亦無以 立人之道矣 然 仁莫大乎父子 義莫大乎君臣 以此 一字一句 或有所晦 則禮樂淪於糞壤 人道入於禽獸 而莫之救也."

9 같은 책, "我太祖高皇帝與我康獻大王 同時創業 卽定君臣之義 字小之恩 忠貞之節 殆三百年 不替矣 (…) 神宗之恩 壬辰之變 宗社已虛 而復存 生靈幾盡 而復甦我邦之一草一木 生民之一毛一髮 莫非皇恩之所及也."

10 같은 책, "孔子生於周末 朱子生於宋末 宋子生於明末 皆值大亂之世 以當一治之數."

은 조선후기 지배층의 논리와 부합됨을 쉽사리 알 수 있다.

　이와 같은 우암의 논리를 따르던 사람들은 시대적 사조와 진운(進運)으로 나타났던 반권위주의·반주자학의 학풍에 대하여 엄혹한 철퇴를 가했는데,[11] 이것은 그들이 절대적 권위를 옹호하려는 자기 보존의 본능 이외에는 아무런 객관적 인식을 갖지 못했기 때문에 빚어진 결과이기도 했다. 이런 철퇴가 가해지는 속에서도 역사는 발전하고 진전할 수밖에 없는 것이므로 반중화주의 및 반주자학적 학풍은 영조·정조시대를 맞아 다시 고개를 들기 시작하였다.

　이익(李瀷), 안정복(安鼎福)으로 이어지는 역사론에서 전개된 정통론을 중심으로 중화주의에 대한 색다른 해석이 내려지면서[12] 화이사상에 이전과는 다른 각도의 논리가 세워진다. 북학파 학자들은 사대주의적 권위주의를 정면으로 비판하면서 새 논리를 정립하는데, 홍대용(洪大容)의 '역외춘추(域外春秋)' 이론,[13] 박제가(朴齊家)의 이적(夷狄)에 대한 새 해석,[14] 박지원(朴趾源)의 소설 속의 반북벌론(反北伐論)[15] 등은 시대적 변화를 반영하는 역사연구를 전개하고 있었다. 그러나 이익과 안

---

11 주자학설에 비판을 가한 윤휴(尹鑴), 박세당(朴世堂) 등을 사문난적(斯文亂賊)이라는 죄명으로 처형하거나 유배시켰다. 신유옥사(辛酉獄事) 때도 수많은 실학자들이 '사학(邪學)'을 믿었다 하여 처참한 죽음을 당한 것을 상기하면 알기 쉽다.

12 이우성「이조후기 근기학파에 있어서의 정통론의 전개」, 『한국의 역사상』, 창작과비평사 1983 참조.

13 홍대용은「의산문답(醫山問答)」(『湛軒書』)에서 "自當有域外春秋"라고 하여 구이(九夷)에 살면서 이(夷)를 변하게 할 수 있다는 새로운 화이 개념을 논했다.

14 박제가는「존주론(尊周論)」(『北學議』外篇)에서 "冒其人而夷之 竝其法而棄之 則大不可也 苟於利民 雖其法之或出於夷 聖人將取之"라고 하여 이적(夷狄)에서 나온 법이 백성에게 이롭다면 취하지 않을 이유가 없음을 말하여 종래의 화이 개념을 비판하고 '북학주의'를 제창했다.

15 이우성「실학파의 문학과 사회관」, 『한국의 역사상』 참조.

정복의 정통론만 보더라도 "아직도 화이사상의 잔재가 서식하고 있으며, 중화문물지향(中華文物之鄕)이라 하여 여기 쳐들어온 북방민족을 겁도시(劫盜視)하였다"[16]라는 지적에서 알 수 있듯이 역시 문제는 남아 있었다. 그러한 잔재를 씻고 문제점을 완전히 일소한 다산의 학설은 선배학자들의 사상을 종합적으로 검토하여 계승·발전시킨 결과임을 보여준다.

3. 화(華)와 이(夷)의 새 개념

다산은 중화주의의 근본 발상인 중국이라는 나라 이름부터 부정하고 나섰다. 그는 어디를 기준으로 하여 중앙에 있는 나라인 중국이 되고, 어디를 기준으로 하여 동쪽에 있는 동국(東國, 우리나라)이라고 부르느냐는 의문을 제기하면서, 동쪽과 서쪽의 중앙은 해〔日〕를 중심으로 하여 해가 뜨고 지는 시간이 지나면 동서의 중앙이 되는 것이고 남쪽과 북쪽의 중앙은 남극과 북극을 기준으로 하여 그 전체의 절반 지점이므로 중국이니 동국이니 하는 명칭은 의미가 없는 것이라고 하였다. 그는 "남북·동서의 중앙에 있는 곳이라면 어느 나라도 중국이 아닌 나라가 없다"[17]라고 하였다. 그렇지만 중국이라는 나라 이름이 이미 고유명사가 되어 중국 주변의 나라에서 중국을 동경하고 숭배하는 마음이 존재하고 있던 역사적 사실을 부인할 수는 없었다. 그래서 다산은 그러한 이

---

16 이우성 「이조후기 근기학파에 있어서 정통론의 전개」 85면.

17 『與猶堂全書』 제1집 13권 「送韓校理致應使燕序」, "旣得東西南北之中 則無所往而非中國."

유가 무엇인가를 설파하였다. 그는 "중국이라는 칭호를 듣는 것은 무엇 때문일까. 요·순·우·탕의 다스림이 있었기에 중국이라고 부르는 것이며, 공자·안자·자사·맹자의 학문이 있었기에 중국이라고 불러주는 것이다"[18]라고 하면서, 그 당시는 성인의 다스림이나 성인의 학문이 이미 동국으로 옮겨왔으니 중국에서 그러한 것들을 배울 것이 없으므로 중국의 의미는 사라졌다는 주장을 폈다. 다산은 "성인의 법은 중국이면서 이적(夷狄)의 짓을 하면 이적으로 여기고, 이적이면서도 중국의 노릇을 하면 중국으로 여겼다. 중국이 되고 이적이 되는 것은 행하는 도(道)와 정치에 있고 지역에 있음이 아니다"[19]라고 말하면서 문화나 문명의 유무에 따라 대접받는 나라가 되는 것이지 특정지역의 나라가 항구불변하게 중심적인 국가가 될 수 없다는, 문명사관에 입각한 화와 이의 개념을 정립했다. 동국인 우리나라에 '성인지치(聖人之治)'와 '성인지학(聖人之學)'이 옮겨와 있다는 논지는, 당시의 중화주의는 아무런 근거가 없는 집권층의 헛된 구호일 뿐이라는 것을 지리학·우주관적인 이론으로 통박한 것이었다. 이러한 논리는 당시의 지배층의 세계관이나 사회사상에 비하여 거의 완벽한 민족자아를 발견한 주장으로서, 조선왕조 400여년의 봉건·사대논리에 맞서 철저한 반대논리를 편 신선한 사상이었다.

더 나아가 다산은 중국에서는 물론 다른 나라에서도 야만인이라고 불리던 탁발위(拓拔魏)·선비(鮮卑)·글안[契丹, 거란]·여진(女眞)·동이

---

18 같은 글, "所謂中國者 何以稱焉 有堯舜禹湯之治之謂中國 有孔顏思孟之學之謂中國."
19 같은 책 제1집 제12권, 「拓拔魏論」, "聖人之法 以中國而夷狄 則夷狄之 以夷狄而中國 則中國之 中國與夷狄 在其道與政 不在乎彊域也."

(東夷) 등에 대하여 인후원근(仁厚愿謹)한 민족들이니, 천륜(天倫)에 돈독하고 규모가 굉원(宏遠)하다는 등의 찬사를 아끼지 않으면서 중국에 뒤짐이 없음을 강조하여 이적(夷狄)을 높이 평가하기도 하였다.[20] 그는 역사적으로 인선(仁善)하다고 칭찬받던 우리나라는 풍속이 예(禮)를 좋아하고 무(武)를 천하게 여기는 군자의 나라이므로 중국과 대등하게 살 만한 곳은 우리나라라고 강조하면서,[21] 자기 민족을 비하하고 자기 나라를 업신여기던 당시에 민족적 자긍심을 높이기 위해 노력하였다. 이러한 주장에서 보이는 다산의 논지는 분명히 당시 지배계층의 안목이나 의견과는 차이가 있었는데, 실학자들이 갈파했던 자아발견의 논리를 종합하여 한 단계 더 높은 수준으로 정립한 것으로 여겨진다.

다산의 화이 개념은 당시의 현실을 통찰한 결과에서 나온 현실적인 이론이지만 그것을 뒷받침해주는 철학적 사고에도 새로운 화이론이 깊숙이 자리잡고 있었음을 알 수 있다. 앞에서 인용한 글들보다 훨씬 뒷날에 완성된 그의 경전(經傳) 연구서에도 그러한 논지는 일관되어 있다. 이적에 관한 경전의 해석에 있어서 다산은 이전의 모든 해석을 뒤엎고, 자신이 정립한 화이 개념으로 새롭게 재해석하면서 당시의 통설적인 화이론의 기조를 뿌리째 흔들어놓고 있다.

『논어』「팔일(八佾)」편에서 공자는 "이적의 임금 있음이 제하(諸夏, 중국)의 임금 없는 것만 같지 못하다(夷狄之有君 不如諸夏之亡也)"라고 하였다. 주자는 이 글을 해석하면서 정자의 말을 인용하여, "이적의 나라에도 임금이 있으나 제하의 참란(僭亂)과 같지 못하다"는 뜻이라 하

---

20 같은 책,「東胡論」.
21 같은 글, "史稱東夷爲仁善 (…) 其俗好禮而賤武 (…) 君子之邦也 (…) 旣不能生乎中國 其唯東夷哉."

였고, 송나라 때의 경학자 형병(邢昺)은 "이적의 나라에는 예의(禮義)가 없다. 제하에는 임금이 없어도 예의는 폐하지 않는다"라는 뜻으로 해석 하였다. 다산은 이 두가지 해석을 논박하고 이적과 제하의 의미 규정부터 달리하고 있다. 공자가 말한 이적과 제하는 특정한 나라를 지칭한 것이 아니라 이적은 이적의 짓을 하는 나라이고 제하란 제하의 법을 사용하고 있는 나라를 말한다는 것이다.[22] 그래서 이적의 나라라도 제하의 문물제도를 이룩하면 제하가 되고 제하의 나라라도 이적의 짓을 하면 이적인 것이라고 하였다. 『논어』에 대한 주자의 학설이 철저히 이적을 천시하는 사상이라면 다산의 학설은 이적과 제하를 구별하는 표준을 문명과 문화의 차이에 두고 있다고 볼 수 있다. 다산은 공자의 다른 말 까지 인용하여 "공자도 구이(九夷)에서 살고 싶노라"고 했는데 왜 공자가 이와 적의 땅을 천시했겠느냐고 반박하면서[23] 주자학적 화이 개념을 분쇄하고 있다.

이러한 다산의 주장은 계속되는데, 경전의 다른 해석을 살펴보자. 『논어』「이인(里仁)」편에 나오는 "마을이란 인(仁)하게 하여야 아름답다. 선택하여 인(仁)하게 거처하지 않으면 어떻게 지혜롭다 하랴(里仁 爲美 擇不處仁 焉得知)"라는 공자의 말에 대하여 주자는 원문의 읽는 법을 달리했는데, 다산은 그것부터 반대하고 이와 같이 해석하였다. 즉 주자는 "마을이 인(仁)해야 아름답다(里仁 爲美)"라고 해석하여 인한 마을이 있고 인하지 못한 마을이 있다고 가정하였다. 두 사람의 해석은 글자 하나를 앞으로 해석하느냐 뒤로 해석하느냐에서 차이를 보이는데,

22 『論語古今注』권1, 44면, "夷狄謂用夷狄之道也 諸夏謂用諸夏之法也."
23 같은 면, "孔子欲居九夷 夷狄非其所賤 況罪累不明 而無故斥之曰 汝之有君 不如我 之亡君 豈有味之言乎."

그 의미는 중대한 결과를 초래한다. 인한 마을이란 중화와 연결되고 인하지 못한 마을이란 이적에 연결되어 명백한 주자학적 화이 개념이 생긴다. 다산은 주체를 마을에 두지 않고 그곳에 사는 사람을 주체로 해석하여 어떠한 마을도 그곳에 사는 사람에 따라 인하거나 인하지 못하게 할 수 있다고 하여 중화와 이적은 지역의 문제가 아님을 주장했다. 이러한 논거로 다산은 또다시 공자의 말을 인용함으로써 자신의 주장을 정당화한다.[24] "군자가 사는 곳에 어느 곳인들 누추함이 있으리오(君子居之 何陋之有)"(『논어』「자한」), "말이 충신스럽고 행실이 독경하면 비록 만맥의 나라에서도 행세할 수 있다(言忠信 行篤敬 雖蠻貊之邦 行矣)"(『논어』「위령공」)라는 말이 바로 그것이다. 수백년 동안 화(華)를 높이고 이(夷)를 비하하면서도 아무런 이의 없이 받아들여지던 주자학적 화이론의 기반이 다산의 독창적 해석에 의하여 무너진 것이다. 다산은 공자의 말의 본래 뜻이 그렇다고 본 것이다. 이것은 문화의 주체는 지역이 아니라 그 지역에서 살아가는 사람이라는 다산의 지론으로, 특정한 지역만이 문화가 발달한 지역이라는 중화주의에 대한 근본적인 부정이고, 공자의 입을 통해 주자의 학설을 누르고 이론의 여지까지 봉쇄해버린 통쾌한 해석이었다.

다산의 철학적 논리를 더 연구해보면 그의 내면에 깊이 자리잡고 있던 평등사상은 중화주의를 거부할 수밖에 없었던 것으로 보인다. 다산은 "하늘에서 인류를 태어나게 할 때 귀천도 없고 멀고 가까운 지역의 구별도 없어, 가르쳐주기만 하면 모두 같아진다"[25]라고 하였다. 개념상

---

24 같은 책 권2, 11면, "子欲居九夷 居之何陋之有 又曰 言忠信行篤敬 (…) 君子之道 修其在我 無適不行 若必仁者之里 是擇是居 則不責己 而先責人 非教也."
25 같은 책 권8, 25면, "天之降衷 無有貴賤 無有遠邇 有教則皆同 是無類矣."

으로 보면 분명히 귀천의 구별은 없을 수 없고 화이의 구별도 없을 수 없으나 귀천·화이·선악은 교화시키느냐 시키지 않느냐의 차이일 뿐, 교화를 같은 조건과 등급으로 시킨다면 그 구별은 있을 수 없다는 것이다.[26] 결국 구이(九夷)·팔만(八蠻)·오융(五戎)·육적(六狄)들도 교육시켜 교화만 이루어진다면 관대를 착용하고 예의를 알 수 있었을 것이니 어찌하여 동등한 인류를 화와 이로 구별할 필요가 있느냐는 논거였다. 그래서 그는 공자가 '유교무류(有敎無類)'라고 선언했다고 결론을 맺었다.

다산은 「서얼론(庶孽論)」을 비롯하여 「통색의(通塞議)」「인재책(人才策)」 등 여러 글에서 인간 불평등의 중세적 신분제도를 타파하자고 주장하였고, 「정전의(井田議)」「전론(田論)」 등에서는 토지의 공유를 통해 분배의 공정을 기하자고 역설하였다. 나아가 사(士)·농(農)·공(工)·상(商) 등 4민 평등을 주장하여 개로(皆勞)정신을 강조하였으니, 이것은 '무류(無類)'라는 유교철학의 올바른 이해에서 터득한 사상으로 보인다. 이러한 다산의 주장으로 볼 때 화이의 불평등한 차별은 그의 내면에 자리잡을 곳이 없었던 것으로 보인다. 이것은 바로 당시의 사회경제적 모순의 극대화와 몰민족의 심화과정 속에서 생성된 시대사상의 반영이자, 다산 자신의 실학사상이 발전하는 과정에서 이룩된 업적으로 여겨진다.

다산의 반중화주의는 그의 혁명이론인 '탕론(蕩論)' 등의 정치사상과 궤를 같이하면서 중국도 침범할 수 있다는 생각을 보여준다. 그는 "인신(人臣)의 의리란 섬기는 일에 충(忠)하면 되는 것이지 결코 활하

---

26 같은 면, "恒在敎與不敎之後 恐不可先別其類也."

(猾夏)하는 것으로 죄가 될 수 없다. 문왕도 본래는 서쪽 오랑캐(西戎)에서 일어나 천하를 3등분하여 그 2분을 차지하였다"[27]라고 말했다. 하를 어지럽힌다는 활하(猾夏)라는 말은 『서경(書經)』에서부터 죄악시하던 전통적 중화주의였는데, 다산은 활하가 죄 되지 않음을 말하여 하(夏)만이 제일이라는 생각을 비판하고 제후나 이적이 중국을 침범할 수도 있다는 혁명적인 반중화주의를 주장하였다. 「탕론」에서 그는 "신하가 임금을 정벌하는 일은 황제부터 시작한 일이다"라고 하면서 혁명이 중국의 전통적 사상이듯, 이적이 중국을 정벌하는 일은 문왕에게서 시작된 일이라고 주장하며 그 역사적 타당성을 부여하여 중화와 이적의 평등성이 절정에 달하는 결론을 내리고 있다. 이렇게 해서 다산은 완전히 중화주의에서 벗어나 민족자아 발견의 길을 열었다.

4. 자아 발견

다산의 현실적·철학적 중화주의 배격의 논리를 통하여 화이문제가 어느정도 고찰되었으니 이제 그러한 사상적 기반 위에서 그의 언행과 문학작품을 통하여 자아 발견이 어떻게 반영되었는가를 살펴보겠다.

중국과 동이(東夷)인 우리나라를 동등한 지위로 상정한 다산은 우리나라 학문은 우리의 현실에 입각하여 시대적 사상을 종합해야 한다는 뜻에서 주자학의 테두리를 과감히 벗어나고 있다. 그는 육경사서(六經

---

27 같은 책 권2, 35면, "人臣義 忠於所事 不必以猾夏爲罪 文王本起西戎 三分天下 有其三."

四書)의 재해석을 시도하여 경집(經集) 232권이라는 방대한 경전 주석서(注釋書)를 저작하였다. 주자의 경전 해석은 앞에서 약간 언급하였듯이 철저한 중세 봉건논리에 중화주의라는 '존화출이'의 사상과 성리학적 관념론을 결합시켜 체계화된 데 반하여, 다산의 해석은 경험적 입장에서 관념적 성리학 체계를 무너뜨리고 중세를 탈피하려는 구체적 의지 속에서 이루어진 학문 체제였다.[28] 그는 주자를 '후공자(後孔子)'[29]라던 당시 지배층의 견해를 여지없이 묵살하고 새로운 학문적 토대를 마련했다고 여겨진다.

그는 문학작품도 마땅히 우리나라의 현실을 주제로 삼아야 하며, 작품에 인용하는 역사적 사실까지도 우리나라의 것이어야 진정한 작품이 된다고 보았다. 그는 "우리나라 사람들은 인용했다 하면 중국의 역사적 사실이나 들먹이고 있으니 역시 볼품이 없다. 『삼국사기』『고려사』『국조보감』『여지승람』『징비록』『연려실기술』및 다른 우리나라 책에서 그 사실을 뽑아내고 그 지방을 고찰하여 시에 인용한 뒤에라야 바야흐로 세상에 이름을 날리고 후세에 전해지리라"[30]라고 아들에게 말하고, 그 실례로 실학자 유득공(柳得恭)의 시가 중국에서까지 읽히고 있음을 지적했다. 그 시대는 "수십년 이래로 일종의 괴이한 의론이 있는데 우리나라 문학을 무척 배척하고 있다"라고 다산이 말했듯이 몰자아(沒自我)의 시대였다. 다산은 "사대부의 자제들이 국조(國朝)의 고사(故事)를

---

28 다산의 경학사상에 대한 고찰은 후일로 미루지만 현재까지 학자들은 다산의 경학 사상이 반주자학적 논리라는 데는 의견이 일치하고 있다.

29 우암 송시열의 말, "학문은 마땅히 주자학을 주로 삼고 사업은 마땅히 효종의 대의를 주로 삼아야 한다(學問當主朱子 事業當主孝宗大義)." 이우성 「실학파의 문학과 사회관」에서 재인용.

30 박석무 편역 『유배지에서 보낸 편지』, 시인사 1979, 51면(창비 2009, 56~57면).

알지 못하고 선배들이 의논했던 것을 읽지 않았다면 설사 그 학문의 고금을 꿰뚫고 있어도 엉터리다"[31]라고 하면서 우리나라의 야사(野史)·잡록(雜錄)들을 읽기를 권유하기도 하였다. 특히 당송팔대가(唐宋八大家)나 명나라·청나라의 문장이나 모방해서 지어내는 문장지학(文章之學)은 실익에 도움이 없다고 비판하면서(「五學論」) 민족적 자아를 찾는 데 도움이 있어야 함을 강조하였다.

이러한 문학사상을 지닌 다산의 시작품은 리얼리즘의 경향을 띠며 당시의 조선 현실을 묘사하는 데 탁월한 면을 보였다는 평가를 받게 되었다.[32] 그뿐만 아니라 다산이 오랜 유배생활 동안에 지은 농가(農歌), 어가(漁歌), 촌요(村謠) 등은 조선의 농촌현실을 소재로 했으며, 맥령(麥嶺, 보릿고개), 고조풍(高鳥風, 높새바람), 아가(兒哥, 새색시), 지국총(至匊恖), 반앙(飯秧, 밥모), 전앙(錢秧, 돈모), 반상(盤床, 바깥양반), 누리령(樓犁嶺, 누릿재), 하납(下納) 등 많은 우리 고유의 토속어들을 한시(漢詩)에 도입함으로써 그 시대로서는 특성 있는 시 짓기를 시도하였다. 이런 문학적 태도 역시 중화주의에서 벗어나려는 구체적 인식 아래 이루어진 것이다. 그가 70세 때 지은 「노인일쾌사(老人一快事)」라는 시의 "나는 본래 조선사람인걸, 즐거이 조선시를 지어야 해(我是朝鮮人 甘作朝鮮詩)"라는 구절에 이르면 그의 자아 발견이 어느 정도에까지 이르렀는가를 알기 어렵지 않다.

---

31 같은 책 31면(창비 2009, 42면).
32 송재소 「다산의 리얼리즘」(『다산학보』 제1집 1978)에 자세하다.

5. 맺음말

이상과 같은 소루한 고찰을 통하여 다산이 당시의 중화주의를 벗어나 민족자아 발견에 관한 명확한 인식을 세우고자 노력하였음을 살펴보았다. 지금의 우리 견해로 본다면 하찮게 생각될는지 모르나 그 당시에 그런 노력을 기울였다는 것은 역사적으로 볼 때 매우 중요한 의의를 갖는다. 당시는 주자학이라는 화이론적 체계로 경전이 주석되어 사고체계까지 화이론적으로 고정화된 시대였으며, 집권계층은 경전 논리를 북벌론·존주론(尊周論)으로 윤색하여 자신들의 지배논리로 삼은 절대적 권위주의 사회였다. 다산의 반중화적 자아 발견을 위한 노력은 바로 창조적 역사 발전의 계기가 되기에 충분하였고, 시대 변혁의 모티프가 될 수도 있었다.

우리나라는 오랜 옛날부터 외세와의 충돌 속에서 민족의 생존을 위해 간난신고(艱難辛苦)의 어려움을 겪어왔다. 더구나 고려후기에는 원나라의 속국이 다 되어 있었고, 조선왕조에 들어오면서는 중국을 대국으로 섬기는 사대주의를 국가적 이념으로 설정함으로써 '민족'이라는 단어가 설 자리가 없는 비운의 나라가 되기도 하였다. 앞에서 인용한 것처럼 임진·병자의 굴욕을 치른 뒤로는 명나라의 재조지은(再造之恩)까지 더하여 숭명주의가 여타의 모든 봉건적 지배논리와 결탁하여 민족자아나 주체성 발견의 길은 멀어지기만 했다. 물론 지금까지 나온 학계의 연구 결과에 따르면 그 당시 민족의 모순은 그후 서세동점(西勢東漸)의 시기나 열강의 침략이 노골화되던 제국주의 발흥기보다는 덜했던 것이 사실이다. 모순의 정도가 개화기 이후보다 덜한 까닭은, 당시의 중국과 조선의 관계는 외형적 종속의 형태였으나 경제적 침탈이 가벼운 상태였으며 정치적으로도 완전한 종속관계에 있지 않았기 때문이라는 주장[33]은 타당성을 지니고 있다. 그러나 개항기 이전의 오랜 역사에서도 전조(田租)·공물(貢物)·부역(賦役)·잡부(雜賦)와 함께 지주에 대한 각종 형태의 지대(地代) 등 공사(公私) 채무를 짊어진 백성들에게는 진헌(進獻)·세공(歲貢)·역환(易換)으로 명나라·청나라에까지 제공해야만 하는 짐이 가볍지만은 않았다. 이런 점으로 미루어보면 내부의 모순을 가속화시킨 외부적 모순은 민족적 문제로 제기될 수 있었다. 특히 18세기 이후 극대화된 사회경제적 모순의 해결을 위한 역사적 요구로 실학이라는 새로운 지평이 열린 것인데, 실학의 영역에서는 대외적 불평등관계를 벗어나려는 반중화주의가 역사적 필연일 수밖에 없는 사상체계라고 생각된다.

해방 이전의 민족주의 사학자들의 논고나 해방 후 많은 역사 서술에서 실학사상의 태동기를 '민족자아'의 발전 시기로 기술했던 것은, 이 글에서 고찰한 바처럼 실학자들의 주장에는 민족문제에 대한 구체적 언급이 있었고, 명확한 인식 아래서 그 문제에 대한 논리를 펴고 있다는 것이 밝혀졌기 때문일 것이다. 어쨌든 민족사의 발전과 함께 민족문제는 실학기에 들어와서 구체적으로 인식되어갔고 그러한 인식의 바탕은 많은 도전을 받았으므로[34] 역사의 표면으로 크게 부각될 수 없었다. 그

---

33 정창렬 교수는 「한말 변혁운동의 정치·경제적 성격」(『한국민족주의론』 I, 창작과
  비평사 1982, 15면)에서 "1876년을 시점으로 하여 개항 이전과 이후의 한국 역사는
  질적으로 구분된다. 그 이전의 한국 역사는 외부의 영향 특히 동아시아의 국제질서
  의 규정을 크게 받은 것이었지만 그러나 이 규정은 어디까지나 부차적인 것이었다"
  라고 하면서 한국사는 민족모순 쪽보다는 한국사회 내부모순의 갈등과 대립에 의하
  여 전개되었다고 하였다.
34 주11 참조.

러나 민중운동을 비롯한 여러 측면과 동학농민운동에서는 현대적 민족주의에 가까운 논리가 근거를 이루면서 실학기의 반중화주의를 계승·발전시키고 있었음을 알 수 있다. 이 나라의 민족주의 발달사가 아직 체계적으로 연구되어 있지는 않으나 적어도 다산의 새로운 화이론에서 정립된 반중화주의적 민족자아 발견의 업적은 민족주의 발달과정에 중요한 부분이 되리라 믿는다.

앞에서 다산이 그의 시에 우리말을 한자화해서 시어로 썼다는 점을 들어 민족적 자각의 일면에 대해 언급했는데, 여기서 문제가 되는 것은 한자를 의사전달의 중심수단으로만 여겼다는 점이다. 높은 수준으로 민족자아를 인식하였고, '즐거이 조선시를 지어야겠다'라고 했던 다산이면서도 '조선시'를 한자로만 지었다는 데 문제가 있다. 한문화권(漢文化圈)에서 성장한 탓인지 다산은 수백년 전에 제작·반포되어 백성의 글로서 의사전달을 했던 한글의 사용을 고려하지 않았던 것으로 보인다. 『홍길동전』을 비롯하여 송강(松江)의 가사(歌辭), 고산(孤山)의 단가(短歌) 등 한글 작품이 이미 오래전부터 백성에게 선보이고 있었는데도 순수한 조선말을 한자로만 표기하고 말았던 점은 다산 사고의 한계인 동시에 시대적인 한계이기도 하다. 이런 한계는 민족자아의 인식에서도 드러날 수밖에 없다. 이것은 그가 살던 시대의 두꺼운 벽이자 민족자아가 아직 성숙하지 못했음을 보여주는 것이 아닐 수 없다. 천재적인 학자이자 탁월한 시인이던 그의 사고를 가로막은 것이 시대의 벽이었다고 생각하면, 역사는 역시 천재 개인이 창조하지 못하고 시대와 민중의 힘으로 창조된다는 것을 더욱 절감하게 된다. 다산이 더 확고한 민족적 긍지를 지니고 그의 많은 문학과 철학 저서들을 한글로 표기하는 수준에 이르렀다면 우리나라 민족주의의 지평은 얼마나 넓게 전개되었을 것인가. 개화기 이후에야 국한(國漢) 혼용체의 글들이 공식화되어갔고 그 훨씬 이후에야 한글 전용 문제가 국민적 여론으로 대두되었던 사실은 역시 발전의 일면을 깨닫게 하기에 충분하다. 다만 한글로 표현한 글의 내용에 비추어볼 때 한자로 표현한 다산의 글은 주제나 소재에 있어서 그에 결코 뒤지지 않으니 한글 표기 여부만으로 반중화주의의 농도를 판가름할 수 없다는 것은 재고해야 할 문제로 남는다.

홍이섭 교수는 다산의 『경세유표』에 대해 언급하면서 그 책 허두에 "우리 국가는 번국(藩國, 중국의 제후가 다스리는 나라)이었다"라는 구절에 대해 "중국적인 학문에 젖어왔고, 정치적인 이념의 모체로서 도식화된 주례(周禮)를 역사적 실제로 보는 데 휩쓸린 중국 중심의 생각에서 온 것으로, 다산학의 한 반점(斑點)이었다"[35]라고 하였다. 이 점 또한 옥에 티라기보다는 그가 속했던 사대부 신분의 계층의식과 당시의 학문적 분위기에서 완전하게 탈피하기 어렵던 일면이라고 볼 수 있다. 다만 『경세유표』라는 책이 국왕에게 올려바치는 '표(表)'의 형식을 취했기 때문에 자신의 입장보다는 당시의 공적인 문장형식을 어쩔 수 없이 따랐다고 보면, 이 한마디가 결코 그의 반중화주의를 퇴색시킬 만한 근거가 되지는 못한다고 말할 수 있다.

결론적으로 다산의 반중화주의, 민족자아 발견의 노정에는 어느정도의 부정적인 측면이 보이고 있으나 자기가 살던 시대에서는 가장 첨단적인 민족의식을 보여주고 있음이 분명하다. 그의 실학사상에 담긴 새로운 화이론은 가장 집약적이고 높은 수준에 도달하고 있었다.

20세기에 들어 망국의 통한 속에 나라의 독립을 열망하는 민족주의

---

35 홍이섭 『정약용의 정치경제사상연구』, 한국연구도서관 1959, 35면.

이론이 체계화되어 해방 이후의 역사에 조명되어왔으나, 아직도 우리 민족자존의 길은 외세의 부대낌을 받은 채 민족분단의 비극 속에 통일이라는 민족적 과제를 안고 있다. 단재가 탄식했던 사대적·보수적·속박적 사상이 아직 완전히 불식되었다고 말하기 어려운 이때, 200여년 전 다산이 인식한 민족자아 문제는 앞으로도 더욱 논구되어야 할 분야이며, 한 줄기의 희망적인 길을 여는 데 큰 논리의 근거를 마련해주리라 믿는다.

3부

『경세유표』저술 200주년의 역사적 의미

새로운 조선을 만들자던 다산의 꿈

1. '방례초본'과 '경세유표'의 의미

1817년, 다산 정약용이 전라도 강진에서 귀양살이한 지 17년째였고 그의 나이 56세였다. 이때 다산은 『방례초본(邦禮草本)』48권의 저술을 마쳤지만 계획했던 대로 내용을 완성하지 못하고 손을 떼면서 '미졸업 (未卒業)' 즉 모두 끝마친 책이 아님을 기록해놓았다. 그 책이 다름 아닌 『경세유표(經世遺表)』이다.

『경세유표』라는 책의 이름을 살펴보면 내용을 대체로 파악할 수 있고, 저술 의도가 어디에 있는지도 알게 된다. '표(表)'라는 글자부터 풀이해보자. '표'는 한문 문체의 하나로 신하가 임금에게 올리는 정책건 의서라는 뜻을 지닌다. 동양에서 '표'의 대표적인 글은 우리가 잘 알고 있는 것처럼 제갈공명의 「출사표(出師表)」가 있다. 그렇다면 다산의 '유표(遺表)'는 어떤 의미를 지니고 있는가. 신하가 임금에게 정책건의 서로 올리는 글이라는 것은 분명하지만 유배된 죄인의 신분이기 때문에 글을 쓰던 당시에는 올리지 못하고, 뒷날에라도 임금에게 올려지기를 바라며 유언으로 저술한 정책건의서라는 뜻을 지니고 있다.

그래서 '유표'라는 두 글자에는 중죄를 짓고 귀양살이하는 유배객의 한과 서러움이 담겨 있고, 한편으로는 다산의 뜨거운 애국심과 나라의 미래에 대한 무한한 염려도 담겨 있다. 나라로부터 내침을 당한 처지에서도 망해가는 나라의 실정을 그냥 두고만 볼 수 없어, 애끓는 가슴을 부여잡고 나라다운 나라가 될 수 있는 온갖 방법을 정리해두었고, 언젠가는 훌륭한 지도자들이 나와 자신이 마련해놓은 정책을 현실정치에 활용할 수 있으리라고 믿었다. 그렇게 해서 망해가는 조선이 부국강병의 나라가 되기를 희망했다. 이렇게 '유표'라는 두 글자에서 다산의 한없는 애국심을 읽을 수 있다.

이 책에서 논하는 것은 법이다. 법이면서도 명칭을 예(禮)라고 한 이유는 무엇 때문인가? 옛날 성인 임금들은 예로써 나라를 다스리고 예로써 백성을 인도하였다. 그런데 예가 쇠퇴해지자 법이라는 명칭이 나왔다. 헤아려보건대 온갖 천리(天理)의 법칙에 합당하고 모든 인정(人情)에 화합하는 것을 예라 하며 두렵고 참혹한 것으로 협박하여 백성들로 하여금 벌벌 떨며 감히 죄를 범하지 못하도록 하는 것을 법이라고 한다. 고대의 성인 임금들은 예로 법을 삼았고, 후대의 제왕은 법으로 법을 삼았으니, 이것이 고대와 후대가 같지 않은 것이다.
(『경세유표』서문)

방법(邦法), 즉 '나라의 법제'에 대한 정책건의서인 『경세유표』를 '방법초본'이라 하지 않고 '방례초본'이라 명명한 이유를 설명한 것이다. 『논어』「위정(爲政)」편에서 공자는 "정치와 형벌로 백성들을 인도하면 백성들은 형벌에서만 빠져나가면 부끄러움을 모르지만 덕(德)과 예(禮)로 백성들을 인도하면 부끄러움을 알면서 감화되어 좋은 나라가 된다(道之以政 齊之以刑 民免而無恥 道之以德 齊之以禮 有恥且格)"라고 말하여 법과 형벌로 백성들을 통제하는 것보다는 덕과 예로 인도할 때 예의를 알고 인격을 갖춘 백성들이 살아가는 세상이 온다고 주장했다. 바로 다산은 이런 공자의 덕치주의 정신에 따라 법제 대신 덕례를 통한 세상을 꿈꾸고 있었음을 나타내고 있다. 그래서 다산은 주공(周公)이 주나라의 법제를 정해놓은 책을 주법(周法)이라 칭하지 않고 '주례(周禮)'라고 칭했다고 했다. 유배지에서 '방례초본'이라 했으나 해배 뒤 고향에 돌아와 다시 정리하면서 책 제목을 '경세유표'로 바꾸고 서문「방례초본인(引)」도「경세유표인」으로 바꾸어 현재에 전해지고 있다.

2.『경세유표』의 국가개혁 과제

『경세유표』 서문에서 "조용히 생각해보건대 나라 전체가 털끝 하나인들 병들지 않은 부분이 없다. 지금 당장 개혁하지 않는다면 나라는 반드시 망하고 말 뿐이다"라고 당시의 나라 현실을 진단했다. 왜 그렇게 되었는가. "임진왜란 이후로 온갖 법제가 무너지고 모든 일이 어수선해졌다. 군문(軍門)은 자꾸 증설되어 국가재정이 탕진되고 전제(田制)가 문란해져서 부세(賦稅)의 징수가 편중되었다. 재물이 생산되는 근원은 힘껏 막아버리고 재물이 소비되는 길은 마음대로 터놓았다. 따라서 오직 관서(官署)를 혁파하고 관원(官員)을 줄이는 것을 급한 것을 구하는 것으로 삼았다. (…) 모든 관직까지 정비되지 않아 정규 관원조차 녹봉이 없고 탐학질과 더러운 짓 하는 풍습만 크게 일어나 백성들은 초췌해져버린 상태다"라고 말하여 개혁의 당위성을 자세하게 열거하였다.

1. 벼슬의 숫자를 120으로 한정하여 육조(이·호·예·병·형·공)로 하여금 각 조마다 20명의 관료를 거느리게 하자.

2. 관제를 개혁하여 18품의 계급을 9품으로 줄여서 정(正)·종(從)의 품계를 없애자. 단 정1품, 종1품, 정2품, 종2품만은 그대로 두고 나머지 품계는 모두 줄이자.

3. 호조(戶曹)는 교관(敎官)으로 바꾸어 교육정책을 주관하게 하고, 육부(六部)의 지방교육제를 육향(六鄕)으로 바꾸어 지방교육을 활성화하자.

4. 고적제(考績制), 즉 공직자의 업적을 평가하는 제도를 엄정하게 정하고 그 평가방법을 세밀하게 세분하여 엄격하게 심사하는 제도를 수립해야 한다.

5. 삼관(三館, 교서관·예문관·홍문관)의 세차례 추천법을 바꾸어 귀족 자제가 아닌 일반 가정의 출신이라도 삼관의 관원이 될 수 있는 길을 열자.

6. 처음 벼슬하는 사람에게 수릉관(守陵官)의 임명을 배제하여 귀족자제의 요행스러운 벼슬길을 막아야 한다.

7. 과거제도를 혁신하여 대과(大科)·소과(小科)를 합하여 하나의 과거로 시행하며, 33명이던 대과 급제자를 36인으로 늘리고 3년에 한 차례 시행하는 정규시험만 시행하고 임시 과거인 증광(增廣)이나 절

일제(節日製)의 과거는 모두 폐지한다.

8. 문과·무과는 비중을 같게 하고 합격자는 차별 없이 관직에 등용케 한다.

9. 10결(結)의 전지(田地)에는 반드시 1결의 공전(公田)을 두어 농부들이 힘을 모아 경작하여 세금으로 충당하고 다른 세금은 물리지 않는다.

10. 군포세(軍布稅)를 폐지하고 구부제(九賦制)를 개정하여 모든 국민이 부역을 균등하게 부담하게 한다.

11. 둔전(屯田)제도를 제정하여 왕성(王城)을 보위할 군대를 기르고 아병지전(牙兵之田) 제도를 세워 현성(縣城)을 보위할 군대를 양성하게 하자.

12. 사창(社倉)제도와 상평법(常平法)을 정비하여 농간을 막아야 한다.

13. 주전(鑄錢)을 제대로 하여 화폐제도의 폐단을 막자.

14. 고을 아전 등의 숫자를 확정하고 그들의 세습제를 막아 간리(奸吏)의 횡포를 막자.

15. 이용감(利用監)이라는 새로운 관청을 신설하여 기술개발과 도입을 전담케 하고, 북학(北學)의 법제를 의논하여 부국강병의 국가를 도모하자. (이상은 『경세유표』서문에서 간추려 인용한 것임)

이와 같이 다산은 최소한의 개혁과제를 내세우고 그 세부 시행계획과 실천방안을 면밀하게 제시했다. 그러면서 현행법에 있는 부분은 개혁으로, 현행법에 없는 부분은 신설하는 법제임을 설명하여 어떤 제한 없이(不拘時用) 개혁의 과제로 제시한다고 주장했다. 15개 개혁과제 이외에도 많은 과제가 논(論)·설(説)·의(議)·책(策) 등의 글에 상세하게 나열되어 있으나, 『경세유표』 서문에서 국가의 개혁과제로 최소한 15개 정도는 반드시 실행되어야 한다고 강조하였다.

3. 부지런하고 치밀한 지도자상

『경세유표』 서문에서 다산은 바람직한 지도자상을 제시하고 있다. 지도자라면 부지런하고 정밀해야 한다고 다산은 생각했다. 그리하여 요순(堯舜)의 정치를 이른바 무위(無爲)의 정치라 하며 높게 보고 따르는 풍토를 개탄했다.

"세속에서 요순시대의 훌륭한 정치를 말하는 자는 '요와 순은 모두 팔짱을 끼고 공손한 모습으로 아무 말 없이 띠집에 단정히 앉아 있어도, 그 덕화(德化)를 전파하는 것이 마치 향기로운 바람이 사람을 감싸는 것과 같았다'고 한다. 이리하여 화락한 것을 순박하다고 하고 만족한 것을 만족하게 여긴다 하고, 무릇 베풀어 실천하는 것이 있으면 곧 요순시대의 다스림을 가지고 윽박지른다. 그러면서 '한비(韓非)·상앙(商鞅)의 술법이 각박하고 정심(精深)한 것은 실로 말세의 풍속을 다스릴 만하다고 하면서, 별도로 요순은 어질고 진시황은 포악하였으므로, 엉성하고 느슨한 것을 옳게 여기고 정밀하고 각박한 것을 그르게 여기지 않을 수 없다'고 일컫는다."

다산이 보기에 요순처럼 부지런하고 정밀한 사람이 없었다. "마음을 분발하고 일을 일으켜서 천하 사람을 바쁘고 시끄럽게 노역시키면서, 일찍이 한번 숨쉴 틈에도 안일하지 못하도록 한 이는 요순이요, 또한 정밀하고 각박하여 천하 사람으로 하여금 조심하고 송구하여 털끝만큼이라도 감히 거짓을 꾸미지 못하도록 한 이도 요순이었다. 천하에 요순보다 더 부지런한 사람이 없었건마는 하는 일이 없었다고 속이고, 천하에 요순보다 더 정밀한 사람이 없었건마는 엉성하고 오활하다고 속인다. 그래서 임금이 언제나 일을 하고자 하면 반드시 요순을 생각하여 스스로 중지하도록 한다. 이것이 천하가 나날이 부패해져서 새로워지지 못하는 까닭이다. 공자가 '순은 하는 일이 없었다'고 말한 것은, 순에게 현명하고 성스러운 신하가 22인이나 되었으니 또 무슨 할 일이 있었겠느냐는 뜻이다. 그 말뜻은 참으로 넘쳐흐르고 억양이 있어 말 밖의 기풍과 정신을 얻기에 충분하다. 그런데 지금 사람들은 오로지 이 한마디 말을 가지고서, 순은 팔짱 끼고 말없이 단정히 앉은 채 손가락 하나 움직이지 않았어도 천하가 순순히 다스려졌다 하고는, 「요전(堯典)」과 「고요모 (皐陶謨)」(이상 『서경』의 편명)는 모두 까마득히 잊어버리니, 어찌 답답하지 않겠는가."

다산이 보기에 요순은 총명하면서도 쉴 틈 없이 일했다. 그뿐만 아니라 그의 신하들 또한 맹렬히 분발하여 요순 임금을 보좌했다. 지금이라고 다를 것이 없다. 오히려 더 열심히 일해야 한다. 지도자가 하는 일 없이 대접만 받으려 하거나, 지도자를 보좌하는 사람이 자신의 일보다는 의전 문제로 사람들을 불편하게 만든다면 이것은 다산이 제시한 지도자상과는 너무도 거리가 먼 모습이다.

4. 『경세유표』에 대한 평가

본디 유학은 공자의 사상과 철학에서 발전해온 학문이다. 유학의 최종 목표는 수기(修己)와 치인(治人)을 통해 천하를 태평한 시대로 만드는 데 있다. 큰 틀에서 유학자였던 다산 또한 수기치인(修己治人)을 학문의 목표로 여기고 육경사서로 수기의 도를 닦고 일표이서(『경세유표』『목민심서』『흠흠신서』)로 천하국가를 태평한 시대로 이끌려는 노력을 기울였다. 오랜 유배생활 동안 다산은 육경사서의 연구를 통해 수기의 길을 열고, 경학의 공부를 마친 후 바로 경세학인 일표이서의 저작에 착수했다. 부란(腐爛)한 당시의 조선을 새로운 나라로 만들어야겠다는 신아지구방(新我之舊邦)의 생각으로 전면적 법제개혁과 새 나라 건설의 방법을 찾아냈다.

『경세유표』야말로 다산 경세철학의 핵심으로 중국 요순시대의 법전이라고 말할 수 있는 주공의 『주례』에서 통치체제의 모델을 찾아내 조선이라는 현실에 부합하는 법체제를 설계하였으니 바로 법고창신(法古創新)의 위대한 학문적 업적이었다. 경세학의 3대 저서 중에서 『경세유표』가 통치체제의 본론이라면 『목민심서』와 『흠흠신서』는 각론격이라 할 수 있다. 다산은 각 저서에 제시된 제도와 실천방안이 동시에 실행될 때에만 조선이라는 나라는 나라다운 나라가 되리라고 믿었다.

근세에 다산을 가장 깊이 연구하여 다산학의 전모를 소상하게 밝힌 학자는 위당 정인보이다. 그는 다산 서세 100주년을 맞는 1936년 전후에 최초로 다산의 모든 저작을 합해서 『여유당전서』를 편찬하여 세상에 제공했을 뿐만 아니라 다산학의 가치를 가장 높게 평가했던 학자 중의 한 사람이었다. 정인보는 『담원국학산고』(1955)에서 "다산선생의 평생 대저는『방례초본』하나의 책이 바로 선생 저서의 대표다"라고 말하여 500권이 넘는 다산 저서에서『경세유표』가 대표적인 저서라고 명확히 밝혔다.

정인보가 평가한 내용을 간추려보자. "이 책은 법도(法度)에 대한 초본인데, 방법(邦法)이라 하지 않고 방례(邦禮)라고 함이 벌써 깊은 뜻이 있다. 학문과 정치가 분립한 지 오래라, 학문이 정치를 버렸으니 그 학문이 실(實)을 거론하지 못하고 정치는 학문에 의(依)하지 않으니 그 정치는 언제나 치도(治道)의 본(本)을 얻지 못했으므로 이에 도(道)와 정(政)이 일치임을 밖으로 거론하였으니 이것만으로도 세상에 없는 고독한 학문적 결단임을 짐작할 수 있다"라고 말하여, 학문이라고는 성리학뿐이어서 당시의 학계는 정치에 대해 오불관언을 표방하고 있었는데 이러한 잘못된 경향을 비판하고 올바른 방향을 제시한 다산의 입장을 설명하고 있다. 학문이 제대로 익지 않은 정치인과 관료들이 정치에만 골몰하여 학문에 의거하지 못하는 당시의 세속에 대한 비판까지 다산의 경세철학에는 담겨 있다고 주장하는 내용이기도 하다.

일본인 아사미 린따로오(淺見倫太郎)는『조선법제사고(朝鮮法制史稿)』(1922)라는 저술로 동경대학교 법학박사 학위를 취득하였다. 아사미 린따로오는 외국인으로는 최초로『경세유표』를 연구한 학자이다. "조선의 법제를 생각함에 있어 정약용의 책이 가장 완전한 것이라 하겠다"라면서『경세유표』가 조선 법제에 대한 연구서라고 평가했다. 그리고 "육전(六典) 폐해의 비판 및 개혁으로『주례』로 돌아가기를 주장한 점은 복고적인 정신이라 하겠으나, 당시의 현상을 서술한 것으로는 조선인의 저작 가운데 더 나은 것은 없다"라고 주장했다. 법고창신의 개혁은 말하지 않고 다만 옛것을 따름을 복고적이라고 평한 것은 온당하지 않다. 그러면서 "국가의 쇠망에 당하여 왕왕 한두명의 비상한 선비가 나온다"라면서 다산이 바로 그런 사람이라고 했다. 조선왕조의 부패와 나라의 타락을 가혹하게 비판했던 이유 때문인지 "정약용의 탄생은 조선이라는 나라로서는 행운이었지만, 왕국(왕조)으로서는 불행한 일이었다"라는 의미심장한 평가를 내리기도 했다.

다산 자신은 『경세유표』에 대하여 어떻게 평가했을까. '초본(艸本)'이라는 제목이 암시하듯이 미완의 책이라고 전제했다. 그러면서도 "이런 내용의 법제들이 진실로 결단하여 행해지기를 바란다"고 말하며 간단한 조례나 자잘한 명분이나 숫자는 고집하지 않겠으니 변경하여 실행해도 좋다고 했다. 수십년 동안 시행해보고 수정된 뒤에는 금석 같은 불변의 법전으로 만들어 후세에 혜택을 끼쳐줄 수 있다면 그것 또한 지극한 소원이자 큰 즐거움이 되리라고 자신의 희망을 말하기도 했다.

나중에 '경세유표'로 제목을 변경한 것을 보면, 유언으로 남기는 정책건의서임을 분명히 밝히며, 큰 잘못이 없으리라 믿고 그러한 법과 제도가 실천되고 실행될 수 있기만을 소원했으니, 불변의 법전이라는 자신감도 은근히 내비친 것으로 보인다. 다산은 「자찬묘지명」에 『경세유표』의 내용과 저술 목적을 이렇게 적어놓았다. "『경세유표』는 어떤 내용인가. 관제(官制), 군현제(郡縣制), 전제(田制), 부역(賦役), 공시(貢市), 창저(倉儲), 군제(軍制), 과제(科制), 해세(海稅), 상세(商稅), 마정(馬政), 선법(船法) 등 나라를 경영하는 제반 제도에 대해서 현재의 실행여부에 구애받지 않고 경(經)을 세우고 기(紀)를 나열하여 우리의 오래된 나라를 새롭게 개혁해보려는 생각에서 저술한 책이다"라고 했다. 시스템 전반에 대한 개혁의 청사진이었음을 다산 스스로 밝히고 있다.

5. 『경세유표』 저술 200주년

올해(2017)는 다산이 『경세유표』를 저작한 지 200주년이 되는 해이다. 유언으로 남기는 정책건의서이자 국가개혁의 마스터플랜인 이 책에 담긴 다산의 뜻이 얼마나 실행되고 실천되었을까. 부모가 죽음에 임해서 남겨준 유언의 실천은 자식들의 최대 의무다. 우리 민족에게 남겨준 다산의 유언을 실천함은 민족의 과제이자 의무다. 과연 얼마나 실현되었을까. 세상이 바뀌고 시대가 변하여 다산이 제시한 15개 개혁과제가 우리 시대에 완전히 합치될 수는 없다. 법제가 다르고 사회와 세상이 다르지만 옳고 바른 나라를 새롭게 만들자는 다산의 뜻은 오늘에도 분명히 유효하다.

모든 관료제도는 정비되지 못하고 있고, 정직한 선비들은 국록의 혜택을 받지 못하고 있으며, 착취만 일삼는 부패한 관료들이 판을 치고 있고, 일반 백성들은 삶의 의욕을 잃어버린 상태라고 다산이 진단한 당시 조선사회는 오늘의 현실과 어떤 큰 차이가 있는가. 관제개혁, 교육개혁, 과거제도의 개혁, 공무원 고과평가제도의 개혁, 내부자 고발법의 정비, 언론의 활성화를 위한 언관(言官)제도의 개혁, 전제(田制) 즉 토지제도의 개혁으로 집값과 토지값의 재정비, 세금제도의 개혁으로 공평한 세금부과, 군제의 개혁으로 군인들의 복지향상, 사회적 약자를 보호할 복지제도의 개혁, 과학기술의 개발로 4차 산업혁명에 대한 대비 등 다산의 개혁과제는 오늘의 우리의 과제와 큰 차이가 없다.

새 정부가 들어서 적폐청산을 부르짖고 국가를 새롭게 개혁하자는 '리셋코리아'의 목소리가 온 세상에 가득하다. 200년 전에 국가를 리셋

하자던 다산의 목소리가 오늘처럼 크게 들리는 때가 없다. 참으로 더디고 너무 오래되었다. 이제는 다산의 유언이 실현될 때가 온 듯하다. 촛불을 밝혀 구체제를 무너뜨린 대한민국 국민의 힘은 대단하다. 그런 큰 힘을 모아 이제 다산의 개혁과제를 21세기의 개혁과제로 수정·보완하여 실행하고 실천하자.

개혁을 완수한다는 것은 200년 전이나 지금이나 현실적으로 매우 어려운 과제이다. 그만큼 기득권층의 저항이 만만치 않기 때문이다. 다산이 왜 『경세유표』를 미완인 상태로 둔 채 『목민심서』를 저술했는지 깊이 생각해볼 필요가 있다. 국가개혁을 하는 데 공직자의 역할이 무엇보다 중요하다고 다산은 판단한 것이다. 즉 공직자는 국가와 국민을 연결해주는 소통의 창구 역할을 하기 때문에 이들을 개혁에 동참시키고자 했던 것이다.

최근 대통령이 탄핵되었다. 탄핵의 근거 하나가 헌법 제7조이다. 헌법 제7조는 '공무원은 국민 전체에 대한 봉사자'라고 규정하고 있다. 대통령은 국민 전체의 봉사자로서의 의무 규정을 위반하여 탄핵된 것이다. 다산은 '목위민유야(牧爲民有也)', 즉 목민관은 백성을 위해 존재하는 것이라고 했는데 이는 헌법 제7조와 같은 뜻이다. 어느 때보다 공직자의 역할이 중요한 시기이다.

새로운 정부에 감히 권하고자 한다. 『경세유표』를 참고하여 대한민국이 나아가야 할 방향을 제시하고, 『목민심서』를 참고하여 공직자들이 개혁에 동참하도록 힘써야 할 것이다. 공직자뿐 아니라 공공영역에서 복무하는 모든 사람들이 다산이 강조했던 공(公)과 염(廉)을 가슴 깊이 새기도록 하자.

하지만 이 모든 것을 정부에만 맡길 일이 아니다. 국민 모두가 눈을 뜨고 감시하면서 직접 국민주권의 논리를 발현하여 개혁에 앞장서야 한다. 이것이 『경세유표』저작 200주년을 맞는 우리 국민이 해야 할 몫이다.

『흠흠신서』 저술 200주년과 우리 사회의 정의

1. 글을 시작하며

　다산 정약용에 관한 가장 믿을 수 있는 기록에는 몇가지 자료가 있다. 첫째는 그가 자신의 일생과 삶의 업적을 기록하여 남겨준 「자찬묘지명(自撰墓誌銘)」이라는 제목의 자서전 같은 글이다. 둘째는 자신이 기록한 연보(年譜)에 후손들이 가필하여 확정해놓은 『사암선생연보(俟菴先生年譜)』인데 다산의 현손(玄孫)인 정규영(丁奎英)이 1921년에 기록한 책이다. 「자찬묘지명」은 다산이 회갑을 맞은 1822년에 지은 것이니 『사암선생연보』는 그로부터 100년이 지난 뒤에야 기록된 것이다.

　『사암선생연보』에 다산 58세인 1819년 여름 "『흠흠신서』가 이루어졌다"라는 기록이 있기 때문에 금년 2019년은 바로 『흠흠신서』가 저술된 200주년이 되는 해라고 말할 수 있다. 그런데 『흠흠신서』 서문(序文)은 1822년 봄에 쓴 것으로 되어 있으니, 책은 귀양지에서 고향으로 돌아온 다음 해에 집필을 완료하고, 수정 가필한 다음인 3년 뒤에야 서문을 써서 완성된 책으로 보관했다고 여겨진다. 그렇게 보면 해배 이전인 귀양지에서 이미 책에 대한 설계나 구성은 대체로 마무리되었지만, 더 많은 자료를 검토하고 또 판례들을 살펴보기 위해서 많은 시간을 보낸 뒤에야 책은 저술되고, 더 많은 시간을 보낸 뒤에야 완성된 것으로 보인다.

오래전에 다산연구의 개척자이자 국학연구의 대가였던 위당 정인보는 다산이야말로 조선의 "유일한 정법가(政法家)"라고 평했는데, 『경세유표』나 『목민심서』 역시 정치와 법률에 관한 책이지만, 『흠흠신서』야말로 다산이 조선의 뛰어난 법률가였음을 나타내주는 대표적인 저서였다. 정법가는 정치가이자 법률가인데, 『흠흠신서』는 바로 살인범에 대한 수사와 재판에 관한 전문서적이기 때문에 온통 법률지식으로 가득차 있다. 그러나 조선시대에는 지방관들인 목민관들에게 수사와 재판에 관한 권한이 부여되어 있었지만 이들이 수사와 재판에 관한 법률지식이 부족하여 많은 잘못을 저지르는 것이 일상적이었다. 이러한 이유로 전문적인 지식을 밝혀놓은 책이 바로 『흠흠신서』라고 다산은 말했다.

2. 책의 저술 동기와 목적

『흠흠신서』를 저술하는 이유에 대해 다산은 자세한 설명을 해놓았다. "사람의 생명이란 하늘에 매여 있다"라는 전제 아래, "오직 하늘만이 사람을 살리기도 하고 또 죽이기도 하는데, 목민관이 그 중간에서 선량한 사람은 편안하게 살게 해주고 죄지은 사람은 잡아다 죽이는 것이니, 이는 하늘의 권한을 들어내 보이는 것이다"(서문)라고 말하여 하늘을 대신하여 인명에 대한 생사여탈권을 지닌 목민관들의 책무부터 거론하였다. "사람이 하늘의 권한을 대신 쥐고 행하면서도 삼가고 두려워할 줄 몰라 털끝만 한 일도 세밀히 분석해서 처리하지 않고 소홀하고 흐릿하게 처리하여 살려야 할 사람을 죽이기도 하고, 또 죽여야 할 사람을 살리기도 한다"(서문)라고 말하여 지식이 부족한 목민관들을 꾸짖었다.

더 심하게 말하여 "살릴 사람을 죽여놓고도 오히려 태연히 편안하게 지낸다. 더구나 부정한 방법으로 재물을 얻고 여자에게 미혹되기도 하면서 백성들이 비참하게 울부짖는 소리를 듣고도 그것을 구휼할 줄 모르니 이는 매우 큰 죄악이다"(서문)라고 말하여 「자찬묘지명」에서 밝힌 대로 『흠흠신서』의 저작 목적은 그와 같이 억울하기 짝이 없는 사람들에게 '억울함이 없기를 바라서(冀其無冤枉)' 책을 저술하게 되었다고 밝히고 있다. 즉 백성들이 살인사건의 수사와 재판에서 억울함이 없도록 하기 위해서, 수사와 재판에서 공정하고 정의롭게 사건의 실체적 진실을 밝혀낼 수 있도록 하기 위해서 책을 저술했다는 것이다.

3. 정의롭고 공정한 수사와 재판

다산은 먼저 자기가 살던 시대의 수사와 재판의 실태부터 살폈다. "사람의 생명에 관한 옥사(獄事)는 군현에서 항상 일어나는 일이고 목민관이 항상 마주치는 일인데, 실상을 조사하는 것이 언제나 엉성하고 죄를 결정하는 것이 언제나 잘못된다"(서문)라고 말하여 진실이 밝혀지지 않는 재판이 자주 일어나는 현실을 인식하고 있었다. 정조와 다산이 함께 일하던 시절에는 감사(監司)나 목민관들이 수사와 재판을 잘못하는 경우 가차 없이 파면을 시켰기 때문에 그런대로 볼 만한 수사와 재판이 이루어졌지만 정조가 세상을 떠나고 다산이 유배살이를 하게 되자 또 옛날로 돌아가 제대로 처리되지 못해 억울한 옥사가 많아졌노라고 한탄하기에 이르렀다. 그래서『목민심서』에서 인명에 대한 재판에는 별도의 전문적인 저서가 필요하다고 말하여 그런 억울한 재판이 없기를 바라서『흠흠신서』를 저술한다고 하였다.

다산은『서경(書經)』의 '흠재흠재 유형지휼재(欽哉欽哉惟刑之恤哉)' 즉 '조심스럽고 공경스럽게 하여 형벌에만은 긍휼한 생각을 지녀라'라는 대목을 인용하여 '흠흠'을 앞에 내건 책의 이름을 지었노라고 했다. 『흠흠신서』가 나오기까지의 법률의 역사도 언급했다. 한(漢)·당(唐) 시절에는 제대로 법률이 제정되지 않았지만 명나라에 이르러 모(謀)·고(故)·투(鬪)·희(戲)·과(過)·오(誤) 등 여섯개의 범죄 종류를 구별하여 사람의 생명에 관한 모든 조목이 구체적으로 드러나 애매하거나 의심스러움이 없는 재판이 가능하도록 했다는 것이다. 모의하여 사람을 죽인 경우, 고의로 죽인 경우, 싸우다가 죽인 경우, 장난치다가 죽인 경우, 과오로 죽인 경우, 잘못 인식하여 죽인 경우 등으로 분별하여 세밀하게 나열했으니 잘못을 저지를 이유가 없다고 했다. 이런 내용이 바로 중국의『세원록(洗冤錄)』이나『대명률(大明律)』에 상세하니 자신이 짓는 『흠흠신서』는 그러한 법률서적의 보조 자료로 사용한다면 잘못된 수사나 재판은 줄일 수 있다고 겸허한 자세로 이야기했다.『세원록』은 송나라 때부터 내려오는 시체의 검험(檢驗)과 법의학적 지식을 열거한 책이고『대명률』은 명나라의 법률서적으로 대단히 수준 높은 책이었다.

4. 책의 구성과 내용

30권으로 구성된 『흠흠신서』는 치밀하고 합리적인 체계를 갖추었다. 『흠흠신서』의 서문에 소개된 책의 구성과 내용을 살펴보면 다음과 같다. 첫째는 책의 앞부분인 '경사요의(經史要義)' 3권인데 경전(經傳)의 교훈을 맨 앞에 실어서 정밀한 뜻을 밝혔고, 그다음에 역사의 자취를 실어서 옛날의 상례를 보여주었다. 둘째는 '비상준초(批詳雋抄)' 5권인데 판결·보고·선고의 실례를 실어서 당시의 법례를 살폈다. 셋째는 '의율차례(擬律差例)' 4권이니 법을 지키지 않는 사람의 죄를 헤아려 형벌을 정한 사례를 실어서 차등을 분별하였다. 넷째는 '상형추의(詳刑追議)' 15권으로 선대 임금 때 군현의 공안(公案) 가운데 문사(文詞)의 논리가 비루하고 저속한 것은 그 뜻에 따라 가다듬고 형조(刑曹)의 의론과 국왕의 판결은 조심스레 기록하되 간간이 다산의 의견을 덧붙여서 변론해놓은 내용이다. 마지막으로 '전발무사(剪跋蕪詞)' 3권인데 자신이 목민관 시절이나 형조참의 시절에 판결했던 수사와 재판의 실례를 간략하게 적어놓은 일종의 실무지침서이다.

이와 같이 정밀하게 수사와 재판의 방법을 제시하고 이런 내용에 따라 수사와 재판이 진행된다면 일반 백성들의 억울함이 풀려서 공정하고 정의로운 사회가 이룩될 수 있겠지만 목민관들은 형벌이나 형사소송에 관한 법률 공부는 하지 않기 때문에 올바른 수사와 재판은 기대할 수 없다는 것이 다산의 주장이었다. "사대부들은 어려서부터 머리가 희끗희끗할 때까지 오직 시부(詩賦)나 잡예(雜藝)만 익힐 뿐인데 어느날 갑자기 목민관이 되면 어리둥절하여 손쓸 바를 모른다. 그래서 차라리 간사한 아전들에게 맡겨버리고 감히 알아서 처리하지 못하니, 저 재화

(財貨)나 숭상하고 의리는 천하게 여기는 간사한 아전들이 어떻게 법률에 맞도록 형벌을 처리할 수 있겠는가?"(서문)라고 말하여 정의롭고 공정한 재판이 이뤄질 수 없는 시대의 아픔까지 자세히 밝히고 있다. 정의와 공정에서 벗어난 재판은 '유전무죄 무전유죄'라는 악한 재판만 계속될 수밖에 없다는 당시의 사정을 말하고 있다.

5. 수사와 재판의 사례

수사와 재판의 중요성을 분명하게 인식하여 선비도 형률(刑律)이나 형명(刑名)의 학문에 밝아야 한다고 거듭 주장했던 다산은 『흠흠신서』의 마지막 부분인 '전발무사'편에 자신이 목민관으로 있을 때나 또 중앙의 형조참의로 수사와 재판의 실무를 보던 때의 살인사건에 대한 사례를 빠짐없이 기록해놓았다. 자신이 목민관으로 있을 때 일어난 '신착실(申著實)사건'에 대하여 어떻게 공정하고 진실된 판결을 내렸는지를 설명한 내용이다. 엿장수이던 신착실은 외상값을 갚지 않은 사람과 실랑이를 벌이다가 그를 떠밀었는데 뒤로 넘어지면서 뾰족한 꼬챙이에 찔려 그만 생명을 잃게 되었다. 신착실은 전혀 고의가 없었지만 살인범으로 오랫동안 감옥에서 고생하고 있었는데 다산은 이 사건을 재심리하여 목민관 시절에 주장했던 대로 형조참의 시절에 임금께 아뢰어 무죄 석방했다.

'함봉련(咸奉連)사건'에서 다산은 살인사건의 주범으로 몰려 오랫동안 옥살이를 하던 머슴 함봉련의 옥사를 재심리하여 무죄로 석방했다. 실제로는 주인이 주범이었지만 어리석은 목민관들 때문에 머슴이 주범으로 탈바꿈하여 억울한 옥살이를 하고 있었는데, 형조참의이던 다산의 재심리로 진실이 밝혀져 임금의 재가를 얻어 무죄 석방하여 억울함을 풀어주었던 사례이다. 특히 '함봉련사건'은 자신의 「자찬묘지명」에도 기록하여 명판결의 하나임을 자랑스럽게 생각하기도 했다.

이런 사건 이외에도 공정한 수사와 재판의 사례가 매우 많다. 요컨대 백성들의 억울함을 풀어주려는 인도주의적인 법의식과 인민들의 생명의 귀중함을 재판을 통해 인식시키려는 정조와 다산의 노력은 참으로 훌륭한 태도였음을 정확히 파악할 수 있는 것이 바로 『흠흠신서』이다. 책 25권의 「항려지장(伉儷之牂, 배우자를 살해하다) 11」('상형추의' 13)에는 공정하고 정의로운 수사와 재판이 사회에 미치는 영향에 대해서도 자세히 서술하고 있다. "사람으로서 사람답다는 것은 떳떳한 도리를 갖추었기 때문이요, 나라로서 나라답다는 것은 풍속과 교화를 소중히 여기기 때문이다. 이러한 것이 없다면 그 사람은 사람이 아니고 나라는 나라가 아닌 것이다"라고 말하여 부부 사이의 범죄라 해도 사건의 정확한 진실을 밝혀야만 인륜의 도리가 밝아진다고 여겼다. 또한 감옥에 갇혀 있는 죄수에 대한 재심을 시행함은 "반드시 죽음에서 삶을 구하여 선도하려는 뜻만이 있는 것이 아니라, 살인에 대한 변고가 더러 삼강오륜과 관계가 있기 때문이며, 겸하여 떳떳한 도리를 부식(扶植)하고 풍속과 교화를 바로 잡아 다스리려 했던 것이다"라고 말하여 공정하고 정의로운 재판은 나라 다스리는 일에 결정적인 역할을 한다는 것을 강조하고 있다.

6. 맺음말

『흠흠신서』가 오늘의 수사와 재판에 관계하는 사람들에게 어떤 의미를 부여해주고 있는가를 살펴보자.『목민심서』의 형전(刑典)에서 해결할 살인사건의 형사범 문제를 별도의 전문서적에 따로 정리하겠다던 다산의 뜻으로 보아도 살인이라는 형사범의 수사와 재판에는 참으로 높은 법률지식과 전문적인 식견이 있어야 한다. 하늘로부터 받은 인간의 생명을 하늘을 대신해서 목민관들이 처리하면서 지식도 식견도 없이 그냥 억울한 재판을 양산한다면 인간의 생명과 재산을 책임진 국가로서는 도저히 있을 수 없는 일이 되고 만다. 여기에 착안한 다산은 기존의 법률서적을 참고하고, 수많은 판례들을 살펴서 억울한 재판, 즉 공정하고 진실된 사건처리를 위한 귀중한 지혜를 담은 책을 저술했다. 그 기본 목표는 사회정의의 실현이요, 인간의 생명의 귀중함을 보여주기 위한 작업이었다.

다산은 28세 때 문과에 급제하여 합격증을 받아들고 집에 돌아와 이제 시작하는 벼슬살이를 어떻게 할 것인가에 대한 각오를 밝힌 시를 한 수 지었다. "공렴원효성(公廉願效誠)"이라는 다섯 글자에 그의 일생의 목표가 실려 있었다. 어떤 외부의 영향도 받지 않고 반드시 공정하고 공평한 벼슬살이를 하겠고, 부귀(富貴)에도 굽히지 않는 공(公)의 삶을 살겠고, 빈천(貧賤)에도 비굴하지 않는 정신으로 어떤 경우에도 청렴한 벼슬살이를 하겠다는 다짐을 했다. 공과 염으로 정성까지 다 바치겠다는 뜻이었다. 그런 이유로『목민심서』는 어떤 벼슬아치도 반드시 공렴으로 행정을 펴야 한다는 내용으로 가득 차 있고,『흠흠신서』는 공렴으로 수사와 재판에 임하여 실체적 진실을 밝혀내 억울한 사람이 없도록 해야 한다고 했다.

　오늘 우리 사회는 수사와 재판의 불공정으로 국민이 큰 아픔을 당하며 살아가고 있다. 검찰·경찰의 수사와 기소의 문제로 온통 싸움판이 벌어지는 실정이다. 그동안 불공정하고 진실에서 멀었던 수사와 재판이 진행되었던 것을 우리는 너무나 잘 알고 있다. 정의가 살아나지 못하고 진실이 막힌 사회에서 오래도록 살아왔다. 다산이 추구했던 정의로운 수사와 재판, 진실이 드러나고 거짓과 위계가 사라지는 형사사건의 처리를 위해서는 역시 『흠흠신서』의 정신으로 돌아가지 않을 수 없다. 그래서 저술 200주년을 맞는 『흠흠신서』는 우리나라 역사에 큰 빛을 비춰주고 있다. 정의와 진실이 살아나고, 불공정하고 불의한 수사와 재판을 막기 위해서라도 200년 전의 다산의 뜻이 다시 이 세상에 펼쳐지기를 기대해본다.

시대를 바꾼 고민의 힘, 『목민심서』

1. 유네스코 세계기념인물로 선정된 다산

2012년은 다산 탄생 250주년이었습니다. 다산 정약용은 1762년에 태어나서 1836년에 세상을 떠났습니다. 유네스코는 '2012년 세계기념 인물'로 탄생 150주년을 맞은 프랑스의 작곡가 끌로드 드뷔시(Claude Achille Debussy, 1862~1918), 탄생 300주년을 맞은 프랑스의 철학자 장자끄 루소(Jean-Jacques Rousseau, 1712~1778), 서거 50주년을 맞은 독일의 문인 헤르만 헤세(Hermann Hesse, 1877~1962)와 함께 우리나라의 다산 정약용을 유네스코 정신에 부합한 인물로 선정했습니다. 1997년에는, 다산이 설계한 수원 화성(華城)이 세계에서 가장 아름답고 가장 견고한 성의 하나로 유네스코 문화유산에 등재가 되었으니 이로써 다산은 유네스코 2관왕에 올랐습니다.

그리고 다산학술문화재단은 다산 탄생 250주년을 기념해 2012년 전

37권에 이르는 『정본 여유당전서』(정약용의 저술을 모두 정리한 문집)를 출간 했습니다. 기존에 전해오던 『여유당전서』를 검토해 오탈자를 수정하고 다산의 저작 가운데 누락된 것이나 다산의 글이 아닌데 잘못 실린 것들을 삭제하는 등 10년 동안의 정본화 작업을 통해 다산의 모든 저작을 집대성한 것입니다. 전세계적으로 다산만큼 방대한 저서를 남긴 학자도 많지 않으니 앞으로 다산학술문화재단은 『정본 여유당전서』를 유네스코 세계기록유산 등재도 추진할 계획이라고 합니다. 그게 성공한다면 다산은 유네스코 3관왕을 기록하게 될 것입니다. 저는 우리나라에 이런 인물이 있다는 게 정말 자랑스럽습니다.

그런데 우리나라에서 다산을 모르는 사람은 없지만 그의 책을 읽고 공부를 하는 사람은 많지 않은 듯합니다. 그러나 그에 대해 공부를 해보면 200년 전에 어떻게 그런 대단한 생각을 할 수 있었는지 정말 놀라울 따름입니다. 그래서 저는 모든 사람에게 다산의 책 읽기를 권합니다. 심지어 저는 다산에 대한 공부를 안 하는 사람은 지식인이 아니라고 말합니다. 그런데 다산을 제대로 공부하고도 크게 감동받지 않으면 그 사람은 더 낮은 사람입니다. 다산을 읽어보면 정말 감동받지 않을 수가 없습니다. 왜 제가 이런 말을 하는지 지금부터 다산에 대해 공부해보겠습니다.

2. 다산을 통한 새로운 세상 만들기

500년 동안 왕권을 유지했던 조선은 문제가 많은 나라였지만 한편으로는 좋은 점도 많은 나라였습니다. 만일 개혁을 하고 변화를 일으켰다면 일본의 식민지배를 받지 않았을지도 모릅니다. 그리고 남북분단도 되지 않았을 것입니다.

다산은 『경세유표』 서문에 "나라가 털끝 하나 병들지 않은 것이 없다"고 썼습니다. 그리고 "지금 당장 고치고 바꾸지 않으면 반드시 나라가 망할 것이다"라고 경고했습니다. 다산은 나라가 부정부패에서 벗어날 수 있게 변화를 일으키고 개혁할 수 있도록 모든 논리를 마련해놓았지만 아무도 다산의 말에 귀를 기울이지 않습니다.

다산이 눈을 감은 지 74년이 지난 1910년 마침내 나라가 망했습니다. 36년 동안 식민지배를 받으며 고생하다가 1945년 해방이 됐지만 북은 소련이 점령하고 남은 미국이 점령해 분단이 되고 말았습니다. 분단으로 우리는 지금도 고통을 겪고 있습니다. 부정부패, 비리, 뇌물, 이런 것들을 없애고 나라를 개혁해야 한다는 다산의 이야기는 지금도 유효합니다.

다산은 18년 유배기간 동안 500권이 넘는 저서를 남겼습니다. 여기에는 철학서도 있고 역사서도 있고 지리서도 있고 과학서도 있고, 심지어 의학서도 있습니다. 이 모든 저서의 공통점을 한마디로 말하면 조선이라는 나라가 얼마나 썩었는지를 쫙 나열해놓은 겁니다. 그런데 썩었다는 것만 나열해놓은 게 아니라 어떻게 해야 썩지 않게 만들 수 있는지 각 분야별로 진단하고 하나하나 대응 방안을 마련해놓았습니다. 이렇게 하면 어떻게 개혁할 수 있다, 이건 어떻게 하면 좋아진다는 식으로 마련해놓았습니다.

200년이 지난 오늘날 다산을 이야기하는 이유는 우리의 갈 길이 막혀 있기 때문입니다. 물론 200년이란 세월이 흐르고 역사가 바뀌면서 많은 것들이 변화되었습니다. 오늘날의 상황에 비추어볼 때 다산의 이야기가 다 맞는 건 아닙니다. 일례로 오늘날 심각한 문제로 대두된 환경문제는 다산의 저서 어디를 봐도 없습니다. 그러나 기본적으로 다산이 고민하고 고뇌했던 문제들은 오늘날의 문제와 본질적으로 다를 바가 없습니다.

다산은 어떻게 해야 부패를 막을 수 있는가, 어떻게 해야 올바른 정치지도자를 뽑을 수 있는가, 어떻게 해야 가난한 사람과 부자가 평등하게 먹고살 수 있는가를 무척 고민했습니다. 지금 우리 사회의 가장 큰 문제는 부의 양극화 문제입니다. 부자는 한없이 부유해지고, 가난한 사람은 한없이 가난해지기만 합니다.

비록 세월이 200년이나 지났지만 저는 다산이 그 시절 만들어놓은 해법에 오늘날과 다른 것은 조금 더 수정하고 보완하면 거의 큰 차이 없이 다산을 통한 새로운 세상, 깨끗한 세상 만들기가 가능하다고 봅니다.

3. 백성을 사랑하는 근본은 아껴 쓰는 데 있다

1818년에 저작된 『목민심서』는 전체 48권 16책으로, 전 편12편으로 나누고 각 편은 6개 조항씩 모두 72조항으로 이루어져 있으며 매우 체계적이고 과학적으로 구성되어 있습니다.

1편은 부임(赴任), 2편은 율기(律己), 3편은 봉공(奉公), 4편은 애민(愛民)입니다. 부임은 근무지에 처음 부임해 지켜야 할 사항들에 대해 이야기하고, 율기는 어떻게 자기 자신을 다스리고 수양을 하는지에 대해 다룹니다. 봉공은 공공의 일에 어떻게 봉사할 것인지를 말하고 있으며, 애민은 나라를 사랑하고 백성을 사랑하는 문제를 얘기합니다. 부임이 서론이라고 하면 율기·봉공·애민은 『목민심서』의 원론입니다.

이렇게 해서 네 편을 만들어놓고 그다음에는 조선시대의 육조, 즉 이조(吏曹), 호조(戶曹), 예조(禮曹), 병조(兵曹), 형조(刑曹), 공조(工曹)에 대해 각각 한 편씩 만듭니다. 이것들이 각론이라 하겠습니다. 5편은 이전(吏典), 6편은 호전(戶典), 7편은 예전(禮典), 8편은 병전(兵典), 9편은 형전(刑典), 10편은 공전(工典)입니다. 마지막으로 '부칙' 두 편이 있습니다. 11편 진황(賑荒)과 12편 해관(解官)입니다. 진황은 흉년이 들었을 때 빈민구제 정책을 적은 것이고, 해관은 임기가 끝나 돌아갈 때의 행동에 대해 적은 것입니다.

지금은 시장이나 군수를 투표로 선출하지만, 당시는 임금이 각 지방관을 임명했습니다. 지방관이 부임해 갈 때의 치장(治裝), 즉 어떤 말을 타고 가고 어떤 가마를 타고 가고 어떤 옷을 입고 가고 식구는 몇명 데리고 가고 등등을 적어놓은 게 제1편 부임 제2조 「치장」입니다. 호화롭게 새로운 옷 입고 가지 마라, 아무리 높은 벼슬에 임명됐다고 하더라도 평소 입던 옷을 입고 가라, 반드시 책을 갖고 가되 『대전통편』이나 『경국대전』 같은 법에 관한 걸 갖고 가서 법대로 집행해라, 이런 것들이 나와 있습니다.

백성을 사랑하는 근본은 아껴 쓰는 데 있고, 아껴 쓰는 것의 근본은 검소함에 있다. 검소해야 청렴할 수 있고, 검소해야 자애로울 수 있으니, 검소함이야말로 목민하는 데 있어서 가장 먼저 힘써야 할 일이다.[1]

---

1 『牧民心書』赴任 제2조 「治裝」, "愛民之本 在於節用 節用之本 在於儉 儉而後能廉 廉

다산은 백성을 사랑하는 근본은 아껴 쓰는 데 있다고 했는데, 절용(節用)이 간단한 것 같지만 보통 문제가 아닙니다. 자기 돈 같으면 안 쓰는데 국가 돈이고 정부 돈이다보니 막 써버리기 쉽기 때문입니다. 최근 공직자들이 호화청사 건축 등에 예산을 낭비하여 큰 비난을 받고 있습니다. 그 돈이 본인의 돈이라면 절대 쓰지 않겠지만 시민의 돈이니까 아낌없이 쓴다는 것입니다. 게다가 그 과정에서 온갖 비리가 발생하기도 합니다. 그렇기에 절용은 공직자가 해야 할 가장 중요한 의무입니다.

다산은 자기 아들에게 보낸 편지에 이렇게 남겼습니다. "내가 벼슬하여 너희들에게 물려줄 밭뙈기 정도도 장만하지 못했으니, 오직 정신적인 부적 두 글자를 (…) 너희들에게 물려주겠다. 너희들은 너무 야박하다고 하지 마라. 한 글자는 근(勤)이고 또 한 글자는 검(儉)이다. 이 두 글자는 좋은 밭이나 기름진 땅보다도 나은 것이니 일생 동안 써도 다 닳지 않을 것이다."[2]

검소하지 않은 사람은 절대로 절약해서 사용할 수 없습니다. 쓰는 것이 적으면 수입이 적어도 괜찮지만, 아무리 수입이 많아도 함부로 쓰고 펑펑 허비하면 항상 부족합니다. 청렴해야 자애로울 수 있습니다. 또한 자애로운 것이야말로 백성을 사랑하는 일입니다. 따라서 백성을 통치하려면 먼저 절용에 힘쓰라고 말하는 것입니다.

　而後能慈 儉者 牧民之首務也."
2 박석무 편역 『유배지에서 보낸 편지』, 창비 2009, 171~72면.

4. 공직자의 기본은 깨끗한 마음이다

다음은 제2편 율기(律己) 제2조「청심(淸心)」에 대해 살펴보겠습니다. 청심은 맑은 마음, 깨끗한 마음을 의미하는데 이것은 공직자의 기본입니다.

청렴은 목민관의 본질적인 임무다. 만가지 선의 근원이고 모든 덕의 뿌리다. 청렴하지 아니하고서는 목민관을 잘할 수 없다.[3]

오늘날 부패한 고위공직자들은 뇌물을 받고서도 절대 안 받았다고 펄쩍 뜁니다. 그러다가 증거가 나오면 받기는 받았지만 대가성이 없다고 말합니다. 그렇게 해야 법적으로 처벌을 면할 수 있기 때문입니다. 그러나 공직자는 법적인 관계를 떠나서 단돈 10원도 받으면 안 됩니다.

청렴은 천하의 큰 장사(大賈)다. 욕심이 큰 사람은 반드시 청렴하려 한다. 사람이 청렴하지 못한 것은 그 지혜가 짧기 때문이다. 공자는 "인자(仁者)는 인을 편안하게 여기고, 지자(知者)는 인을 이롭게 여긴다"고 말했는데, 나는 "청렴한 자는 청렴함을 편안히 여기고, 지혜로운 사람은 청렴함을 이롭게 여긴다"고 하겠다.[4]

---

3 『牧民心書』律己 제2조「淸心」, "廉者 牧之本務 萬善之源 諸德之根 不廉而能牧者 未之有也."

4 같은 곳, "廉者 天下之大賈也 故大貪必廉 人之所以不廉者 其智短也 孔子曰 仁者安仁 知者利仁 余謂廉者安廉 知者利廉."

다산은 청렴이라고 하는 것은 천하의 가장 큰 장사라고 말합니다. 원문의 '고(賈)' 자는 가격을 뜻할 때는 '가'라고 읽지만 '장사한다'는 뜻으로 말할 때는 '고'라고 읽습니다. 즉 여기서는 이익이 남도록 파는 것을 의미합니다. 청렴이 어떻게 장사가 되겠습니까? 청렴이야말로 가장 큰 이익이 남는다고 역설적으로 말한 것입니다. 다산은 청렴한 사람이 진짜 큰 욕심쟁이라고 했습니다. 최고의 지위에까지 오르려는 공직자는 청렴해야만 그 목표를 이룰 수 있습니다. 대탐필렴(大貪必廉), 즉 욕심이 큰 사람은 반드시 청렴하려 한다는 것은 바로 그런 의미입니다.

이해를 돕기 위해 좀더 쉬운 예를 들어보겠습니다. 공무원 사회에서 행정고시에 합격하면 계장부터 시작해서 과장, 국장, 부이사관, 이사관을 거쳐 최고 직급인 관리관을 끝으로 대충 공무원의 생활이 끝납니다. 차관부터는 정무직 공무원입니다. 차관이 됐으니 이제 뇌물을 받아도 되겠지 하면 절대 장관이 될 수 없습니다. 그런데 차관이 되어서도 청렴하게 버티면 장관이 될 수 있습니다. 이런 큰 장사가 어디 있느냔 말이죠. 그리고 사람들이 지혜가 짧기 때문에 청렴하지 못하다고 말하는데, 지혜가 길면 장관도 내다보고 대통령까지도 내다볼 수 있습니다. 다산은 이러한 이치를 꿰뚫어 이야기한 겁니다.

다산의 청렴 사상은 '염자안렴(廉者安廉), 지자리렴(知者利廉)' 여덟 글자 속에 들어 있습니다. 공자의 목표는 인(仁)인데 다산의 목표는 청렴입니다. 인은 너무 높은 성현의 이야기이므로 일반인이 인의 경지에 이르기 힘드니 한 단계 낮춰서 청렴을 이야기한 것입니다.

오직 선비의 청렴은 여자의 정조와 같다. 단 털끝 하나라도 더러워

지면 죽을 때까지 결점이 된다.[5]

앞서 율기에서는 어떻게 자기 자신을 다스리고 수양을 하는지에 대해 다루었다고 했는데, 이때 가장 중심이 되는 것이 '청심'입니다. 이에 대한 다산의 해석이 멋집니다. 조선시대 여성들은 다른 남자에게 조금이라도 더럽힘을 당하면 평생을 부끄러워했습니다. 임진왜란 때 혹여 왜놈에게 손목이라도 잡히면 도끼로 손목을 자를 정도였습니다. 다산은 선비의 청렴이 이러한 여자의 정조와 같다고 했습니다. 그래서 단돈 10원이라도 받으면 죽을 때까지 결점이 된다는 것입니다. 뇌물을 받을 때 아무도 안 보고 아무도 듣지 않기 때문에 완전범죄가 될 줄 알지만 천만의 말씀이라는 얘기입니다.

뇌물 주고받는 행위를 누가 비밀로 하지 않으리오마는 한밤중에 행한 바도 아침이 되면 소문이 쫙 퍼지게 된다.[6]

이 세상에서 가장 무서운 것이 소문입니다. '아니 땐 굴뚝에 연기 나랴'라는 우리나라 속담은 참으로 기가 막힌 말입니다. 뭔가 낌새가 있어야 소문이 납니다. 아무리 비밀리에 뇌물을 주고받아도 다 들키게 되어 있다는 의미입니다.

『목민심서』에 이런 말이 나옵니다. 어떤 사람이 한밤중에 사또를 찾아와 "사또, 이 밤중에 아무도 안 봅니다. 사또하고 저밖에 모릅니다. 빨

---

5 같은 곳, "律己箴曰 惟士之廉 猶女之潔 苟一毫之點汚 爲終身之玷缺."
6 같은 곳, "貨賂之行 誰不秘密 中夜所行 朝已昌矣."

리 받으십시오"라고 말하자 사또가 "네 이놈, 네가 알고 내가 알고 벌써 둘이 알지. 하늘이 알고 귀신이 안다. 벌써 넷이 아는데 왜 둘밖에 모른다고 하느냐"라고 호통쳤습니다. 다산은 이래야 청렴한 사또라고 말합니다.

목민관 노릇을 잘하려는 사람은 반드시 자애로워야 하고, 자애로워지고 싶은 사람은 반드시 청렴해야 한다. 청렴해지고 싶은 사람은 반드시 절약해야 한다. 아껴 쓰고 조절해서 사용하는 것은 목민관의 첫번째 임무다.[7]

공적인 물건을 보기를 사적인 물건으로 봐라, 다시 말해 정부 돈을 함부로 쓰지 말라는 얘기입니다. 자기 돈은 단돈 10원도 안 쓰면서 국가 돈이라면 부담 없이 펑펑 씁니다. 그게 바로 나라가 망할 징조입니다. 오늘날 구청장, 도지사, 군수, 시장 중에서 자신은 절대 그렇지 않다고 말할 수 있는 사람이 얼마나 되겠습니까?

개인적인 씀씀이를 절약하는 것은 보통 사람들이 능히 할 수 있지만, 공금을 절약하는 사람은 드물다. 공적인 물건을 자기 물건처럼 아껴야 어진 목민관이다.[8]

저는 이렇게 권합니다. 공적인 물건을 자기 물건처럼 아낀다는 '시공

---

7 같은 책, 律己 제5조 「節用」, "善爲牧者 必慈 欲慈者 必廉 欲廉者 必約 節用者 牧之首務也."
8 같은 곳, "私用之節 夫人能之 公庫之節 民鮮能之 視公如私 斯賢牧也."

여사(視公如私)'라는 문구를 외워두었다가 구청장이나 군수, 시장을 만나면 "시공여사하시오"라고 말해보기 바랍니다. 이렇게 문자를 넣어서 말하면 세금을 공금이라고 해서 마음대로 쓰려던 공직자가 마음을 바꿔 마치 자신의 재산을 아끼듯이 쓸지도 모르는 일입니다.

5. 굽히지 말고 스스로를 지켜라

유신정권 때 법관이나 공무원들 중에는 "중앙정부가 시키는데 안 따라갈 사람 누가 있느냐, 나는 위에서 시키는 대로 했을 뿐이다. 내 잘못이 아니다"라고 말하는 사람들이 많았습니다. 다산은 그런 사람들에게 그따위 거짓말을 하지 말라며 일침을 가합니다. 다음은 제3편 봉공 제2조 「수법(守法)」에 나오는 내용입니다.

> 이익에 유혹당하지 말고, 위엄에 굴복해서도 안 되는 것이 목민관의 도리이다. 비록 윗사람이 독촉하더라도 받아들이지 않는 것이 있어야 한다.[9]

사리에 합당한 법은 조건 없이 지켜야 하지만, 무조건 법대로 하는 게 좋은 것은 아닙니다. 법과 양심에 따라서 자기 맘대로 할 수 있어야 그게 법을 지키는 것입니다. 아무리 윗사람이 독촉하더라도 받아들일 것은 받아들이고 안 받아들일 것은 안 받아들여야 제대로 된 공무원입니

---

9 같은 책, 奉公 제2조 「守法」, "不爲利誘 不爲威屈 守之道也 雖上司督之 有所不受."

다. 흔히 악법도 법이니까 법을 지켜야 한다고 말합니다. 그러나 악법은 악법입니다. 악법을 지키면 안 된다, 그렇게 받아들이지 않는 바가 있어야 제대로 된 공직자입니다. 윗사람이 물에 빠져 죽으라고 하면 죽지 않을 거면서 악법은 지켜야 한다고 말하면 안 됩니다.

다음은 제3편 봉공 제3조 「예제(禮際)」에 나오는 내용입니다.

> 상관의 명령이 공법에 어긋나고 민생에 해를 끼치는 것이라면 굽히지 말고 꿋꿋이 자신을 지키는 것이 마땅하다.[10]

역시 다산다운 생각입니다. 다산은 법을 어떻게 지키는 것이 진짜 지키는 것인지를 설명합니다. 상사가 명령한 바라도 공법에 어긋나고 민생에 해가 된다면 마땅히 의연하게 굽히지 아니하고 확연하게 스스로를 지키라고 말합니다.

조선시대에는 정승 판서들이 임금 앞에 가서 "전하, 소신의 목을 베십시오. 이것은 안 됩니다"라며 자신의 소신을 지켰습니다. 그런데 요즘 공직자들은 그렇게 안 합니다. 면암(勉菴) 최익현(崔益鉉) 선생은 병자수호조약(1876)이 체결되자 도끼를 들고 광화문 앞에 가서 "전하, 병자수호조약을 파기하지 않으려면 저를 죽이든가 저를 죽이지 않으려면 병자수호조약을 파기하십시오"라고 상소를 올렸습니다. 대통령이 잘못된 명령을 내리면 장관이 단호하게 "대통령님, 이것은 안 됩니다. 차라리 저를 해임시켜주십시오"라고 말할 수 있어야 합니다.

---

10 같은 책, 奉公 제3조 「禮際」, "唯上司所令 違於公法 害於民生 當毅然不屈 確然自守."

암행어사나 윗사람이 잘못된 정치를 할 때는 그 밑에 있는 수령들이 상소를 올려서 극론을 펴야 한다. 명나라의 그런 법은 매우 좋은 법이었다. 우리나라는 체통만 지키느라 윗사람이 명령하면 따르도록 되어 있다. 횡포를 부리고 남용을 하고 불법을 저질러도 감히 말을 못하니 백성들의 처참한 모습들이 갈수록 심해진다.[11]

다산은 윗사람이 잘못된 정치를 할 때는 그 밑에 있는 수령들이 상소를 올리며 아주 극렬하게 "내 목 베시오" 하고 달려들라고 말합니다. 당시 명나라는 잘못된 법을 지키는 데 대해 항의하는 것에는 벌을 주지 않았는데, 조선은 잘못된 데 항의할 수 없도록 해놓았다는 것을 비판한 겁니다. 우리나라에서는 체통만 중시해서 윗사람이 횡포를 부리고 남용을 하고 불법을 저질러도 아랫사람은 말 한마디 못했습니다. 그러니 백성들의 처참한 생활이 날로 심해져 홍경래의 난(1811~1812)이 일어나고 동학농민운동(1894)이 일어난 것입니다. 다산은 백성의 힘을 알고 있었습니다. 백성을 역사의 주체로 본 것입니다.

온 세상에서 지극히 천하고 호소할 데 없는 사람이 백성들이다. 그러나 온 세상에 가장 존엄하고 산처럼 무거운 사람 또한 백성들이다. 요순 이래로 성현들이 서로 경계한 바가 오직 힘없는 백성들을 보호하라는 것이다. 이런 것들이 모든 책에 들어 있고 사람들이 눈으로 볼

---

11 같은 곳, "案御史所爲 及上司所爲弊政 守令能上章極論 大明之法猶其善矣 我國 專視體統 上司所爲 雖橫濫不法 守令不敢一言 民生憔悴 日以益甚矣."

수 있다. 상관이 아무리 높더라도 백성들을 등에 업고 투쟁하면 굽히지 않을 자가 없다.[12]

하늘 아래 온 세상에서 지극히 천해서 자신의 억울함을 고해바칠 수 없는 힘없는 일반 백성들이지만 이들이 뭉쳐 싸우면 백두산이나 한라산보다 무거워, 그 누구도 백성들에게 굽히지 않을 수 없다는 의미입니다. 요즘으로 말하자면 아무리 대통령이 높고 힘이 세다고 하더라도 국민을 등에 업고 투쟁하게 되면 굽히지 않을 대통령이 없다는 것입니다. 백성 개개인의 힘은 아무것도 아니지만 이들이 뭉쳐서 싸우면 엄청나게 강하다는 걸 다산은 이미 200년 전에 알고 있었습니다.

6. 제 몸이 바르지 않으면 아무도 따라주지 않는다

이상으로 『목민심서』의 본론 부분이 끝나고 이제부터 각론으로 들어갑니다. 각론은 이·호·예·병·형·공 6개 부서에서 조치해야 할 행정지침입니다. 그 가운데 가장 인상적인 대목은 제5편 이전(吏典) 제1조 「속리(束吏)」입니다. 여기서는 아전을 단속하는 문제를 다루고 있습니다.

백성들은 흙으로 밭을 삼고, 아전들은 백성으로 밭을 삼는다.[13]

---

12 같은 책, 奉公 제4조 「文報」, "天下之至賤無告者 小民也 天下之隆重如山者 亦小民也 自堯舜以來 聖聖相戒 要保小民 載在方冊 塗人耳目 故 上司雖尊 戴民以爭 鮮不屈焉."
13 같은 책, 吏典 제1조 「束吏」, "民以土爲田 吏以民爲田."

목민관 아래에는 아전이 있습니다. 목민관과 아전을 합쳐서 관리(官
吏)라 했습니다. 그런데 관(官)인 목민관에게만 월급을 주고 이(吏)인
아전에게는 월급을 주지 않았습니다. 아전들에게 월급을 안 주니까 이
들은 백성을 뜯어먹고 삽니다. 다산은 이에 분개하고 이것을 고쳐야 한
다고 말합니다.

아전을 단속하는 일의 근본은 스스로를 규율함에 있다. 자신의 몸
가짐이 바르면 명령하지 않아도 일이 행해질 것이고, 자신의 몸가짐
이 바르지 못하면 명령을 하더라도 일이 행해지지 않을 것이다.[14]

목민관의 가장 큰 문제는 속리(束吏)입니다. 불법무도한 아전들이 백
성에게 해를 끼치지 못하게 단속하는 게 유능한 목민관입니다. 목민관
에게는 이 불법무도한 아전들을 어떻게 단속하느냐가 관건입니다. 그
런데 제 몸이 바르면 명령을 내리지 않아도 따라가지만 제 몸이 바르지
않으면 아무리 명령을 내려도 따라주지 않고 행해주지 않는다는 게 철
칙입니다.

부모는 매일 드라마나 보고 놀러 다니면서 아들딸들에겐 공부 안 한
다고 잔소리를 하면 아이들은 부모 말을 안 듣습니다. 부모가 먼저 책
읽고 공부하는 모습을 보이면 아이들은 절로 따라갑니다. 윗물이 맑아
야 아랫물이 맑다는 속담이 있듯이, 먼저 솔선수범하라는 얘기입니다.

황해도에 곡산이라는 곳이 있습니다. 태조의 둘째 부인인 곡산강씨가

---

14 같은 곳, "束吏之本 在於律己 其身正 不令而行 其身不正 雖令不行."

그곳에서 태어났습니다. 작은 동네에서 왕비가 나오자 태조는 곡산을 도호부로 승격시켜줬습니다. 그런데 곡산 도호부사가 세금을 두말을 받을 걸 아홉말을 받은 것입니다. 그러니 백성들이 견딜 수가 없습니다. 이때 말 잘하고 똑똑한 이계심이란 농민이 나섰습니다. 이대로 가만히 당하고 앉아 있을 수 없다며 모두 관아로 가자고 사람들을 선동했습니다. 당시 천명의 사람들이 관아로 쫓아가 소리를 지르며 항의를 했습니다.

천명이 몰려와 소리를 지르니까 관아가 들썩들썩합니다. 그러자 아전과 관노가 몽둥이로 백성들을 마구 패기 시작했습니다. 이계심은 민란을 일으켰다고 잡혀가면 큰일이다 싶어 하는 수 없이 도망을 갑니다. 관아에서 이계심을 잡으려고 수배령까지 내렸는데 백성들의 도움으로 이계심이 도망가는 바람에 결국 잡지 못했습니다.

그런데 한양에서는 곡산에 민란이 일어났다는 소문이 났습니다. 문제를 해결하기 위해 다산을 새 부사(府使)로 보냅니다. 그때 다산의 나이 36세였습니다. 다산이 곡산 땅에 도착하니 더벅머리를 한 사나이가 나타났습니다. 이계심이었습니다. 그는 백성들이 괴로워하는 열두가지 조항을 쓴 종이를 다산에게 올리며 이 문제들을 해결해주면 자신은 죽어도 좋다고 말합니다. 이때 이방이 옆에 있다가 포승으로 묶고 목에다 칼을 채워야 한다고 말합니다. 다산이 자수한 사람한데 뭐하러 칼을 채우고 포승으로 묶느냐며 그냥 관아로 데려가 재판을 합니다. 당시에는 부사가 입법, 사법, 행정 삼권을 행사할 때였습니다.

다산은 열두가지 조항을 조목조목 따져 확인한 후 다음과 같은 판결을 내립니다.

관(官)이 현명해지지 않는 까닭은 민(民)이 제 몸을 꾀하는 데만 재

간을 부리고 관에게 항의하지 않기 때문이다.[15]

　다산은 관이 밝지 못한 이유는 백성들이 자신의 목숨을 잃는 것이 두려워 스스로 몸을 사리면서 자기들이 당하는 고통과 불행에 대해 관에 항의하지 않기 때문이라고 판결했습니다. 그런데 이계심은 관의 잘못에 항의하고 시정하도록 목숨을 걸고 싸웠으니 상을 받아야 할 사람이지 처벌받을 사람이 아니라며 그를 풀어줍니다. 그야말로 민중들의 저항권을 그대로 인정해준 셈입니다.

7. 지금은 다산의 사상을 실천할 때

　예전부터 사람들은 "천재는 항상 30년 앞서간다. 더 빠르게는 60년 앞서간다"라고 말했습니다. 그래서 사람들은 10년, 20년, 30년 가고 100년, 200년 지난 뒤 그 사람 말이 맞았다고 말합니다.

　다산은 실학자이기 때문에 당대의 부정부패를 어떻게 막느냐, 당대의 백성들의 가난을 어떻게 극복하느냐 등 현실적인 문제를 고민했습니다. 그리고 자신이 해결하지 못하더라도 100년, 200년 뒤라도 반드시 문제가 해결될 거라며 결코 포기하지 않았습니다.

　한편 정약용의 호인 다산은 그가 유배시절 강진의 다산초당에서 살았기 때문에 주위 사람들이 그를 다산이라 부른 데서 연유합니다. 다산

---

15 『與猶堂全書』 제1집 제16권 「自撰墓誌銘」, "官所以不明者 民工於謀身 不以瘝犯官也."

은 유배생활을 마치고 고향으로 돌아와 자신의 학문과 생애를 정리하면서 '사암(俟菴)'이라는 호를 사용했습니다. '기다릴 사' 자에 '암자 암' 자입니다. 『중용』의 "백세이사성인이불혹(百世以俟聖人而不惑)"이란 대목에서 따온 말입니다. 뒷날의 성인을 기다려도 미혹함이 없다는 뜻인데, 자신의 학문이 당장은 쓰이지 않더라도 다음 시대에는 다를 수 있으니 기다리겠다는 의미입니다.

당대에 문제를 해결하지 못하면 100년, 200년이라도 기다리겠다는 마음으로 쓴 책이 바로 『경세유표』와 『목민심서』입니다. 『경세유표』는 관제개혁과 부국강병을 논한 책인데, 임금이나 나라에 유언으로 남겨서라도 국가정책으로 받아들이기를 바라는 마음으로 쓴 것입니다. 『목민심서』역시 선정을 베풀고 싶어도 자신은 유배된 처지이니 뒷날 누군가 이것을 읽고 참고하여 백성을 바르고 어질게 다스리기를 바라는 마음을 담은 것입니다. 다산은 뒷날을 기다렸습니다.

이제 우리가 그런 다산의 뜻을 이어받아 그의 사상을 실천할 차례입니다. 다산의 사상 가운데 현재와 맞지 않는 부분이 있다면 그 문제점을 고치고 긍정적인 측면을 살려서 나라를 개혁하는 데 앞장서야 할 때입니다.

다산의 공직윤리와 목민관상

1. 어떤 사람이 지도자인가

　다산 정약용은 조선후기 실학사상을 집대성한 학자로서 평생 동안의 연구를 통하여 당시의 썩어 문드러진 나라와 세상을 구제할 이론과 실천방법을 강구했다. 그는 청렴한 도덕성을 지니고 실무를 처리할 전문적인 식견을 지니며 병들고 부패한 사회와 나라를 개혁할 역량을 지닌 지도자들이 배출되어야만 나라와 인민이 구제될 수 있다고 믿었다. 그리고 그 지도자들이 갖출 요건의 연구에 심혈을 기울였다. 지금으로 보면 엘리트 위주의 역사발전론이기는 하지만 지도자가 지녀야 할 인격이나 태도, 갖추어야 할 능력 등에 대한 집중적인 연구를 계속했던 것만은 사실이다.

　그렇다면 당시 다산은 어떤 사람을 지도자로 여겼을까. "윗분을 섬기는 사람을 백성〔民〕이라 하고 백성을 다스리는 사람을 선비〔士〕라 하니, 선비란 벼슬하는 사람[仕]이어서, 벼슬하는 사람이란 모두 백성을 다스리는 사람이다"[1]라고 하여, 일단 벼슬아치들을 모두 지도자로 보고 있다. 지도자를 이렇게 포괄적인 개념으로 보면 최고의 통치권자인 국왕이나 국왕을 보좌하는 고관대작들도 지도자들임은 물론이지만, 벼슬아치를 대별하여 경관(京官)과 지방관인 수령(守令)으로 양분하고 있다.

"경관은 더러 임금이나 궁중에 재화를 제공하거나 받들어 모시는 일을 직책으로 삼았고, 더러는 근무하는 관서를 지키고 업무를 처리하는 것을 임무를 삼았기 때문에 욕심 없는 마음으로 조심하고 삼가면 대부분 죄를 짓거나 후회할 일이 없다"[2]고 하여, 삼공(三公)·육경(六卿)을 비롯한 중앙의 관리들의 덕목이나 능력에 관해 별다른 언급을 하지 않았다. 그러나 지방관, 그중에서도 특히 고을을 책임진 수령, 즉 원님들이 갖추어야 할 덕목과 능력에 대하여는 그의 저작에 자세하게 기술해 놓았다.

다산은 인민들과 직접 관계를 맺고 정치와 행정이 실제 이루어지는 지방정치에 역점을 두었는데, 국왕의 명을 받아서 지방을 책임지던 수령, 즉 유수(留守)·부사(府使)·군수(郡守)·현감(縣監)·현령(縣令)으로 지도자의 범위를 좁혀서 이들에게 관심을 기울였다.

"수령이란 나라 안의 인민들을 나누어 주어서 그들을 다스리게 하는 사람이다. 그러니 그 직책이 임금과 비슷하고 온갖 제도가 갖추어지지 않은 것이 없다. 때문에 군목(君牧)이라 부르니 그 직책이 본디 무겁지

---

1 『牧民心書』, 赴任 제1조 「除拜」, "事上曰民 牧民曰士 士者仕也 仕者皆牧民者也."
2 같은 곳, "京官或以供奉爲職 或以典守爲任 小心謹愼 庶無罪悔."

않은가. 백성들의 고락이 그에게 달려 있고, 국가의 성쇠가 그에게 달려 있다"³라고 하였으니, 수령은 임금과 견줄 만큼 책임이 막중하고 큰 권한을 지녔다고 보고 그런 사람을 지도자로 여긴 것이다. "지금의 수령은 옛날의 제후(諸侯)이다. 그들의 궁실(宮室)과 여마(輿馬), 의복과 음식, 그리고 좌우의 편폐(便嬖)·시어(侍御)·복종(僕從)들이 거의 국군(國君)과 맞먹는 정도이고, 그들의 권능이 사람을 경사롭게 만들 수도 있고, 그들의 형벌권과 위세는 사람을 겁주기에 충분하였다"⁴라고 말하여, 생사여탈권을 지닌 수령의 권한이 임금과 큰 차이가 없으므로 그들이 얼마나 중요한 임무를 맡고 있는가를 설명하고 있다. "수령이란 만민을 주재하며 하루마다 만기(萬機)를 두루 보살피니 천하국가를 다스리는 사람과 크고 작음의 차이는 있으나 그 지위는 실제로 같다"⁵라고 했던 점만 보아도 수령이야말로 중추적인 지도자라고 여기고, 훌륭한 수령이 나오기를 그렇게도 바랐던 것이다. 『목민심서』라는 방대한 저서가 수령이 잘하기를 기대하고 저술한 책인 것만 보아도 그 점은 명백해진다.

---

3 『與猶堂全書』(新朝鮮社 1938) 제1집 제9권 「考績議」, "守令者 國之所與分民 而治之者也 而其職侔擬 人主 百度無所不具 故曰君牧 其爲職不已重乎 生民之苦樂以之 國家之衰盛以之." 이하 『與猶堂全書』는 『全書』로 표기.

4 『全書』제1집 제10권 「原牧」, "今之守令 古之諸侯也 其宮室輿馬之奉 衣服飮食之供 左右便嬖侍御僕從之人 擬於國君 其權能 足以慶人 其刑威 足以怵人."

5 『牧民心書』赴任 제1조 「除拜」, "守令者 萬民之宰 一日萬機 其體而微 與爲天下國家者 大小雖殊 其位實同."

2. 지도자의 덕목은 무엇인가

1) 전덕지인(全德之人)

인간으로서 갖추어야 할 기본적인 덕목은 인격이다. 지도자는 평생토록 인격을 갈고닦아 모범적인 인격자가 되어야 한다.

"인류가 귀하게 여겨짐은 반드시 일점(一點)의 양심이 있기 때문이니, 그래야만 예절을 지키게 되고 도리에 맞는 행위를 하게 되는 것이다"[6]라고 하여 인간의 조건이 양심이기 때문에 지도자라면 양심을 지닌 인간에서 그보다 더 높은 단계의 인품에 이르러야 한다고 요구하고 있다.

"이제 인성을 논해보면 착함을 좋아하고 악함을 부끄럽게 여기지 않는 사람이 없으므로, 내가 일찍이 착한 일을 한 적이 없는데도 남들이 착하다고 칭찬해주면 기뻐하고, 자신이 처음부터 잘못한 일이 없는데도 악하다고 비방하면 화를 내게 된다. (…) 남의 착한 일을 보면 따라서 착하게 여기고 남의 악함을 보면 따라서 악하게 여기니, 이런 사람도 착함을 사모하고 악함을 미워할 줄 아는 것이다"[7]라고 하여 일반적인 인간의 기본 단계를 정해놓고 그 윗 단계를 설정하고 있다.

"착함을 계속 쌓아가고 의로움을 반복해서 행하는 사람은 애초부터 하늘을 우러러 부끄럽지 않고 땅을 굽어보아 부끄럽지 않으며 마음속으로 반성해보아도 잘못이 없으니 그러한 일을 계속 쌓아가고 오래오래 지속한다면 마음이 넓어지고 몸에도 윤기가 흘러 분명하게 얼굴에

---

6 『全書』제1집 제21권 「答二兒」, "所貴乎人類者 必有一點良心 方可以踐形."
7 『大學講義』권2, 「心經密驗」, "今論人性 人莫不樂善而恥惡 故行一善 則其心充然以悅 行一惡 則其心欿然以沮 我未嘗行善 而人謂我以善 則喜 我未嘗無惡 而人謗我以惡 則怒 (…) 見人之善 從而善之 見人之惡 從而惡之 若是者 知善之可慕 而惡之可憎也."

까지 나타나고 몸의 뒷면까지 스며드는 것이니, 그렇게 되고도 계속 쌓아가고 오래오래 지속하면 가득 찬 속에서 호연지기(浩然之氣)가 나오게 되어 지극히 크고 지극히 굳세어 하늘과 땅 사이를 가득 채우게 된다. 이렇게 되어야 부귀에도 비굴하지 않고, 아무리 가난하고 천해도 마음을 바꾸지 않으며, 위세 높은 무력에도 굽히지 않으니, 이렇게 되어야 신령스럽게 조화되어 하늘과 땅으로 더불어 그 덕(德)이 합치되고 해와 달로 더불어 그 밝음이 합치되니, 마침내 전덕(全德)의 인간으로 되는 것이다"[8]라고 하여 한 단계 높은 인격의 경지를 설명하여 일반 사람과 지도자의 구별을 시도하였다. 지도자는 각고의 노력과 간단없는 수양으로 높은 경지의 인격을 갖추어야 한다고 강조하였다.

2) 독서군자

지도자란 책을 읽어 지식이 높고 넓으며 믿음직스러운 군자여야 한다.

"반드시 먼저 경학으로 밑바탕을 착실히 세워놓고 역사책을 두루 섭렵하여 역사상의 얻고 잃음과, 잘 다스려지고 난리가 났던 근원을 알아내야 한다. 또 모름지기 실용의 학문에 마음을 기울여서 옛사람들이 나라를 다스리고 세상을 건졌던 글들을 읽기 좋아하며, 그러한 마음을 항상 지니고서 모든 백성들에게 혜택을 주고 만물을 육성시킬 뜻을 지닌 뒤에야 바야흐로 독서군자가 될 수 있다"[9]라고 하여, 훌륭한 인격과 함

---

8 같은 곳, "積善集義之人 其始也 俯仰無怍 內省不疚 積之彌久 則心廣體胖 睟然見乎面 而盎乎背 積之彌久 則充然有浩然之氣 至大至剛 塞乎天地之間 於是 富貴不能淫 貧賤 不能移 威武不能屈 於是 神而化之 與天地合其德 與日月合其明 遂成全德之人."

9 『全書』제1집 제21권 「寄二兒」, "必先以經學立著基址 然後涉獵前史 知其得失理亂之 源 又須留心實用之學 樂觀古人經濟文字 此心常存 澤萬民育萬物底意思 然後方做得 讀書君子."

께 높고 넓은 지식을 겸비해야 한다고 주장하였다. 지도자의 자질을 키우기 위해 경학, 역사학, 실용학, 경세학 등을 부지런히 읽고 연구하여 충분한 지식을 갖추어야 한다는 것이다.

3) 진유(眞儒)

선비에도 속된 선비〔俗儒〕, 썩은 선비〔腐儒〕, 비루한 선비〔陋儒〕 등이 있는데, 모두 지도자가 될 수 없고, 오직 참선비〔眞儒〕만이 지도자가 될 수 있다고 했다. "참선비란 본디 나라를 다스리고 백성을 편안히 살게 하고 싶어 하며, 침략자들을 물리치고, 재화를 넉넉하게 마련하려는 뜻이 있어야 하며, 문(文)과 무(武)에 능하여 담당하지 못할 바가 없어야 한다"[10]라고 했다.

3. 염리가 되자

지도자가 가장 먼저 지녀야 할 것은 무엇보다 청렴한 마음가짐이다. 청렴한 지도자는 염리(廉吏)이고 그 반대는 탐리(貪吏)이다.

"지혜가 원대하고 사려가 깊은 관리는 그 욕심이 크기 때문에 염리가 되고, 지혜가 짧고 생각이 얕은 관리는 그 욕심이 작아서 탐리가 된다"[11]라고 하여 큰 지도자나 큰 정치인이 되려는 욕망이 있다면 염리가 될 수

---

10 『全書』제1집 제12권 「俗儒論」, "眞儒之學 本欲治國安民 攘夷狄裕財用 能文能武 無所不當."
11 『牧民心書』律己 제2조 「淸心」, "智遠而慮深者 其欲大故爲廉吏 智短而慮淺者 其慾小故爲貪吏."

있지만, 작은 욕심에 구애되어 탐리가 되어서는 결국 패가망신의 불행에 이르고 만다는 경고를 하고 있다.

다산은 수령으로 나가는 친구의 아들에게 준 글에서 지도자로서의 요건을 분명히 설명하였다. 수령 노릇을 잘하는 비결로 여섯 글자를 가르쳐주었는데, 모두 '염(廉)'자였다. 세 글자의 염으로는 재물과 여색과 직위에 청렴하도록 사용한다면 제대로 수령 노릇을 할 수 있다고 강조하였다. 다른 세 글자는 밝게 하는 데, 위엄이 나오는 데, 강직하게 하는 데 사용한다면 백성을 다스리는 데 부족함이 없다고까지 했다.[12]

그래서 "청렴은 목민관의 본무(本務)요 만가지 착함의 근원이며 모든 덕의 뿌리이다. 청렴하지 않고서 목민관 노릇을 할 사람은 아무도 없다. 청렴이야말로 세상에서 가장 큰 장사이니, 큰 욕심쟁이는 반드시 청렴하기 마련이다. 사람 중에서 청렴하지 않으려고 하는 이유는 그 지혜가 짧아서이다"[13]라는 결론을 내리고 있다.

조선왕조의 후기이자 봉건사회의 해체기에 접어들던 18세기 후반에서 19세기 전반기까지 생존했던 다산은 세상이 온통 부패하여 탐관오리가 불법을 자행하는 것이 날로 심해져 예성(穢聲)과 악취가 진동하고[14] 인민들이 도탄에 빠졌다고 진단하면서, 공직자들의 청렴성이 회복되지 않고는 나라가 제대로 유지될 수 없다고 보았다. 지도자라면 청렴성,

---

12 『全書』제1집 제17권 「爲靈巖郡守李鍾英贈言」, "以其一施於財 以其一施於色 又以其一施於職位 (…) 廉生明 物無遁情 廉生威 民莫不從令 廉則剛 上官不敢傷 是猶不足以爲治乎."

13 『牧民心書』律己 제2조 「淸心」, "廉者 牧之本務 萬善之源 諸德之根 不廉而能牧者 未之有也 廉者天下之大賈也 故大貪必廉 人之所以不廉者 其智短也."

14 『全書』제1집 제19권 「與金公厚」, "貪官汚吏之态行不法 歲增月加 (…) 穢聲惡臭 慘不忍聞."

곧 도덕성을 지니지 않고는 그 지위에 있을 수 없다고 여겼던 것이다.

4. 긍휼의 마음을 지녀야 한다

귀양살이하던 다산은 가난에 찌들어 굶어 죽어가는 백성들의 참상을
그냥 보고 지나칠 수 없어서 벼슬하는 친구에게 편지를 띄워 백성들의
참상을 알리며 대책을 강구하라고 충고하기도 했다.[15] 자신의 해배문제
를 걱정해주는 편지를 받고 나서 답장으로 보낸 편지에는, 자신의 문제
보다는 오히려 백성 살리는 일에 관심을 가지라고 거듭 당부하기도 했
다. 다산은 자기 자신의 이해에 연연하지 않고 불쌍한 농민, 가난한 서
민, 힘없는 약자들에 대한 무한한 애정과 연민의 정을 지녀야만 훌륭한
지도자가 된다고 주장하였다.

"세상을 근심하고 백성을 긍휼히 여기며, 언제나 힘없는 사람들을 끌
어주고 싶어 하고, 재산이 없는 사람들을 구제해주고 싶어서 안타까운
마음으로 서성거리며 차마 그냥 놓아두지 못하는 그런 뜻이 있어야 한
다"[16]라 하여 약자와 가난한 백성에 대한 끝없는 애정을 지니라고 했다.
바로 그러한 마음이 없고서는 지도자일 수 없다는 뜻이다.

『목민심서』 형전(刑典) 제4조 「휼수(恤囚)」에서는 인간애에 바탕을
둔 긍휼의 정신을 역력히 보여준다. 감옥에 갇힌 죄수들이야말로 가장
약하고 힘없고 불쌍한 사람들로, 그들을 세세하게 보살피는 것을 수령

---

15 같은 곳, "此身之生還與否 唯是一己之歡戚 今此萬民 盡迫溝壑 此將奈何."
16 『全書』제1집 제20권 「示兩兒」, "憂世恤民 當有欲拯無力 欲賙無財 彷徨惻傷 不忍遽
   捨之意."

의 가장 큰 임무로 삼고 있다. 모든 죄수들을 연민의 정으로 보살펴야 하지만 그중에서도 질병에 시달리는 죄수, 노약자인 죄수, 억울한 누명을 쓴 죄수들을 배고프지 않고 추위에 시달리지 않도록 세심히 배려할 것을 독려하고 있다. 이렇게 하지 못하는 수령은 지도자가 될 수 없다는 뜻이어서 여기에서 다산이 설정한 지도자상을 엿볼 수 있다. 유배당한 사람도 불편함이 없도록 보살펴주어야 한다고 한 점은 자신의 처지를 의당 고려한 주장일 것이다. 약자를 긍휼히 여기는 마음이 곧 지도자의 마음이라는 것이다.

5. 실무 능력이 있어야 한다

지도자라면 자신의 소신대로 일을 처리할 능력이 있어야 한다고 여기고, 우선 능력을 발휘할 조건을 제시하고 있다.

"무릇 봉급과 지위를 다 떨어진 헌신짝처럼 여기지 않는 사람은 하루도 지도자의 위치에 있으면 안 된다. (…) 나보다 높은 상관이 나를 언제라도 획 날아가버릴 새처럼 생각한다면 내가 요구하는 것들을 들어주지 않을 수 없으며, 나에게 무례하게 굴지도 못할 것이다. 그렇게 해야만 내가 정사(政事)를 펴는 데 소나기가 쏟아지듯 막힘없이 된다. 만약 구슬을 품은 사람이 힘센 사람을 만난 것처럼 조마조마하고 부들부들 떨며 오로지 빼앗기지나 않을까 두려워한다면, 역시 그 지위를 보전하기 어렵게 된다"[17]라고 하여, 봉급과 지위에 연연하지 않는 마음과 자

---

17 『全書』 제1집 제17권 「爲靈巖郡守李鍾英贈言」, "凡不以祿位爲敝蹝者 不可一日居此

세를 지녀야만 지도자로서 능력을 발휘하게 된다고 하였다.

지도자는 그러한 정신과 자세 아래 자기가 맡은 임무를 수행할 전문적인 식견이 있어야 한다고 강조하고 있다.

"학문을 연구하는 기본 입장은, 효제(孝弟)로써 근본을 삼고 예악(禮樂)으로써 수식하도록 해야 하고, 형정(刑政)으로써 도움을 받고 군사학과 농업정책으로 이익을 얻을 수 있어야 한다"[18]고 하여, 지도자가 갖추어야 하는 기본적인 자격을 열거하였다. 인간이기 위한 본질적인 행위는 효제를 실천하는 일이다. 이를 실천하지 못하면 지도자는커녕 인간일 수도 없다는 것이 다산의 입장이다. 그다음에는 문물제도를 완비하여 사회질서를 유지하고 인민들을 교화시킬 수 있는 예악을 창달시켜야 한다. 범법자를 다스리는 형정에 대한 실무능력이 있어야 하고, 나라를 지키고 인민을 배부르게 할 군사학과 농업정책에 대한 실질적인 지식이 있어야 한다고 했다.

당시의 일반 지식인이라면 성리학이나 문장학에 몰두하여 실제 행정이나 정치에 필요한 학문을 천시하였으나, 다산은 형정·병농 등의 업무는 물론 부역(賦役)·화재(貨財) 등의 모든 업무에 밝지 않고는 지도자의 역할을 해낼 수 없다고 여겼다. 실학자다운 주장이 아닐 수 없다.

다음은 법을 지킬 수 있어야 한다고 주장했다. "법이란 임금의 명령이다. 법을 지키지 않으면 임금의 명령에 따르지 않는 것이니, 사람의 신하가 되어 어떻게 그러하겠는가"[19]라고 해서 준법정신을 지도자의

位 (…) 爲鶂然將飛之鳥 則所言不敢不從 所施不敢無禮 我之爲政也 沛然 若夫夔夔栗栗 若懷璧者之遇强人 唯恐其遭攘焉 則亦難乎其保位矣."
18 『全書』제1집 제21권 「答二兒」, "學問宗旨 本之以孝弟 文之以禮樂 輔之以政刑 翼之以兵農."(賦役·貨財皆此門)

조건으로 들고 있다. 이 점이야 고금을 통해서 볼 때 너무나 당연한 일이다. 다만 임금의 명령을 법으로 여긴 것은 다산의 한계이자 시대적인 한계였다.

이상의 원칙적인 것 이외에 세세한 것에 이르기까지 실행능력이 없고서는 지도자일 수 없다고 주장한다.

"아전들은 그 직업을 세습하고 또 종신토록 하나의 직업에다 한가지 뜻을 정일(精一)하게 하기 때문에 그 일에는 길이 들고 익숙해서 가만 앉아서 지도자 거치기를 마치 여관 주인이 길손 대하듯 한다. 수령이 된 자는 어려서 글짓기나 활쏘기를 익히고 한담(閑談)과 잡희(雜戲)를 일삼다가 하루아침에 부절(符節)을 차고 일산(日傘)을 펴고서 부임하니, 이는 우연히 들른 나그네와 같다. 저들이 허리를 굽히고 숨 가쁘게 뛰어다니면서 공손하게 하니, 그들의 속을 모르는 자는 고개를 쳐들고 스스로 잘난 체하여 벌레 보듯 내려다보지만, 어깨를 맞대고 땅에 엎드린 그들이 낮은 소리로 소곤거리는 것이 모두 관가를 기롱하며 비웃는 말이라는 것은 알지 못한다. 곡식 장부와 전정(田政)에 있어서도 그 이치를 자세히 모르는 사람은 그들을 불러다가 자세히 묻고 상세히 배워 그 농간을 살펴야 할 것이다. 매양 보면 가장 어리석은 사람은 아랫사람에게 묻는 것을 부끄럽게 여겨 태연히 평소부터 잘 알고 있는 것처럼 오로지 서명만 근엄하게 하지만, 노회한 간인(奸人)은 헤아리는 데 익숙하여 귀신같이 허실과 명암을 알아차린다는 것을 모르니, 장차 무슨 도움이 되리요. 또 더러는 도리어 농락을 당하고도 스스로 권변(權變)이라 여

---

19 『牧民心書』 律己 제2조 「淸心」, "法者 君命也 不守法 是不遵君命者也 爲人臣者 其 敢爲是乎."

기고 갓양태 아래서 비웃는 소리를 듣지 못한다. 따라서 아전들도 지성
으로 거느려야 한다"[20]라고 하여 실무에 어두운 지도자들의 어리석음
을 상세히 열거하고 있다. 지도자야말로 전문적인 지식, 곧 자잘한 행정
적 실무에 이르기까지 철저한 전문성을 가지지 않고는 바른 치적을 올
릴 수 없다고 여긴 것이다.

　다음으로는 합리적이고 적법한 형벌권의 행사를 강조한다. 다산은
민사(民事), 공사(公事), 관사(官事) 세가지로 구분하여 형벌을 써야 한
다고 했다. 민사에는 상형(上刑), 공사에는 중형(中刑), 관사에는 하형
(下刑)의 형벌을 행사하고, 지도자의 공무(公務)에 해당되지 않는 사사
(私事)에는 형벌권을 남용해서는 안 된다고 주장하였다. 민사란 요즘의
민원에 해당하는 것, 즉 백성을 수탈하거나 백성에게 해를 끼치는 일로,
힘없는 백성을 속이고 침탈하는 사람들은 마땅히 무거운 형벌을 내려
야 한다는 것이다. 공사란 요즘의 공공업무인데, 공납을 바치는 것이나
조정과 상사의 명령을 받드는 일이니, 이런 일에 삼가지 않으면 민사 다
음의 형벌을 내려야 한다는 것이다. 관사란 관속(官屬)들이 관장을 돕
는 일이니 일상적인 관청의 일인데, 이런 직무에 태만하면 벌을 주지 않
을 수 없으나 가벼운 벌을 주라는 뜻이다. 다만 사사는 관장 자신의 일
로, 집안에서 제사를 지내고 손님을 맞이하고 부모와 처자를 양육하는

---

20 『全書』 제1집 제17권 「爲靈巖郡守李鍾英贈言」, "吏胥世襲其業 又終身一職 專精壹
　志 馴習閑熟 坐閣官長 如逆旅之貫於行人 爲官者少習觚墨弧矢 閒談雜戲以爲業 一朝
　佩符 張蓋而至 是客之偶過者也 彼且屈躬曲脊 趨走脅息以爲恭 不知者昂然自尊 俯視
　如蠱螳 不知連肩伏地者 低聲咕囁 皆譏笑官家語也 穀簿田政 有未詳其理者 且當招之
　至前 審問而詳學之 以察其奸 每見一等愚愁 恥於下問 凝然爲素知也者 署之惟謹 不知
　老奸揣測已熟 虛實明闇 度之如神 將何益矣 又或顚倒牢籠 自以爲權變 不知帽簷之底
　哂其笑矣 且當以至誠御之."

일이니, 이러한 일에는 잘못이 있다 해도 벌까지 줄 수는 없다는 것이다.[21] 사사에 대한 자세한 예로는, 이를테면 자신이 먹을 보약이나 부모에게 바칠 한약을 달이다가 약탕기가 타도록 방치하는 잘못을 저지른다 하더라도, 사리에 밝은 지도자라면 잘못한 관속들에게 벌을 주지 않는다는 것이다. 이러한 내용을 종합해보면 공직에 충실한 지도자는 누구보다도 백성들을 보호하는 일에 가장 큰 비중을 두어야 하고, 자기 자신이나 가족을 위하는 일에 아랫사람을 동원해서는 안 된다고 강조했던 것이다.

6. 백성을 두려워해야 한다

다산은 역시 선각자였다. 당시로서는 대단히 진보적인 생각을 가지고 있었던 것은 주지의 사실이다. 백성을 위하는 일이 아니라면 해서는 안 된다고 주장했는데 이러한 주장에는 철저한 민본사상과 위민정신이 밑바탕에 깔린 근대지향적인 사고가 자리하고 있기 때문이다.

"지도자가 백성을 위해서 있는 것인가, 백성이 지도자를 위해서 생겨난 것인가? (⋯) 백성들이 기름과 피와 진액과 골수를 다 없애서 그 지도자를 살찌우고 있으니, 백성이 과연 수령을 위하여 생겨난 것인가. 그렇지 않다. 지도자가 백성을 위해서 있는 것이다"[22]라는 데서 보듯이 백성을 위해서 지도자가 있다는 주장이야말로 다산다운 탁월한 견해이다.

---

21 같은 글 참조.
22 『全書』제1집 제10권 「原牧」, "牧爲民有乎 民爲牧生乎 (⋯) 民竭其膏血津髓以肥其 牧 民爲牧生乎 曰否否 牧爲民有也."

"온 세상에서 가장 천하여 호소할 데 없는 것도 소민(小民)이요, 세상에서 가장 높고 무거워 산과 같은 것도 소민이다. 요순 이래로 성현들이 서로 이으며 경계한 바가 요컨대 소민을 보호하려는 것이라, 이것은 모든 책 속에 실려 있고 사람들의 귀와 눈에 젖어 있다. 그러므로 상관의 지위가 아무리 높다 하더라도 지도자가 백성을 머리에 이고 싸우면 대개 굽히지 않을 자가 드물다"[23]라고 하였다. 힘없고 약한 백성이지만 산처럼 높고 무거운 것이 바로 백성이고, 백성을 등에 업고 싸우게 되면 이기지 못할 싸움이 없다고 주장한 데서 민중의 역량에 대한 다산의 신뢰를 엿볼 수 있다. 지도자라면 상관보다는 백성의 편에 설 줄 알아야 한다는 뜻이다.

또한 다산은 지도자라면 네가지를 두려워할 줄을 알아야 한다고 했다. 즉 "아래로는 백성을 두려워하고, 위로는 탄핵기관인 각신(閣臣)들을 두려워하고, 또 그 위로는 조정(朝廷)을 두려워하고, 그 위로는 하늘을 두려워할 줄 알아야 한다"[24]라고 하여 사외(四畏)를 들고 있다. 일반적으로는 탄핵기관과 조정만 두려워하지만, 자격 있는 지도자라면 백성과 하늘을 두려워해야 한다는 것인데, 여기에 지도자상에 대한 다산의 깊은 생각이 담겨 있다. 힘없고 연약한 백성을 두려워하라는 주장에는 분명히 새로운 사회의 새로운 지도자상을 희구하던 다산의 민중적인 사상이 담겨 있는 것이다. 다산이 많은 한계를 지녔으면서도 시대를

---

23 『牧民心書』奉公 제4조 「文報」, "天下之至賤無告者 小民也 天下之隆重如山者 亦小民也 自堯舜以來 聖聖相戒 要保小民 載在方冊 塗人耳目 故上司雖尊 戴民以爭 鮮不屈焉."
24 『全書』 제1집 제12권 「送富寧都護李鍾英赴任序」, "牧民者有四畏 下畏民 上畏臺省 又上而畏朝廷 又上而畏天."

뛰어넘는 사상가이자 선각자였음을 보여주는 대목이 아닐 수 없다.

그래서 다산은 지도자에게 요구하고 있다. "아무리 상사의 명령이라 하더라도 공법(公法)에 위반되거나 민생에 해롭다면 마땅히 의연하게 굽히지 않고 확고하게 자신의 주장을 지켜야 한다"[25]라고 하여, 지도자는 백성의 삶에 해가 된다면 끝까지 버티고 당당히 싸울 줄 알아야 한다고 했다. 이러한 확신을 지니고 있어서 "언관(言官)의 지위에 있을 때는 날마다 격언과 충언을 올려서, 위로는 임금의 잘못을 공격하고 아래로는 백성들의 숨은 뜻이 알려지게 해야 하며, 더러는 바르지 못한 관리들이 물러나게 해야 한다"[26]고 하면서 용기와 소신이 있는 지도자를 희구했던 것이다.

7. 개혁의지가 철저해야 한다

『경세유표』의 저작 목적은 오래된 우리나라를 새롭게 개혁하려는 데 있다고 하였다. 당시 조선사회는 온통 부패하여 개혁하지 않고는 나라가 유지될 수 없다고 믿었기 때문에 모든 법제와 학문과 사상을 고쳐야 한다고 하였다. 개혁의지가 충만하지 않은 사람은 지도자가 될 수 없다는 뜻이었다.

『목민심서』의 저작 목적은 현재의 법제를 통해서라도 백성들을 제대

---

25 『牧民心書』奉公 제3조 「禮際」, "唯上司所令 違於公法 害於民生 當毅然不屈 確然自守."

26 『全書』제1집 제18권 「示學淵家誡」, "在言地 須日進格言讜論 上攻袞闕 下達民隱 或擊去官邪."

로 다스리게 하려는 데 있다고 하였다. 청렴한 도덕성을 바탕으로 하여 실무능력과 전문성을 지닌 지도자들이 현행법의 테두리 안에서라도 죽어가는 백성들을 살려내려는 데에 우선적인 노력을 기울여야 한다고 하였다. 참으로 백성을 위하는 정치는 개혁의지 없이는 불가능하다고 여겼던 것이다.

다산은 세상이 알고 있는 개혁사상가였다. 그의 모든 저작은 썩고 병든 사회에 대한 진단이자, 그 사회를 어떻게 고쳐낼 것인가에 대한 치유책의 강구이기도 했다. 그러한 다산이었기에 지도자가 지녀야 할 일차적인 자질로 충일한 개혁의지를 꼽았음은 의문의 여지가 없으리라.

8. 오늘의 지도자들이 배워야 하는 것들

이제 다산이 바라던 지도자상을 종합해보자. 다산은 무엇보다 먼저 지도자의 높은 도덕성을 요구하였다. 썩고 병든 사회를 구제해야 할 지도자라면 도덕성이 무엇보다 중요하다고 본 것이다. 다음으로 『목민심서』와 여타의 글에서 수없이 주장하였듯이, 지도자라면 전문성을 지녀 실무능력에 밝아야 한다고 여겼다. 전문성이 없고서는 아랫사람의 농간에 휘말려 백성을 괴롭히는 데에 가담할 것이니 어떻게 지도자라 말하겠느냐는 것이다. 마지막으로 지도자는 당연히 철저하고 투철한 개혁의지의 소유자여야 한다고 여겼다. 썩어 문드러진 나라에서 개혁의지에 불타지 않고는 지도자가 될 수 없다고 보았다. 바른 세상, 정의롭게 잘 사는 나라를 새롭게 건설하려면 예나 이제나 도덕성·전문성·개혁의지가 투철하고, 국민을 두려워할 줄 알며, 식견이 풍부한 인물이 배출되어야 한다는 것을 다산을 통해서 알게 되었다.

오늘의 세상도 부패하여 나라가 위기에 처해 있다. 오늘의 지도자들도 다산이 요구하였던 지도자의 자질을 갖추어 이 부란한 세상을 구제하는 데 힘을 합하기를 바라는 뜻으로 다산이 희구하던 지도자상을 초(草)해보았다.

다산의 법률관
부패방지를위한법제개혁

1. 머리말

"천하는 썩은 지 이미 오래입니다"[1]라는 표현은 다산학문의 지향점
이 어디에 있는가를 말해주고 있다.

본디 역사를 초월하는 인간성이란 존재하기 어렵다. 인간이란 외계
의 대상과 교호작용을 하며 현실의 영향을 받을 수밖에 없다. 조선후기
인 18세기는 실학사상이 상당한 학풍을 이루던 때이고, 왕조의 말기적
현상과 중세사회 해체의 징후가 농후하던 때였다. 그러한 시대적 영향
속에서 역사의 변동성과 사회의 운동성을 예리하게 관찰한 선각자 다
산 정약용은 당시의 세상과 사회는 '썩었다'라고 진단했는데, 이는 바

---

1 『與猶堂全書』(新朝鮮社 1938) 제1집 제20권 「上仲氏」, "天下腐已久矣." 이하 『與猶
堂全書』는 『全書』로 표기.

로 부패에 대한 치유책을 강구하려는 데서 나온 말이었다.

이 글은 그 시대의 사회가 얼마나 썩었고 왜 썩었는가, 그리고 썩은 부위를 도려내어 다시는 사회가 썩지 않도록 하기 위해 다산이 법률적 처방을 우선시한 이유와 그 내용은 무엇이었는지 살피면서 그의 법률에 대한 견해와 식견이 어느 정도였는지 알아보려는 것이다.

법제에 대한 다산의 개혁의지와 경세가(經世家)로서의 폭넓은 사상의 일단을 살펴보고, 성리학 이외의 법률이나 형정(刑政)의 학문이 천시되고 있을 때 누구보다도 먼저 그 분야에 대한 전문적인 식견을 지녔던 다산의 법률가로서의 면모도 알아보고자 한다.

2. 다산의 현실인식

1) 공직자들의 부패

다산은 그가 살던 세상과 당시의 공직자들이 얼마나 부패했다고 보았을까. 그는 "모든 법제도〔百度〕가 무너지고 온갖 일이 얼크러져 군문(軍門)은 자꾸 늘어나서 국가재정은 탕진되고 전제(田制)가 문란해져 부세(賦稅)가 편중되었다. 그리하여 재물이 생산되는 근원은 애써 막아버리고 재물이 소비되는 길은 멋대로 터놓았다"[2]라고 진단한다.

온갖 법률제도가 무너져 나라의 형편이 어떠한 상태에 이르렀는지 명확하게 파악하였다. 그리고 "탐욕을 채우려는 풍조만 크게 일어나 백

---

2 『經世遺表』序, "百度隳壞 庶事搶攘 軍門累增 國用蕩竭 田疇紊亂 賦斂偏辟 生財之源 盡力杜塞 費財之竇 隨意穿鑿."

성들이 초췌해졌다. 생각해보면 털끝 하나 병들지 않은 것이 없으니, 지금 당장 개혁하지 않으면 나라는 반드시 망하고야 말리라"³라는 비장한 결론을 내린다. 더욱이 "지금 탐욕을 채우려는 풍조가 크게 번져 인민들은 거꾸로 달아맨 고통의 상태다"⁴라고 처절하게 표현하였고, "탐관오리들이 불법을 멋대로 자행함이 해마다 늘고 달마다 더해져서 가면 갈수록 심해지니 (⋯) 더러운 소리〔穢聲〕와 고약한 냄새〔惡臭〕가 너무 참혹해서 차마 들을 수 없다"⁵라고까지 말했다. 나라와 사회가 썩었고 공직자들의 부패도 극치에 달했다고 보았다.

공직자들의 부패에 대해서 혹독한 비판을 서슴없이 하였으니, 그의 유명한 「감사론(監司論)」에 자세히 열거되어 있다. "칼과 몽둥이를 품에 품고 길목에 기다리고 있다가 길가는 사람을 가로막고 그의 소·말과 돈을 빼앗은 다음, 그 사람을 찔러 죽임으로써 증거를 없앤 자가 도둑인가? 아니다. (⋯) 수놓은 언치를 깐 준마를 타고 따르는 무리 수십명을 데리고 가서 횃불을 벌여 세운 다음 부잣집을 골라 곧장 마루로 올라가 주인을 포박, 재물이 들어 있는 창고를 전부 털고 나서는 창고를 불사른 다음, 감히 말하지 못하도록 거듭 다짐을 받는 자가 도적인가? 아니다. (⋯) 하나의 군현(郡縣)이나 하나의 진보(鎭堡)를 독차지하고 앉아서 온갖 형구(刑具)를 진열해놓고 날마다 춥고 배고파 지칠 대로 지친 백성들을 매질하면서 피를 빨고 기름을 핥는 자가 도적인가? 그렇

<hr />

3 같은 곳, "貪風大作 生民憔悴 竊嘗思之 蓋一毛一髮 無非病耳 及今不改 其必亡國而後已."
4 『全書』 제1집 제9권 「玉堂進考課條例箚子」, "今貪風大作 生民倒懸."
5 『全書』 제1집 제18권 「與金公厚」, "貪官汚吏之恣行不法 歲增月加 愈往愈甚 (⋯) 穢聲惡臭 慘不忍聞."

지 않다. 이는 비슷할 뿐 역시 작은 도적이다. (…) 이런 사람(감사)이 어찌 큰 도적이 아니겠는가. 큰 도적이다"[6]라고 하여, 군수나 현감이야 작은 도적이고 진짜 큰 도적은 지위가 더 높은 감사라고 했으니, 공직자들의 부패가 어느 정도인가를 짐작할 만하다. 그밖에도 「여김공후(與金公厚)」라는 글을 비롯해 여러 글에 당시의 부패상이 자세히 기록되어 있다.

사실적인 묘사로 뛰어난 시 「탐진어가(耽津漁歌)」「탐진농가(耽津農歌)」「장기농가(長鬐農歌)」 등을 비롯하여, 「애절양(哀絶陽)」「기민시(飢民詩)」 등 몇편만 보아도 관리들의 탐학상과 부패의 실태는 충분히 파악된다.

요약하면, 무너진 법제와 공직자들의 탐학으로 나라와 사회는 완전히 썩었고 국고는 텅텅 비었으며 가난하고 힘없는 인민들은 착취에 시달려 거꾸로 매달려 신음하는 상태와 같다 하였으니, 이것을 바로잡을 시정책이 없고서는 나라가 망하리라는 생각에 이른 것이다. 다른 곳에서 당시의 세상을 '아비지옥(阿鼻地獄)'[7]에 비유했는데, 인민들의 질곡에 눈감고 수수방관할 수 없다는 현실인식을 보여준다.

2) 사회풍조와 지식인들의 동향

다산은 인민들의 생활상이 그러한 지경에 이르렀는데도 사회의 지

---

6 『全書』 제1집 제12권 「監司論」, "懷刃袖椎 要於路以禦人 攘其牛馬錢幣 剗其人以滅口者 盜乎哉 非也 (…) 騎駿馬綉韉驕從數十人 羅炬燭 列槍劍 選富人家 直上堂縛主人 傾帑藏 焚其廩庾 申誓戒令 毋敢言者 盜乎哉 非也 (…) 專一城 擅一堡 陳華楚枷鏁 日撻罷癃寒丐 唖其血 吮其膏者爲盜乎 曰非也 是唯近之 亦小盜耳 (…) 若是者 庸詎非大盜也與哉 大盜也已."

7 『牧民心書』 戶典 제3조 「穀簿」 上.

도충은 당파로 나뉘어 당쟁에만 급급하고, 조정의 요직은 몇몇 벌열(閥閱)이 독점하여 유능한 인재들이 발탁될 수 없으니 세상이 구제될 가망은 없는 것으로 보았다.

다산은 온 나라의 훌륭한 영재를 발탁해서 써도 오히려 부족할까 두려운데, 인구의 8~9할을 제외해버리는 것은 옳지 않다고 하였다. 서민들이나 중인(中人)들은 말할 것 없고, 평안도와 함경도, 황해도와 강화도는 완전히 제외했고, 강원도와 전라도는 그 절반을 제외했으며, 서얼 출신은 물론 북인(北人)과 남인(南人)은 제외하진 않았어도 그와 다름 없다고 했다.[8] 다시 말해 인재 등용에 있어서 신분과 지역의 차별이 극심해져서 나라를 구할 지혜와 능력을 갖춘 인재를 얻기가 어려운 사회라고 규정하였다.

사상적 경향은 어떠하다고 보았는가. 「오학론(五學論)」에 의하면, 당시의 학문하는 사람들이 매몰되었던 분야가 다섯인데 모두 국리민복(國利民福)과 전혀 무관하고 오히려 백해무익한 것이라고 통박하기에 이른다. 첫째 성리학(性理學), 둘째 훈고학(訓詁學), 셋째 문장학(文章學), 넷째 과거학(科擧學), 다섯째 술수학(術數學), 이 다섯 분야가 바로 당시의 지배적인 학문으로 자리잡아 나라를 구제하기는커녕 자신의 몸과 마음을 닦고 수양하는 일에도 하등의 효험이 없으며, 그러한 학문으로는 나라를 제대로 다스리고 천하를 평화롭게 하자던 요순이나 주공

---

8 『全書』 제1집 제9권 「通塞議」, "臣伏惟人才之難得也久矣 盡一國之精英而拔擢之 猶懼不足 況棄其八九哉 盡一國之生靈而培養之 猶懼不興 況廢其八九哉 小民其棄者也 中人其棄者也 我國醫譯律曆書畫算數者爲中人 西關北關 其棄者也 海西松京沁都 其棄者也 關東湖南之半 其棄者也 庶孼其棄者也 北人南人 其不棄而猶棄者也."

및 공자의 이론과 실제에는 근접할 수 없다고 단언했다.[9]

"요즈음 학문하는 사람들은 아침저녁으로 강독하고 연마하는 것이 이기사칠(理氣四七)의 변(辨)과 하도낙서(河圖洛書)의 수(數)와 태극원회(太極元會)의 설(說)뿐이다. 이런 몇가지가 몸을 닦는 데 해당하는가, 사람을 다스리는 데 해당하는가"[10]라고 하였고, "과거공부는 이단(異端) 가운데서도 폐해가 제일 혹독한 것이다"[11]라고도 했다.

다산은 본디 유학이라는 학문의 목표는 공자의 도(道)를 실현하는 데 있다고 보고, "공자의 도는 수기(修己)와 치인(治人)일 뿐이다"[12]라고 하여 수기와 치인에 도움이 되지 않는 학문경향에 통탄을 금하지 못하였다. 특히 성리학과 과거공부야말로 폐해가 극심하여 세상의 타락을 가속화하는 역할만 한다고 혹평하였다. 그러므로 인간의 의식과 사유의 방향을 결정해주는 학문과 사상의 경향을 바로잡지 않고는 세상을 구제할 수 없다는 현실인식에 이르렀다.

3. 부패의 원인

1) 백도(百度)의 휴괴(隳壞)

이른바 '다산학'은 세상이 병들고 부패하게 된 원인의 규명이자 그

---

9 『全書』제1집 제11권 「五學論」, "惡能攜手 同歸於堯舜之門哉 五學昌 而周公仲尼之道 榛榛然以莽將誰能一之."

10 『全書』제1집 제17권 「爲盤山丁修七贈言」, "今之爲學者 朝夕講劘 只是理氣四七之辨 河圖洛書之數 太極元會之說而已 不知此數者 於修己當乎 於治人當乎."

11 같은 글, "科擧之學 異端之最酷者也."

12 같은 글, "孔子之道 修己治人而已."

치유책의 제시임은 주지의 사실이다. 다산이 파악했던 부패의 원인 중의 하나는 모든 법률과 제도의 붕괴였다.

역사인식부터 살펴보자. 인류의 이상향이던 요순시대의 요체는 바로 주도면밀한 법제의 완비와 그 철저한 시행에 있다고 보았다. 요(堯)와 순(舜)의 대도(大道)를 이어받아 법제를 완비한 우(禹)의 예법은 우의 독력으로 완성한 것이 아니라고 하였다. 요와 순의 뜻을 받들고 우 자신의 어진 지혜는 물론 직(稷)·설(契)·익(益)·고요(皐陶) 등과 뛰어난 정신과 이론을 취합하고 지혜와 정성을 다하여 만세토록 통용될 법을 제정했다고 보았다. 조례(條例) 하나인들 범인의 능력으로 제정할 수 없는 것이었지만, 은(殷)이 하(夏)를 이어서는 개정하지 않을 수 없었고 주(周)가 은을 이어서도 개정치 않을 수 없었다고 인식하였다.

세상의 일이란 강물의 흐름과 같아서 한번 정해놓고는 만세토록 바꾸지 않을 이치가 없다고 보았다. 그런데 요·순·우가 제정한 것도 아닌 진시황의 법을 한(漢)나라가 건국 초창기에 능력 부족으로 상당 기간 개정할 엄두를 내지 못하고, 지키지 못할 법을 그대로 두었으니 법제가 무너짐은 너무도 당연했다는 것이다. 마찬가지로 고려를 이은 조선도 초창기에 여러 제약으로 시대에 적합한 법제를 개정하지 못하다가 세종 때에야 겨우 조금 개정했지만, 임진왜란으로 뒤죽박죽이 되어 법과 제도가 모두 무너지기에 이르렀다고 여겼다.

그러한 지경인데도 고위 관료들은 조종(祖宗)의 법은 변개해서는 안된다고 고집하면서, 역사적으로 당연시되던 법과 관제의 개수(改修)를 꺼리고 국가적으로 막중한 임무를 포기한 채 팔짱만 끼고 방관했다고 하였다. 이렇게 법도 고치지 못하고 제도도 바꾸지 못하여 백도(百度)가 무너졌고, 그러한 결과 나라와 사회가 타락하고 부패해서 인민들이 도탄에 빠지고 말았다는 진단이다. 그의 대저인 『경세유표』 서문에서 자세하고 간곡하게 설파한 내용들이다.

2) 경지(經旨)의 오해

법제의 붕괴에 이어서 부패의 또다른 원인으로 경전(經傳)의 바르지 못한 해석을 들고 있다. 다산은 인간의 몸과 마음을 닦는 바른 길은 경전의 뜻[經旨]을 본래의 의미대로 명확하게 해석하는 데 있다고 보았다. "경지가 밝혀진 뒤에야 도체(道體)가 나타나고 그러한 도(道)를 얻은 뒤에야 심술(心術)이 비로소 바르게 되고, 심술이 바르게 된 뒤에야 덕(德)을 이룰 수 있다"[13]고 하였고, "유자(儒者)들이 경전 해석을 잘못하여 온 세상에 화(禍)를 끼치고 후세에까지 해독을 미쳤다. 경(經)이란 세상을 교화하는 근본이요 풍속의 원천이다"[14]라고 하였다. 세상을 구제할 논리의 창출은 인간의 올바른 사유를 통해 가능한데, 경전의 잘못된 해석으로 유위(有爲)와 실용, 진보와 변화에 대한 사유가 차단되어 사회의 비리와 모순이 생겨나고 퇴영적인 세상이 되어버렸다는 것이다.

『논어』 「공야장(公冶章)」의 '지(知)'와 '우(愚)'의 잘못된 해석을 비롯하여 '무위(無爲)' '문질(文質)' '성상근습상원(性相近習相遠)' 등의 잘못된 해석을 열거하였고 『대학』 『중용』 『맹자』의 해석에서도 잘못된 부분을 지적하였다.

'무위'에 대한 바르지 못한 해석으로 청정무위(淸淨無爲)의 노장(老莊) 논리로 빠져 "백도가 무너져도 정리하지 못하고 만기(萬機)가 온통

---

13 같은 글, "經旨明而後 道體顯 得其道而後 心術始正 心術正而後 可以成德."
14 『論語古今注』 권2, 40면, "儒者解經有誤 其禍天下而毒後世如此 經也者 世敎之本 風俗之原."

좀스러워져도 가려내 추스르지 못하여 오래지 않아 천하가 썩어버린 다"[15]라고 했다. 또 '문질'에 대한 잘못된 해석으로 "2천년 이래 유자들이 큰 차양(蔀)에 가려서 해탈할 줄을 몰랐다"[16]며 중세 2천년의 암흑시대를 그러한 탓으로 돌리기도 하였다.

또한 "지극히 진실하여 실천할 수도 밟을 수도 손으로 만지고 붙잡을 수도 있으며, 과장도 허탄도 없는데 (…) 광막(廣漠)하고 허활(虛闊)하게 하여 머리를 넣고 손을 내릴 수도 없는 까닭이 있다"[17]고 하여, 진실에서 멀고 실행과 실천이 불가능한 이론으로 덕(德)의 의미를 해석했기 때문에 "천하가 날마다 썩고 문드러져도 새롭게 변혁하지 못한다"[18]라고까지 말했다.

또한 "오늘의 학자들은 빈 허허벌판에다 성의(誠意)를 다하고자 하고, 빈 허허벌판에다 정심(正心)을 다하고자 한다"[19]라고 하여 실현과 실천을 떠난 관념적인 논리로 경(經)을 해석한 잘못을 비판하였다. 그리고 "요즈음 사람은 성(性)이라는 글자를 치켜올려 하늘처럼 큰 물건으로 받들고, 태극음양(太極陰陽)의 설(說)과 본연기질(本然氣質)의 논(論)으로 혼잡시켜 묘망(眇茫)·유원(幽遠)·황홀(恍惚)·과탄(誇誕)한 것으로 자신은 자세하게 해석해냈다 하면서, 천인(天人)에 관하여 누구도 말하지 못했던 비결(祕訣)을 궁리해냈다고 하지만, 끝내 일상의 행실에

---

15 같은 책 권3, 11면, "二千年來 儒者蒙此大蔀 不知解脫."

15 『論語古今注』권8, 2면, "百度頹墮而莫之整理 萬機叢脞而莫之搜撥 不十年而天下腐矣."
16 같은 책 권3, 11면, "二千年來 儒者蒙此大蔀 不知解脫."
17 『中庸自箴』권1, 22면, "至眞至實 可踐可履 有摸有捉 無誇無誕 (…) 廣漠虛闊 莫知其所以入頭下手之處矣."
18 『論語古今注』권1, 13면, "此天下所以日腐爛而莫之新也."
19 『大學公議』권1, 20면, "今之學者 於空蕩蕩地 欲誠其意 於空蕩蕩地 欲正其心."

도 아무런 보탬이 되지 않으니 무슨 이익이 있겠는가"[20]라고 하여 신비주의적으로 경을 해석하는 잘못을 비판하였다. 『논어』의 '성상근(性相近)'에 대한 해석으로 상중하 세 등급으로 나누는 성삼품설(性三品說)의 부당성을 통박하고, 그것도 "오랜 세월의 큰 차양"[21]이라 했고, "화란이 연이어지고 쇠잔함이 진작되지 않으며 마음이 열려 깨우쳐지지 못함도 경전 해석의 오류"[22]라고 보아, 긴긴 중세의 어두운 밤이 지속되어 "다시는 새벽이 오려 하지 않는다"[23]라는 말까지 했다. 그러한 이유로 세상은 썩어 문드러질 수밖에 없다고 여겼다.

4. 상문(尚文)을 통한 법치

1) 문질(文質)의 새 해석

다산은 법제가 붕괴되고 경전을 바르게 해석하지 못한 탓으로 나라와 사회가 부란(腐爛)해졌다고 진단했다. 그래서 오래된 나라를 새롭게 개혁하기 위해 『경세유표』를 저술하고 무엇보다 먼저 법제의 정비와 신설을 서둘러 해야 할 일로 정했다.

우선 법을 통한 통치의 정당성을 역사인식과 경전의 새로운 해석에서 찾아내고 있다. 요순시대의 이상정치는 바로 물샐틈없는 법제의 완

---

20 같은 책 권2, 26면 「心經密驗」, "今人 推尊性字 奉之爲天樣大物 混之以太極陰陽之說 雜之以本然氣質之論 眇芒幽遠恍忽誇誕 自以爲毫分縷析 窮天人不發之祕 而卒之無補於日用常行之則 亦何益之有矣."
21 같은 책 권9, 11면, "千古之大蔀."
22 같은 책 권8, 2면, "禍難相承 凋弊不振 而卒莫之開悟 皆無爲之說 有以誤之也."
23 같은 책 권1, 53면, "天不更曙."

비와 그 철저한 집행에 있었다는 판단 아래, 요순 이후의 대도(大道)가 행하여지지 못함은 법제에 대한 잘못된 인식 탓으로 보았다.

한(漢)나라의 동중서(董仲舒) 이래 문(文)·질(質)에 대한 그른 해석으로 질은 높이 여기고 문은 얕잡아보는 경향에 대하여 다산은 전혀 동의하지 않고 극력 반대하였다.[24] "질이란 효·제·충·신이요"[25] "문은 예악·제도이다"[26]라 하고 또 "덕교(德敎)·예악·전장(典章)·법도(法度)이다"[27]라고 여겨, 『논어』의 '문질빈빈(文質彬彬)'에 대하여 방대한 역사적 고증과 실제의 타당성을 열거하여 잘못된 인식부터 뒤엎고 나왔다.

주(周)의 말엽은 문에 치우쳤다고 주나라를 폄하하는 경향을 반박하여, 만약 주나라 말에 정말 문을 숭상했다면 오히려 주나라가 다시 한번 창성하였지 멸망하였겠느냐면서, 덕교·예악·전장·법도가 서주(西周)에서는 융성했으나 동주(東周)에서는 쇠잔하였고, 진(秦)나라에 와서는 소멸하였고 한나라에서는 불이 꺼졌으며, 당나라에서는 완전히 차가워졌다고 설명하였다. 그런 결과 전장과 법도의 쇠멸로 왕도가 융성치 못하여 임금·신하·아버지·아들이 자기의 맡은 바 임무를 다하지 못하는 불행에 이르고 말았다고 하였다.[28]

공자는 주나라의 제도와 정치를 그리도 흠모했는데, 바로 전장과 법도의 완비에 대한 그리움이었다고 반박하며, 당시 학자들의 전장과 법도에 대한 폄하의 태도를 질타하였으니, 공자의 '문에 대한 숭상[尙

---

24 같은 책 권1(36면, 53면), 권3(11~12면), 권5(19면) 등 곳곳에서 반대했다.

25 같은 책 권5, 19면, "質也者 孝弟忠信也."

26 같은 책 권4, 13면, "道之顯者謂之文(蓋禮樂制度之謂)."

27 같은 책 권3, 11면, "德敎·禮樂·典章·法度."

28 같은 곳, "若周末文勝 周其再昌矣 文之爲物 盛於西周 衰於東周 滅於秦 熄於漢 冷於唐 (…) 德敎禮樂典章法度 不可復興 而君不君 臣不臣 父不父 子不子."

文〕'의 정신을 받아들여 법제의 완비와 신설에 대한 갈망을 피력했던 것이다.

"지금의 비루한 유자들은 (…) 입만 열면 곧바로 '문을 억누르는 일을 주되는 것으로 여겼으니(抑文爲主)' 어떻게 그런 사람들에게 시무(時務)를 아는 사람이라고 말하겠느냐"[29]며 시무를 모르는 썩은 유자들을 비난했다.

질만 숭상하던 유자들이 효·제·충·신만 되뇌며, 참으로 엄혹하게 정비하고 닦아야 할 전장과 법도에 대하여 등한히 여기는 폐습에서 벗어나 개법수관(改法修官)의 절대적 필요성을 역설한 다산은, 고경(古經)의 정확한 해석을 통하여 문을 숭상하고 법제로 통치해야 한다는 역사적 당위성을 주장한 것이다.

"지금의 성리학자들은 명물도수(名物度數)란 도(道)의 지엽(末)이라 여기고"[30] "한번 과거공부에 빠지면 예악이나 형정(刑政)은 외물(外物)이나 잡된 일〔雜事〕로 여겼으나"[31] 다산은 인간이 실현하고자 하는 효제충신도 형정의 도움을 받아야만 성취될 수 있다고 믿었으며[32] 법률과 제도를 통해서만 인간성의 회복이 가능하다고 주장하여, "문이 비록 질을 기다려 제대로 꾸며지지만, 질도 역시 문을 기다려 본래대로 보존하게 된다. (…) 문이 없어져버리면 삼강(三綱)이 침몰하고 구법(九法)이 썩어버리는데 질인들 어떻게 혼자서 존재하겠는가"[33]라며, 문과 질의

---

29 같은 곳, "今之陋儒 (…) 一開口 輒以抑文爲主 豈所謂識時務者乎."
30 『全書』 제1집 제11권 「五學論 1」, "名物度數 於道末也."
31 같은 책 「五學論 4」, "一陷乎科擧之學 卽禮樂爲外物 刑政爲雜事."
32 같은 책 「五學論 1」, "刑政者 所以輔成乎孝弟忠信之行者也."
33 『論語古今注』 권5, 19면, "文雖待質以成章 質亦待文以存本 (…) 文之旣亡 三綱淪而 九法斁 質安得獨存乎."

상호 보완관계를 밝혀서 제도정비와 법치의 인간학적인 당위성도 찾아내었다. 그래서 "지금의 급선무는 문을 닦고 정비하는 데 있으니, 문이 정비된 이후에야 질이 회복된다"[34]는 결론을 내려, 상문(尚文)을 통한 법치의 우선론을 논리정연하게 설파하였다.

2) 성론(性論)과 형벌론(刑罰論)

다산은 성리학자들의 성론(性論)을 근본적으로 뒤엎고, 독창적인 성론을 폈다. 주자를 비롯하여 유자들이 성(性)을 영체(靈體)의 전칭(傳稱)으로 여겨 본연지성(本然之性)과 기질지성(氣質之性)으로 양분하여 오묘하고 현란한 온갖 이론을 제시했으나, 다산은 "성이란 우리 인간들의 기호(嗜好)다"[35]라고 잘라 말했다. 본연지성과 기질지성으로 나누어질 수 없는 기호일 뿐이라는 것이다.

그리고 사람의 영체 안에는 세가지의 이치가 있다는 탁견으로 인간성에 대한 명확한 해석을 내렸다. 첫째, 그 성(性)으로만 말하면 착함을 좋아하고 악함을 부끄럽게 여기니, 그래서 맹자는 성선설을 말했다. 둘째, 그 권형(權衡)으로 말하면 착해질 수도 있고 악해질 수도 있어 양웅(揚雄)의 선악혼재설이 나오게 되었다. 셋째, 그 행사(行事)로 말하면 착해지기는 어렵고 악해지기는 쉬워서 순자(荀子)의 성악설이 나오게 된 까닭이다. 하늘이 사람에게 애초에 착할 수도 악할 수도 있는 권형을 주고 나서는, 이에 그 아랫부분으로 향해서는 착해지기는 어렵고 악해지기는 쉬운 그릇을 주었으며, 그 윗부분으로 향해서는 또 착함을 좋아하

---

34 같은 곳, "今之急先務 在乎修文 文修而後 質可得也."
35 『大學講義』 권2, 27면 「心經密驗」, "性者 吾人之嗜好也."

고 악함을 부끄러워하는 성품을 주었다. 만약 이러한 성품이 없다면 우리 인간은 옛날부터 단 한 사람도 아주 조그마한 착한 일도 할 수 없었으리라. 그래서 성정에 제대로 따르고[率性] 덕성을 높이라고[尊德性] 하였다. 성인들이 성(性)을 보배로 삼아 절대로 떨어뜨려서는 안 된다는 것이 이런 이유에서였다.[36]

이렇게 성론을 정리했다면 솔성(率性)과 존덕성(尊德性)을 통해서만 착한 일을 할 수 있는데, 그 일이 그리 쉬운 일은 아니다. 인간이란 악한 짓을 할 수밖에 없는 약점을 본래부터 지녔다는 의미가 된다.

인간의 속성을 말하면서 "무릇 사람이 이 세상에 태어나면 두가지 큰 욕심이 있는데 하나는 귀(貴)요, 둘은 부(富)이니, 위에 있는 사람은 욕심이 귀에 있고 아래에 있는 사람은 그 욕심이 부에 있다"[37]라 하여 욕심을 채우려는 인간심리를 인정하고 있다.

또, "태초에 인간이 태어날 때 모두가 식욕(食慾)이나 색욕(色慾)을 가지게 되어 많은 뿌리나 덩굴이 얽히듯 온통 악습으로 얽히게 마련인데, 어떻게 저절로 평화로운 세상이 될 만한 이치가 있겠는가?"[38]라고 하였다. 즉 악하기 쉽고 큰 욕심과 본능적인 식욕·색욕을 애초에 지니고 태어난 인간의 성품을 어떻게 조절할 것인가. 여기에서 저절로 형벌

---

36 같은 책 28면, "靈體之內 厥有三理 言乎其性 則樂善而恥惡 此孟子所謂性善也 言乎其權衡 則可善而可惡 此告子湍水之喩 揚雄善惡渾之說所由作也 言乎其行事 則難善而易惡 此荀卿性惡之說所由作也 (…) 天旣予人以可善可惡之權衡 於是就其下面 又予之以難善易惡之具 就其上面 又予之以樂善恥惡之性 若無此性 吾人從古以來 無一人能作些微之小善者也 故曰率性 故曰尊德性 聖人以性爲寶 罔敢墜失者以此."

37 『大學公議』 권1, 42면, "大凡人生斯世 其大欲有二 一曰貴二曰富 在上者 其所欲在貴 在下者 其所欲在富."

38 『全書』 제1집 제20권 「上仲氏」, "厥初生民 皆具食色之慾 七根八蔓 都是惡習 豈有自然太和之理."

의 문제와 법치의 문제가 제기될 수밖에 없다. 법과 제도를 통해서만 인간욕심에 대한 제어가 가능하기 때문에 형벌에 대한 법률이 새롭게 정비되고 제정되어야 한다고 생각한 것이다.(형벌이란 개과천선을 위해서 불가피하다는 주장이 그의 논문 「원사原赦」에 자세하다.)

공자는 형정(刑政)보다는 덕과 예를 앞세웠지만, 다산은 "덕으로 인도하기도 하지만 형벌도 분명히 사용해야 한다"[39]고 주장하였다.

『서경(書經)』의 "백이(伯夷)가 전(典)을 내려 형벌로써 백성을 제어했다"라는 구절을 해석하면서, 먼저 오전(五典, 孝弟)을 내리고도 그 가르침에 따르지 않는 사람은 형벌로써 처벌해야 한다고 하였다. 『주례(周禮)』의 "팔정(八政)으로 만민을 규찰한다"라는 구절의 의미도 바로 형벌을 통한 통치로 규정하였다. 그래서 "형법에는 덕으로써 인도하는 것이 없다"[40]며 덕치와 형벌은 별개의 사안으로 파악하였다.

특히 당시의 사람들이 형벌정치를 얕잡아보는 경향을 통박하면서 요순과 공자 시절에도 형벌은 불가피했는데, "형명지학(刑名之學)을 지나치게 배척하며 사대부들이 법률에 관한 서적을 전혀 읽지 않으려는 것도 폐단의 하나"[41]라고 했다. 형명의 학에 대한 중요성의 강조나 그 자세한 내용은 『목민심서』의 형전(刑典)에 상세한 이론이 전개되어 있어 특별한 거론은 생략한다. 인명존중사상이 투철했던 다산은 형벌집행에 있어서의 신중함과 실체적 진실의 발견에 온 마음을 기울여야 함을 누누이 강조하였으니 투철한 인도주의 사상이 그의 법률관에 내재하고 있었음을 알 수 있다.

---

39 『論語古今注』 권1, 23면, "道之以德 亦用刑."
40 같은 곳, "道之以德 不在刑法中論."
41 『尚書古訓』 권2, 20면, "今人過斥刑名 士大夫 全不讀律 亦一蔽也."

더구나 전문적인 지식과 이론이 요구되는 형사소송의 문제에 대해서는 인명존중의 깊은 배려 아래, 전문서적인『흠흠신서』를 저술하여 형사정책의 고급 이론을 제시하였다. 인간성을 탐구하는 철학자로서의 역량에 더해진 법률전문가로서의 면모가 유감없이 드러나는『흠흠신서』를 통해 다산의 우람한 경세가의 모습을 발견하게 된다.

5. 부란을 막을 법제개혁

1) 올바른 법의 집행

위당 정인보는 다산이야말로 유일한 정법가(政法家)라고 호칭했다. 썩고 병든 나라와 사회, 거꾸로 매달린 듯 신음하는 인민을 구제하기 위해 정치개혁과 법제의 개수(改修)가 반드시 필요하다고 진단하고 그 방대한 대안을 마련했던 업적에 대한 명예로운 찬사였다. 다섯가지 학문〔五學〕이 지배적인 논리로 자리잡아, 턱없이 성(性)만 높이고 실현성 없는 덕치에만 몰두하여 관념적이고 신비적인 이론이 판을 치며 형명의 학문이나 제도개혁은 오히려 배척받고 천시당했지만, 역사와 사회에 대해 깊이 통찰한 다산은 그 분야에 대한 전문가로 우뚝 섰다.

정치개혁에 대해서도 「원목(原牧)」이나 「탕론(湯論)」 등에서 탁견을 보였으나, 원론적인 문제제기 이외에는 논의를 더 진전시킬 수 있는 시대가 아니었다. 왕권으로 굳어진 정치체제에서 어떤 변혁을 기대할 수 있었으랴. 때문에 다산이 정력을 모은 것은 역시 법제 분야였다. 정치체제의 개혁에 대한 언급의 부족함이야말로 시대적 한계이자 다산학의 한계임은 인정할 수밖에 없다.

유교의 이상인 왕도정치에 기본 틀을 맞추고, 그 실현을 위해 전통적 이론인 수기치인(修己治人)의 기본구도로 학문의 방향을 정하였다. 수기와 치인으로 양분했으나 수기의 목적이 치인에 있는 이상, 사람으로서 해야 할 일은 경세(經世)에 마음을 기울이는 것이라고 했다.[42] 제 몸을 닦는 이유는 완성된 인격으로 세상을 경륜하는 데 있으므로 경세를 버린 수기는 의미가 없다고 지적하기도 하였다. 이런 문제를 종합해보면, 육경사서(六經四書)에 대한 깊은 연구로 수백권의 저서를 꾸미면서 '위지수기(爲之修己)'(「자찬묘지명」), 즉 몸을 닦도록 하려는 뜻이라고 했으니, 경학을 통하여 도의 실체를 찾고 도의 실체를 찾아야 심술이 바르게 되어 수기가 이룩되는데, 수기는 곧 남을 교화하고 다스리기 위함이어서, 결국 경세를 위해서 경학을 밝히는 것이다. 일표이서(一表二書)야 본디부터 세상을 경륜하려는 뜻에서 저술한 것이니, 더 설명할 필요도 없다.

그래서 위당 정인보는 "선생의 경학은 민중적 경학이라 어떠한 문호(門戶)에 의거하던 학문이 아니요, 경학이면서 정법(政法)이라 이로써 민국(民國)의 실익을 자(資)할 만치 실구(實究)·실해(實解)하는 공부이다"[43]라고 하여 다산의 의중을 제대로 파악했다. 방대한 '육경사서'를 연구한 경집(經集) 또한 정치와 법률에 관한 서적처럼 경전의 새로운 해석을 통하여 치자들의 도덕성을 회복하여 부란한 세상을 구해내려는 의도에서 저작했다는 뜻이다.

그렇다면 경전연구의 최종 목적도 올바른 법을 제정하고 집행하는

---

42 『全書』 제1집 제17권 「爲盤山丁修七贈言」, "孔子之道 其用經世也."
43 정인보 『담원국학산고』, 문교사 1955, 92면.

데 있었다고 볼 수 있다. 치자들이 경학과 경세학에 높은 식견을 지녀, 경학으로는 수기에 힘써 높은 도덕성을 회복해내고, 경세학으로는 실무능력을 갖추도록 하려는 의도였다. 『목민심서』야말로 치자들이 도덕성과 실무능력을 갖추게 할 종합지침서였으니, "진실로 어진 수령이 있어서 자기 직분을 다할 것을 생각한다면 아마 방향을 잃지 않을 것이다"[44]라고 하여 치자들이 업무수행에 차질을 일으키지 않고 제대로 법집행을 할 수 있는 방법을 제시했다는 뜻을 밝혔다.

그러나 당시의 관리들이 얼마나 식견이 부족하고 도덕성이 결여되었으면 그처럼 세상이 썩었을까. 어리석은 법집행으로 빚어졌던 탐학의 실상을 알아보자.

"법에는 백골징포(白骨徵布)를 하면 수령(守令)은 처벌한다고 했는데, 오늘의 인민들은 사실상 모두 백골징포를 원하고 좋아하니 무슨 이유인가?"[45] 악법을 고쳐서 더 좋은 법을 시행하여도 집행과정에서 관리들의 농간이 무서워 오히려 옛날의 악법을 원한다는 것으로, 법이 얼마나 불공정하게 집행되고 있었는지 보여준다.

또한 "하나의 법이 시행될 때마다 반드시 하나의 폐단이 나오니, 앞으로 법을 없애야 나라가 다스려질 것인가"[46]라는 데서도 법집행에 따른 비리를 말하고 있다.

"무릇 나라에서 균등하지 못한 법을 힘없는 백성에게 반포하면, 백성들끼리 임시의 법을 만들어서 그들 모두가 고통을 균등하게 당하며 살

---

44 『牧民心書』序, "誠有良牧 思盡其職 庶乎其不迷矣."

45 『牧民心書』兵典 제1조「簽丁」, "法曰白骨徵布 守令論罪 然今之民情 咸以白骨徵布 爲至願大樂 何也."

46 『全書』제1집 제9권「弊策」, "每行一法 必生一弊 其將無法而爲國歟."

아가니, 이는 입법의 수치이다"[47]라고 하여 입법기술이 부족한 치자들의 무능을 탓하고 있다. "아전들이 간사해서가 아니라 간사하게 만드는 것은 법 때문이다"[48]라고 하여 법의 미비로 아전들이 간사해진다는 주장을 하고 있다. "법이란 시행하려는 것이어서 시행해야 법이지 시행하지 않으면 법이 아니다"[49]라 하여 법의 사문화(死文化) 때문에 신뢰성만 잃고 아전들의 농간만 허용되는 현실을 비판하고 있다.

이상 몇가지의 사례에서 보듯이, 법에 대한 다산의 통찰은 상세하고 주밀하여 정법가로서의 역량과 지혜가 충분히 드러나 있다. 합리적이고 실행 가능한 법이 제정되고 그 법이 공정하게 집행될 때에야 부정과 비리를 막을 수 있다고 여겼던 것이다.

2) 법의 개정과 제도의 변혁

다산은 법을 개정하지 못하고 제도를 변혁하지 못함으로써 온갖 부패가 만연하고 있으니, 관리들의 탐욕과 부정을 억제하고 척결하기 위해서는 제도적 장치가 우선적으로 마련되어야 한다고 주장하였다. 다산이 제시한 '일표이서'야말로 그의 대안이었다. 이외에도 '책(策)' '의(議)' '논(論)' '변(辨)' '설(說)' 등의 형식의 많은 글들은 바로 부패방지를 위한 법제의 개혁안이자 인민 구제책이었다.

그의 개혁안 중에서 오늘의 우리를 감동시키는 것은 형사정책에 관한 것이다. 거기에는 애민(愛民)과 휼민(恤民)의 뜨거운 인도주의 사상

---

47 같은 책 「身布議」, "夫國家 以不均之法 布之下民 而民自權立一法 與之均其苦以生 此立法之恥也."
48 『全書』 제1집 제12권 「奸吏論」, "吏未必奸 其使之奸者 法也."
49 『經世遺表』 권7, 5면, "法者 行之者也 行之謂法 不行非法也."

이 깔려 있을 뿐만 아니라, 인명존중에 대한 높은 안목도 들어 있다. 다산이 "인명에 관한 옥사를 다스리는 방법은 옛날에는 소홀했으나 오늘날에는 치밀하니 전문적인 학문으로 마땅히 힘써야 할 것이다"[50]라고 강조했듯이 전문가가 아니면 실체적 진실을 밝혀내기 어려운 것이 형사법이다. 다산은 형사법의 기본적 지침서인 『흠흠신서』를 저작하여 인권의 사각지대에 볕이 드는 계기를 마련하였다. 여기에는 인명존중의 의미와 함께 옥사(獄事)를 계기로 일어나는 부정과 부패를 근절시키려는 의도가 역력히 담겨 있다는 점을 주목해야 한다.

이제 다산의 대표적인 법제개혁안을 살펴보자. 부패방지를 위한 법제로서 거듭 강조하며 온갖 설명을 덧붙여 옛날의 법정신을 살려내자고 했던 것이 고적법(考績法)이다. 옛날 우(禹)임금의 법제를 본질적으로 복원해야 한다고 중형 정약전에게 장문의 서한으로 올린 「상중씨(上仲氏)」를 비롯하여 「고적의(考績議)」「옥당진고과조례차자(玉堂進考課條例箚子)」『논어고금주』의 곳곳과 『경세유표』서문 등에서 관리고과제도의 개정과 바른 집행을 열렬히 주장하였다. 색욕·식욕·귀욕·부욕으로 가득 차 있는 인간, 온갖 악습으로 얽혀 있는 치자들에 대한 올바른 평가제도 없이는 바른 정치를 기대하기 어렵다는 뜻에서였다. 이렇게 물을 담아도 새지 않을 정도의 치밀한 법의 제정과 엄격한 시행만이 문제를 해결할 수 있다고 보았다. 고적제도의 본뜻을 되살려 치자들의 실적을 치밀하게 평가하는 일이야말로 무엇보다 중요하다고 여겼던 것이다.

그외의 「도량형의(度量衡議)」「호적의(戶籍議)」「신포의(身布議)」 등

---

50 『牧民心書』 刑典 第2조 「斷獄」, "人命之獄 古疎今密 專門之學 所宜務也."

에서도 관리들의 협잡과 농간을 막기 위한 치밀한 계책을 열거하여 부정과 부패의 발본색원을 통렬히 건의하였다. 합리성과 실현성에 기초한 주장이어서 비리척결의 대안으로 충분하였다.

3) 평등사회의 구현

다산이 그처럼 주장했던 부패척결의 의지 속에는 어떤 뜻이 담겨 있을까. 세상이 타락하고 부정과 부패가 만연해 있을 때 피해자는 바로 약자인 일반 서민이나 백성들이다. 권력을 지닌 사람이나 치자들이야 부귀를 누릴 수 있지만 애잔한 서민들은 고통을 감내할 수밖에 없다. 신분과 계급으로 짜여 있는 사회에서 부패척결의 강한 의지란 곧 신분과 계급이 낮은 약자들을 보호하려는 의지와 상통한다. 그래서 다산의 법제개혁 의지에는 불평등사회의 변혁과 신분과 계급의 타파를 위한 간절한 소망이 담겨 있다.

우선 다산사상의 기저에 자리한 평등주의의 철학적 배경부터 살펴보자. 다산은 애초에 그의 성론(性論)에서 본연(本然)과 기질(氣質)의 양분론을 반대하고 있음을 앞에서 살핀 바 있다. 성(性)을 기호라고 단정한 이면에는 바로 인간평등의 높은 원리를 해석해내고자 하는 본뜻이 있었다.

맹자는 성을 논하면서 착하지 못함은 함닉(陷溺)의 탓으로 돌렸는데, 송나라 유자들은 성을 논하면서 착하지 못함은 기질의 탓으로 돌렸다. "함닉이야 자신의 마음 탓이어서 구제할 방법이 있으나, 기질이란 하늘이 정해준 일이어서 거기에서 벗어날 방법이 없고 만다"[51]라 하여 기질

---

51 『孟子要義』 권2, 25면, "孟子論性 以不善歸之於陷溺 宋儒論性以不善歸之於氣質 陷

론은 타고날 때부터 불평등주의가 서식할 근거가 됨을 비판하고 있다.

그래서 "하늘의 도는 덕의 선악으로써 존비(尊卑)를 가르고, 사람의 도는 벼슬의 높고 낮음으로써 존비를 가른다. 인간이 참으로 어질다면 그 지위가 벼슬하는 선비이건 서민이건 하늘은 따지지 않았다"[52]라고 하여 하늘의 뜻이 평등에 있음을 주장하고 나왔다.

다산은 공자의 사상에서도 평등주의를 분명히 밝혀낸다. '유교무류(有敎無類)'(『논어』「위영공」)가 바로 평등주의의 선언이라고 주장하였다. 즉 "하늘이 인간의 마음을 내려주며 귀함과 천함이 없었다. 지역의 차별도 두지 않았다. 가르침만 받으면 모두 같은 인류다"[53]라고 했다. 교육 여하에 따라 인간의 차이가 있는 것이고, 같은 종류와 같은 질의 교육을 받는다면 인간의 차등은 있을 수 없고, 태어난 지역에 따른 인간성의 차이도 있을 수 없다는 생각이다.

또, "이름하여 일만 백성인데, 무슨 이유로 그 사이에 존비와 귀천이 있을 수 있겠는가. 성인의 마음은 지극히 공정하고 사(私)가 없다. 때문에 맹자는 사람이라면 모두 요순이 될 수 있다고 했다"[54]면서 "군자와 소인은 본래 같은 종류의 인간"[55]이라고 했다.

당나라의 한유(韓愈) 이래 근거 없는 성삼품설(性三品說)이 대두되어 인간의 능력이나 재질이 상등(上等)·중등(中等)·하등(下等)의 세 등급

溺由己 其救有術 氣質由天 其脱無路."

52 같은 책 권1, 24면, "天道以德之善惡爲尊卑 如人道以爵之高下爲尊卑 人苟仁矣 其位之爲士爲庶 天所不問."

53 『論語古今注』권8, 25면, "天之降衷 無有貴賤 無有遠邇 有敎則皆同."

54 같은 책 권4, 4면, "名曰萬民 豈復有尊卑貴賤於其間乎 聖人之心 至公無私 故孟子曰 人皆可以爲堯舜."

55 같은 책 권2, 20면, "君子·小人 天然同類之人也."

으로 구별된다는 터무니없는 인간 차별의 이론이 행세하여 신분과 계급주의를 정당화하고 있었다. "지혜롭고 어리석음이야 제 몸을 꾀함에서 공졸(工拙)의 차이이지, 어찌 성(性)의 품급(品級)이겠는가. 성품이 서로 가깝다 함은 하나의 등급이라는 의미일 뿐이지 어떻게 상중하의 세 등급이 있다는 건가"[56]라고 하며, "상중하 삼품의 설은 겉으로는 반반한 논리인 듯하지만 사람이 착해지려고 하는 마음의 문을 막아버리고 자포자기할 길만 열어주니 그거야말로 천리(天理)를 상하게 하고 인도(人道)를 해치는 일로서 지극히 해독스럽고 지극히 비참하여 그 피해가 홍수나 맹수보다도 더 크다"[57]라고 하여, 자포자기해서 착해지려는 마음까지 막는 결정론의 폐해를 비판하고 있다.

이러한 성리철학의 논거 아래 새롭게 제안한 그의 정책과 법제론에 대해 알아보자. 그의 독창적인 토지제도론인 「전론(田論)」은 바로 불평등한 토지소유의 부당성을 지적하고 평등주의 실현의 원칙을 제시한 것이다. 물적 토대의 균등한 소유 없이는 평등사상의 실현은 불가능하다고 여겼기 때문이다.

그는 또 『시경』의 「시구(鳲鳩)」편을 자주 인용하며 뻐꾸기 어미가 일곱마리의 새끼 뻐꾸기를 고루 먹여주는 것을 부러워했는데,「신포의」의 논리는 바로 거기서 출발하였고, 그의 유명한 시 「애절양」이 「시구」편에 대한 언급으로 끝나고 있음을 보아도, 균등한 분배와 평등한 대우에 대한 그의 깊은 뜻을 알 만하다.

---

56 같은 책 권9, 18면, "知愚者 謨身之工拙 豈性之品乎 性相近 只是一等而已 安有上中下三等乎."

57 같은 책 권9, 19면, "上中下三品之說 外若勻停 而塞人向善之門 啓人自暴之路 其傷天理而害人道也 至毒至憯 其禍有浮於洪水猛獸."

법제개혁의 문제를 다룬 「서얼론(庶孽論)」이나 「인재책(人才策)」「통색의(通塞議)」에서는 신분차별에 대한 명확한 개선책을 제시하고 있다. 계급차별·신분차별·지역차별에 대한 개혁 없이는 나라의 부강도, 백성의 안일도 없다는 논리는 평등주의의 실현이 없이는 사회문제의 해결도 어렵다는 주장이어서 그의 법제개혁의 의지는 바로 평등주의의 철학적 사고에서 배태되었음을 알게 해준다. 그가 살았던 시대에 비추어 보면 매우 진보적이고 근대지향적인 사고와 논리였다고 판단된다.

6. 맺음말

지금까지 살펴본 대로 썩어버린 나라를 구제할 대책으로 다산은 법제의 개혁을 제시하였다. 전장(典章)과 법도(法度)에 대한 고경(古經)의 이론을 충분히 해석해내어 법치에 의한 사회구제를 역설했다. 요순과 공자·맹자를 거론하여 복고주의 형식을 취했지만, 내용은 혁신적이고 진보적이어서 그가 시대를 뛰어넘는 법률관을 지니고 있었음을 알 수 있다. 덕치라는 실현 불가능한 주장에 우선하여 형벌론과 법치주의를 주장했는데, 효제충신의 본질적인 인간성 회복을 위해서는 먼저 법제개혁을 통한 사회통제의 수단이 없고서는 인간성의 회복도 불가능하다고 여겼다는 점에서 정법가(政法家)로서의 면모를 보인다.

그렇다고 다산이 결코 피와 눈물도 없었던 법가(法家)는 아니었다. 고대의 '형기우무형(刑期于無刑)'(『서경』에 나오는 말로, 형벌을 만드는 까닭은 악인을 징계하여 또다시 죄를 지어 형벌을 받는 일이 없도록 하기 위한 것)이라던 형벌의 목적론을 이어받아, "형벌이란 백성을 바르게 다스리는 데 지엽적인 일(末)이라 여기고, 율기(律己)·봉법(奉法)으로 엄숙하게 업무를 처리하다보면 인민들이 법을 범하지 않게 되어 자연스럽게 형벌제도는 폐지된다"[58]라는 원칙론에도 동조하고 있다.

그는 고문이나 가혹한 형벌의 집행을 반대하여 완형(緩刑, 형벌을 너그럽게 함)을 권장하였고, 죄수들의 인권과 인명을 존중하였다. 특히 옥에 갇힌 죄수들의 인권보장을 강조하여 명절 때 집에 다녀오게 해주고, 오래 감옥에 갇혀 자식의 생산이 끊기게 된 죄수의 간절한 바람을 헤아려 자혜(慈惠)를 베풀어야 한다고 주장하였다.[59] 「원사(原赦)」라는 논문에서 주장한 흠형(欽刑, 형벌을 신중히 함)의 정신은 그의 뜨거운 인도주의적 법의식을 보여준다.

종래의 성삼품설이라는 인간성에 대한 결정론을 배격하는 철학적 논리 아래, 신분제도와 계급주의 및 지역차별제도를 타파하자고 하여 평등사상을 고취하는 법제개혁을 주창했다. 지역차별과 특정지역의 소외를 강요했던 지역주의에 대한 반대는 동양 중세의 화이론(華夷論)에까지 확대되어 중국 중심의 몰민족적인 화이론을 배격하고[60] 민족주의에 대한 근대지향적인 이론으로 나아가게 하였다.

당시의 일반 유자들은 '육경사서'가 수기의 근본임을 알고서도 경전 해석의 오류로 인해 수기도 이루지 못하고 '법제는 지엽이고 외물이고 잡사다'라고 여기면서 천시하고 있었다. 이러한 때에 다산은 새로운 경

---

58 『牧民心書』刑典 제3조 「愼刑」, "刑罰之於以正民 末也 律己奉法 臨之以莊 則民不犯 刑罰雖廢之 可也."

59 같은 책 刑典 제4조 「恤囚」, "歲時佳節 許其還家 (…) 久囚離家 生理遂絶者 體其情 願 以施慈惠."

60 졸고 「다산학의 새 화이론 고찰」, 『취영(翠英) 홍남순선생 고희기념논총』, 형성사 1983.

전 해석으로 사유의 바탕을 바꾸어 수기의 목적이 성취되도록 실행·실천의 길을 열었으며, 법제의 정비와 개혁 없이는 부패방지가 불가능하다는 논리를 개발하여 법률가로서의 혜안을 보였다.

나아가 그의 법제정비와 개혁의 밑바탕에는 높은 인도주의 정신이 서려 있으며, 만민이 고루 인간적인 대접을 받아야 한다는 평등주의가 굳게 자리잡고 있다는 것도 발견할 수 있었다. 그렇다면 그의 법률관은 법제의 개혁을 통해 인간의 도덕성을 회복하고 인도주의와 평등주의를 실천하는 것으로서, 이는 매우 진보적이고 근대지향적이었다는 결론을 얻을 수 있다.

다산은 18년간 귀양살이를 하고 18년간 복권되지 않은 신분으로 살다가 75세를 일기로 생을 마쳤다. 항상 부루신(負累臣, 죄를 진 신하)으로 자처하고 저술을 하였으니, 목민하고 싶어도 몸소 실행할 수 없어 '심서(心書)'라 이름하였고, 위로 상달할 길이 막혔기에 '유표(遺表)'라고 했지만, 해박한 법률지식과 탁월한 법제개혁안으로 부패를 막아 나라와 인민을 구하려던 뜨거운 정신만은 지금도 그의 저서에서 요동치고 있다.

오늘 우리 사회도 부정과 부패가 여전하고 양극화가 심화되어 걱정하는 사람들이 많다. 법과 제도의 개혁을 통한 도덕성의 회복만이 부패의 고리를 끊을 수 있다고 했던 다산의 법률관을 통하여 병들고 썩은 우리 사회에 대한 치유책을 찾아보고자 이 글을 초(草)해보았다.

다산의 뛰어난 경세문(經世文)인 「상중씨(上仲氏)」의 마지막 구절로 이 글을 마칠까 한다.

"우리 민중들이 도탄에 빠져 있는 게 어찌 지금보다 더 심할 수 있겠습니까? 아아! 누가 있어 이 막된 세상의 참모습을 위로 아뢰어 하소연이라도 한단 말입니까(生民之塗炭 豈若是之甚乎 嗚呼 孰爲之進白也)."

다산의 흠휼정신과 법의식

1.머리말

　다산 정약용은 실학자로서 조선후기의 역사적 변동기에 사회와 인민의 구제를 위해서는 목민관들이 네가지를 두려워해야 한다고 했다. 아래로는 백성을 두려워하고 위로는 감찰기관을 두려워하고, 그 위로는 조정(朝廷)을 두려워하고, 또 그 위로는 하늘을 두려워해야 한다는 것이다.[1] 조정이나 탄핵기관보다 백성과 하늘을 두려워할 줄 알아야 한다고 했으니, 그만하면 다산이 왜 그처럼 백성의 아픔과 고통에 동참하면서 안타깝고 사무치게 그들의 편에 서 있었는가를 알 만하다.

　역사의 흐름과 사회적 갈등에서 빚어지는 운동성을 예리하게 포착

---

1 『與猶堂全書』제1집 제12권 「送富寧都護李鍾英赴任序」, "牧民者有四畏 下畏民 上畏
　臺省 又上而畏朝廷 又上而畏天." 이하 『與猶堂全書』는 『全書』로 표기함.

한 다산은, 벌레처럼 짓밟히고만 있던 백성이라는 존재에 대하여 일종의 역동성을 발견한 확증을 우리에게 보여준다. 그들이 인간다운 대접을 받는 세상이 오리라고, 그들의 무한한 창의력의 결집으로 역사의 변화가 오리라고 예견했다. 요순 이후 연면하게 이어지던 휼민(恤民)정신과 다산이 지녔던 생각에는 분명하게 차이가 있다. 다산이 약하고 힘없는 소민(小民)과 하민(下民)에 대해 높고 무겁기가 우람한 산과 같다고 했을 때, 이것은 여타의 동정심에서 우러난 연민과는 큰 차이가 있는 것이다.

그래서 소민이나 하민보다 더 천대받은 죄수에게조차도 한없는 애정으로 인간애를 발휘해야 한다고 강조했으니, 형벌이란 요순도 없앨 수 없었지만 "형벌의 적용에는 애긍(哀矜)·측달(惻怛)의 심정을 지녀야 한다"[2]라고 한 것이 바로 그러한 의미였다.

그래서 이 글은 그러한 뜨거운 인간애에 바탕을 둔, 인도주의 정신으로 다져진 다산의 생각이 법의식으로 자리하는 까닭을 밝혀보려고 한다.

2. 인간애에 바탕한 부패척결 의지

다산의 학문과 사상의 근저에는 개혁의지로 점철되어 있다. 특히 부패방지를 위한 법제의 개혁의지를 담은 저술에는 그 구체적인 방법론이 자세하게 설명되어 있다. 이 점은 이미 언급한 졸고에서 필자 나름대

---

2 『牧民心書』 刑典 第3조 「愼刑」, "刑罰者 堯舜之所不能廢 (…) 仁人之用刑也 哀矜焉 惻怛焉."

로 정리한 바 있다.

"세상이 타락하고 부정부패가 만연했을 때, 피해자는 바로 약자인 일반 서민이나 백성들이다. (…) 신분과 계급으로 짜여진 상황에서 부패 척결의 강한 의지란 곧 신분과 계급이 낮은 약자들을 보호하려는 의지와 상통한다"[3]라고 살폈던 바처럼, 다산의 법제에 대한 설계나 철학적 논리의 바탕에는 약한 서민들을 긍휼히 여기는 의식이 깔려 있다. 요순 이래 정치의 기본목표가 '요보소민(要保小民)', 즉 연약한 백성들을 보호하는 데 있다는 선언은 그의 입장을 명확히 보여준다.

1) 「조승문(弔蠅文)」과 흠휼의식

잘 알려진 대로 동양의 왕도정치는 요순정치의 실현인데, 요순정치의 바탕이 되는 기본정신은 바로 휼민에 있다. "흠휼(欽恤, 죄수를 신중하게 심의함)의 본뜻을 그러한 중간에 행하게 된다면 성인(聖人)들이 호생(好生)하던 본래의 마음을 볼 수 있다"[4]라는 내용에서 보거나 "애긍·측달의 마음에서 오히려 삼대(三代) 시절의 충후(忠厚)하던 유의(遺意)를 상상해볼 수가 있다"[5]라는 내용으로 보아, 흠휼이나 애긍·측달의 정신은 다산의 독창적인 것이 아니라 동양의 전통적인 인도주의 사상이자 법의식이었음은 두말할 나위도 없다.

요순정치의 전범이라는 『상서尙書』의 "흠재흠재 유형지휼재(欽哉欽哉 惟刑之恤哉)"로부터 시작하여, 조선왕조에서도 흠휼의 정신을 법집행의 전범으로 여겼던 것이 사실이다.

---

3 박석무 「다산의 법률관」, 『민족문화』 19, 민족문화추진회 1996 참조.
4 『書經』 「舜典」 朱注, "欽恤之意 行乎其間 則可以見聖人好生之本心也."
5 『書經』 「呂刑」 앞 注, "哀矜惻怛 猶可以想見三代忠厚之遺意."

성종 6년에 임금이 발표하기를, 하늘이 음양오행으로 만물을 화
생(化生)하여 봄과 여름으로 자라게 하고 길러주며, 가을과 겨울로
는 위축되고 죽어가게 하니, 성인(聖人)이 법칙으로 삼아 덕(德)과 예
(禮)로 백성들을 인도하고 형(刑)과 정(政)으로 징계의 뜻을 보이는
데, 벌주는 일을 어찌 성인들이 하고 싶어 하던 일이었으랴. 법률 때
문에 법률의 집행이 그쳐지고, 벌을 줌으로써 벌주는 제도가 없어지
기를 기약했음은, 역시 백성들에게 착한 일을 권하여 온전한 성품을
갖도록 하려는 뜻이었다. 우리 태조께서 고려의 번거롭고 가혹하던
법과 정책을 개혁하였고, 태종께서는 형벌제도를 훌륭하게 계승하였
다. 세종대왕의 호생(好生)하던 덕은 모든 임금 중에서도 높이 뛰어
나, 일찍이 휼형(恤刑)의 교(敎)를 내렸다. (…) 세종의 마음은 바로
순임금의 흠휼의 정신이었다.[6]

이 기록에서 보이듯, 조선왕조 역시 이론적으로는 동양의 흠휼정신
을 그대로 계승하였음은 너무도 분명하다.

그러나 우리가 다음에서 보는 바와 같이 다산이 강조한 흠휼정신은
이론으로만이 아니라, 마음에서 몸으로 체득한 뜨거운 휼민의 정신이
바탕이 된 것으로 다른 어떤 시대와도 다르고 어떤 사람과도 다르게 농
도 짙은 생각으로 발현되고 있음을 알 수 있다.

---

6 『增補文獻備考』刑考 7「詳讞」, "成宗 六年 敎曰 天以陰陽五行 化生萬物 春夏以長養
之 秋冬以肅殺之 聖人則焉 德禮以導民 刑政以示懲 刑豈聖人得已哉 然辟以止辟 刑期
無刑 亦無非所以勸民善而全民性也 惟我太祖 革高麗煩苛之政 太宗丕承以致刑措 世
宗好生之德 高出百王 嘗下恤刑之敎 (…) 世宗之心 卽大舜之欽恤也."

우리가 잘 아는 「조침문(弔針文)」의 형식과 같이 파리의 죽음을 애도하는 「조승문(弔蠅文)」이라는 글에 담긴 다산의 생각은 그의 휼민정신을 새롭게 거론할 수 있는 근거로 보인다.

바늘은 바느질을 하는 데 절대 불가결한 도구이기에 그것의 부러짐이야 슬퍼할 수도 있으나, 세상에서의 해충이요 악충인 파리의 죽음을 애도한다는 것 자체가 너무 역설적이고 괴상망측한 일이다. 물론 「조승문」의 문학성이나 해학적인 측면은 별도로 논의할 일이겠으나, 글을 짓게 된 애초의 의도를 통해서 그의 휼민정신의 일단을 알아볼 수 있다.

1809년은 다산이 강진의 유배지에서 귀양살이 9년째를 맞던 해였다. 그해 1년 전에 강진읍내에서 다산초당으로 옮겼다. 그때 너무 큰 가뭄으로 유랑민들이 길을 메우고 아사자들이 속출한 사정은 다산의 시나 다른 글에 상세히 기록되어 있다. 「조승문」[7]은 1810년, 즉 큰 기근의 다음해인 경오년에 지은 글이다. 경오년 여름에 쉬파리 떼가 마을은 물론 산골까지 극성을 부리자 사람들이 파리 통발을 설치하고 파리약을 놓아서 섬멸하려 하였다. 이때 다산은 파리들은 기근과 관리들의 착취와 탐학으로 굶주려 죽은 백성들의 전신(轉身)이기 때문에 이런 불쌍하고 기구한 생명들을 죽여서는 안 된다고 생각하여 제물을 차려놓고 파리를 불러 모아 주린 배를 실컷 채우기를 권한다. 그리고 이들을 위로하는 내용의 축문을 지었다.

"파리야, 날아와서 이 음식 소반에 모여라. 수북이 담은 쌀밥에 국도 간 맞춰 끓여놓았고, 무르익은 술과 단술에 밀가루로 만든 국수도 겸하

---

7 박석무·정해렴 편역 『다산문학선집』, 현대실학사 1996, 374~76면 참조. 이하에서 「조승문」의 인용 면수는 생략하기로 한다.

였으니, 그대의 마른 목구멍과 그대의 타는 창자를 축이라." 파리는 바로 가난과 관리들의 착취 때문에 죽어간 아사자들이 아닌가.

"파리야, 날아와 이 기름진 고깃덩이에 앉으라. 살진 소다리의 그 살집도 깊으며, 초장에 파도 쪄놓고 농어 생선회도 갖추어놓았으니, 그대의 허기진 창자를 채우고 얼굴을 활짝 펴라. 그리고 또 도마에 남은 고기가 있으니, 그대의 무리에게 먹이라"라는 해학적인 구절도 있다. 또, "파리야, 날아서 고을[縣]로 들어가지 말라. 굶주린 사람만 엄격히 가리는데 아전들이 붓대 잡고 그 얼굴을 살펴본다. 대나무처럼 빽빽이 늘어선 사람 중에 다행히 선택된다 하여도 물같이 멀건 죽 한 모금 얻어 마시면 고작인데도 묵은 곡식에서 생긴 쌀벌레는 상하에 어지러이 날아다닌다. 돼지처럼 살진 건 힘깨나 쓰는 아전들인데, 함께 입을 맞춰 공을 아뢰면 칭찬만 하고 문책하지도 않는다"라는 대목은 관리들의 부패와 타락의 정도를 생생히 묘사하고 있다.

그다음에 이어지는 구절은 더 기가 막힌다. 백성들은 굶어 죽어가는데, 관가에는 풍악소리 요란하며 교태를 부리는 기생들이 빙빙 돌며 춤을 추고 아무리 풍성한 음식들이 남아 있어도 먹을 수 없다고 한탄한다. "죽어서도 앙화는 남아 형제에게 미치게 되니, 6월에 벌써 조세를 독촉하는 아전이 문을 걷어차는데, 호령소리가 사자의 울음과 같아 산악을 뒤흔든다. 가마솥도 빼앗아가고 송아지와 돼지도 끌어간다. 그러고도 부족하여 관가로 끌어다가 주릿대로 볼기를 치는데, 그 매 맞고 돌아오면 기진하여 염병에 걸려서 풀 쓰러지듯 고기 뭉그러지듯 죽어가지만, 만민의 원망 천지사방 어느 곳에도 호소할 데가 없고, 백성들이 모두 사지에 놓여도 슬퍼할 수가 없다. 어진 이는 위축되어 있고 뭇 소인배가 날뛰니, 봉황은 입을 다물고 까마귀가 까옥거리는 격이다"라는 대목에 이르면, 백성들이 당하는 비참한 현실이 영상매체를 통해서 방영되듯이 너무나도 생생하게 묘사되어 있다. 탐관오리들이 날뛰고 언로가 막혀서 어진 사람일수록 기를 펴지 못하던 당대의 사회적인 모순과 질곡까지 여실히 드러나 있다.

이 글은 파리에게 북쪽으로 날아가 임금에게나 호소해야지 감사나 수령 같은 지방관들에게 호소해보았자 소용없다고 했지만, 과연 임금인들 어떤 해결책이 있었으랴.

파리를 의인화한 문학작품이기 때문에 풍자와 과장의 부분이 있다 하더라도, 다산이 당시의 현실을 어떻게 인식했는지 알아보기에는 충분한 자료가 된다. 임금에게 호소하여 해결책을 구하라 했지만 그러할 여건이 아님을 다산은 누구보다도 잘 알고 있었다. 여기에서 다산은 나라 전체가 병들지 않은 것이 없다고 여기고 통째로 개혁하고 변화시켜야 한다는 주장을 펴는데, 그의 개혁의지나 개혁사상은 바로 불쌍한 백성들에 대한 뜨거운 사랑, 곧 긍휼심을 바탕으로 한 것이기 때문에 현실적이고 구체적이며 직핍한 대안이 될 수 있었다.

이러한 긍휼의 마음을 간직하고만 있다면 무슨 결과가 나오겠는가. 참으로 구체적인 긍휼의 뜻을 지녔던 다산이었기에 그들의 구제를 위해서는 개혁이 불가피하고, 모든 개혁 중에서도 법제에 대한 개혁이나 신설 없이는 불가능하다는 생각에 이르게 되는 것이다.

2) 「격사해(擊蛇解)」에 나타난 애민정신

뱀을 쳐 죽여야 하는 까닭을 밝힌다는 「격사해(擊蛇解)」[8]라는 글은

---

8 같은 책 377~79면 참조. 이하에서 「격사해」의 인용 면수는 생략하기로 한다.

사람에게 해독을 끼치거나 사람을 죽게 하는 뱀을 죽이지 않고는 백성들이 편안하게 살아가지 못한다는 내용이다. "쫓아도 가지 않고 뱀굴에 느런하여 일하는 사람이나 노닐며 쉬는 사람으로 하여금 밥을 먹어도 입맛을 잃게 하고 잠을 자도 침석을 불안하게 한다. 고물고물 자라는 아무 죄 없는 미물들을 함부로 물어 해치며, 개구리·두꺼비 따위는 하나도 놓아주지 않는다. (…) 밤낮으로 구석구석 뒤져서 둥우리를 엎어 알을 삼키니 그 혈통이 다 없어짐에 초조하게 부르짖는 어미들의 소리가 처량하고 애처롭다. 그러나 의로운 매도 오지 않고 송골매도 공격하지 않는다"라는 구절에서 보면, 다산이 이 글을 쓰는 의도가 어디에 있는가를 바로 알 수 있게 한다. 개구리나 두꺼비는 말할 것 없고 뻐꾸기·까치·제비·참새는 물론 둥우리의 알까지 모두 먹어치우는 뱀은 무엇을 상징하고 있을까. 바로 백성을 탐학질해서 자신들의 배만 채우는 탐관오리들이 아니겠는가. 개구리·두꺼비·뻐꾸기·까치·제비·참새들이야말로 뱀의 먹잇감이지만, 의로운 매나 송골매는 바로 그들을 징치할 힘을 지닌 관장이나 암행어사, 아니면 국왕이거나 어김없이 시행될 수 있는 법제임에 분명하다.

나라와 사회의 부패와 타락은 탐관오리들의 횡포만 극심하게 만들어 힘없고 연약한 백성들은 온갖 착취만 당하고 있으니, 그런 착취자들에 대한 징치가 없고서는 선량한 백성들이 살아갈 수 없으므로 제도적 장치를 통해 이들을 척결해야 한다고 보았다.

"호랑이와 이리 등 사람을 해치고 고혈을 물어뜯는 맹수를 죽여 없애 사슴이나 노루를 편하게 하고, 가라지를 제거하여 곡식 싹을 잘 자라게 하고, 돌을 쪼아 옥을 드러내고, 간사하고 아첨하는 무리들을 쫓아내어 어진 신하를 보호하는 것이니, 이는 곧 천지의 지극한 인(仁)이다. 그러므로 주공(周公)이 관제(官制)를 제정할 때에 산사(山師)를 두어 도롱뇽과 뱀 등을 몰아내게 하였다"라고 했던 것처럼, 약자의 보호를 위해서는 불가피하게 법제를 통해 악한 무리를 척결할 수밖에 없기 때문에 약자에 대한 긍휼의 마음으로부터 발단한 다산의 개혁의지는 법제개혁으로 표출되고 있다.

동양 전래의 인간애와 긍휼의 정신은 현실에 대한 구체적인 인식에서 출발한 다산의 흠휼정신에 이르러서야 비로소 실제의 행정이나 법의 집행과정에서 현실적으로 적용되는 길이 트이고 있음을 알게 된다.

3. 흠휼의 실천의지인 흠형

다산의 법의식 중에서도 특히 형벌 집행과정에서 인명존중·인권보장에 쏟은 긍휼의 정신은 그의 법의식을 알아보는 대표적인 사례가 되고 있다. 권력은 법의 이름으로 인신에 대한 자유와 속박을 결정하고 생사여탈에 관계하는데 이러한 형사법의 집행과정에서 나타난 논리와 행동은 인명과 인권에 관한 법의식을 잘 보여줄 수 있기 때문이다.

우리가 흔히 죄는 미워해도 사람을 미워해서는 안 된다고 말한다. 이러한 법언대로 실천하고 실행한다면 죄와 벌, 범죄와 형벌에 대한 논의는 상당한 수준으로 오를 것이다. 다산은 일찍이 「원사(原赦)」를 통해서 죄와 인간을 명확히 구별하였고, 『목민심서』의 형전(刑典)과 『흠흠신서』에서 실천적인 요목들을 자세히 열거하였다. "형벌의 근본 뜻이 그 사람이 미워서 그를 아프고 괴롭게만 하려는 데 있겠는가. 그를 아프고 괴롭게 하여 그로 하여금 잘못을 고치고 착한 사람이 되게 하려는 데 있는 것이다. 만약 죽을 때까지 사면해주는 일이 없다면, 그가 한번 형법에 걸려들 때에는 곧 자포자기하여 명색이야 살아 있다 해도 실제로는 죽은 것이나 다름없다. (…) 내가 듣기로는 성인(聖人)이 형벌에 대해서는 '조심스럽고 공경스럽게 하라. 형벌의 집행에 있어서만은 긍휼의 마음을 발휘하라'라고 하였지, '되도록 용서해주어서는 안 된다'라는 말은 들은 적이 없다"[9]라고 하였으니, 오늘의 교육주의 형벌론과 다를 바 없는 주장이다.

죄는 미워하고 사람은 긍휼히 여겨 잘못을 고치고 착한 일을 할 여지만 있으면 과감히 석방하고 사면하여 본래의 삶으로 돌아가도록 해야 한다는 주장 속에 그의 흠휼의 정신은 그대로 나타나 있다.

더구나 『목민심서』의 형전 6개 조항인 청송(聽訟, 송사를 심리함), 단옥(斷獄, 형사사건의 판결), 신형(愼刑, 형벌을 신중하게 씀), 휼수(恤囚, 죄수를 불쌍히 여김), 금포(禁暴, 백성들 사이의 폭력을 금함), 제해(除害, 도적의 피해를 제거함)는 실체적 진실을 제대로 밝혀내어 억울한 죄인이 없기를 간절히 바라는 내용이고, 신형과 휼수는 흠휼의 의미를 그대로 반영한 내용이어서 가장 인도주의적인 형벌론의 모범이라 할 만하다.

우선 사대부들이 천시하고 업신여기던 형사법의 가치와 권위를 크게 격상시켜 벼슬하는 사람이면 그에 대한 해박한 지식을 지녀야 한다고 강조하고, 죄는 미워하되 사람은 미워해서는 안 된다는 인명존중·인권보장의 논리로 일관하고 있다.

참혹하고 각박하게 법조문대로만 처벌해서는 안 된다고 하고 함부로

---

9 『全書』제1집 제10권 「原赦」, "刑罰之義 在疾惡其人 欲其痛楚之救 將苦之痛之 使之改過遷善也 苟終身不赦 其人一陷刑辟 便當自暴自棄 名雖不死 實與死等耳 (…) 吾聞聖人之於刑也 其唯曰欽哉欽哉 唯刑之恤哉 未聞曰愼無赦矣."

고문을 해서도 안 된다고 했으며, 민사(民事)에는 상형, 공사(公事)에는 중형, 관사(官事)에는 하형을 내리고, 사사(私事)에는 벌을 주어서는 안 된다고 한 것은 모두 정의로운 법정신과 인도주의적인 법의식에서 나온 주장이었다.

부녀자에 대한 관용과 노약자에 대한 고문 폐지를 주장했고, 죄수에 대한 세세한 보살핌을 누누이 강조했다. 특히 옥중 토색(討索, 돈이나 물건을 억지로 달라고 함)의 방지, 환자에 대한 특별한 배려, 춥고 배고픔에 대한 해결, 명절 때의 휴가조치, 장기수들의 대(代)가 끊어지는 것에 대비한 동숙(同宿)의 허용 등은 이 시대에도 쉽게 시행하지 못하는 인도주의적 법의식의 발로라고 여겨진다. 인간에 대한 진정한 사랑의 마음이 없고서야 어떻게 가능한 주장이겠는가.

또한 "지극히 원통한 일로 하늘에 호소해도 답이 없고 땅에 호소해도 답이 없으며 부모에게 호소해도 역시 답이 없는데, 갑자기 어떤 벼슬아치가 나타나 재판기록을 조사하고 그 뿌리를 밝혀내어 죄 없는 보통사람으로 풀어준 뒤에야 법관의 존엄을 알게 된다"[10]라고 하였으니, 이는 정의로운 법의 집행을 통해서만 법관의 지위가 높아질 수 있음을 말한 것이다. 재판과 법관의 권위가 확보되는 것도 바로 억울한 백성을 참으로 긍휼히 여기는 데서 비롯됨을 알게 해준다.

뇌물을 탐하고 세금을 가혹하게 거둬들여 백성을 괴롭히는 수령은 반드시 법에 따라 다스려야 한다고 주장한 「경기어사복명후논사소(京畿御史復命後論事疏)」를 보면 다산의 논리는 명확해진다. '수령이라는

---

10 『牧民心書』 刑典 제2조 「斷獄」, "至寃大痛 呼天不應 呼地不應 呼父母亦不應 忽有一官人 閱案覈根 解作無罪平人然後 知刑官之尊."

제도가 생긴 이래로 참으로 들어본 바가 없는 짓을 했던 사람'(삭녕군수 강명길과 연천현감 김양직)에게 죄를 물어서는 안 된다는 논의가 나왔을 때 다산은 이렇게 주장했다.

"백성을 중히 여기고 법을 지키는 도리(重民守法之道)"라는 말을 사용하여 수령의 정치는 법을 지키는 것에 앞서 백성을 무겁게 여기는 데에 있음을 밝히고, "곧바로 왕부(王府)로 하여금 법대로 치죄하여 민생을 무겁게 여기고 국법을 높이도록 해야 한다"[11]라고 했다. 즉 법을 위해서 법대로 처벌하는 것이 아니라 바로 백성들의 인명과 인권이 너무 크고 무겁기 때문에 그것을 위해서 국법의 존엄성을 밝히도록 했으니, 여기서 진실로 백성을 긍휼히 여기는 다산의 법의식이 '분명하게 나타나고 있다.

4. 평등주의 실현을 위한 법제개혁

인간을 긍휼히 여기는 다산의 법의식은 모든 제도와 법의 개혁에까지 폭넓게 미치고 있다. "정치의 정(政)이란 바로잡는다(正)는 뜻이다. 똑같은 백성인데 누구는 토지의 이익과 혜택을 혼자 차지하여 부유한 생활을 하고, 누구는 토지의 이익과 혜택을 받지 못하여 빈한하게 살 것인가. 이 때문에 토지를 개량하고 인민들에게 고르게 나누어주어 그것을 바로잡으니 이것이 정(政)이다"[12]라고 했는데, 이것이야말로 다산

---

11 『全書』제1집 제9권「京畿御史復命後論事疏」, "亟令王府照律勘罪 以重民生 以尊國法."

12 『全書』제1집 제10권「原政」, "政也者 正也 均吾民也 何使之竝地之利而富厚 何使之

의 평등사상이다. 이 점도 빈한하게 살아가는 사람들에 대한 연민의 정과 긍휼의 마음에서 우러난 생각일 것이다. 논문 「신포의(身布議)」나 시 「애절양(哀絶陽)」에서도 누구는 왜 후(厚)하고 누구는 박(薄)한 상황에 대해 문제를 제기하면서 모두가 고르고 평등하게 살 수 있는 법과 제도로 개혁하자고 했다. 독창적인 논문인 「전론(田論)」 또한 토지소유의 불균등에서 나타나는 문제를 개혁하여 균등한 소유로 바꾸어 해결하고 평등주의를 실현하자는 주장이었다. 「통색의(通塞議)」 「인재책(人才策)」 「서얼론(庶孼論)」 등은 신분제도의 타파를 통한 평등사회의 구현을 주장한 것이었으니, 이는 서얼 출신이나 소외받는 지역의 출신들에 대한 긍휼의 정신에서 나오게 되었을 것이다.

다산은 법의 존재 의의를 평등사회의 실현에 두었다. 이는 평등하고 균등한 대우와 혜택을 받지 못하는 소민과 하민들에 대한 긍휼의 정신에서 나왔을 것이다.

"선왕(先王)의 법제도는 정밀하였으나 오늘날 임금의 법은 거칠다. 선왕의 법제도는 정돈되었는데 오늘날 임금의 법은 혼란스럽다. (…) 법제가 정밀하고 정돈되면 백성들의 노역이 고르고, 법제가 거칠고 혼란하면 백성들의 노역이 치우치게 된다. 고르게만 되면 가볍고 무거움에 차이가 없이 물정(物情)이 평안해지는데, 편파적으로 되면 괴롭고 즐거움에 대한 차이가 현격하여 물정이 끓어오르게 된다. 이런 이유 때문에 백성들이 오늘의 법제는 원망하고 옛날의 법제만 사모하고 있다."[13]

阻地之澤而貧薄 爲之計地與民而均分焉 以正之 謂之政."
13 『經世遺表』 권10, 「貢賦制 2」, "先王之法精 後王之法麤 先王之法整 後王之法亂 (…) 制法精而整 則民役均 制法麤而亂 則民役偏 均則輕重不差而物情平 偏則苦樂相懸而

다산의 법의식의 저편에 깔린 균등주의·평등주의는 그의 사상을 관통하는 것으로, 빈부, 적서, 지역, 현우 등으로 인해 차별을 받던 약자들에 대한 보호와 긍휼의 정신에서 발단되고 있음은 의심의 여지가 없다.

5. 맺음말

동양의 이상향이자 왕도정치의 근원이던 요순시대 정치철학의 바이블인 『서경(書經)』의 허두는 「요전(堯典)」인데, 「요전」 첫머리에 '흠명문사(欽明文思)'라는 구절이 있다. 풀어서 해석하면 "흠(欽)하며 명(明)하며 문(文)하며 사(思)하는 것"이라는 뜻인데, 흠이란 공경(恭敬)이요 명이란 통명(通明)이니 체(體)를 공경히 하여 용(用)을 밝힌다는 의미이고, 문은 문장(文章)이요 사는 의사(意思)이니 문이란 밖으로 나타나 보이는 것이요, 사란 내면으로 깊고 멀다는 의미이다.

요컨대 동양의 역사상 최고의 성인 군왕인 요임금의 덕성에 대한 찬양인데, 그중에서도 "흠(欽)이라는 하나의 글자를 머리에 내세워 책을 열면 첫째의 의미로 부각되는데, 깊이 음미하여 얻어낸다면 『서경』이라는 전체의 의미가 이에서 벗어나지 않는다"[14]라고 설명하여 흠의 의미가 얼마나 중요한가를 주자 때부터 강조하였다.

흠이란 공경, 공손, 정성, 삼감, 조심함 등의 포괄적인 의미를 지녔는데, 「요전」을 이은 「순전(舜典)」에 오면, '흠재흠재 유형지휼재(欽哉欽

物情沸 此民之所以怨今而慕古也."

14 『書經』堯典 제1장, 朱注, "首以欽之一字爲言 此書中開卷第一義也 讀者深味而有得焉 則一經之全體 不外是矣."

哉 惟刑之恤哉)'라고 부연하여, '흠하라 흠하라, 형벌을 긍휼히 여겨라'
라고 하여, 공경스럽게 처리하고 긍휼히 여겨서 조치하라는 흠휼이라
는 말이 나온다. 온갖 정성과 공경스러움을 다하여 백성에게 봉사하고,
약하고 힘없는 사람들을 긍휼히 여기는 마음을 지니는 것이 정치인의
마음자세라고 여겼던 것이다.

치자(治者)들이 이와 같은 원리에 충실했던 때는 치세(治世)가 되었
으나, 그렇지 못한 시대는 난세(亂世)가 되었음은 너무도 당연하다. 그
러나 치세는 거의 없고 난세만 계속된 것이 역사적 현실이었으니, 흠휼
의 정신을 실천에 옮기지 못한 이유에서였다. 인명과 인권의 존중이야
말로 정치와 법의 최상 목표이다. 인명의 생사여탈, 인신의 자유와 속
박에 가장 밀접한 관계가 있는 형벌의 집행에서 흠(欽)과 휼(恤)의 가장
높은 원리에 대해 구체적인 실천과 실행에 부합하도록 그 이론과 실제
로 정리해놓은 이가 바로 다산이다.

흠휼이라는 전통적인 논리를 현재적인 실천논리로 구체화하여 고양
함으로써 인도주의와 평등주의를 근간으로 한 근대지향적인 법의식이
나타나게 되었다. 일표이서는 물론 모든 경전까지 새로운 논리로 재해
석하여 흠휼정신을 통한 "백성과 나라의 일(民國之事)"[15]이 제대로 풀
리기를 바랐던 학문이 바로 다산학이다.

구두선에 지나지 않던 동양 전통의 흠휼정신은 다산에 이르러서야
실천 가능한 법의식으로 자리잡아 인명과 인권에 대한 새로운 자각의
계기를 마련했다. 형사에 관한 전문서의 이름을 '흠흠신서'라고 했던
점만 보아도, 흠휼에 대한 다산의 바람이 얼마나 간절했는지 알 만하다.

---

15 『全書』 제1집 제18권 「贐學游家誡」 등 여러곳에 나온다.

애긍·측달의 흠형(欽刑)·휼형(恤刑)정신이 집약된 『흠흠신서』에도 자세하게 나타나 있듯이, 흠휼의 정신에 바탕을 둔 다산의 법의식이야말로 가장 전통적이면서도 가장 근대지향적이며 인도적·진보적인 사상임을 알 수 있다.

다산의 민권의식

1. 뛰어넘지 못하는 시대적 한계

인간의 의식이 시대를 극복하기는 확실히 어려운 일이다. 18세기 말에서 19세기 초엽을 살았던 다산 정약용의 사상에도 외형적으로는 많은 부면에서 시대적인 장애가 가로놓여 있음을 찾아보기 어렵지 않다.

당대의 누구 못지않게 선진적이고 진보적인 측면이 있었는가 하면, 왕권의 수호를 주장하는 등 시대의 벽을 뚫지 못하는 듯한 내용으로 보수성을 노정하고 있다. 수백년 전의 정주학(程朱學)에 그대로 안주하여 독창적이고 진보적인 학문을 이단(異端)이나 사술(邪術)로 비하하던 속유(俗儒)들에 비하면, 실학자들의 사고나 견해는 월등하게 색다른 부면이 많았던 것은 사실이지만 어느 일면에는 그들 역시 시대적 한계를 벗어나지 못하는 점을 보여준다.

전통적인 왕조체제에 대한 견해가 바로 중대한 판단의 기준이 된다.

상향식 민주론(民主論)을 펴서 주권재민의 원리와 원칙에 가까운 선거론을 제창한 「원목(原牧)」, 부당한 군주를 백성의 힘으로 추방할 수 있다는 혁명권(革命權)을 인정한 「탕론(湯論)」의 저자 다산은 이론적인 면에서는 타의 추종을 불허하는 탁견을 보였다.

다산은 성공한 혁명에는 높은 찬사를 보냈으며, 혁명을 시도하여 선구적 역할을 했으면서도 실패한 도전에 대하여는 부정적으로 취급하는 경향을 보였다. 왕권에 도전하여 부패한 왕조를 무너뜨리고 새 왕조를 수립한 고대 중국의 탕왕(湯王), 무왕(武王) 등의 혁명은 인정하여 정당한 일이라 주장했지만, 왕권에 도전했다가 실패한 삼별초(三別抄)의 난, 이시애(李施愛)의 난, 이괄(李适)의 난, 이인좌(李麟佐)의 난, 홍경래(洪景來)의 난 등에 대하여는 그 가치를 인정하지 않는 태도를 취했다.

"삼별초는 반드시 해적편에 넣고, 이시애의 난과 이괄의 난 등은 토적편에 넣어야 한다"[1]라고 하였으며, "흉종(凶種)이나 역얼(逆孼)들이 제 뜻대로 되지 않는다고 나라를 원망하여 난리 일으킬 것을 음모하며 반드시 먼저 유언비어를 퍼뜨려서 백성들의 여론을 혼란시켜놓는다. 무신년(1728)에 역적 이인좌 등이 난리를 일으킬 것을 음모하여 병오년(1726)·정미년(1727) 사이에 유언비어가 온통 판을 쳤다. 임신년(1811)에 토적 홍경래 등이 난리를 일으킬 것을 음모하느라 경오년(1809)·신미년(1810) 사이에 유언비어가 판을 쳤다"[2]라고 말했다.

작란(作亂), 즉 정권에 도전하여 싸웠던 민중봉기에 대해 '해적' '역적' '토적'이라 하여 일단 부정적인 평가를 내리고 있다. 더구나 그가 강

---

1 박석무 편역 『유배지에서 보낸 편지』, 시인사 1979, 76면(창비 2009, 83~84면).
2 『牧民心書』 兵典 제5조 「應變」.

진에서 10년이 넘도록 유배생활을 하던 때에 일어난 홍경래의 난에 대하여는 「전라도창의통문(全羅道倡義通文)」을 지어서 의병을 일으켜 난을 평정해야 한다는 주장을 폈던 것이다.

이상과 같은 몇가지 사례에서 보면, 다산은 일관된 논리를 지니지 못하고 모순되는 주장을 폈던 것으로 보이기도 한다. 혁명권을 인정하여 부당한 군주와 부패한 정권에 항의하고 궐기할 권리가 있음을 원론적인 글에서 명확히 인정하고 있으면서도, 당시 홍국영(洪國榮)의 세도를 거친 뒤 다시 안동김씨 세도로 인하여 도탄에 빠진 민생을 보다 못해 왕조에 대항하여 분연히 궐기한 서북인의 항쟁인 홍경래의 난에 대한 평가가 너무 부정적임을 문제삼지 않을 수 없다.

다산의 논리에 왜 그와 같은 모순이 내재하고 있는가에 대해서는 사려 깊은 고찰이 요구된다. 시대적인 한계를 벗어나기 어려운 면으로 보아 다산의 주장에는 긍정적인 면과 부정적인 면이 공존한다고도 볼 수 있다. 그러나 다산처럼 뛰어난 학자가 왜 상호 모순되는 논리를 전개해야만 했는지에 대해서도 심도 깊은 고찰이 요구된다.

잘 알려져 있듯이 다산은 20대 초반에 당시 국법으로 금하던 천주교에 매혹되어 깊은 관계를 맺었던 적이 있다. 정통적인 지배논리이자 관학이던 유교, 즉 주자학에 배치되는 천주교는 사학(邪學) 및 사교(邪敎)라는 낙인이 찍히며 탄압의 대상이 될 수밖에 없었다. 그래도 천주교 유입의 초기 단계에는 정치적 대립관계가 첨예화되지 않았기 때문에 그 금압(禁壓)의 정도가 심하지 않았지만 다산 일파가 세력을 이루며 정계의 요직에 하나씩 들어서면서 노론과 정치적 대립이 노골화되자, 천주교 문제는 노론이 다산 일파를 탄압하는 중요한 구실로 등장하며 파란만장한 살육의 파당싸움이 전개되기에 이른다.

1801년에 일어난 신유옥사(辛酉獄事)는 바로 천주교와 관계를 맺었다가 진작 거기에서 손을 뗴던 다산 일파가 천주교와 계속 관계를 맺고 있다는 벽파(僻派)의 억지 주장으로 참혹하게 화란을 당하는 일대 정치적 조작극이었다. 무참히 죽음을 당하거나 먼 변방으로 유배당한 다산 일파는 모두 정계에서 추방당함으로써 명맥을 이을 수 없는 지경에 빠졌다.

그동안 배우고 익힌 학문 및 교리·암행어사·승지·참의 등의 벼슬살이로 얻어낸 경험을 통하여 본격적인 저술을 남기고 자기 철학을 이룩할 위치에 있던 40세의 다산은 모진 고문과 피나는 옥살이 끝에 먼 바닷가 강진으로 유배되어 18년이라는 긴긴 세월을 보내야만 하였다. 다산의 중요한 학술적 저작은 대부분 그 시절에 완성되었다는 사실에 시선을 돌릴 필요가 있다.

다산사상에서 긍정적인 평가를 받거나 진보적인 내용의 대표적인 글로 흔히 거론되는 「전론」 「탕론」 「원목」 등은 지금까지 밝혀진 바에 의하면 30대 후반인 '재조시(在朝時)', 즉 벼슬하고 있던 때에 저술한 것으로 알려져 있다. 그와는 반대로 보수적이고 온건한 사상이면서 다산 자신의 기왕의 주장에 배치되고 부정적인 측면이 보이는 여타의 논리들은 그가 관계(官界)에서 추방된 이후, 즉 신유옥사 이후의 저작들에 담겨 있다.

다산의 생애에서 가장 결정적인 전환을 가져온 신유옥사는 300여명이 죽어간 커다란 사건이었으니 당시의 법조목이 얼마나 가혹했는지를 살펴보자. 전제군주 국가이던 조선왕조 시절 국왕의 말은 바로 법이었다. 11세에 등극한 어린 순조를 대리하여 수렴청정하던 대왕대비 김씨가 반포한 사학 금압의 법령을 보자.

사람이 사람노릇을 할 수 있음은 인륜(人倫)이 있기 때문이요, 나라가 나라일 수 있음은 교화(敎化)가 있기 때문이다. 오늘날 사학이라고 말해지는 것은 아비도 없고 임금도 없어 인륜을 파괴하고 교화에 배치되어 저절로 짐승이나 이적(夷狄, 오랑캐)에 돌아가버린다. (…) 엄하게 금지한 이후에도 개전의 정이 없는 무리들은 마땅히 역률(逆律)에 의거하여 처리하고, 각 지방의 수령들은 오가작통(五家作統)의 법률을 밝혀서 그 통 안에 만약 사학의 무리가 있다면 통장은 관에 고하여 처벌하도록 하는데 마땅히 코를 베어 죽여서 종자도 남기지 않도록 하라.[3]

사학죄인을 역적죄로 처벌하고 코를 베어 죽여서 종자도 남지 않도록 하라는 법령의 반포는 곧 천주교인은 모두 역적이라는 국가적 판단이었으니 왕조시대에 역적이라는 죄명이 얼마나 무서운 것인가는 익히 잘 알려져 있다. 목이 베이고 가문이 망함은 순식간의 일이었다.

당대의 실학자이자 진보적인 사상가인 권철신, 이가환 등이 참형을 당한 뒤 효시까지 되었고, 다산의 둘째 형 정약전과 다산 자신은 물론 이기양, 오석충 등도 귀양을 떠났으며, 다산의 셋째 형 정약종 및 이승훈 등도 참수형을 당했다. 사람의 목숨을 풀 베듯, 짐승 잡듯 하는 게 여반장의 시절이었으니, 그때의 공포와 불안은 쉬이 가실 것이 아니었다.

다산 일파는 귀양지에서 대부분 죽어갔지만, 18년의 세월을 보내고 살아서 돌아온 다산은 미복권된 상태에서 18년을 더 살다가 75세로 세

---

3 『純祖實錄』辛酉 正月 丁亥條.

상을 떠났다. 신유옥사 이후 35년이라는 긴 저작생활을 하는 동안 언제나 죽음의 그림자가 다산의 주변에 맴돌고 있었다는 사실을 상기해야 하겠다. 역적죄인이라는 낙인이 다산의 신분에 붙어다녔으니, 곧 왕권에 도전하고 기존체제에 반역적인 불순분자라는 죄명을 벗지 못한 상태에서 중요한 저술들이 나왔다는 사실에 주의를 기울여야 할 것이다. 그의 언어 행위는 온전한 자율적 의지대로만 이루어진 것이 아니라는 점을 인식해야 하며, 불가피하게 은연중에 제약을 받지 않을 수 없었음을 고려할 필요가 있다.

2. 다산 저서의 분류

신유옥사 이후 다산이 남긴 저서는 크게 세 종류로 분류된다. 첫째는 철학분야인 경학연구서, 곧 육경사서의 주석서들이며, 둘째는 정치·경제사상인 경세학, 즉 일표이서(『경세유표』『목민심서』『흠흠신서』)이며, 셋째는 시문(詩文), 즉 문학분야의 저술들이다.

여기서 주목해야 할 바가 있으니, 경집(經集) 232권으로 된 경학연구서는 많은 부분에서 정통적인 주자학과 배치되는 독창적인 해석으로 과감하게 자기의 철학을 확립하고 있으며, 시문에서도 고발문학이라 할 수 있는 대담한 표현을 서슴지 않는 데 반하여, 경세학 부문에서는 온건하거나 미온적인 개혁을 말하고, 혁신적인 개혁을 주장하는 경우에도 관(官) 주도적인 개혁의 논리를 펴고 있는 점이 특이하다. 예컨대 『목민심서』의 저작 동기로서 "현재의 법을 토대로 해서 우리 백성들을 다스리려는 뜻이다"[4]라고 하여 당시 행해지던 법의 테두리 안에서 개인의 청렴한 도덕성으로 더 좋은 정치를 해보자는 주장을 폈고, 『경세유표』의 저작 동기로 "우리의 구방(舊邦)을 새롭게 개혁해보려는 생각에서 저술한 것이다"[5]라고 말했지만 실제 내용에서는 모든 개혁과 혁신의 주체를 왕권 당국에 두고 있어 벼슬하던 시절의 혁명적이고 급진적인 논리보다는 훨씬 약화되어 있음을 볼 수 있다. 요컨대 현실적인 권력집단과 직접 관계가 맺어지는 정치·경제적인 대안에서는 철학이나 문학 분야에 비하여 마찰을 빚지 않으려는 의도가 역력히 나타나 있다는 것이다.

앞에서 살핀 대로 역적이라는 누명을 쓰고 살아갈 수밖에 없던 신유옥사 이후 정치·경제적인 주제를 담은 저술이나 정치적 현실을 비판한 글에서는 분명히 신유년 이전의 입장과는 차이가 있음을 발견하게 된다. 40세 이전에 그처럼 투철한 혁신성을 지녔던 다산이 사회·경제적으로 더 가혹하고 현격한 모순을 노정하고 있던 19세기 초반에 들어오자 더 온건하고 미온적인 논리를 펼 수밖에 없었던 이유가 무엇인지 인식해내는 일은 그의 사상이 어떻게 전개되고 있는가를 파악해내는 주요한 관건이 되리라 여겨진다.

이러한 사정으로 미루어 다산사상의 본질적인 면모라고 단언할 수 있는 시기는 40세 이전의 일이요, 더구나 한 고을의 책임자이던 곡산 도호부사로 재직하면서 보여준 민권의식을 고찰해보면 그 점이 더욱 명백하다는 것을 알게 될 것이다.

---

4 정약용 「자찬묘지명」, 박석무 편역 『다산산문선』, 창작과비평사 1985, 60면.
5 같은 곳.

1797년(정조 21년) 6월 21일 36세의 다산은 좌부승지에 임명되나, 천주교와 관계있다는 반대파들의 드센 배척에 밀려 '변방사동부승지소(辨謗辭同副承旨疏)'를 올리고 사직한다. 자신은 진작 천주교에서 손을 떼었고, 전비(前非)를 뉘우치고 있으므로 배척받을 이유가 없음을 소상하게 나열한 상소문이어서 임금은 물론 반대파들에 동조하던 고관대작들에게서도 내용과 문장이 훌륭하다는 칭찬을 받았다. 이 상소로 인하여 다산은 실제로 천주교와 관계없음을 인정받았고, 조야에서 그 문제는 해결된 것으로 여기게 되었다.

그래서 정조는 다시 다산을 등용하여 곡산 도호부사에 임명하고, 그가 임지로 떠나던 날 아래와 같이 유시(諭示)를 내렸다.

지난번의 상소는 문장의 글이 잘되었을 뿐 아니라 심사(心事)가 광명하여 진정 우연한 일이 아니라서 참으로 한차례 진용(進用)하고 싶으나, 의론이 귀찮게 많으니 무슨 이유인고? 대강 1, 2년 정도 늦어지는 거야 무방하다. 가서 일하는 동안에 부를 것이니 서글퍼 말라.[6]

그렇게 해서 며칠 뒤인 그해 윤6월 2일 다산은 일생에 최초이자 마지막으로 지방관이 되어 부임해 갔었다. 입법·사법·행정의 3권을 쥔 수령이 되어 모처럼 그동안 닦은 실력을 발휘하게 되었으니, 부임 벽두부터 그는 특이한 행정을 펴기 시작했다. '원목' '탕론' 등 다산사상의 정수에 가까운 이론을 실제 정치에 적용한 흥미로운 사건이 있으니, 그게 바로 '이계심(李啓心) 사건'이다.

---

6 丁奎英 編『俟菴先生年譜』(1921) 36세.

이계심이라는 사람은 곡산의 백성이었다. 앞선 원님 때에 아전들이 속임수를 써서 포보포(砲保布) 40척〔尺〕 대금으로 900전(본래는 200전—지은이)을 받아들였다. 백성들이 원망하여 소란스럽게 떠들자 이계심이 우두머리가 되어 천여명을 이끌고 관아로 쳐들어와 항의하였으니, 외쳐대는 소리에는 불공(不恭, 과격한 내용)한 소리가 많았다. 원님이 처벌하려고 하자 천여명이 일시에 무릎까지 걷어올리고 계심을 둘러싸며 대신하여 벌을 받겠다고 청하니 끝내 계심에게 벌을 내릴 수가 없었다. 아전이나 관노들이 몽둥이와 장대를 들고 관아의 뜰에 모인 백성들을 난타하자 백성들이 대부분 흩어져나가고, 계심도 빠져나와 도망하여 숨어버렸다. 원님이 황해도 감사에게 보고하자 오영(五營)에 영(令)을 내려 체포하도록 하였으나 끝내 붙잡지 못했다.

한양에 와전되어 전해지기를, 곡산의 백성들이 초거에다가 원님을 떠메고 가서 객사(客舍) 앞에다가 던져버렸다는 소문이 났다. 마침 다산이 곡산으로 떠나려고 두루 인사를 다니는 참이어서 정승 김이소 등 여러분들이 모두 전하기를, 주동 역할을 했던 몇 사람은 죽여야 한다고 했다. 채제공께서도 기강을 위해서라도 엄하게 다스려야 한다고 하였다.

곡산지방으로 들어가자 어떤 백성 하나가 탄원서를 손에 들고 길을 가로막기에 누구냐고 물었더니 바로 이계심이었다. 그의 탄원서를 받아서 펴보았더니, 백성들이 고통을 당하는 12조목이었다. 그래서 이계심에게 뒤를 따라오도록 하였다. 아전이 말하기를, "계심은 오영에서 체포하도록 수배령이 내린 죄인입니다. 법대로 하자면 의당 붉은 노끈으로 묶고 목에다가 칼을 씌우고 따르도록 해야 합니다"

라고 하였다. 다산은 그냥 두라고 하였다. 관아에 당도하자 다산은 이 계심을 불러 앞에 오도록 하여 말하기를, "한 고을에 반드시 너 같은 사람 하나가 있어 형벌에도 겁내지 않고 죽음에도 두려워하지 않아 야만 백성들이 그들의 억울함을 풀게 된다. 천금(千金)은 얻을 수 있 으나 너 같은 사람을 구하기는 어려운 일이다. 오늘 너를 무죄로 석방 한다"라고 말하고는 마침내 불문에 부치고 말았다. 이렇게 되자 백성 들의 억울함이 풀려서 여론이 잠잠해졌다.[7]

이상이 이계심 사건의 전모를 기록한 내용이다. 같은 내용이 「자찬묘 지명」에는 좀더 절실하게 표현되어 있다.

곡산 사람에 이계심이라는 자가 있었는데 백성들이 당하는 괴로움 에 대하여 말하기를 좋아하는 성격이었다. (…) 백성 천여명을 인솔 하고 관청에 들어가 항의하자 부사(府使)가 벌주려 하니 천여명이 벌 떼처럼 일어나 이계심을 둘러싸고 계단으로 올라가며 소리를 지르 니 천지가 동요하게 되었다. (…) 내가 부임차 곡산 땅에 이르니 이계 심이 백성들이 괴로워하는 사항 10여 조목을 들어 기록하여 올려바 치고는 길가에 엎드려 자수하였다. 옆 사람들이 체포하기를 청했으 나 내가 말하기를 "그러지 마라. 한번 자수한 사람은 스스로 도망가 지 않는다"라고 하여 석방시키면서 말하기를 "관장(官長, 守令)이 밝 지 못하게 되는 이유는 백성들이 자기 몸을 위해서만 교활해져서 폐 막을 보고도 관장에게 항의하지 않기 때문이다. 너 같은 사람은 관에

7 같은 곳.

서 마땅히 천냥의 돈을 주고라도 사야 할 사람이다"라고 하였다.[8]

요즘의 사건과 비교해보더라도 깜짝 놀랄 만한 조치가 아닐 수 없다.

3. 다산의 민권의식

『사암선생연보』와 「자찬묘지명」에 상세히 기록되어 있던 것으로 보아 이계심 사건의 처리에 대해서는 다산 자신도 득의의 일로 여겼던 것으로 짐작된다. 정부의 잘못에 항의하는 군중시위 주동자를 무죄석방하라고 판결한 것은 바로 다산의 의식 속에 자리잡고 있던 민권의식에서 나온 것이다.

정부의 대신(大臣), 즉 정승들이 강력한 처벌을 하라고 하명하였던 일이요, 이미 체포령이 내려진 범죄자였건만 자신의 개인적 이익을 돌보지 않고 일반 백성의 괴로움을 대신 나서서 호소한 이계심을 오히려 칭찬해준 행위야말로 한 시대를 뛰어넘는 민권사상의 발로였던 것이다. 그것도 지금부터 2세기 전인 18세기 말엽의 전제군주제의 경색된 조선왕조 시절에 있었던 일이고 보면 더욱 경이로운 일이 아닐 수 없다. 그러한 결단을 내릴 수 있던 다산의 민권의식은 확실히 그가 선구적인 사상가였음을 증명해주고도 남음이 있다.

다산은 백성들이 제 몸을 위하는 데만 급급해서 고통을 받고도 벼슬아치들에게 항의하지 않기 때문에 그들이 잘못을 저지르고 밝은 정사

---

8 정약용 「자찬묘지명」, 박석무 편역 『다산산문선』 31~32면.

(政事)를 펴지 못한다고 했다. 이것은 바로 주권자인 일반 국민에게 공복(公僕)인 관리들을 감시하고 제재하는 권한이 부여되어 있는 현대의 국민주권 원리에 손색이 없으면서 실제로 실현된 것이기도 하다. 그 백성에 그 원님이었던 셈이다.

이계심 사건의 처리과정에서 증명되었듯이, 목민관은 백성의 복리증진을 위해서만 존재 이유가 있다는 「원목」의 주장이나, 부당한 권력집단이나 왕권은 백성들의 힘으로 전복시킬 수 있다는 「탕론」의 논리는 실제로 실현 가능하다고 판단한 다산의 확고부동한 정치철학이었다. 요즘의 이론으로 보면 국민저항권을 온전하게 인정했던 탁월한 민권의식으로 판단된다.

조선왕조의 지배논리이자 통치철학인 성리학적 세계관이 역사적 임무를 다하고 새로운 사회로의 전이가 요구되던 18세기 말에 천재적인 자질과 시대적인 학풍의 영향을 한 몸에 안은 다산은 진보적이고 선구적인 민권의식을 사상과 행위를 통해 표출하고 있었다. 그러나 보수적 집권층에 의하여 사학죄인으로 몰려 역적의 낙인이 찍히며 자신의 이론을 제대로 펴지 못하게 되었는데, 이는 다산 자신만의 불행이 아니라 민족의 역사가 한 단계 후퇴하는 불행이 되고 말았다.

중죄인이 된 뒤로도 35년 동안을 살며 수많은 저서를 남긴 다산은 귀양살이 전보다는 훨씬 겸손하고 조심스러워져 때로 이전과는 모순되는 논리를 펴기도 하였다. 하지만 그가 한창 희망과 꿈을 버리지 못하던 40세 이전의 젊은 시절에는 대단히 급진적이고 진보적인 이론을 정립하여 실제로 그 이론에 부응하는 실천을 해 보인 선구자였다.

그처럼 두껍고 칠흑 같던 역사의 벽을 뚫으려 애썼던 다산의 사상과 행동에 힘입어 그보다 200년 뒤에 살아가는 우리는 200년에 해당하는 진보의 패턴에 알맞은 민권의식을 정립하여 그에 부응하는 실천적 행위를 하도록 노력해야 할 것이다.

실학자 다산의 농업대책

1778년(정조 2년) 6월 정조는 교서〔大誥〕를 통해 4대 개혁과제(民産: 백성의 생산물을 늘린다, 人材: 인재를 키운다, 戎政: 군사제도를 다스린다, 財用: 국가재정을 튼튼히 한다)를 제시한다. 그 첫째가 백성의 살림살이〔民産〕이다. 교서에서 "아! 백성들의 먹고사는 길이 오직 부지런히 농사짓는 데 달려 있건만 사람들이 각기 제 전토(田土)를 갖고 있지 못하다면, 비록 힘을 다하려고 한들 어찌 가능하겠느냐?(噫! 民之食 惟在於服勤稼穡 而人不能各有其田 雖欲致力 烏可得乎?)"며 토지제도 문제를 정면으로 거론한다. 실학의 비조 반계 유형원을 비롯하여 이익, 박지원, 정약용 등은 모두 토지제도 개혁론을 내놓았는데 그만큼 중대한 문제였다. 그러나 정조는 실제로 토지개혁으로 나아가지 못했으며 농법개량을 통한 생산물 증대방식을 택하게 된다.

오늘의 강연 주제에서는 토지제도 개혁론에 관해서 깊이 있게 살피기에는 적합하지 않다. 다산의 농업정책의 근간을 이루는 아이디어를 중심으로 이야기를 하기로 한다. 다산의 농업정책을 알 수 있는 대표 문건은 「농책(農策)」(1790), 「응지논농정소(應旨論農政疏)」(1798), 「전론(田論)」(1799)의 세 논문과, 유배시절에 쓴 『목민심서』의 호전(戶典) 중 「권농(勸農)」, 『경세유표』의 지관수제(地官修制) 중 「전제(田制)」 등을 들 수 있다.

1.3 농: 농사가 편하고 이익이 나고 농업의 지위가 높아야

다산은 막 벼슬에 나아간 29세(1790, 정조 14)에 쓴 「농책」에서 이렇게 말했다. 옛날에는 조정에서 벼슬한 사람들이 농사를 지었거나 농사의 어려움을 잘 아는 사람들이어서 백성을 잘 다스렸는데 사(士)와 농(農)이 갈라진 지금은 그렇지 못하다. 입만 나불대며 놀고먹는 사람들이 있어 농업이 피폐해졌으며 산업의 기본인 농업이 사회적으로 대접받지 못하게 되었다. 놀고먹는 계층이 없도록 하고 농업기술을 개발하여 사람의 수고로움을 덜고 생산성을 높여야 한다. 이렇듯 만인개로(萬人皆勞)의 사상이나 생산성 향상을 위한 기술개발론은 젊은 시절부터 관심을 가졌던 것들이다.

다산이 36세(1797)에 황해도 곡산 도호부사로 나가게 되는데, 이때 관리로서의 현장경험을 하게 된다. 이를 바탕으로 농업정책을 제시하라는 정조의 교지에 응하여 1798년 「응지논농정소」를 올린다.

신이 엎드려 생각하건대, 농업에는 다른 산업만 못한 세가지가 있다고 여깁니다. 높기로는 선비만 못하고, 이익으로는 장사만 못하고,

편안하기로는 백공(百工)만 못합니다. 대체로 지금의 사람들 생각은, 낮은 것은 부끄러워하고 해로운 것은 기피하며 수고로운 것은 꺼리는데, 농업은 다른 산업만 못한 것이 세가지나 있으니, 이 세가지 못한 것을 제거하지 않으면 비록 날마다 매를 때리면서 농사짓기를 권면할지라도 백성은 또한 끝내 권면되지 않을 것입니다.[1]

즉 높기로는 선비만 못하고 이익으로는 장사만 못하고 편안하기로는 공업만 못하다는 것이다. 이 세가지가 서로 작용하고 농정도 소홀히 되는 악순환이 계속되고 있으니, 이 세가지를 제거하지 않으면 농사짓기를 권할 수 없다고 했다. 이런 평가를 바탕으로 유명한 3농정책(편농, 후농, 상농)을 피력했다.

첫째는 편농(便農)이니 장차 편하게 농사짓게 하려는 것이고, 둘째는 후농(厚農)이니 농사를 지으면 이익이 있게 하려는 것이고, 셋째는 상농(上農)이니 농업의 지위를 높이려는 것입니다.[2]

그리고 그 방책을 대체로 다음과 같이 제시했다.

1. 편농(편하게 농사짓는 것): 농기구를 개량하고 농업기술을 개선하고 수리사업을 일으켜야 한다.

---

1 『與猶堂全書』 제1집 제9권 「應旨論農政疏」, "伏以臣竊以農有不如者三 尊不如士 利不如商 安佚不如百工 今夫人情 莫不羞卑 莫不辟害 莫不憚勞 而農有不如者三 惟是三不如者不去 則雖日撻而求其勸 民亦卒莫之勸也."
2 같은 글, "一曰便農 將以佚之也 二曰厚農 將以利之也 三曰上農 將以尊之也."

2. 후농(농사가 이익이 있게 하는 것): 환자법(還上法)의 폐해가 크다. 부업과 작물 다각화를 장려하고 도량형을 통일해야 한다.

3. 상농(농업의 지위를 높이는 것): 과거제도를 개선하고 벼슬에 나아가지 않는 사람은 농사를 짓도록 해서 놀고먹는 사람이 없게 해야 한다. 또 양역법(良役法)을 개선해야 한다.

2. 토지개혁론: 경자유전의 원칙, 노동에 입각한 균등사상

다음해(1799) 「전론」을 통해서 본격적으로 토지제도 개혁론을 내놓는데, 바로 그것이 유명한 '여전제(閭田制)'이다. 「전론」은 다음과 같이 시작한다.

누군가가 전지(田地)는 10경(頃)을 가졌는데, 그의 아들은 10명이었다. 그의 아들 1명은 전지 3경을 얻고, 2명은 2경씩을 얻고, 3명은 1경씩을 얻고 나니, 나머지 4인은 전지를 얻지 못하였다. 그래서 그들이 울부짖으며 이리저리 굴러다니다가 길바닥에서 굶어 죽는다면, 그 부모 된 사람은 부모 노릇을 잘한 것일까?

하늘이 백성을 내어 그들을 위해 먼저 전지를 두어서 그들로 하여금 먹고살게 하고, 또 그들을 위해 군주(君主)를 세우고 목민관(牧民官)을 세워서 군주와 목민관으로 하여금 백성의 부모가 되게 하여, 그 산업을 고르게 해서 다 함께 잘살도록 하였다. 그런데도 군주와 목민관이 된 사람은 그 여러 자식들이 서로 치고 빼앗아 남의 것을 강탈해서 제 것으로 만들곤 하는 것을 팔짱을 낀 채 눈여겨보고서도 이를 금지시키지 못하여 강한 자는 더 차지하고 약한 자는 떠밀려서 땅에 넘어져 죽게 한다면, 그 군주와 목민관이 된 사람은 과연 군주와 목민관 노릇을 잘한 것일까?

그러므로 그 산업을 고르게 하여 다 함께 잘살도록 한 사람은 참다운 군주와 목민관이고, 그 산업을 고르게 하여 다 함께 잘살도록 하지 못하는 사람은 군주와 목민관의 책임을 저버린 사람이다.[3]

이어서 '부익부 빈익빈(富益富 貧益貧)'의 사회현실과 분배정의의 필요성을 선언한다.

그리고 당시 논의 중이었던 정전제(井田制)에 대해서는 본디 한전(旱田) 평전(平田)에 시행하는 것이라 이미 수전(水田)이 발달하고 산골짜기까지 개간되어 경작하던 당시에는 맞지 않는다고 보았다. 토지를 균등하게 나누는 균전제(均田制)에 대해서는 인구변동과 비옥도 차이로 시행하기 어렵다고 보았다. 토지소유 상한을 제한하는 한전제(限田制)는 남의 이름을 차용하여 위반할 수 있다고 보았다. 또 균전이나 한전은 농사짓지 않는 사람도 전지를 소유한다는 점에서 놀고먹기를 가르치는 것과 같다고 했다.(이상 「전론 2」)

다산은 경자유전(耕者有田)의 원칙을 강조하면서 여전제 실시를 주장했다.

---

3 『與猶堂全書』제1집 제11권 「田論 1」, "有人焉 其田十頃 其子十人 其一人得三頃 二人得二頃 三人得一頃 其四人不得焉 嗥號宛轉 莩於塗以死 則其人將善爲人父母者乎 天生斯民 先爲之置田地 令生而就哺焉 旣又爲之立君立牧 令爲民父母 得均制其産而竝活之 而爲君牧者 拱手孰視其諸子之相攻奪竝呑 而莫之禁也 使强壯者益獲 而弱者受擠批 顚于地以死 則其爲君牧者 將善爲人君者乎 故能均制其産 而竝活之者 君牧者也 不能均制其産而竝活之者 負君牧者也."

무엇을 여전(閭田)이라 하는가. 산골짜기와 하천의 형세를 가지고 경계(界)를 그어 삼고는, 그 경계의 안을 여(閭)라 이름한다. 주(周)나라 제도에 25가(家)를 1여(閭)라 하는데, 이제 그 이름을 빌려 대략 30가(家)에서 약간 드나듦이 있게 하고 그 율을 일정하게 할 필요는 없다.[4]

여장(閭長)을 선출하고 여 안의 토지(여전)는 소유의 구분이 없이 공동경작한다. 여민의 노동량은 날마다 장부에 기입한다. 그리하여 추수 때에는 수확한 곡물을 한 곳에 모아서 나라에 바치는 세금과 여장에 주는 봉급을 공제한 다음, 그 나머지를 장부에 기재된 노동일수에 따라서 여민에게 분배한다.(이상「전론 3」)

여(閭)에는 여장을 두고 무릇 1여(閭)의 전지(田地)는 1여의 사람들이 다 함께 그 전제의 일을 다스리되, 피차(彼此)의 강계(疆界)가 없이 하고 오직 여장의 명령만을 따르도록 한다. 매양 하루하루 일할 때마다 여장은 그 일수(日數)를 장부에 기록하여 둔다. 그래서 추수 때에는 그 오곡의 곡물을 모두 여장의 당(堂, 여 안의 都堂)에 운반하여 그 양곡을 나누는데, 먼저 공가(公家, 정부를 가리킴)의 세(稅)를 바치고, 그다음은 여장의 녹(祿, 봉급)을 바치고, 그 나머지를 가지고 날마다 일한 것을 장부에 기록한 대로 분배한다.[5]

---

4 같은 책「田論 3」, "何謂閭田 因山谿川原之勢 而畫之爲界 界之所函 名之曰閭 周制二十五家爲一閭 今借其名 約於三十家 有出入 亦不必一定其率."
5 같은 글, "閭置閭長 凡一閭之田 令一閭之人咸 治厥事 無此疆爾界 唯閭長之命是聽 每

여에 따라 수익이 크게 차이가 날 수도 있다. 토지당 노동비율과 토지 생산성이 다르기 때문이다. 이런 문제는 농민의 자유로운 이동을 허용함으로써 해결할 수 있다고 보았다. 즉 농민이 이익을 따르고 해를 피하는 자연스러운 선택을 허용함으로써 여의 수익성이 균등할 때까지 자동 조절될 수 있는 것이다.(이상 「전론 4」)

농사를 짓는 사람은 전지(田地)를 통해 곡식을 얻는데, 공업이나 상업에 종사하는 사람도 공산물이나 재화로써 곡식을 바꾸게 되니 걱정할 것이 없다. 생산활동의 사회적 분업이다. 다산 시대에는 이미 상품경제가 발달한 사정이 반영된 것이다. 다만 선비가 문제다. 일을 않고 노는 선비가 곡식을 얻을 수 없다면, 농사를 짓든지 공업이나 상업에 종사하게 될 것이다. 주경야독(晝耕夜讀)의 지식층이 있을 수 있다. 또 실업(實業)의 이치를 강구하여 실제에 도움을 준다면 그 공로로 1일 노역을 10일로 기록하고 양곡을 분배해줄 수 있다고 말했다. 결과적으로 누구도 놀고먹는 불로소득자는 없게 된다.(이상 「전론 5」)

이밖에 다산은 병농일치제(兵農一致制)에 입각하여 여의 체제를 그대로 병제(군사제도)로 활용하는 것을 구상했다. 이는 전시에도 평시에 쌓았던 관계가 지속되므로 갑작스러운 전시에 적응하지 못해 영(令)이 서지 않는 폐단을 방지할 수 있는 이점이 있다. 또한 양인만 부담했던 병역의무를 사농(士農)의 구분 없이 부담함으로써 만민개병(萬民皆兵)의 효과를 거두게 된다.(이상 「전론 7」)

役一日 閭長注於冊簿 秋旣成 凡五穀之物 悉輸之閭長之堂 (閭中之都堂也) 分其糧 先輸之公家之稅 次輸之閭長之祿 以其餘配之於日役之簿.”

「전론」에 나타난 바와 같이 균전과 한전을 주장하는 사람은 있으나 고대의 정전제는 회복할 수 없다고 봄이 대체적인 사정이었다. 동양적 이상세계였던 하·은·주 3대에 실시되었던 정전제가 현실에서는 어렵다는 것이다. 이는 역사적 대세인 사적 소유와 이를 배경으로 한 지주제를 혁명이 아니고서는 부정할 수 없고 오직 수조권 제한의 방향에서 모순을 해결하려 했던 현실을 반영한다. 이와 달리 다산은 어떻게든 토지소유의 모순을 해결하기 위해 사적 소유를 통제하고 공유의 정전제 이념을 실현시키려는 입장에서 조선적 방식의 정전제를 모색하게 된다.

다산은 강진 유배시절을 통해 국가 전체의 개혁 마스터플랜을 구상하는데, 『경세유표』가 바로 그것이다. 피폐한 농촌의 현실을 목도하고 나라가 망할지도 모른다는 절박한 위기의식에서 쓴 저서이다. 이미 농민수탈이 가혹하여 모순이 점차 격화되어가던 19세기적 상황을 상기해 보면 금방 사정을 알 수 있을 것이다.

이 『경세유표』에서 다산은 정전론(井田論)을 제시하고 있다. 여전론에서는 소유관계를 명시하진 않았지만 공전(公田) 내지 왕토(王土)사상을 전제하고 있다. 그런데 그의 정전론은 토지사유의 현실 속에서 점진적 개혁안을 모색한 것이다. 즉 지주층의 토지소유권을 매수에 의한 토지수용으로 왕에게 귀일시킨다. 기왕의 공전과 국유화한 토지에 대해 정전제를 시행한다는 것이다. 즉 국유화를 점진적으로 진행하여 그 경작권을 농민에게 주려는 의도라 할 수 있다. 정전론을 여전론과 비교하여 다산이 나이가 먹어서 보수화된 주장이라고 설명하는 사람도 있지만, 어떻게든 현실 속에서 실현 가능한 개혁을 도모하려는 다산의 고심에 찬 구상이라 할 수 있다.

다산은 『경세유표』에서 아주 상세하게 정전론을 제시하는데, 정전제 실현의 방법으로 어린도법(魚鱗圖法, 어린도는 주자의 토지측량도로서, 양전도의 가장 이상적인 형태로 논의됨)과 방전법(方田法, 어린도보다 한 단계 진전시킨 토지측량 방법)을 검토하고 있다. 두 방법은 본디 지주제를 인정한 전제에서의 국가의 토지관리 방안이다. 국가가 모든 토지를 측량하고 파악해내어 중간수탈을 없애고 전 국토를 관리해내는 방식이다. 다산은 이를 정전제 실현의 방법으로 검토한 것이다.

이상을 통해서 다산이 구상한 농업정책의 내용을 정리하면 다음과 같다. 놀고먹는 사람이 없이 누구든 일을 해야 하며, 부익부 빈익빈의 현상을 그대로 두어서는 안 되고 격차를 자연 해소할 수 있는 방책을 강구해야 하며, 세금은 완화하고 기술은 개발하여 근로의욕과 생산성을 높일 수 있도록 해야 한다는 점 등이다. 또한 다산의 '3농'의 아이디어는 현재적 실정에 맞추어 그 내용을 채울 수 있다고 본다.

다산시의 사회시적 성격

1. 시작하며

　다산 정약용은 살아 있던 당시보다는 죽은 뒤에, 그것도 시간이 가면 갈수록 유명도가 높아지고 있는 대표적인 인물이다. 실학자로서, 경학자로서, 시인으로서, 벼슬아치로서 최고 수준이었음은 온 세상이 인정하는 바이다. 사후 150년이 넘었건만 그에 대한 연구가 계속되면서 그의 진가가 더욱 드러나고 있는 것도 부인할 수 없다. 실학을 집대성한 실학자였음은 애초부터 알려진 사실이나, 문장가와 시인으로서의 면모가 뚜렷하게 자리잡혀 있었음은 근년에 나온 연구결과에서 더욱 확연해지고 있다. 일반적으로 알려진 한시(漢詩)에 대한 통념은 음풍영월(吟風詠月)이나 담기설주(譚碁說酒, 바둑이나 술 이야기)의 영역에 머무르고 만다는 것인데, 그의 한시는 역사를 변혁하고 세상을 개혁하려는 강력한 의지를 담아 현실을 타개하기 위한 방편으로 쓰인 수준 높은 시라는 점에서 경이롭기만 하다.

　이제 다산 생애의 대강을 살펴보고, 그의 시의 문학적 우수성과 사회성에 대하여 고찰하고자 한다. 다시 말해서 실학사상의 집대성자인 다산의 학자적인 측면보다는 그의 철학과 사상이 응축된 시문학 작품을 통해 시인으로서의 면모를 파악해보고, 나아가 우리나라 시문학사에서 그가 점하는 위치에 대하여도 새로운 자리매김을 시도해보고자 한다.

2. 청년시절의 다산

　다산은 조선왕조 영조 38년인 1762년 음력 6월 16일 당시의 경기도 광주군 초부면 마현리, 지금의 남양주시 조안면 능내리에서 진주목사를 지낸 정재원의 넷째 아들로 태어났다. 다산의 가계인 나주정씨 집안은 8대를 연이어 옥당에 들어간 명문의 집안인데다, 어머니는 해남윤씨로 고산 윤선도의 후손이자 공재 윤두서의 손녀였으니, 친가와 외가 모두 그 시절에는 알아주던 사족(士族)으로 일찍부터 학문적 분위기가 성숙해 있던 집안이었다. 다산은 소년시절부터 자연스럽게 글을 배우고 시문을 익히며 선비로서의 소양을 갖출 수 있었다.

　더구나 아버지 진주공(晉州公)은 여러 고을의 수령을 지낸 관리로서도 뛰어난 치적이 있지만 경학에도 밝아 어린 다산은 아버지 밑에서 기초적인 학문을 배워 10세 전후에 이미 시를 잘 지었고 경사(經史)를 두루 섭렵하여 학자로서의 기틀을 튼튼하게 구축할 수 있었다. 15세에 풍산홍씨를 아내로 맞았는데 처가가 서울인 탓에 잦은 서울 나들이를 하면서 당시의 남인계 소장학자들인 이가환, 이벽, 이승훈 등과 교유하고 학문의 거장으로 추대받고 있던 실학자 성호 이익의 유저들을 읽게 되었다. 이러한 과정 속에서 다산의 학문적 방향은 진보적인 성호를 따르는 쪽으로 정해졌다.

본디 뛰어난 두뇌에다 학문에 대한 열의까지 대단했는데, 22세에는 경의과(經義科)에 합격하여 진사가 되어 성균관에 들어가 대과 공부에 열중하였다. 이 무렵 학자 임금인 정조대왕과 만나면서 그로부터 학문과 문장가로서의 역량을 인정받아 양양한 미래가 보장되기에 이르렀다.

이런 과정에서 특기해야 할 사항은 23세 때에 큰형수의 아우인 친구 이벽을 통해서 당시 유입되던 천주교 관계서적을 읽게 되었는데, 이로 인하여 그는 한때 천주교에 상당한 관심을 기울여 영세를 받고 교인으로 행세했던 적도 있었다는 점이다. 다산과 천주교의 관계에 대해서는 아직도 그 해석이 분분하다. 그가 천주교 신자였다고 막무가내로 확신하는 쪽이 있는가 하면, 그가 한때 천주교에 관계한 적은 있으나 진작 손을 끊었고 천주학에 관심을 가진 것은 서양 학문을 수용하려는 욕구에 지나지 않았다는 쪽으로 의견이 나뉘어 아직도 그 해결이 나지 않았다. 그 천주교 문제로 인해 다산은 승승장구하던 벼슬길이 막혀 18년간 긴긴 유배생활을 하고 다시 18년간 재야학자로 살아가야 했다. 천주교는 그의 생애에 결정적인 변곡점이 되었다.

성균관에서 과거공부에 열중하며 여러차례 임금의 관심을 받았지만 정작 과거 급제는 좀 늦어져 28세가 되어서야 문과에 합격하며 그때부터 본격적인 벼슬살이에 들어갔다. 벼슬아치라면 모두 부러워하는 한림을 거치고 초계문신이 되어 임금의 가까이서 재주와 기량을 마음껏 발휘할 수 있었다.

정언, 지평 등의 벼슬을 거쳐 옥당에 들어가는 어려운 관문을 통과하여 마침내 홍문관 수찬이 되었으니 그때 나이 31세였다. 그후 아버지를 여의고, 33세에는 왕명으로 경기도 암행어사가 되어 부당한 지방관들을 징치하는 기회를 얻었다. 34세 때에는 당상관에 올라 동부승지에 임명되었고 머잖아 재상이 될 희망이 보이고 있었다. 그러나 이 무렵 천주교 신자들의 수효가 늘어나면서 조정에서는 그 금압의 방책을 강구하는데, 주로 남인계에 천주교 신자들이 많았으므로 반대파에서는 남인을 몰아내기 위해 천주교 관계자들을 극심하게 탄압했다.

다산도 천주교에 관계하였던 전력 때문에 동부승지의 벼슬에서 거의 유배에 가까운 금정도 찰방으로 강등되어 충청도 홍주의 역승으로 좌천되었다. 이때부터 그의 벼슬길은 가시밭길이 되기 시작하는데, 오래지 않아 황해도 곡산 도호부사라는 외직으로 나가게 된다. 이곳에서 치적을 쌓은 것이 인정되어 그후 형조참의 등에 제수되면서 서울로 돌아오지만 천주교 신자들에 대한 탄압이 더욱 심해지고 시파와 벽파의 싸움이 가열되면서 그는 끝내 벼슬에서 물러나 낙향을 하게 된다. 유일한 옹호자 정조대왕까지 뜻밖에 세상을 뜨자 마침내 화란이 일어났으니 바로 신유옥사였다.

3. 유배시절의 다산

1801년에 일어난 신유옥사는 외형적으로는 천주교 탄압인 듯하였으나, 그 내면에는 여러가지의 정치적 복선이 깔려 있었다. 벽파의 모함에 의하여 억울하게 죽어간 사도세자의 아들인 정조는 사도세자의 억울한 죽음에 한없는 애도와 사모의 정을 지니고 있던 시파와 마음이 통하고 있었다. 그 때문에 시파이던 다산 일파는 천주교와 관련된 갖은 모함을 받고 있었으나, 정조의 옹호로 큰 화에 걸려들진 않았다. 그러나 그 옹호자의 죽음과 함께 다산 일파는 천주교 신자로 몰려 큰 탄압을 받는 지경에 놓이고 말았다.

다산의 선배 중 이가환, 이승훈, 권철신 등은 바로 죽임을 당했고 이기양, 오석충 등은 귀양 가서 그곳에서 죽었으며, 다산과 그의 중형인 정약전도 감옥에 갇혔다가 뒤에 먼먼 바닷가로 귀양살이를 떠나야 했다. 정약전은 유배 16년째에 귀양지에서 죽고, 다산은 18년 만에 살아서 돌아는 왔지만 죽는 날까지 시골집에서 학문이나 정리하다가 세상을 떠났다.

처음에는 경상도의 장기현으로 귀양을 갔으나, 뒤에 전남의 강진현으로 옮겨 강진읍내와 다산초당에서 18년을 보내면서 실학사상을 집대성하여 다산학을 이룩할 수 있었다. 국사범, 즉 역적으로 지목되어 비참한 귀양살이를 하는 동안 그는 백절불굴의 의지로 그 시기를 학문하는 절호의 기회로 삼아 불철주야로 노력을 기울인 결과, 2500여수에 이르는 시를 창작했고, 500여권에 이르는 방대한 저술을 완성했다. 참으로 경이로운 일이 아닐 수 없다.

다산은 19세기 초엽을 바닷가 강진에서 보내면서 그 지방의 가난에 찌든 백성들의 아픔을 자신의 아픔으로 여기며 백성들의 가난의 굴레와 관권의 탄압에서 벗어나게 하기 위한 온갖 지혜를 짜내고 있었다. 더구나 자신의 유배문제도 권력자에게 아부하고 애걸한다고 해서 해결될 것이라 여기지 않았고, 역사적인 해결 즉 당시 사회의 갖가지 모순이 치유되는 때에야 개선되리라 믿었다.

57세인 1818년에 해배명령을 받고 고향으로 돌아와 처자식들과 함께 생활하면서 편안한 나날을 보내며 학문의 마무리 작업에 몰두하다가 75세를 일기로 1836년에 세상을 떠났다. 그는 자신이 살던 집인 여유당의 뒷동산에 묻혔으며 지금도 그곳에 누워 있다.

다산이 살았던 시대는 봉건왕조의 말기적 증상으로 나라 전체가 썩고 병들었으며, 10여 가문의 벌열들이 권력을 장악하여 철저한 계급사회를 이루고 있었다. 더구나 세도정치가 판을 치면서 온갖 패악스러운 정치 사기극이 벌어져 백성들은 도탄에 빠지고 빈부의 간극이 갈수록 벌어져 망국 직전에 이르게 되었다. 이러한 나라의 실상을 꿰뚫어본 다산은 유배지에서『목민심서』『경세유표』등의 경세서를 통해 해결 방안을 제시하는 한편, 그가 목격한 당대의 실상을 시를 통해 사실적으로 묘사·고발하였다. 그가 자주 언급하였듯이 오랫동안 백성들 사이에서 지내다보니 그들이 당하는 참상이 자신이 당하는 것처럼 일체화되었고 그 문제의 해결을 위해 학문적으로 연구하고 시를 써서 고발하게 되었던 것이다.

4. 다산의 시작 태도

이제 조선후기의 백성들이 당하는 실상과 그 시대가 안은 사회경제적 모순의 실체를 그림으로 그리듯이 생생히 묘사한 작품들을 통해 다산시의 성격의 일단을 알아보겠다.

큰아인 다섯살에 기병의 군적에 올랐고
작은애 세살인데 군관으로 묶였다오

두 아이 군포세로 5백전을 바치고 나니
그애들 빨리 죽기 원하는데 옷이 다 무엇이랴

새끼 셋 낳은 개와 아이들이 함께 자고
호랑이들은 밤마다 울가에서 으르렁대누나

남편은 나무하러 가고 아내는 방아품 팔러 가
대낮에도 닫힌 사립 사는 꼴 비참쿠나

점심밥은 거르고 밤늦어야 저녁 짓고
여름에는 갖옷에 겨울에는 삼베 적삼이라

냉이나마 맛보려고 땅 녹기 기다리고
이웃집 술 익어야 지게미나마 얻어먹지

(…)

썩고 어지러운 본바탕을 바꾸지 못하면
공수(龔遂)·황패(黃霸) 다시 태어나도 고치지 못해

먼 옛날 정협의 유민도를 본받아
새로운 시 한편 지어 임금께로 가야지.

大兒五歲騎兵簽　小兒三歲軍官括

兩兒歲貢錢五百　願渠速死況衣褐

狗生三子兒共宿　豹虎夜夜籬邊喝

郎去山樵婦備舂　白晝掩門氣慘怛

晝闕再食夜還炊　夏每一裘冬必葛

野薺苗沈待地融　村篘糟出須酒醲

(…)

弊源亂本憤未正　龔黃復起難自拔

遠摹鄭俠流民圖　聊寫新詩歸紫闥

—「奉旨廉察到積城村舍作」 부분

　　다산은 1794년 33세 때에 암행어사가 되어 10월 29일부터 11월 8일까지 경기도의 적성·마전·연천·삭령 등지를 조사하였다. 양주를 경유하여 파주로 돌아나오라는 명령을 받고, 적성현의 어떤 촌가에서 보고 들은 18세기 후반의 농촌 백성들의 궁핍상을 그림처럼 묘사한 시이다. 산천초목도 떤다는 암행어사로 나가 권력을 휘두르는 관리의 입장에서가 아니라, 현지를 탐방하는 민완기자와 같은 입장에서 백성의 형편을 살피는 그의 진지한 자세가 돋보인다. 실세(失勢)의 역경에 처해야 눌린 자의 아픔을 이해하던 여느 지식인과는 달리, 권력의 절정에 올라 있는 동안에 시대의 아픔이나 농민의 참상을 관찰해내는 시인으로서의 현실 인식이 탁월하다.

　　군포제도(軍布制度)의 폐해에 분개한 다산은 임금에게 백성의 아픔을 전달하는 수단의 하나로 시를 창작했으니, 다산의 시야말로 사회시(社會詩)이자 정치시(政治詩)임은 더 설명할 필요가 없다.

이 시의 끝 구절 '정협의 유민도' 이야기를 음미해보면 다산이 이 시를 지은 이유와 이 시의 성격을 더 확실히 알 수 있다. 정협(鄭俠, 1041~1119)은 송나라 때의 어진 신하였다. 그때 왕안석(王安石, 1021~ 1086)의 신법(新法)으로 백성의 삶이 피폐해지고 생활이 어려운 백성들이 고향을 떠나 유민이 되어 거리를 메우고 있었다. 당시 벼슬하던 정협은 그 참상을 보다 못하여 거리에 넘치는 유민들의 가련한 모습을 사실대로 그린 유민도(流民圖)를 임금 신종(神宗)에게 바쳤다. 유민도를 받아든 임금은 실패를 통감하고 잘못을 뉘우쳐 왕안석의 신법을 폐지하여 백성들의 세금을 덜어주었다. 그러자 몹시 가물던 날씨에 큰비가 내려 민심이 가라앉았다고 한다. 유민도는 뒷날에 벼슬아치가 민정의 실상을 제대로 상달한다는 뜻으로 전해지게 되었다.

이런 내용으로 보면 다산이 시를 짓는 근본정신과 그 시작(詩作) 태도가 어떠한지 쉽게 알 수 있다. 사실 그대로 그림처럼 묘사하여 그 실체를 적나라하게 파헤치는 다산의 시창작법을 이해할 수 있다.

암행어사 임무를 수행하며 백성들의 참상과 농민들의 가련한 모습을 역력히 보고 돌아온 다산은 견딜 수 없는 고뇌에 빠진다. 1795년 34세 때의 초봄에 지은 시가 있다. 「기민시(飢民詩)」라는 장시이다. 이때는 다산이 당상관인 동부승지에 발탁되었고, 이가환이 공조판서가 되고 이기양이 예조참판이 되는 등 다산 일파가 정조의 총애를 받고 승승장구 벼슬길에 오르던 때이다. '굶주리는 백성의 노래'라는 이 시 제목의 뜻은 벌써 다산의 의도가 어디에 있는지를 쉽게 알게 해준다.

굶고 병들어 죽어가는 백성들의 참담한 모습을 그린 「기민시」는 당대 현실을 충실히 개괄하고 있는데다 묘사도 뛰어나 고발문학으로서도 손색이 없는 작품이다. 당시에 문장가이자 시의 거장으로 알려진 참의 윤지범이나 이가환 등이 「기민시」를 평해서 정협의 유민도와 같다고 하였는데, 그 점으로 보아도 다산시의 성격이 어떠한가를 알기에 어렵지 않으리라.

5. 다산시에 나타난 사회상

유민도의 뜻이 말해주듯이 다산시의 가장 큰 특징은 사회현상이나 정치현실까지 있는 그대로 그림처럼 표현한다는 것이다. 사실에 가까운 묘사가 바로 리얼리즘의 본령이듯이, 진실에 가까운 표현을 통해서 모순의 실체를 폭로하고 해결책을 강구하려는 데 시작(詩作)의 목적이 있었다고 본다.

그렇다면 다산이 파악한 당대의 가장 큰 모순은 무엇이었을까? 다산이 한창 벼슬하던 시절에 지은 시부터 18년의 긴긴 유배생활 동안에 지은 시에 이르기까지 사회적인 갈등이나 모순을 그린 시의 대부분에는 착취에 시달리는 일반 서민들의 모습이 생생하게 묘사되어 있다. 백성들이 유민이 되거나 굶어 죽어가는 이유는 소수의 권력층이나 부호들이 너무 많은 토지를 소유하여 다수의 일반 백성들이나 농부들은 토지를 소유하지 못한 탓으로 보았다.

요컨대 부의 불평등과 착취로 인한 현저한 빈부격차의 문제가 해결되지 않고는 민중의 인간적 삶은 보장될 수 없다고 여겼던 것이다. 2500수가 넘는 다산시의 대표작 중의 하나로 꼽히는 「애절양(哀絶陽)」의 마지막 구절을 보자.

부호가엔 일년 내내 풍악 울려 즐기지만
쌀 한톨 비단 한치 바치는 일 없더구나

우리는 균등한 백성, 왜 후하고 박한 거냐
나그네 방에서 거듭 시구편(鳲鳩篇) 외워보네

豪家終歲奏管弦　粒米寸帛無所損
均吾赤子何厚薄　客窓重誦鳲鳩篇

　　군포는 식구 숫자에 따라 물게 된다. 아이들을 계속 낳으면 숫자에 따라 세금이 가중되기 때문에 생식기를 잘라버린 갈대밭 남정네와 그 아내의 사연을 형상화한 「애절양」은 그 참담함으로 보나 가혹한 세금 징수의 면으로 보나 조선후기의 착취와 불평등의 사회경제적 실상을 대변하는 수작이다.

　　분배의 불공정과 착취의 가혹함이 함께 그려진 이 시는 마지막 절에서 절정을 이룬다. 『시경(詩經)』의 「시구(鳲鳩)」편은 그 시사하는 의미가 참으로 깊다. 시구는 뻐꾸기인데, 뻐꾸기는 새끼 일곱 마리를 키울 때 먹이를 고루 주어서 키운다. 「시구」편은 통치자가 백성을 고루 사랑해야 한다는 것을 뻐꾸기에 비유해서 읊은 것이다. 다산은 「애절양」에 이 점을 예시하여 분배의 공정만이 백성들의 고통을 막아낼 수 있다는 것을 은유적으로 표현하였다.

　　「애절양」은 다산이 강진현에서 귀양살이할 때 나그네가 묵는 객창에서 지은 시이다. 분배의 불공정과 세금의 가중 때문에 생식기를 잘랐다는 처참한 이야기를 들은 다산은 뻐꾸기도 자기 새끼들을 고르게 먹여서 키우는데 왜 우리 집권자들은 백성을 고르게 먹이지 못하는지 물으며「시구」편을 거듭 낭송하고 있다고 했으니, 바른 정치와 공정한 분배가 이루어져 모든 백성이 평안하기를 소망하던 그의 간절한 마음을 짐작하기에 어렵지 않다.

관리들의 부패와 탐학상에 대하여도 다산은 한없는 분노와 울분을 터뜨렸다. 착취야말로 인간을 묶는 굴레 중에서도 가장 가혹한 것이고 아직까지도 이로부터 완전히 해방되지 못했으니 착취야말로 인류의 질곡이 아닐 수 없다.

다산은『목민심서』이전(吏典)「속리(束吏)」조에서 "백성은 토지로써 밭을 삼고, 관리는 백성으로써 밭을 삼는다(民以土爲田 吏以民爲田)"라고 하였다. 백성들을 뜯어먹고 살아가는 게 바로 관리라고 하니, 이 얼마나 가혹하고 참담한 이야기인가.

다산이『목민심서』에서 즐겨 쓰는 구절이 있다. 바로 "박부추수(剝膚椎髓)"와 "두회기렴(頭會箕斂)"이라는 말이다. 전자는 살갗을 벗겨 속골까지 망치질한다는 뜻이요, 후자는 머릿수를 세어 곡식을 내게 하고 키로 거두어들인다는 말로, 가혹한 세금의 징수를 상징한다. 당시의 사회상이나 백성이 당하는 실상을 그 이상 적절하게 표현할 말이 없었기에 중국의 고전에 나오는 구절을 빌려 자주 사용한 것이라 여겨진다. 그것은 바로 아전들의 횡포를 상징하는 말이었으니, 다산시에는 관리들의 횡포와 백성들이 당하는 착취의 실체를 부각시키려는 의도가 담겨 있고, 당시 사회가 안고 있는 모순의 실상을 폭로하여 시정하고야 말리라는 간절한 의지가 내재되어 있음을 알 수 있다.

다산의 시에는 아름다운 풍경을 묘사한 서경시나 서정시도 많다. 하지만 우리가 주목하고 있는 것은 사회시나 정치시 및 농민시들인데, 한

결같이 개혁하지 않으면 안 될 당시의 토지제도나 농촌의 실정과 봉건적 억압과 착취에 신음하는 농민들의 참상을 정확하고 분명하게 그리고 있다. 「전옹(田翁)」「하일대주(夏日對酒)」「엽호행(獵虎行)」「승발송행(僧拔松行)」 등의 다산시들은 관리들의 가렴주구와 농민의 참상을 사실적으로 그려냄으로써 리얼리즘 문학의 예술적 경지를 보여주었다.

6. 다산시의 성격과 의미

신유옥사에서 보듯이 당시 진보적 지식인들의 화란이 얼마나 가혹했었던가는 이미 알려진 사실이다. 다산은 신유옥사 이전의 벼슬하던 시절에도 착취에 신음하는 농민들의 참상에 한없는 애정을 보이는 시를 지었고, 또 토지제도의 불합리성으로 인한 사회적 갈등에 대해 비판하는 시나 산문도 썼다. 그러나 신유옥사 이후 오랫동안 죄인의 신분으로 농민들과 함께 살아가는 동안, 집권층의 타락과 부패는 가속화되고 진보적 지식인들은 억울한 누명을 쓰고 죽거나 오랜 귀양살이를 하는 상황에 놓이게 되면서 다산은 농민들의 아픔과 자신의 처지를 동일시하게 되었다. 시 이외의 많은 산문에서도 당시의 불의와 부패에 대해 한없이 분노를 터뜨렸다. 특히 억울하게 죽어간 이가환·권철신 등의 묘지명에서는 신유옥사의 허구성에 대해 통렬히 고발하였고, 「죽대선생전(竹帶先生傳)」「몽수전(蒙叟傳)」「기조성삼진사유배사(紀趙聖三進士流配事)」「기이대장우자객사(紀李大將遇刺客事)」「기고금도장씨여자사(紀古今島張氏女子事)」 등에서는 패악한 무리들의 위계와 날조 때문에 아무런 잘못 없이 무참히 짓밟히는 지식인들의 비참한 종말을 생생히 묘사하였다. 사실을 있는 그대로 표현하고 기술하는 양심적인 지식인의 고발정신은 바로 다산의 시정신이요 문학정신이었다.

사회의 모순과 비리의 실체를 정확히 인식하여 그 개선책과 변혁의 논리를 『목민심서』나 『경세유표』 등의 대저를 통하여 개진하기도 했지만, 「전론」 「원목」 「탕론」 등과 같은 논문을 통하여 경제구조의 혁신과 정치체제의 개혁을 주장하기도 하였다. 그러나 도처에서 자행되는 관리들의 탐학으로 고통받는 민중들의 가련한 모습을 접할 때마다 치솟는 분노를 삭일 수 없어 수많은 시를 써내려갔다.

기사년(1809)에 나는 다산초암에 있었다. 겨울에서 봄부터 서서히 가물더니 입추까지 새빨간 땅덩이만 천리에 이어졌고, 들판에는 푸른 풀 한포기 없었다. 6월 초순에 떠도는 유민들이 길을 메우자 마음이 쓰라리고 보기에 처참하여 살고 싶은 의욕마저 없어졌다. 생각해보면, 나야 귀양 와 엎어져 지내며 인류의 대열에도 끼지 못하여 흉년 타결의 계책인들 건의할 지위도 없고, 백성들의 처참상을 그림으로 그려서 올려바칠 수도 없는 형편이다. 때때로 본 대로 기록하여 시가 집으로 철해놓았다. 이거야 뭐 쓰르라미나 귀뚜라미들과 더불어 푸성귀 속에서 함께 애달피 울어대는 울음이리라. 그 성정의 올바름이 하늘과 땅의 화기〔天地之和氣〕를 잃지 않음을 구하려 함이다. 오랫동안 써내려가다가 몇편이 모였기에 이름을 '전간기사(田間紀事)'라고 하였다. (「전간기사」 서문)

제목 그대로 촌야의 들판에 있으며 보고 들은 흉년의 참상을 작품화한 것이 바로 「전간기사」이다. 시라도 쓰지 않고는 성정의 올바름이 파탄나서 하늘과 땅의 화기에 손상이 올까 싶다고 밝힌 서문에서 다산의 사회시나 정치시가 지니는 의미가 명료하게 드러난다.

그렇다. 「전간기사」에 실린 6편의 시들은 궁핍한 농민들의 참상을 사실적으로 묘사하고 있다. 유랑민의 모습, 굶어서 신음하는 농부들의 모습, 어린 자녀들이 부모를 잃고 헤매는 모습 등 아비규환에 가까운 가난이 전편을 짓누르고 있다. 이런 참상을 보고 견디지 못하여 자신의 감정을 고르기 위해서라도 시를 쓰지 않을 수 없다고 고백한 내용이 바로 「전간기사」의 서문이다. 이러한 백성의 고통에는 눈감은 채 바람이나 달을 읊조리고 술 마시고 장기바둑 놀이나 하는 이야기를 열거하는 시들은 어디에도 무익하다는 그의 평소의 문학관과 일치하는 주장이다.

오래전에 필자는 다른 글(「역사의식과 지식인상」, 『다산기행』, 한길사 1988)에서 "유배지에서 이룩된 방대한 다산의 저서들을 크게 나누면, '현실고발'과 '백성 살리는 논리'의 두 측면으로 볼 수 있다. 『경세유표』를 비롯한 수백권의 연구서들은 백성 살리는 논리의 구축이요, 수많은 시를 포함한 여러 종류의 잡문들은 모두 생생한 백성 압제에 대한 고발장들이다. 이러한 작업을 통하여 봉건왕조를 새롭게 개혁하려는 철저한 의지가 온 저서에 넘쳐흐르고 있다"라고 기술한 바 있다.

그렇다면 다산의 사회시는 바로 다산의 개혁의지의 발로요, 착취와 가난의 사슬에서 백성을 벗어나게 하려는 뜨거운 인류애가 담긴 사상의 고백이었다고 말할 수 있다. 그런 의미에서 다산의 사회시에 대한 문학사적 자리매김이 어렵지 않으리라고 본다.

첫째, 동양의 시문학사에서 가장 높은 수준에 있는 『시경』의 의미를 '간(諫)'을 중심으로 재해석하는 경우가 있는데, 다산시는 간서(諫書)로서의 역할이 넉넉하다는 점이다. 불의와 부정을 고발하고 상주(上奏)하는 의미를 지닌 것이 바로 간(諫)이니, 그 점에 대해서는 철저했다고 보인다.

둘째, 우리 문학사의 중요한 흐름 중의 하나는 리얼리즘의 발전사인데, 다산은 오늘날 가장 진보적이고 투철한 해방문학의 선구적인 구실을 하고 있다는 점이다. 인류를 자유롭게 하고 억압과 착취로부터의 해방을 쟁취하려는 간절한 의지가 시를 통해 생생하게 살아나고 있는 점이 그것을 증명해준다. 유신체제나 전두환 정권 시절의 반체제 문학인들의 귀감을 우리는 다산시에서 찾을 수 있다.

송재소(宋載邵) 교수 등에 의하여 많은 연구가 이루어지기는 했으나, 그의 시문학은 우리 문학 연구의 보고이자 미개척지임도 사실이다. 이런 미미한 글이 그러한 작업에 힌트라도 주는 구실이 된다면 다행으로 여긴다.

| 수록글 출처 |

1부

개혁가, 다산 정약용 계간『광장』2008년 가을호(창간호)

나라를 통째로 개혁하자던 실학자 정약용 『경향신문』2009년 3월 10일자

정약용, 그의 시대와 사상『한국사회연구』2집, 한길사 1984

다산 정약용의 생애와 사상 천주교 광주대교구 정의평화위원회 주최 시민교양강좌
(1986.4.14~4.19) 강연; 천주교 광주대교구 정의평화위원회 편『다산의 생
애와 사상』, 1986.

2부

조선 실학사상의 흐름: 율곡에서 다산으로(원제: 율곡의 학문과 다산의 실학사상) 기호유
학(畿湖儒學) 학술회의 기조발제, 2016년 9월 28일;『다산학』30호, 2017

이(理)의 주자학에서 실천의 다산학으로 대만(臺灣) 중산(中山)대학 특강, 2009년
11월

다산학의 연원과 시대적 배경 고찰『다산학보』6호, 1984

다산학의 민중성 고찰 무크『민족과 문학』1호, 세종출판사 1983

다산학의 새 화이론 고찰: 그의 민족자아론을 중심으로『취영(翠英) 홍남순선생 고희기
념논총』, 형성사 1983

3부

『경세유표』저술 200주년의 역사적 의미: 새로운 조선을 만들자던 다산의 꿈 『다산과 현대』 10호, 2017;『월간중앙』 2017년 7월호

『흠흠신서』 저술 200주년과 우리 사회의 정의 다산연구소 및 연세대 국학연구원 부설 강진다산실학연구원 주최 『흠흠신서』 저술 200주년 학술대회' 기조 강연, 2019년 6월 20일

시대를 바꾼 고민의 힘,『목민심서』 연세대학교 학술정보원 주최 '동양고전, 2012년을 말하다'의 다섯번째 강연, 2012년 10월 2일

다산의 공직윤리와 목민관상 1996. 11. 16(한국국제정치학회 학술대회 발표 논문으로 짐작됨)

다산의 법률관: 부패방지를 위한 법제개혁『민족문화』19호, 민족문화추진회 1996

다산의 흠휼정신과 법의식 『법사학연구』18호, 1997

다산의 민권의식 『향림문화』1호, 순천대학교 1986

실학자 다산의 농업대책 희망제작소 부설 농촌희망본부 초청강연 '다산연구가 박석무가 제시하는 농업의 신실학운동', 2008년 1월 17일

다산시의 사회시적 성격(원제: 다산의 생애와 사회시적 성격) 『시와 시학』1호, 1991년 봄호